MIGUEL DE CERVANTES

NOVELAS EJEMPLARES

La gitanilla / El amante liberal
Rinconete y Cortadillo / La española
inglesa / El licenciado Vidriera
La fuerza de la sangre

Prólogo de Luciano García Lorenzo

Notas de Carmen Menéndez Onrubia

Vigesimocuarta edición

COLECCION AUSTRAL

ESPASA CALPE

863
.3
C

Ediciones para

COLECCION AUSTRAL

1.ª ed.: 20 - VII - 1938	13.ª ed.: 28 - VI - 1967
2.ª ed.: 12 - VII - 1940	14.ª ed.: 25 - VIII - 1969
3.ª ed.: 20 - I - 1942	15.ª ed.: 3 - I - 1972
4.ª ed.: 15 - V - 1943	16.ª ed.: 31 - X - 1974
5.ª ed.: 1 - IV - 1946	17.ª ed.: 19 - IV - 1976
6.ª ed.: 2 - IX - 1946	18.ª ed.: 2 - III - 1978
7.ª ed.: 14 - V - 1949	19.ª ed.: 9 - II - 1979
8.ª ed.: 14 - II - 1952	20.ª ed.: 14 - III - 1980
9.ª ed.: 20 - XI - 1957	21.ª ed.: 9 - IV - 1981
10.ª ed.: 7 - V - 1960	22.ª ed.: 11 - X - 1983
11.ª ed.: 20 - VIII - 1961	23.ª ed.: 28 - II - 1985
12.ª ed.: 15 - VII - 1963	24.ª ed.: 18 - VI - 1986

© *Espasa-Calpe, S. A., Madrid, 1938*

—

Maqueta de cubierta: Enric Satué
—
Depósito legal: M. 20.570 — 1986

ISBN 84 — 239 — 0029 — 0

Impreso en España
Printed in Spain

Acabado de imprimir el día 18 de junio de 1986

Talleres gráficos de la Editorial Espasa-Calpe, S. A.
Carretera de Irún, km. 12,200. 28049 Madrid

INDICE

ÍNDICE

PROLOGO

En el *Prólogo* a las obras que editamos leemos la siguiente descripción que de sí mismo hizo Miguel de Cervantes: «Este que veis aquí, de rostro aguileño, de cabello castaño, frente lisa y desembarazada, de alegres ojos y de nariz corba, aunque bien proporcionada, las barbas de plata, que no ha veinte años que fueron de oro, los bigotes grandes, la boca pequeña, los dientes ni menudos ni crecidos, porque no tiene sino seis, y esos mal acondicionados y peor puestos, porque no tienen correspondencia los unos con los otros; el cuerpo entre los dos extremos, ni grande ni pequeño, la color viva, antes blanca que morena, algo cargado de espaldas y no muy ligero de pies: éste digo que es el rostro del autor de *La Galatea* y de *Don Quijote de la Mancha*, y del que hizo el *Viaje del Parnaso*, a imitación del de César Caporal Perusino, y otras obras que andan por ahí descarriadas y, quizá, sin el nombre de su dueño. Llámase comúnmente Miguel de Cervantes Saavedra...»

Nacido, añadimos nosotros, en Alcalá de Henares en 1547, aunque no sabemos el día exacto, a pesar de que la mayoría de los críticos se inclinan a pensar que fue el 29 de septiembre, festividad de San Miguel Arcángel. Fue bautizado pocos días después, el 9 de octubre, en la iglesia parroquial de Santa María la Mayor, siendo Miguel el cuarto hijo de Rodrigo Cervantes, médico cirujano, y de Leonor de Cortinas. Muy poco sabemos de la infancia y primera juventud de nuestro autor: algunos estudiosos afirman que residió en varias ciudades españolas —Valladolid, Córdoba, Sevilla y Madrid—, pues su padre se trasladó a estos lugares buscando una mayor seguridad en su profesión: estudió con el maestro Juan López de Hoyos (en 1569 se refiere a Cervantes llamándole «nuestro caro y amado discípulo»), y, si aceptamos su estancia en las ciudades citadas, es posible que asistiera también a las clases de los jesuitas de Córdoba y Sevilla, como parece también probable que frecuentó la Universidad de Salamanca.

En 1569, Cervantes marcha a Italia formando parte del séquito del cardenal Acquaviva; algunos estudiosos han relacionado esta salida de España con un suceso ocurrido en el mes de septiembre de ese año y a consecuencia del cual, y por las heridas causadas a un tal Antonio de Segura, los alcaldes de Madrid ordenan prender a un «Miguel de Zerbantes», condenado a diez años de destierro y pérdida de la mano derecha. Aunque no sepamos con seguridad si este suceso tiene algo que ver con nuestro escritor, lo cierto es que la estancia de Cervantes en Italia le da la oportunidad de conocer numerosas ciudades de aquel país —desde Milán a Venecia y desde Roma a Palermo—, empapándose de una Italia renacentista, que influirá poderosamente en su obra, pues las alusiones y referencias a la Italia que conoció con veintidós años son continuas y no faltan en las *Novelas ejemplares*.

En 1570 parece ser que Cervantes se alistó como soldado en la expedicion marítima contra los turcos, a las órdenes del general Colonna, pero de lo que el escritor se enorgulleció toda su vida fue de su participación en la Batalla de Lepanto (7 de octubre de 1571), luchando a bordo de la galera *Marquesa* y «en el lugar de esquife con doce soldados». De las heridas recibidas en Lepanto, Cervantes quedó inútil de la mano y brazo izquierdos y en las *Novelas Ejemplares* podemos leer: «Perdió en la batalla naval de Lepanto la mano izquierda de un arcabuzazo, herida que, aunque parece fea, él la tiene por hermosa, por haberla cobrado en la más memorable y alta ocasión que vieron los pasados siglos, ni esperan ver los venideros...» Con legítimo orgullo se confiesa nuestro escritor y con la misma valentía que participó en Lepanto —como está documentalmente probado—, luchó los años siguientes en las acciones militares de Corfú, Navarino, Túnez y La Goleta, seguramente en compañía de su hermano Rodrigo, llegado a Italia hacia la primavera de 1572.

Si por todos conocidos es el episodio cervantino de Lepanto, no lo es menos su cautiverio en Argel, al ser apresada la galera *Sol* en que volvían a España los dos hermanos. En Argel permanecerá Cervantes desde 1575 hasta 1580, partiendo estas fechas su vida en dos mitades, como ha señalado un estudioso, y ofreciendo estos años abundantes vivencias que don Miguel llevará a muchas de sus obras y especialmente reflejadas en el *Quijote* «Historia del capitán cautivo», en *Los baños de Argel, La gran sultana, Los tratos de Argel, El amante liberal, La española inglesa,* etcétera. Liberado mediante el pago de quinientos escudos, Cervantes se instala en Madrid, consagrándose al teatro, trabajando en diversos empleos, para casarse el 12 de diciembre de 1584 con doña Catalina Palacios Salazar, según consta en la partida conservada en la parroquia toledana de Esquivias. Poco antes de este matrimonio, y fruto de unos amores con la mujer de un cómico, Ana de Villafranca, el escritor había tenido una hija llamada Isabel, aunque algunos críticos se inclinan a pensar que la niña fuese hija de Magdalena, hermana de Cervantes, siendo reconocida por éste para preservar el honor de la hermana soltera.

Don Miguel, que ha intentado ganarse la vida con la literatura fracasando en el intento, se traslada en 1587 a Andalucía, nombrado comisario con el fin de requisar trigo, cebada y aceite, para proveer a la que después se llamaría «Armada invencible». Tiempos difíciles los que vivirá Cervantes en Carmona, Écija o Sevilla, pues los pagos llegaban con mucho retraso, el trabajo era sumamente ingrato y además se verá envuelto en una serie de irregularidades económicas, que le conducirán, en 1597, a la cárcel de Sevilla. Algunos cervantistas suponen que bien en la cárcel sevillana o en el período que, por parecidos motivos, también pasó en la cárcel de Castro del Río, en 1592, Cervantes comenzó a escribir el *Quijote;* sea esto cierto o una mera hipótesis, lo que resulta indiscutible es que al escribir *Rinconete y Cortadillo,* don Miguel tuvo muy presente aquel mundo del hampa sevillana, observado y analizado por estos años.

Trasladada la Corte a Valladolid en 1600, Cervantes se instala en las afueras de esta ciudad en 1604, conociendo también la cárcel de la entonces capital del reino, aunque por muy poco tiempo, a causa de las sospechas que sobre él recaen en el acuchillamiento de un caballero navarro llamado Gaspar de Ezpeleta y en el que se vieron también implicadas las dos hermanas del escritor, una sobrina y su hija Isabel. El mismo año que esto sucede Juan de la Cuesta imprimía en Madrid la primera parte del *Quijote.* Y a Madrid parte de nuevo Cervantes en 1606, siguiendo de nuevo a la Corte; vive en las calles de la Magdalena, Antón Martín, Huertas y, finalmente, en la del León, esquina a la de Francos, hoy Cervantes. A partir de su llegada a la capital, don Miguel se dedica por completo a la actividad literaria y desde 1613, en que publica sus *Novelas ejemplares*, la aparición de obras suyas es continua. Ese año Cervantes recibe en Alcalá de Henares el hábito de hermano tercero de San Francisco; el 17 de abril de 1609 había ingresado en la Congregación de Esclavos del Santísimo Sacramento y el 2 de abril de 1616, cerca ya de su muerte, profesó en Madrid en la citada orden franciscana. Víctima de alguna dolencia que le produce la diabetes, Miguel de Cervantes muere el 22 de abril de 1616, siendo enterrado el día siguiente en el madrileño convento de las Trinitarias. Unos días antes, Cervantes había escrito así la dedicatoria de su última obra, el *Persiles:* «Aquellas coplas antiguas que fueron en su tiempo celebradas, que comienzan:

Puesto ya el pie en el estribo

quisiera yo no vinieran tan a pelo en ésta mi epístola, porque
casi con las mismas palabras lo puedo comenzar diciendo:

> Puesto ya el pie en el estribo,
> con las ansias de la muerte,
> gran Señor, ésta te escribo».

Hasta aquí la vida de Cervantes, elaborada con aquellos
datos de que poseemos noticia segura, aunque aparezcan
también en nuestro resumen biográfico algunas aprecia-
ciones que no tienen una autenticidad totalmente probada
y así lo hemos señalado. Vida heroica durante algunos
períodos y, por el contrario, en ocasiones oscurecida la
grandeza por una muy humana deriva a ciertos acontecimientos que están muy lejos de la heroicidad. Por eso, y en
la línea de estas dos afirmaciones últimas, estamos muy de
acuerdo con don Américo Castro cuando afirmó: «La bio-
grafía de Cervantes está tan escasa de noticias como llena
de sinuosidades. Sus biógrafos completan esta situación
con su empeño en hacer de Miguel una figura ilustre y sin
tacha en su vida mortal, y estorban así la tarea de hacer
comprensible su obra imperecedera.»

OBRA NOVELÍSTICA

Con su primera novela Cervantes rinde tributo al género
pastoril, de la misma manera que lo haría Lope de Vega
con *La Arcadia,* y que es también la primera obra en prosa
del que fue rival y, en muchas ocasiones, enemigo de Cervantes, participando de esa enemistad nuestro escritor.

La *Primera parte de la Galatea* se publicó en Alcalá en
1585, y aunque el autor anunció repetidamente la segunda
parte ésta nunca vio la luz. Heredera *La Galatea* de las
Églogas de Garcilaso y de las novelas de Jorge de Monte-
mayor y Gil Polo, Cervantes escribe sobre el amor y el
dolor, presentando dos personajes en oposición: por una
parte, el poeta Elicio, que llegará a la degustación de la
belleza ideal partiendo de la física; por otra, otro pastor,

Erastro, sin lograr nunca llegar a esa belleza ideal, a pesar de gustar de la física. *La Galatea,* por otra parte, es el resultado de fundir la veta idealista, producto de la fértil imaginación creadora de don Miguel, y un realismo que fundamentalmente se encuentra en los seres reales existentes bajo el disfraz bucólico y que divagan en torno al concepto platónico del amor con el magisterio de León Hebreo latente. Y en el centro de todo Galatea, «hermosura, discreción, honestidad, donaire»: la belleza; pero no la belleza en abstracto, sino humanizada, como ya afirmó el cervantista Joaquín Casalduero en uno de sus muchos estudios dedicados a la obra de don Miguel.

Veinte años separan esta novela de la siguiente de Cervantes: *El Ingenioso hidalgo don Quijote de la Mancha,* aparecida en el mes de enero de 1605. Compuesta en la imprenta madrileña de Juan de la Cuesta y editada por el librero Francisco de Robles, el primer problema que debemos plantearnos, antes de entrar en el análisis de su composición y significado, tiene como motivo precisamente la hipótesis suscitada por algunos cervantistas en torno a una edición anterior del *Quijote,* aunque la mayor parte de los estudiosos afirman la carencia de pruebas que puedan sostener esa opinión. Los argumentos en que se apoyan los primeros son los siguientes: unos versos que aparecen en *La pícara Justina,* obra impresa en 1605, pero fechado el prólogo en 1604; una carta de Lope a un desconocido datada el 1 de agosto de 1604 y en la que se alude despectivamente al *Quijote* (algunos estudiosos suponen que en realidad esta carta es de 1605), y un documento del morisco toledano Ibrahim Taibilí, que daría por existente el *Quijote* el 24 de agosto de 1604 en la feria de Alcalá de Henares. Aunque estos datos son dignos de tenerse en cuenta, el hecho de que no se conserve ningún ejemplar de esa supuesta edición permite más bien suponer que durante 1604 debieron circular copias manuscritas de la novela y de ahí su conocimiento y los testimonios de su posible existencia. Es extraño que a mediados de 1604 estuviera publicada la novela y que, dado el éxito conseguido desde su salida al público, no se publicara ninguna otra durante ese año, y fueran seis, además de la considerada como primera, las aparecidas en el siguiente (otra en Madrid, tres en Lisboa y dos en Valencia). El caso es que Cervantes pudo conocer hasta su muerte nada menos que dieciséis ediciones y las traducciones al inglés (1612) y al francés (1614) y que, por el contrario, ni él nos habla de esa edición de 1604 ni hasta nosotros ha llegado un solo ejemplar de esa supuesta publicación.

En el prólogo de la obra, el autor nos declara su deliberado propósito de parodiar los libros de caballerías y «derribar la máquina mal fundada destos caballerescos libros, aborrecidos de tantos y alabados de muchos más». Así fue, en efecto, juzgada la novela por sus contemporáneos e incluso durante todo el siglo XVII y la primera versión dramática, realizada por Guillén de Castro, muy poco después de la aparición del *Quijote* lo demuestra, al tomar el dramaturgo valenciano precisamente aquellos episodios más cómicos de la novela, convirtiendo al hidalgo caballero en un loco que, sin duda, provocaría con sus intervenciones las carcajadas de los espectadores de principios del siglo XVII. Esta parodia, sin embargo, ha quedado en la simple anécdota, pues la trascendencia del *Quijote* como concepción del hombre y del mundo la ha conducido a ser la obra eterna que hoy nos hace reír, pero también llorar. Poco importa si Cervantes tenía plena conciencia al comenzar su obra de la densidad que de ella se desprende; para eruditos —no para el simple lector— queda la hipótesis de si don Miguel sólo prentende, al escribir los primeros capítulos, burlarse de los Amadises, los Palmarines y los Caballeros del Febo o del León. El resultado está ahí y el sentido universal del libro ha hecho de él una de las obras más importantes de la Literatuta universal, sin caer en el olvido que para la mayoría suponen las aventuras de tantos caballeros por las exóticas tierras orientales o por los imperios puramente imaginarios —de envidiable imaginación, bien es cierto— de sus autores.

Y al ser parodia caballeresca, en el *Quijote* hay aventuras, situaciones e incluso frases y versos que a muchos libros de caballerías recuerdan, pues Cervantes toma a broma, en un principio, lo que para aquellos caballeros —como para Don Quijote— es su propia actitud vital. Fácil ha sido encontrar estos paralelos, pero no tanto lo es llegar a saber en verdad si ese Alonso Quijano existió realmente como tampoco cuál es ese «lugar de la Mancha» de que Cervantes se olvida, sirviéndose de un recurso en la creación de su obra —recurso original, novísimo— que es fundamental para la comprensión total de la misma. Sí han encontrado, sin embargo, los cervantistas precedentes literarios de la locura de Don Quijote y de sus primeras actitudes: Dámaso Alonso sugirió la influencia del «hidalgo Camilote», enamorado de la princesa Maimonda, que aparece en el *Primaleón* y en la tragicomedia *Don Duardos*, de Gil Vicente, y antes Menéndez Pidal trazó un paralelo entre Don Quijote y el infeliz labrador Bartolo del anónimo *Entremés de los romances*, escrito entre 1589 y 1591. Bartolo, a causa de tanto leer el Romancero, enloquece y se hace soldado para imitar las hazañas de sus héroes, saliendo en busca de aventuras acompañado de su escudero Bandurrio. Bartolo fracasa en el primer y último entuerto que intenta deshacer, sufriendo una soberana paliza que le hace recordar el romance del marqués de Mantua, recitando los mismos versos de aquél y los mismos que Don Quijote dirá en nuestra novela. El paralelo es evidente; Cervantes conocería el *Entremés* y de él pudo partir para la creación de su personaje, lo cual no merma en absoluto la genial génesis quijotesca, pues la distancia entre ambas obras es innecesario señalar.

Este *Quijote* de 1605 se compone de cincuenta y dos capítulos y en la primera edición se ofreció dividido en cuatro partes (I-VII, VIII-XIV, XV-XXVII y XXVIII-LII). Cervantes relata en ellos las dos salidas de Don Quijote, la primera solo y la segunda —a partir del capítulo VII— acompañado de Sancho Panza. Las aventuras del héroe serán muchas y diversas y algunas inolvidables por su ternura, su genial locura, su desgarrada lección y todas por el

vitalismo que de ellas se desprende: el zagal Andrés y Juan
Haldudo, los mercaderes, el vizcaíno, Maritornes, los
galeotes y tantos y tantos otros, desfilan al lado o frente a
Don Quijote, padeciendo sus desvaríos o escuchando palabras que les mueven a risa y que a Cervantes salían del
alma.

Unos totalmente independientes, otros con una conexión
muy débil con la cadena de acciones que conforman la novela,
encontramos en la primera parte del *Quijote* una serie de
relatos que, como ya señaló Menéndez Pelayo, son ejemplos de las tendencias novelísticas de la España del
siglo XVI. Cervantes tenía seguramente escritos estos relatos (o
al menos tenía intención de escribirlos) y aprovecha el *Quijote*
para intercalarlos, aunque poco o nada, repetimos, tienen
que ver con las aventuras quijotescas; en ellos, nuestro personaje es mero espectador de lo que sucede e incluso
—como ocurre en uno de los episodios— Don Quijote permanecerá completamente ajeno a éste. La historia del enamorado Grisóstomo y de la desdeñosa Marcela es el primero
de estos relatos y personajes, ambiente y estilo pertenecen
a la novela pastoril, que Cervantes ya había practicado con
La Galatea. La novela pastoril, por su parte, tiene evidente
testimonio con las aventuras amorosas de Cardenio, Lus-
cinda, Fernando y Dorotea y son precisamente estas historias de los cuatro amantes las que poseen mayor relación
con el argumento básico del *Quijote*, ya que se imbrican
con éste entre los capítulos XXIII al XXXVI de esta primera
parte. Tendríamos también la novela de *El curioso impertinente*, de tipo sicológico y que ha sido uno de los episodios
de mayor preocupación crítica cervantina, y, por último,
relatos de carácter más realista y con sabor autobiográfico,
como es la historia del cautivo, contada por su protagonista
Ruy Pérez de Viedma, soldado en Lepanto, cautivo en Argel
y enamorado de la hermosa mora Zoraida. Aun siendo un
tipo de relato muy de moda en su tiempo y frecuentemente intercalado en obras extensas, la historia del cautivo
es una de las de mayor interés y valor documental que en
el *Quijote* podemos leer.

En 1615, y por el mismo editor y la misma imprenta que
habían dado a luz la primera, aparece la *Segunda parte del
Ingenioso Cavallero don Quijote de la Mancha*, precedida
de un prólogo sabrosísimo con noticias de excepcional
interés y que la falta de espacio nos impide exponer adecuadamente.

La mayor parte de los cervantistas están de acuerdo en
reconocer esta segunda parte como superior a la de 1605,
sobre todo en la composición novelística. Un estudioso ha
resumido así, recientemente, las diferencias, señaladas por
la crítica, entre ambas partes: *a)* los relatos episódicos
siguen apareciendo en esta continuación, pero mucho más
enlazados con el eje argumental (la historia de «Las bodas
de Camacho» es ejemplo evidente); *b)* mientras la primera
parte es producto de una mayor riqueza imaginativa y con
más vivacidad en alguno de sus episodios «en la segunda
parte no falta ciertamente este movimiento, pero el pulso es
distinto: Cervantes ha adquirido una seguridad mucho
mayor en el valor humano y literario de sus criaturas [...] y
ha penetrado a la vez con creciente intensidad y plenitud
en sus complejidades psicológicas», y *c)* el diálogo adquiere
importancia y plenitud en la segunda parte, siendo una de
sus consecuencias que los personajes se retratan por sus
propias palabras, para adquirir la obra en muchos de estos
diálogos un carácter dramático que difícilmente encontramos en las dos primeras salidas de Don Quijote, donde
la narración ofrecía al lector casi todo.

Esta segunda parte consta de setenta y cuatro capítulos
—no hay subdivisión en partes ni libros— y a través de ellos
se nos va mostrando a Don Quijote cada vez más triste y
desengañado. Nuestro héroe ganará batallas —cosa que no
ocurría en las dos primeras salidas—, se proclamará ven-
cedor Caballero de los Leones, dará toda una lección a los
duques aragoneses, en cuya casa pasa algún tiempo por
ellos invitado, etc., pero, a pesar de todo, la desilusión hace
moralista a Don Quijote y, en último término, desengaño y
desilusión conducen a la renuncia de su inmediato pasado
para morir cristianamente y en plena cordura. Es Alonso

Quijano, el Bueno, y no Don Quijote, el que pide confesión y hace testamento, acordándose en él de su ama, de su sobrina y de Sancho... Pero en el testamento no figura Dulcinea; no figura siquiera Aldonza Lorenzo...

Movido por el ideal, el afán de justicia, enderezar entuertos y remediar agravios, extender el bien por la tierra, Don Quijote ha sido creado por Cervantes como testimonio de un idealismo al que ha llegado el hidalgo por la lectura de fabulosos y disparatados libros de caballerías. Don Quijote quiere hacer realidad esa vida caballeresca a principios del siglo XVII, y el manchego personaje únicamente escuchará risotadas o recibirá «puñadas» de los enemigos ante los que Rocinante mantiene como puede el frágil cuerpo de nuestro héroe. «Seco de carnes, enjuto de rostro, alto de cuerpo, estirado y avellanado de miembros, entrecano, la nariz aguileña y algo corva, de bigotes grandes, negros y caídos...» En esto se ha transformado Alonso Quijada o Quesada por culpa de las fabulosas historias caballerescas, como Don Quijote transforma en castillos las ventas, las mozas de figón en princesas, los molinos en gigantes y las bacías en yelmos.

Y a su lado, a partir del capítulo VII, Sancho Panza, pues Don Quijote necesita un escudero y Cervantes un segundo personaje para enfrentar a los dos en una serie de diálogos que, como veremos, irán transformando, poco a poco, el alma de señor y criado. «Hombre de bien, si es que este título se puede dar al que es pobre, pero de muy poca sal en la mollera», es Sancho Panza; acompaña a Don Quijote por el rico botín que éste le ofrece, pero es la promesa de gobernar una ínsula lo que convence al labrador y será el motor de sus acciones durante gran parte de la novela; cuando Sancho consigue ser gobernador, lo hará por medio de una cruel y ridícula farsa montada no precisamente en una bella isla, sino en un lugar del reino de Aragón... Sancho anhelaba el poder y vuelve a la aldea con las manos vacías, como Don Quijote vive, lucha y sufre por una mujer llamada Dulcinea del Toboso, en realidad Aldonza Lorenzo.

Hija del labrador Lorenzo Corchuelo y de Aldonza Nogales, la joven vecina de Don Quijote se ha convertido por la magia de su fantasía en una nueva Diana, Filis o Galatea. Ha sublimado de tal manera a la labradora que olvida refrán tan popular como «A falta de moza, buena es Aldonza»; porque Don Quijote vive para lo que crea su mente y no para lo que han creado los demás: «Yo imagino que todo lo que digo es así, sin que sobre ni falte nada, y píntola en mi imaginación como la deseo, así en la belleza como en la principalidad...» Esto dice Don Quijote en el capítulo XXV de la primera parte y en el cual escribirá el caballero la carta de amor para Dulcinea, que dará ocasión a que señor y escudero mantengan un diálogo seis capítulos más adelante, para nosotros uno de lo más hermosos pasajes de la novela. Sancho se imagina a Aldonza y Don Quijote a Dulcinea y mientras éste le pregunta «¿y qué hacía aquella reina de la hermosura? A buen seguro que la hallaste ensartando perlas, o bordando alguna empresa en oro de cañutillo, para éste su cautivo caballero», Sancho responde: «No la hallé sino ahechando dos hanegas de trigo en un corral de su casa...» Don Quijote buscará en seguida explicaciones para toda la visión realista de Sancho, pues Dulcinea tiene más existencia para él que su vecina y fornida Aldonza.

Pero en el *Quijote* no hay sólo la oposición realismo-idealismo, como tampoco la dualidad valentía-cobardía (Sancho es, sobre todo, prudente, no cobarde); lo que hay en el *Quijote* es una lección trascendente de vida con dos personajes que tienen poco de monocordes y que, incluso al final, llegan a identificarse, prescindiendo cada uno de la defensa que hasta entonces ha hecho de su mundo. Don Quijote, que nunca ha perdido la fe, que ha vivido en la quimera no cediendo jamás su ánimo caballeresco, lo vemos declinar poco a poco en los capítulos finales de la novela para, en el último, ya con «un pie en el estribo», solicitar el perdón de Sancho por todo lo pasado, a lo que responde el escudero que lo mejor es volver de nuevo a la acción, en busca de aventuras, en busca de Dulcinea...

Canto al amor es el *Quijote,* como lo es a la justicia, a la caridad, a ideales inquebrantables de conducta, a la libertad; Don Quijote, manchego y, por lo tanto, plenamente español, pero símbolo universal de toda humana actitud. A veces el desengaño fuerza la ironía cervantina y parece reírse de su hidalgo; otras, esa ironía rezuma tristeza, quizá al ver un presente en que es imposible hacer «das locuras» que unos héroes caballerescos protagonizaban en el pasado. Humor e ironía: dos ingredientes necesarios para intentar acercarse a ese mundo, equívoco, múltiple, incluso contradictorio, que conforman Don Quijote y Sancho, pero también Maritornes, Sansón Carrasco o cualquiera otro de los muchos seres creados por Cervantes en la primera novela moderna.

Si varia es y ha sido la interpretación del mundo cervantino, vario es también el estilo en que la obra está compuesta. Predomina el lenguaje familiar, pero a su lado el habla arcaizante de los libros de caballerías o de los viejos romances y el culto y literario, que llega en algunas ocasiones a descripciones o intervenciones retóricas, engoladas, bufa imitación de ciertos pasajes de los libros de caballerías, como el siguiente que ofrecemos, recuerdo de *Belianís de Grecia,* y que algunos estudiosos llegaron a poner como ejemplo de prosa cervantina: «Apenas había el rubicundo Apolo tendido por la faz de la ancha y espaciosa tierra las doradas hebras de sus hermosos cabellos, y apenas los pequeños y pintados pajarillos con sus arpadas lenguas habían saludado con dulce y meliflua armonía la venida de la rosada aurora, que, dejando la blanda cama del celoso marido, por las puertas y balcones del manchego horizonte a los mortales se mostraba, cuando el famoso caballero Don Quijote de la Mancha, dejando las ociosas plumas, subió sobre su caballo *Rocinante,* y comenzó a caminar por el antiguo y conocido campo de Montiel» (I, 2).

Mosaico impresionante socialmente, por el *Quijote* desfilan todos los tipos más representativos —y también menos— de la época: desde los nobles hasta los zagales, desde los eclesiásticos hasta los pícaros, desde los magistrados hasta los galeotes. Todos elevados a la categoría del arte por la gracia, la ironía o la inteligencia cervantina. Allí, en unos lugares muy determinados, rodeados de campos de trigo o bosques de encinas, de molinos o arcillosa tierra que acentúa el calor meseteño, Don Quijote y Sancho viven o intentan vivir con unos hombres y unas mujeres, que retratan con sus palabras y sus actitudes toda una época...

La huella del *Quijote* en la cultura universal ha sido, y sigue siendo, inmensa. De Guillén de Castro a Azorín y pasando por Jonathan Swift con sus *Aventuras de Gulliver,* Daudet y su *Tartarín de Tarascón,* Fielding, Sterne, Dickens, Melville, Gaston Baty, etc., las versiones dramáticas, novelescas e incluso muchas veces en poemas líricos o narrativos (o la influencia directa en obras con distintos personajes y diferentes planteamientos temáticos) se cuentan por centenares. Libretos operísticos, conciertos sinfónicos, películas, adaptaciones teatrales infantiles, edición en forma de *comics*... En cualquier lugar donde se halle más de un hombre allí estará Don Quijote o estará Sancho. Y es que Cervantes supo en ellos insinuar al hombre. Recientemente, Ramón de Garciasol ha escrito: «El *Quijote,* a más de ser el vehículo y cifra de las gentes de España, es el espejo donde se mira y se reconoce el hombre total. El *Quijote* es la epopeya del hombre español, y también del Hombre con mayúscula y sin apellido, ese fantasma. No es un valor particular, restringido, sino una aportación española al espíritu del universo, y Cervantes, su autor, uno de los pares de la meta humana. Por eso no les deroga el tiempo.»

La última obra de Cervantes y que se publicará póstumamente es *Los trabajos de Persiles y Sigismunda, historia septentrional,* novela que obtuvo un éxito inmediato, pues en 1617 aparecieron, además de la edición madrileña, otras en Barcelona, Valencia, Pamplona, Lisboa y Madrid-París; en 1618 se edita en Bruselas y se traduce al francés (dos versiones); un año más tarde se traduce al inglés y siete después al italiano. Esta aceptación decaerá posteriormente y puéde afirmarse que el *Persiles* ha sido hasta los últimos decenios la obra menos estudiada de Cervantes, aunque no pocos críticos y creadores le hayan dedicado frecuentemente palabras de reconocimento, como las siguientes muy significativas de José Bergamín: «Cervantes, que se conocía muy bien a sí mismo, y sus cualidades de escritor, creyó, seguramente, que el *Persiles y Sigismunda* era su obra maestra. Quizá llegue algún tiempo en que la crítica lo reconozca así. Por mi parte quiero confesaros que es y ha sido siempre el libro de Cervantes que he preferido y he leído con más gusto. En esta novela alcanza la invención cervantina una insuperable perfección; por eso se eleva y trasciende de lo novelesco a lo poético, bordeando sus fantasías, como si realmente aquella estupenda escapada de su creador a las regiones hiperbóreas, le hubiese trasmutado el sentido de lo real. No se vuelve de la isla de Tule, y de sus mares circundantes, lo mismo que se ha ido. Puedo deciros, por experiencia personal, que a la lectura del *Persiles*, debo, acaso, la más pura resonancia espiritual que en mí tuvo el cotejo real de sus paisajes.»

Dejando aparte algunos problemas sin resolver definitivamente, como es la fecha de composición de esta obra, podemos señalar que el *Persiles* nace bajo el signo de la novela bizantina, relatando Cervantes la accidentada peregrinación —aventuras, naufragios, raptos, luchas, muertes, casos de licantropía, etc.— de Persiles y Sigismunda (supuestos Periandro y Auristela), desde las tierras septentrionales escandinavas hasta Roma y pasando por Portugal, España, Francia y, finalmente, Italia con la llegada a Roma, culminando allí la amorosa peregrinación, como ya señaló Joaquín Casalduero en el primer trabajo de importancia dedicado a este relato. Últimamente, sin embargo, la bibliografía cervantina acerca del *Persiles* se ha enriquecido, como decíamos antes, con una serie de estudios entre los cuales destacan los de Avalle-Arce. Este profesor y fervoroso cervantista interpreta el *Persiles* siguiendo las ideas expuestas por Alexander Pope *(Essay on Man)* que en 1733 escribió acerca de «the vast chain on being» («la cadena del ser»), «metáfora tradicional para expresar la plenitud, el orden y la unidad de la creación divina. Se trata de un presupuesto metafísico que orientó al hombre occidental, al buscar su puesto en el universo, desde el *Timeo*, de Platón hasta el siglo XVII». Según Pope, todo lo creado forma una cadena, desde lo más ínfimo hasta lo más cercano a los pies de Dios en una escala de perfeccionamiento donde unos eslabones siempre serán más perfectos que sus antecedentes, pero menos que sus sucesores. Según Avalle, los personajes y lugares del *Persiles* ofrecen esta escala de perfección: desde los bárbaros hasta el Papa, desde la mítica isla Bárbara a Roma. Es el peregrinaje de la vida —símbolo que ya se encuentra en la Biblia—, la aventura que se trascendentaliza —amor, religión, muerte—, al convertirse en alegoría de la existencia humana: «Así como cada partícula de la cadena del ser va impulsada hacia arriba, hacia una forma de mayor perfección que la acerque más a la contemplación divina, de manera semejante cada aspecto del *Persiles* representa un claro impulso ascendente, hasta llegar al cenit compatible con la novela, la contemplación de Roma. De las mazmorras de la isla Bárbara al "cielo de la tierra".»

Como está superado también en el *Persiles* el puro carácter anecdótico del género bizantino al ser cristianizada la peregrinación, componiendo Cervantes una epopeya cristiana en prosa a imitación del poema épico escrito por Heliodoro. Nuestro autor, que había afirmado en el Prólogo de las *Novelas ejemplares* el carácter competitivo de su obra con Heliodoro, era consciente de la trascendencia alcanzada por el *Persiles,* pues esta novela es algo más que una narración de motivos aventureros: es una obra ideológica, que, eso sí, tiene como base la estructura de la novela bizantina.

OBRA DRAMÁTICA

En la *Adjunta al Parnaso* podemos leer el siguiente diálogo:

«*Pancracio.*—[...] Y vuestra merced, señor Cervantes —dijo él— ¿ha sido aficionado a la carátula? ¿Ha compuesto alguna comedia?

—Sí —dije yo—, muchas; y a no ser mías, me parecieran dignas de alabanza, como lo fueron *Los tratos de Argel, La Numancia, La gran Turquesa, La batalla naval, La Jerusalén, La Amaranta* o *La de Mayo, El bosque amoroso, La única* o *La bizarra Arsinda,* y otras muchas de que no me acuerdo: mas la que yo más estimo y de la que más me precio fue y es de una llamada *La Confusa,* la cual, con paz sea dicho, de cuantas comedias de capa y espada hasta hoy se han representado, bien puede tener lugar señalado por buena entre las mejores.

Pancracio.—¿Y ahora tiene vuestra merced algunas?

Miguel.—Seis tengo, con otros seis entremeses.

Pancracio.—Pues ¿por qué no se representan?

Miguel.—Porque ni los autores me buscan, ni yo les voy a buscar a ellos.

Pancracio.—No deben saber que vuestra merced las tiene.

Miguel.—Sí saben; pero como tienen sus poetas paniaguados y les va bien con ellos, no buscan pan de trastrigo; pero yo pienso darlas a la estampa, para que se vea despacio lo que pasa aprisa, y se disimula, o no se entiende cuando la representan; y las comedias tienen sus sazones y tiempos, como los cantares.»

Efectivamente, Cervantes se refiere a su vocación dramática y a la historia de sus obras teatrales en varias ocasiones y el testimonio podría completarse con las afirmaciones del Prólogo a la edición de *Comedias y entremeses,* como también parece hablar Don Quijote por Cervantes, cuando dice en el capítulo XI de la segunda parte: «Desde muchacho fui aficionado a la carátula y en mi mocedad se me iban los ojos tras la farándula.» Tras las obras que representaba Lope de Rueda, añadimos nosotros, como más tarde se le fueron con envidia hacia el éxito alcanzado por Lope de Vega, a quien él mismo denominó como «Monstruo de naturaleza».

Hasta treinta comedias parece que escribió Cervantes, aunque sólo conservamos diez (e incluimos en este número *La Numancia*), de la misma manera que debió componer más de los ocho entremeses que nos han llegado, pues no hay pruebas convincentes de que sean de don Miguel otros entremeses atribuidos: *El hospital de los podridos*, *Los habladores*, *Los refranes*, *La cárcel de Sevilla* y el *Entremés de los Romances*, ya mencionado al referirnos al paralelo existente con el protagonista de esta pieza y Don Quijote.

En la obra dramática de Cervantes se pueden distinguir dos épocas: la primera, de 1581 a 1587 y que la crítica ha denominado «prelopista». El escritor, sin el magisterio que producirá posteriormente el triunfo de Lope, intenta, como lo hicieron otros dramaturgos, buscar nuevas vías para el teatro de su tiempo y en el Prólogo a la edición de sus *Ocho comedias y entremeses* (1615) afirma: «Compuse en éste tiempo hasta veinte comedias o treinta, que todas ellas se recitaron sin que se les ofreciesen ofrenda de pepinos ni de otra cosa arrojadiza; corrieron su carrera sin silbos, gritas ni barahúndas.» Pero, aunque nos han llegado noticias de algunas de estas obras e incluso los títulos de varias comedias, sólo podemos hoy leer dos, *El cerco de Numancia* y *Los tratos de Argel*, publicadas por vez primera en 1784 por Antonio de Sancha, según uno de los dos manuscritos conservados.

La Numancia es una de las obras más interesantes de toda la producción de Cervantes y también una de sus piezas más representadas, no sólo en normales circunstancias sociopolíticas, sino también en momentos difíciles y trágicos para España, como sucedió en Madrid durante la guerra civil, en versión del poeta Rafael Alberti. La obra, que es quizá la más importante de todas las tragedias escritas en la, por otra parte, no muy rica historia del género trágico español, dramatiza el asedio de dicha ciudad por los romanos y el heroísmo de sus habitantes, prefiriendo el suicidio antes que rendirse al ejército de Escipión. Obra de tono heroico, patética y con alto valor poético, *La Numancia* es un canto a la libertad, a la España del pasado y del presente («la sola y desdichada España»), que aparece con el Duero y la Fama como «figuras morales» y al lado de la Guerra, la Enfermedad y el Hambre, como protagonistas apocalípticos. «Modelo de simplicidad, rectitud y verdad» —como ha escrito Alfredo Hermenegildo— en el conjunto de tragedias del siglo XVI, *La Numancia* es un ejemplo valioso de drama colectivo, intenso y heroico, compuesto con solemne verso y con un lenguaje en ocasiones dignamente retórico, pero siempre elevado, como demandaba el asunto y el género en que se inscribe.

La segunda obra de este período, *Los tratos de Argel*, es uno de los testimonios más desgarrados del cautiverio argelino, sufrido por Cervantes y, como ya afirmamos, dramatizado y prosificado en distintas ocasiones. En la obra aparece el autor bajo el nombre de Sayavedra y aunque *Los tratos de Argel* sea una comedia irregular, el documento emociona por su realismo y su carga autobiográfica, como también resulta un crudo alegato solicitando la intervención del monarca Felipe II con el fin de salir de las mazmorras argelinas.

La denominada segunda época del teatro cervantino está compuesta por las ocho comedias y los ocho entremeses, que se publicaron en 1615 y, según el autor, «nunca representados». Por lo que se refiere a las primeras, y teniendo en cuenta el asunto desarrollado, se pueden hacer cuatro grupos: tres comedias de cautivos (*El gallardo español, Los baños de Argel* y *La gran sultana*); una comedia de santos (*El rufián dichoso*); dos comedias costumbristas (*Pedro de Urdemalas* y *La entretenida*) y dos de temas novelescos (*La casa de los celos y selvas de Ardenia* y *El laberinto de amor*). De las tres primeras, *El gallardo español* es de nuevo, como en *Los tratos de Argel*, la unión de acontecimientos autobiográficos —el protagonista se llama Fernando de Saavedra— con aventuras imaginarias que tienen a ese caballero y al criado Buitrago como elementos fundamentales de la acción dramática. De menor interés es *La gran sultana,* inspirada en romances y relatando los amores del sultán Murad con la cautiva cristiana doña Catalina de Oviedo, hermosa dama que llegará a ser la mujer del sultán. Sin embargo, la mejor de las tres piezas de cautivos es *Los baños de Argel,* no hace mucho puesta en escena por el director y dramaturgo Francisco Nieva, y desarrollando en este caso los amores de un cristiano y de una mora, como Cervantes también los cuenta en los capítulos XXXIX-XLI del *Quijote,* con los cuales está estrechamente relacionada la comedia, aunque la crítica se inclina a pensar que la obra de teatro precedió en su composición al relato en prosa.

El rufián dichoso es la única obra religiosa escrita por Cervantes y pertenece al numeroso grupo de «comedias de santos» existente en nuestro teatro del siglo XVII, cuyos títulos más significativos pueden ser *El esclavo del demonio,* de Mira de Amescua, o *La devoción de la cruz,* de Calderón de la Barca. El protagonista de la pieza es Cristóbal de Lugo, rufián que vive su existencia en el hampa sevillana, al lado de pícaros, prostitutas y ladrones, hijo de un tabernero y protegido por el inquisidor don Tello de Sandoval. Cervantes ha trazado con el primer acto de esta obra uno de los mejores cuadros de la baja vida sevillana, sólo comparable al retratado en *Rinconete y Cortadillo,* presentando ante el lector o espectador, en todo casi entremesil, a un pecador que, como el también sevillano don Juan de Mañara, se arrepentirá del pasado para dedicarse a la religión y a la caridad, en un Méjico que será testigo de su «vida grave, su santa muerte y sus milagros grandes». Comedia de las mejores cervantinas, *El rufián dichoso* sirvió de inspiración a Jean-Paul Sartre para escribir *Le diable et le bon Dieu,* muy diferente en su significado existencial y religioso a la de don Miguel.

De las dos comedias costumbristas, la de mayor interés es, indiscutiblemente, *Pedro de Urdemalas,* personaje de nuestro folklore tradicional y ya documentada su exis-

tencia literaria desde el siglo XV. Relacionada con el primer
acto de *El rufián dichoso*, la literatura picaresca y los
entremeses, Pedro de Urdemalas, como la protagonista de
La gitanilla, después de pasar por todos los oficios se une a
un grupo de gitanos por el amor de una joven. Este nomadismo le sirve al autor para ofrecernos un atractivo conjunto de escenas de la vida rural y aldeana, de las costumbres y del folklore popular, de la existencia picaresca y
del mundo rufianesco; sin embargo, la veta idealista también surge en esta comedia, pues la moza gitana será al
final sobrina de la reina, incorporándose a la nueva
sociedad y abandonando el mundo en que se ha desarrollado su vida última. Urdemalas deja, por otra parte, sus
sueños de gloria ante la marcha de la joven y se hace
cómico para vivir en la escena lo que no ha logrado en la
vida; como se puede observar, Cervantes se sirve aquí del
teatro en el teatro, interrelacionando la realidad diaria y la
ilusión dramática por medio de este «hijo de la piedra»,
lleno de ingenio, cínico en ocasiones, y siempre latiendo en
él una muy humana amargura.

Las comedias denominadas novelescas son las que han
merecido menos atención de estudiosos y lectores y
razones hay para ello, pues su calidad está lejos del resto
de las piezas y especialmente de las dos últimas comen-
tadas. Tanto *La casa de los celos y selvas de Ardenia* como
El laberinto de amor, se inspiran en obras narrativas italianas, especialmente en las de Boiardo y Ariosto, al igual
que es también patente la influencia caballeresca y de las
novelas pastoriles. Como la crítica ha afirmado, Cervantes
se mueve con mucha más soltura y consiguiendo mejores
frutos cuando parte de la vida concreta, de la realidad por
él observada o vivida, que cuando lo hace de asuntos novelescos que le son ajenos.

Si nuestro escritor no logró ocupar un lugar importante
como autor de comedias, no hay duda que sus ocho entremeses están entre los mejores de este género, tanto por su
comicidad, su expresivo lenguaje, la sátira que en todos se
respira, como, sobre todo, por la renovación que con ellos

don Miguel llevó a cabo de una práctica dramática anquilosada. Pero Cervantes, como ha señalado Eugenio Asensio, no tuvo continuadores adecuados en la línea por él inaugurada: una utilización del género que se pone de manifiesto fundamentalmente en los personajes, en el habla y en la estructura de las piezas.

Escritos seis en prosa y dos en verso, se ha intentado por diversos estudiosos una clasificación de los entremeses cervantinos, ya que una ordenación cronológica no es posible por carecer de noticias acerca de las fechas de composición. Rafael de Balbín hizo tres grupos y Joaquín Casalduero, por su parte, los estructuró en dos grandes apartados: en el primero «la figura está en función del diálogo y el entremés está formado por una serie de cuadros» *(El juez de los divorcios, El rufián viudo, La elección de los alcaldes de Daganzo* y *La guarda cuidadosa);* en el segundo «la figura está en función de la acción, los cuatro consisten en una burla» *(El vizcaíno fingido, El Retablo de las maravillas, La cueva de Salamanca* y *El viejo celoso).*

En *El juez de los divorcios,* Cervantes hace comparecer ante el Juez, el Escribano y el Procurador, a cuatro matrimonios que solicitan la separación. El interés de esta pieza radica en los cuatro tipos —vejete, soldado, cirujano y ganapán— y las mujeres de los tres primeros que ante una muda magistratura presentan sus pleitos de formas muy diversas, según los temperamentos de los diversos protagonistas. La sentencia no se efectúa al final de la pieza, cerrándose con la canción interpretada por unos músicos y que repite el estribillo: «más vale el peor concierto, / que no el divorcio mejor».

La elección de los alcaldes de Daganzo, uno de los entremeses escritos en verso (el otro es *El rufián viudo)* es también un desfile de personajes aspirantes a ese cargo, realizado humorísticamente por Cervantes y logrando el autor verdaderas individualidades y una carga crítica considerable, a través del cristiano viejo Humillos o del sacristán que quiere gobernar civilmente cuando ya lo hace eclesiásticamente...

Otro entremés, quizá el mejor de todos, es *El Retablo de las maravillas,* basado en un cuento folklórico que ya recogió don Juan Manuel en *El Conde Lucanor,* aunque Cervantes eleva a categoría lo que era simple y divertida anécdota en el libro medieval. La acción del entremés se desarrolla entre unos villanos de Castilla y es una burla cuajada de sátira de todos los convencionalismos y vanidades sociales. Chanfalla y Chirinos recorren los pueblos castellanos llevando un retablo que muestra a los palurdos y cuyas portentosas maravillas sólo podrán ser vistas por los cristianos viejos de limpia sangre y sin sospechas de bastardía. De esta manera todos dicen ver lo que no existe, convirtiéndose los propios espectadores, como afirma Eugenio Asensio, en los verdaderos títeres del retablo; todos menos el Furriel que, ante la denuncia de la superchería, es tachado de confeso e hijo natural.

Recordemos, en fin, aunque no sea de los más populares, el entremés titulado *La guardia cuidadosa* y en el cual un Soldado vuelto de Europa con el fin de pretender una prebenda, pretende también a la fregona Cristinica. El Soldado, «roto» y con memoriales que hablan de su valor y de sus heridas recibidas en los campos de batalla, es derrotado en amores por el Sacristán, fracasando en el amor como fracasa en sus anhelos de conseguir un cargo o una renta que cree merecer, como repite con ingenua fanfarronería en diversos momentos. Entremés éste que estimamos posee una estimable carga autobiográfica, pues también Cervantes volvió de Europa con memoriales y cartas, sin que sirvieran para mucho los méritos que alega en uno de los escasísimos documentos manuscritos que han llegado hasta nosotros.

OBRA POÉTICA

Si como prosista Cervantes fue reconocido y admirado inmediatamente, como poeta recibió la crítica de sus contemporáneos y él mismo en varias ocasiones testimonió con

tristeza, a veces no sin cierta ironía, las que consideraba
sus escasas dotes poéticas. Pero Cervantes practicó la
poesía durante toda su existencia y desde 1569 en que
escribe su primer poema hasta el *Persiles,* don Miguel es
autor de un número considerable de composiciones
«sueltas», sin olvidar que en verso escribió sus comedias
varios entremeses y el *Viaje del Parnaso,* que en verso está
escrita parte de *La Galatea* y, en fin, que poemas hay en el
Quijote y en algunas novelas ejemplares. Precisamente en
el *Viaje del Parnaso* (poema en tercetos de tipo encomiás-
tico-literario) dice Cervantes: «Desde mis tiernos años amé
el arte / dulce de la agradable poesía» y de la misma obra
son sus conocidos endecasílabos:

> «Yo, que siempre trabajo y me desvelo
> por parecer que tengo de poeta
> la gracia que no quiso darme el cielo».

Gran admirador de Garcilaso de la Vega, de fray Luis de
León y de Fernando de Herrera, estas referencias ofrecen
motivo a un estudioso contemporáneo (Alberto Sánchez)
para afirmar: «La simple mención de estos nombres ya nos
lleva a la explicación del estilo poético cervantino, mucho
más próximo al primer Renacimiento que a los barro-
quismos formales de Góngora, e incluso a la poesía culta de
Lope o a los juegos conceptuales de un Ledesma o de un
Quevedo. Su afán por predicar la llaneza y huir de la afec-
tación le distinguen a contrapelo de un momento en que a
los escritores les preocupaba más la expresión que el contenido de sus escritos.» Pero lo cierto es que, con aciertos
parciales en algunos de sus poemas y a pesar de que en los
últimos años algunos nombres de primera importancia en
el panorama poético contemporáneo le hayan dedicado
palabras de elogio, la poesía cervantina no ocupa objetiva-
mente un lugar de excepción en la lírica española. Y esto
porque a las limitaciones formales señaladas tradicionalmente, es necesario para nosotros recordar esa carencia de
emoción, de ternura, que en la poesía cervantina queda

oculta, cuando la hay, por ideas, suave ironía o motivaciones didácticas. Como ha dicho un cervantista contemporáneo (Vicente Gaos): «Cervantes sólo podía mejorar su poesía abandonándola por la prosa, que era la única forma en que podía dar la medida cabal de su genio.»

NOVELAS EJEMPLARES

Desde 1605 en que aparece la primera parte del *Quijote*, Cervantes no publica ninguna otra obra hasta 1613 en que se imprimen en Madrid las *Novelas ejemplares*, con privilegios que datan de noviembre de 1612 y agosto de 1613, éste último concedido para el reino de Aragón. Componen el volumen doce obras, precedidas de un Prólogo de indiscutible interés, pues en él Cervantes hace algunas afirmaciones, que merecen ser analizadas. Destaca el autor, en primer lugar, ser el primero que ha novelado en lengua castellana, porque «las muchas novelas que en ella andan impresas, todas son traducidas de lenguas extranjeras, y éstas, son mías propias, no imitadas ni hurtadas; mi ingenio las engendró y las parió mi pluma, y van creciendo en los brazos de la estampa». Y don Miguel tenía razón, pero debemos tener en cuenta que el término novela, de origen italiano, definía, frente a «romanzo», el relato breve de ficción, iniciado por Bocaccio (*El Decamerón* fue traducido en la época de los Reyes Católicos con el título de *Cien novelas*), Bandello y Giraldo Cinthio, y a los cuales seguirá nuestro autor en la construcción de las obras, aunque las suyas sean más extensas y su diálogo tenga también mayor importancia que en los relatos de estos escritores italianos. Ya Agustín González de Amezúa señaló, hace algunos años, muy acertadamente las diferencias de los relatos cervantinos con los de los «novellieri» italianos: «con todo eso, comparadas las novelas italianas con las cervantinas se advierte la comunidad de ciertos elementos consustanciales a este género literario en unas y otras: primero, su extensión o proporciones, más largas, en general, las italianas del siglo XVI que las de Boccaccio, medida aquélla que adoptaría Cervantes para las suyas; la unidad y continuidad del argumento; la introducción del diálogo en el curso de la novela, que falta en casi todas las italianas, novedad y elemento suyo importantísimo y del que tanto uso habría de hacer la novela moderna; la ausencia de comentarios, citas y sentencias que, interpolados en el cuerpo de la obra, distrajeran la atención en el lector del asunto principal, incontinencia erudita que tanto afea entonces a todo linaje de libros; la eliminación de la Naturaleza y del paisaje, que todavía no se utiliza, al modo de hoy, para fondo o escenario de los sucesos relatados; como también la pintura del medio donde se desarrolle la novela quedará reducida a unas pocas frases elogiosas, tópicos más bien, de la ciudad en que asienta la narración; elementos todos formales, de pura técnica y composición, en los que Cervantes encontró, a no dudarlo, excelentes modelos, que él luego perfeccionaría con su genial talento de novelista».

La segunda afirmación, más discutible que la anterior, es el calificativo de ejemplares que las acompaña y que en el Prólogo, Cervantes precisa: «Heles dado el nombre de *ejemplares*, y si bien lo miras, no hay ninguna de quien no se pueda sacar algún ejemplo provechoso; y si no fuera por no alargar este sujeto, quizá te mostrara el sabroso y honesto fruto que se podría sacar, assí de todas juntas como de cada una de por sí.» Este valor moral que Cervantes expresa fue ya puesto en duda por sus propios contemporáneos y así en el prólogo al falso *Quijote* de Avellaneda se dicen de estas novelas que «son más satíricas que ejemplares, si bien no poco ingeniosas». El hecho es que nuestro autor, por una parte, está lejos de los licenciosos escritos italianos de Boccaccio y Bandello, como también que algunos relatos terminan con afirmaciones explícitas de carácter moral (*La española inglesa, El celoso extremeño*), pero, por otra, los cambios efectuados en los tres únicos relatos de los cuales se conocen dos redacciones —y de que luego hablaremos—, ciertas situaciones consideradas incluso audaces o la pintura de tipos y escenarios no muy recomendables, han llevado a algunos estudiosos a dudar de este pretendido carácter ético cervantino. Ya Américo Castro dudó de la posible independencia artística cervantina frente al código moral vigente, explicando así esas precauciones que denotan las palabras del Prólogo, precauciones que, sin embargo, no condicionan su sinceridad de escritor; Marcel Bataillon matiza la opinión de Castro, aunque acepta gran parte de su interpretación; Walter Pabst cree que Cervantes se sirve muy conscientemente con el calificativo de «ejemplares» de un convencionalismo retórico; Riley, por su parte, cree que «en conjunto, Cervantes es uno de los escritores más profundamente morales» y Peter N. Dunn, en un trabajo reciente, afirma rotundamente: «Cervantes ... no divorciaba la actividad estética de la moral. No es ni un moralista ingenuo ni un desinteresado esteta. Y a través de su práctica se puede apreciar que para él la novela era un espejo muy particular de la vida, no la vida en sí. Por lo tanto, hay que leer su obra en los propios términos de ella, al mismo tiempo que hay que aceptar su necesidad de declarar sus intenciones. Si después de todo ello el ingenuo lector insiste en leer *Rinconete y Cortadillo,* por ejemplo, como si fuese un anuncio de la alegría del hampa sevillana, entonces peor para él. Cervantes ha tratado de definir el punto más allá del cual ya no se siente responsable de defender al lector contra su propia necedad.»

En cuanto a la cronología de las *Novelas ejemplares* poco sabemos. De los doce relatos incluidos en la edición de 1612 podemos afirmar que dos existían a principios de siglo, pues estaban incluidos en la *Miscelánea* manuscrita de Francisco Porras de la Cámara y que entretuvo los ocios y las aficiones literarias del cardenal arzobispo de Sevilla don Fernado Niño de Guevara. Estas dos obras fueron: *Rinconete y Cortadillo* y *El celoso extremeño* (luego también con distinta redacción en la edición de 1963) además de *La tía fingida,* cuya paternidad cervantina está todavía puesta en duda por los estudiosos. Amezúa, Rodríguez Marín, Icaza,

Buchanan, Entwistle y otros eruditos han ofrecido opiniones sobre las fechas de composición de las *Novelas,* en ocasiones con razonables hipótesis, otras veces con muy endebles argumentos. El problema, dada la escasez de datos, está sin resolver y a la única conclusión que podemos llegar es que Cervantes compuso sus relatos entre 1590 y 1612, pues ni el estudio de una progresiva madurez cervantina a través de las novelas ni mucho menos el orden en que fueron editadas soluciona el problema.

Si difícil resulta conocer la cronología y las opiniones acerca de ella se han multiplicado, mayor aún es la bibliografía en torno a una posible clasificación de las Ejemplares. Ya en 1797 y en su «Discurso preliminar» a la edición del *Quijote,* Pellicer agrupó las novelas bajo cuatro calificativos: heroicas, cómicas, populares y jocosas, clasificación ésta que evidentemente se vio superada por las opiniones de Navarrete, Savy López, Hurtado y González Palencia, Valbuena, Ortega, Rodríguez Marín y, más tarde Amezúa. Este erudito cervantista dividió las *Novelas* en tres grupos, que darían el siguiente resultado: 1.º) *El amante liberal, Las dos doncellas, La Señora Cornelia;* 2.º) *La gitanilla, La española inglesa, La fuerza de la sangre, El celoso extremeño, La ilustre fregona, El casamiento engañoso,* y 3.º) *Rinconete y Cortadillo, El licenciado Vidriera* y *El coloquio de los perros.*

En las páginas siguientes, y dado que este estudio tiene carácter introductorio a la edición de las obras, seguimos el orden en que aparecen en la colección cervantina.

La gitanilla.

Con esta novela, una de las más populares y de mayor influencia en autores posteriores (Pérez de Montalbán, en el teatro; Weber, en la ópera; Víctor Hugo, en la prosa, entre otras), se abre la colección cervantina, para relatar los amores de una joven noble llamada Preciosa, que raptada por una vieja siendo niña, vive con una tribu de

gitanos. Preciosa, mujer de gran belleza, discreción y noble
virtud, tiene como joven caballero enamorado a don Juan de
Cárcamo, al cual pone una condición para casarse: que
pase dos años con su tribu, abandonando a los suyos, que
viva con ella como un hermano para demostrarle su amor,
pero nunca pidiendo celos, pues «sepa que conmigo ha de
andar siempre la libertad desenfadada, sin que la ahogue
ni turbe la pesadumbre de los celos», Cárcamo acepta el
reto y se une a la supuesta familia de Preciosa, hasta que
acusado de robo se descubre su verdadera personalidad,
como también la de Preciosa que resulta ser hija del Corregidor.

Como puede apreciarse, el relato se compone de una
serie de elementos novelescos, que, como han señalado los
estudiosos, no son excepcionales en la obrita de Cervantes,
pues toda la literatura barroca —sobre todo el teatro— se
sirve de ellos: cambio de nombres, disfraces que convierten
a las mujeres en hombres y, al contrario, desdoblamientos,
falsas identidades, etc. El autor usa de estos elementos
adecuadamente y aunque la historia contada nos resulte
hoy excesivamente «novelesca» e incluso fundamentalmente en su final un tanto «maravillosa», no podemos
ignorar que todo esto se encuentra unido al cuadro realista
efectuado por Cervantes del mundo de los gitanos, con su
concepción de la existencia —practicantes de una mora-
lidad férrea, amor a la libertad, vida comunitaria y de
ayuda mutua, etc.—, con sus costumbres —fidelidad en el
matrimonio, castidad, austeridad...—, y con sus caracterís-
ticas también negativas —crueldad en los castigos, excesivo
«amor» a las propiedades ajenas, etc.— No es, pues, el relato
cervantino sólo una historia sentimental de quimérico
desarrollo y desenlace, como tampoco pretendía Cervantes
hacer sin más un cuadro social y naturalista del mundo de
los gitanos; *La gitanilla,* como ya indicó Casalduero, es una
obra realizada con fines de belleza y si el suceso es extraño,
debemos considerar que estamos ante un relato novelesco,
donde prima la fantasía y la poesía sobre la seca observa-
ción; una novelita que pretende ser algo más, aunque bas-

tante haya de ello, que el objetivo y frío cuadro costumbrista de un grupo social marginado e incluso socialmente problemático. *La gitanilla* es, a la postre, una historia de amor de corte caballeresco; una lucha por conseguir la felicidad después de pasar por diferentes pruebas; el cambio de la comodidad y de la seguridad inmediatas por la aventura, el nomadismo y las dificultades; el combate diario por obtener una «joya» que se llama Preciosa; la humillación del socialmente · poderoso ante el mundo de la belleza natural, de la honesta frescura, de la espontánea y limpia sensualidad, que respira el cuerpo de la joven, cantando y bailando para celebrar un milagro en la fiesta de Santa Ana, mientras toca «su luna de pergamino» (la pandereta), que dijo García Lorca... *La gitanilla* es, en fin, el triunfo de la libertad moral de Preciosa (noble origen, recta crianza) y del amor esforzado de un joven que, no lo olvidemos, cambia su nombre por el de Andrés Caballero al iniciar su peregrinación, al comenzar a recorrer el camino que irá haciendo con sus «trabajos», con su particular y regeneradora aventura, teniendo como meta final a un ser lleno de vitalidad, de poesía, de donaire...

> «Cuando Preciosa el panderete toca
> y hiere el dulce son los aires vanos,
> perlas son que derrama con las manos
> flores son que despide de la boca...».

El amante liberal.

Este relato —con escasas excepciones y *Azorín* es una de ellas— ha sido considerado tradicionalmente por la crítica como uno de los menos interesantes de los que conforman las «Novelas ejemplares». Relacionada directamente con las obras de cautivos, en esta novela Cervantes una vez más convierte en literatura muchas de sus experiencias biográficas, aunque en este caso los protagonistas sean sicilianos y los acontecimientos se desarrollen en Turquía.

Novela de aventuras y con una historia amorosa a lo largo de toda ella, en *El amante liberal* el autor, a semejanza de lo sucedido en *Los baños de Argel*, presenta a dos jóvenes enamorados luchando por huir de su cautiverio y paralelamente intentando lograr la felicidad a través del amor, en un proceso de perfeccionamiento espiritual, que vencerá pasiones y llegará a la generosidad por medio de un valor no sólo físico, sino también moral. Joaquín Casalduero, en su ya clásico libro sobre las «Novelas ejemplares», dividió en cuatro partes este relato, estructuración que nos parece muy acertada; en primer lugar, la narración por parte de Ricardo, el protagonista, del cautiverio y de la tormenta que separa las dos naves en que van él mismo y Leonisa, haciendo naufragar la de esta última por lo que la creerá muerta; una segunda parte estaría compuesta por el relato de Leonisa desde que se salva de los efectos de la tormenta hasta que se reúne con Ricardo con la colaboración los dos amantes de Mahamut; en tercer lugar el desarrollo de la batalla naval —llena de bellas descripciones—, matándose los turcos unos a otros y quedando libres Ricardo y Leonisa; en fin, la cuarta parte es la narración de la vuelta a Trápani en uno de los barcos, uniéndose definitivamente los dos amantes, después de haber elegido Leonisa a Ricardo, frente a Cornelio, su antiguo enamorado. *El amante liberal*, a pesar de ciertos elementos de romanticismo un tanto exaltado y de aventuras y acontecimientos excesivamente extraordinarios, es una novelita de agradable lectura con situaciones de un atractivo dinamismo novelesco, páginas descriptivas de una sensualidad contenida con alto valor artístico y literario y un desarrollo del concepto platónico de la belleza, que repite Cervantes en otras obras e inauguró con *La Galatea*. Y todo ello en un escenario mediterráneo —Sicilia, Chipre, Lampedusa...— bien conocido por Cervantes, pues en él vivió su gloria y también los mismos sueños de libertad que el protagonista de su relato.

Rinconete y Cortadillo.

La tercera novela de las «ejemplares» es *Rinconete y Cortadillo*, reconocida no sólo como la mejor de todas las obras cervantinas, excluida *El Quijote*, sino también como uno de los mejores relatos en prosa de nuestra literatura. Esta novelita, protagonizada por dos muchachos (Pedro del Rincón y Diego Cortado), tiene como escenario la Sevilla de la época, que es tanto como decir el ambiente urbano más interesante para un escritor que, como Cervantes, pretende llevar a sus obras la vida, o al menos una parte importante de la vida, de la España de su tiempo. Don Miguel, que conocía perfectamente la ciudad andaluza (desde las vivencias infantiles hasta la cárcel, ya adulto) reúne a los dos jóvenes protagonistas en la Venta del Molinillo como prólogo a su incorporación a la vida del hampa sevillana, ingresando en la «cofradía» de Monipodio, institución rufianesca con sus leyes, su fórmula de gobierno, su autoridad, sus reglas de actuación urbana, que no excluyen la corrupción de la justicia, e incluso una devoción religiosa que tiene, sobre todo, a la Virgen María como centro de piedad. Ya Marcel Bataillon expresó su opinión acerca del erasmismo que se respira desde el punto de vista religioso en *Rinconete* y, aunque algunos estudiosos están en desacuerdo con el inolvidable hispanista francés, lo cierto es que las actitudes de los ladrones, rufianes y prostitutas, que pueblan el patio de Monipodio, son un tanto irracionales analizadas desde una perspectiva católica ortodoxa y ciertas frases de estos personajes están bañadas por una manifiesta ironía.

El mundo del engaño, del hurto y de la cuchillada, que Cervantes ha descrito magistralmente en *Rinconete y Cortadillo* ha sido calificado por muchos críticos como picaresco y efectivamente en la novela hay indiscutiblemente elementos de la literatura picaresca; sin embargo, ya desde un acercamiento formal observamos la primera diferencia con las obras de ese género y es que mientras en el *Laza-*

rillo, el *Buscón* o el *Guzmán de Alfarache,* los propios protagonistas relatan en primera persona sus aventuras y desventuras, en *Rinconete y Cortadillo* la narración se realiza en tercera persona; por otro lado, y estimamos mucho más esencial estas diferencias, frente al universo pleno de amargura, pesimista y desengañado de la picaresca, Cervantes opone en su novela un humor muy de su cuño y una ternura que ennoblece hasta lo repugnante, evitando además muy conscientemente el moralismo de las obras picarescas. Américo Castro y Joaquín Casalduero han hecho interesantes reflexiones al comparar «lo picaresco» cervantino y las obras más representativas incluidas en este género, pero ya Menéndez Pelayo, del que ambos estudiosos parten al estudiar el problema, escribió: «Cervantes no la imita [a la novela picaresca] nunca, ni siquiera en *Rinconete y Cortadillo* [...] Corre por las páginas de *Rinconete* una intensa alegría, un regocijo luminoso, una especie de indulgencia estética que depura todo lo que hay de feo y de criminal en el modelo, y sin mengua de la moral, lo convierte en espectáculo divertido y chistoso. Y así como es diverso el modo de contemplar la vida del hampa, que Cervantes mira con ojos de altísimo poeta y los demás autores con ojos penetrantes de satírico o moralista, así es divergentísimo el estilo, tan bizarro y desenfadado en *Rinconete,* tan secamente preciso, tan aceradamente sobrio en el *Lazarillo,* tan crudo y desgarrado, tan hondamente amargo en el tétrico y pesimista Mateo Alemán, uno de los escritores más originales y vigorosos de nuestra lengua, pero tan diverso de Cervantes en fondo y forma, que no parece contemporáneo suyo, ni prójimo siquiera.» Y el ya citado Américo Castro recuerda muy acertadamente en *Rinconete y Cortadillo* sus palabras finales, que marcan una esencial diferencia entre esta novela y la picaresca: «era Rinconete, aunque muchacho, de muy buen entendimiento, y tenía un buen natural [...]; propuso en sí de aconsejar a su compañero no durasen en aquella vida tan perdida y tan mala, tan inquieta y tan libre y disoluta».

Si artísticamente *Rinconete y Cortadillo* es una excelente

novela y a las razones ya expresadas debe añadirse la lengua —el habla en muchas ocasiones—, que nos transmite el universo de Monipodio y sus cofrades, desde el plano ideológico esta obra, empapada de gracia y de regocijo, es también una acerada sátira no tanto del mundo hampesco sevillano, sino sobre todo de una sociedad que de él se sirve y, por tanto, lo mantiene e incluso de una justicia que se deja comprar, vendiéndose a los rufianes en lugar de perseguirlos. Cuadro costumbrista, pues, y retablo testimonial valiosísimo, pero también crítica y denuncia de un determinado estrato social, que sin protagonizar directamente los acontecimientos está provocándolos, utilizando sus consecuencias y a veces pagando (recordemos el encargo de cuchilladas) para lograr unos fines que nada tienen de hidalgos y caballerescos.

Queremos recordar, para finalizar el análisis de esta novelita, la hipótesis que un estudioso cervantino —Miguel Herrero García— hizo algunos años acerca de la existencia de una serie de piezas dramáticas, hoy perdidas, realizadas totalmente o simplemente abocetadas, y que serían el origen de las «Novelas ejemplares». Esta opinión, que para algunos relatos de la colección cervantina nos parece muy digna de tenerse en cuenta, lo es con casi absoluta seguridad para el episodio del Patio de Monipodio, hasta el punto que ha sido calificado por José Luis Varela como «entremés de rufianes a lo divino» (recordemos *El rufián dichoso* y *El rufián viudo*) y como un entremés transformado en novela lo considera Domingo Ynduráin, siguiendo las alusiones u opiniones más matizadas de Joaquín Casalduero, Guillermo Díaz Plaja y Amelia Agostini de del Río. Prosificación de una pieza teatral elaborada o simplemente abocetada, o creación directamente narrativa, con *Rinconete y Cortadillo* Cervantes recrea una Sevilla que fue testigo de sus anhelos infantiles y también desgarrado marco de fracasos y desventuras.

La española inglesa.

Como clásico ejemplo de las llamadas novelas idealistas y amorosas se considera el relato titulado *La española inglesa* y en el cual se unen de nuevo acontecimientos novelescos de muy diferente signo con las experiencias personales cervantinas: un combate naval contra turcos, el cautiverio en Argel del protagonista y la liberación del mismo por parte de unos frailes trinitarios. Cuenta Cervantes en esta novela el saqueo de Cádiz por los ingleses (el autor tendría presente lo sucedido en la capital andaluza en 1596) y la captura de una niña de siete años, Isabela, que es llevada a Londres siendo educada allí por el caballero raptor y su esposa, ambos de religión católica. Al llegar Isabela a su juventud se enamora de ella Ricaredo, hijo del caballero, el cual, antes de obtener el permiso de la reina para casarse con la joven española, es enviado a una expedición guerrera al Mediterráneo. En lucha contra los turcos consigue Ricaredo la liberación de una galera portuguesa en la cual van los padres de Isabela, que ya en Londres reconocen a su hija. Después de una serie de acontecimientos, la joven se traslada en peregrinación a Roma y desde allí vuelve a España, donde Ricaredo se encuentra con ella casándose ambos personajes.

Como afirmábamos al estudiar *El amante liberal*, Isabela y Ricaredo protagonizan en *La española inglesa* un proceso amoroso de carácter neoplatónico, que tiene también su paralelo con el enamorado de *La gitanilla,* pues Ricaredo debe someterse a unas pruebas antes de conseguir su felicidad, impuestas por una reina de Inglaterra en cuyo retrato positivo, bondadoso y condescendiente, han insistido repetidamente los estudiosos. Efectivamente, frente a la patente enemistad de España e Inglaterra en el tiempo en que Cervantes escribe su novela, puede sorprender, tanto desde el punto de vista político como religioso, esta actitud cervantina, que quizá precisamente prentenda ofrecer una lección de tolerancia y respeto, aun

dentro de esa manifiesta hostilidad. A todo ello contribuiría
ya de una forma directa las últimas palabras —muy en tono
«ejemplar»— de la obra: «Esta novela nos podría enseñar
cuánto puede la virtud y cuánto la hermosura, pues son
bastantes juntas y cada una de por sí a enamorar aun
hasta los mismos enemigos, y de cómo el Cielo sacar de las
mayores adversidades nuestros mayores provechos.»

El licenciado Vidriera.

Estimada por algunos críticos como una de las mejores
novelas de la colección cervantina, *El licenciado Vidriera*
es considerada por otros como un fracaso, aun afirmando
todos que el contenido del relato posee el interés propio de
la personalidad de don Miguel. Los aspectos negativos de la
obra tienen como motivo fundamental la escasa acción
existente en *El licenciado Vidriera,* ya que, efectivamente,
sólo el primer tercio del relato posee un cierto dinamismo
narrativo, al contar el protagonista, Tomás Rodaja, su
juventud, sus estudios y su estancia en Italia y Flandes
(Nápoles, Génova, Sicilia, Palermo, Venecia, Gante, Bruselas, etc.); vuelto a España, Tomás Rodaja pierde el juicio
al tomar un hechizo amoroso que en un membrillo toledano
le da una dama despechada, creyéndose nuestro personaje,
a partir de aquí, que es de vidrio por lo que recibe el
nombre que da título a la novela: «Imaginóse el desdichado
que era todo hecho de vidrio, y con esta imaginación,
cuando alguno se llegaba a él, daba terribles voces
pidiendo y suplicando con palabras y razones concertadas
que no se le acercasen, porque le quebrarían: que real y
verdaderamente él no era como los otros hombres, que
todo era de vidrio, de pies a cabeza...» Tomás Rodaja,
curada la enfermedad de su cuerpo pero no la su mente
—como dice Cervantes—, se dedicará entonces a decir todo
lo que piensa a quienes desean escucharle y, entre las
burlas de algunos y el crédito de otros (pero con el respeto de
todos debido a su locura), adquiere fama y reconocimiento

por la espontaneidad y agudeza de sus opiniones, que son en su mayor parte apotegmas, sentencias, aforismos, etc., de la tradición clásica, ensartados por Cervantes en las intervenciones consecutivas de este nuevo loco, aunque lejos de la humanidad del otro, del manchego Quijote. El recurso, sin embargo, utilizado por don Miguel es de nuevo un acierto indiscutible y, a pesar de que estamos de acuerdo con la poca entidad novelística que poseen los sucesivos diálogos de Rodaja y sus interlocutores, quizá el autor sabía muy bien que sólo a un loco se le permitirían los juicios que continuamente ofrece y ello por parte no sólo del público de la ficción novelística, sino también del público contemporáneo cervantino. De todas maneras, los elementos satíricos de la novelita son numerosos, pues por boca de Rodaja Cervantes opina sobre muy diversos tipos y situaciones sociales y en «los dos años o poco más» que dura su enfermedad, Rodaja es tenido por una de las personas más cuerdas del mundo y a él acuden todos en demanda de consejos u opinión. La lección cervantina, sin embargo (y en esto no hacemos más que repetir las opiniones de muchos estudiosos), se nos da en los últimos párrafos del relato, ya que Rodaja recobra la razón y se ofrece para que consideren lo que puede hacer lúcido, pues es graduado en Leyes; Tomás quiere trabajar, colaborar con los que le rodean, ofrecer cordura, conocimientos, ciencia y años de estudios y no locura, ganar en la corte «de pensado» lo que sin razón lograra fácilmente y cuando todos le seguían, perseguían y acosaban, soportando incluso sus críticas y amonestaciones... El protagonista cervantino se verá, a pesar de sus ofrecimientos, condenado al hambre en España, por lo que decide salir hacia Europa enrolándose en la milicia, ya que despreciado su ingenio tendrá que valerse de «la fuerza de su brazo». Amarga lección que recuerda alguna de las experiencias vividas por el propio Cervantes, pues no olvidemos que en más de una ocasión don Miguel se dirigió a la corte en demanda de algún cargo por los méritos contraídos en sus acciones bélicas y, a cambio de ello, sólo recibió lacónicas y negativas respuestas. Por eso, no sorprenden las últimas palabras del licenciado Rodaja (que ya no Vidriera) y que, estamos seguros, salían del alma del desengañado Cervantes: «¡Oh corte, que alargas las esperanzas de los atrevidos pretendientes y acortas las de los venturosos escogidos, sustentas abundantemente a los truhanes desvergonzados y matas de hambre a los discretos vergonzosos!»

La fuerza de la sangre.

«Una noche de las calurosas del verano volvían de recrearse del río, en Toledo, un anciano hidalgo, con su mujer, un niño pequeño, una hija de edad de dieciséis años y una criada. La noche era clara; la hora, las once; el camino, solo, y el paso, tardo, por no pagar con cansancio la pensión que traen consigo las holguras que en el río o en la vega se toman en Toledo...» Así comienza *La fuerza de la sangre,* novela de agradable lectura, pero que no ha tenido tradicionalmente una crítica positiva, tanto porque los sucesos en ella desarrollados conforman una historia de azarosas circunstancias y casualidades que resuelven un tanto artificialmente las diversas situaciones, como por un desenlace calificado de conformista y poco arriesgado, desde el punto de vista social, por muchos estudiosos. La obra relata el rapto y posterior seducción de Leocadia a su vuelta de las orillas del Tajo —como podemos leer en el texto citado—, por un joven caballero toledano «a quien la riqueza, la sangre ilustre, la inclinación torcida, la libertad demasiada y las compañías libres le hacían hacer cosas y tener atrevimientos que desdecían de su calidad y le daban renombre de atrevido». Rodolfo, pues este es el nombre del joven, marchará a Italia después de cometida su acción y mientras tanto nacerá un niño, que años después resultará herido, siendo recogido por el padre de Rodolfo. Leocadia, al ir a buscarlo, reconocerá la habitación donde fue forzada y, vuelto Rodolfo de Italia por requerimiento de sus padres, se casará con el joven caballero toledano.

De entre los estudios dedicados a esta novela de Cervantes podemos advertir que sólo González de Amezúa, y sin desarrollarlo adecuadamente, se detiene en un aspecto que nos parece fundamental en el relato cervantino; nos referimos a la actitud de Rodolfo y esos camaradas que pululan por Toledo buscando la aventura amorosa, provocando el escándalo y dejándose llevar por el capricho de sus voluntades; aprueban mutuamente sus actos e incitan o reafirman los caprichos del «liberal» o generoso de la cuadrilla. Rodolfo está lejos del Tenorio tradicional, como afirmó Amezúa, pero su temperamento sexual y erótico es patente, y el libertinaje y la osadía que menciona dicho crítico definen perfectamente el carácter de individuos como el que protagoniza la novela de Cervantes, adquiriendo por sus actos una trascendencia social aún hoy vigente. Porque en el tranquilo Toledo que nos pinta Cervantes, hechos como el relatado tendrían excepcional importancia precisamente por su excepcionalidad, como fuera de lo común socialmente estaría la actuación de Rodolfo y sus secuaces entre «la mucha justicia y bien inclinada gente de aquella ciudad». Caballero y de sangre ilustre es Rodolfo, aunque ni de lo uno ni de lo otro hace gala; hidalgo pobre y confiado en la justicia es el padre de Leocadia, pero nada podrá hacer ante el deseo impuesto por la fuerza y el capricho del joven caballero, pues denunciar la ofensa es publicar la deshonra... Rodolfo es el ocio provinciano, el burlador por su gusto, el joven rico adulado, el parásito social que, como bien indica Amezúa, está lejos de aquel otro vestido de soldado y empuñando una pica en Italia o en Flandes. Quizá por ello, Cervantes, después de la ofensa, lo traslada a Italia para que, ya demostrada su verdadera hombría, pueda casarse con la joven burlada. Tipos como Rodolfo y sus amigos, burladores en grupo y sin gracia, jóvenes que se eximen ellos mismos de unas leyes sociales apoyándose en la riqueza y en el nombre, pero sin rebelarse ante esas leyes como lo hiciera el clásico Burlador, tipos como éstos, repetimos, tienen hoy vigencia y en general sus aventuras no acaban de la feliz manera que Cervantes nos cuenta.

Por eso, aunque en parte estamos de acuerdo con esos críticos que consideran esta obra como inferior a la mayoría de las «ejemplares», creemos que Cervantes, aun teniendo en cuenta el desenlace ya analizado, consigue con gran acierto relatar los acontecimientos y a través de ellos, de una forma directa, testimoniar lo injusto de una sociedad; lo hace al contrastar el grupo de Leocadia y su familia y el de Rodolfo y sus amigos como escuadrones de ovejas y de lobos, y lo hace también al mostrar la pobre hidalguía, necesitada de favor, de los primeros y afirmar de los segundos «... que siempre los ricos que dan en liberales hallan quien canonice sus desafueros y califique por buenos sus malos gustos».

Nota.—El estudio de las *Novelas Ejemplares* se continúa y completa en el volumen 567 de esta Colección Austral que incluye *El celoso extremeño, La ilustre fregona, Las dos doncellas, La señora Cornelia* y *El casamiento engañoso y coloquio de los perros.* Al final de ese estudio figura una Bibliografía selecta y comentada sobre las *Novelas Ejemplares.*

NOVELAS EJEMPLARES

FE DE ERRATAS

Vi las doce *Novelas,* compuestas por Miguel de Cervantes, y en ellas no hay cosa digna de notar, que no corresponda con su original.

Dada en Madrid, a siete de agosto de 1613.

El licenciado Murcia de la Llana.

TASA

Yo, Hernando de Vallejo, escribano de cámara del rey nuestro Señor, de los que residen en su Consejo, doy fe, que habiéndose visto por los señores dél un libro, que con su licencia fue impreso, intitulado *Novelas ejemplares,* compuesto por Miguel de Cervantes Saavedra, le tasaron a cuatro maravedís el pliego, el cual tiene setenta y un pliegos y medio, que al dicho precio suma y monta doscientos y ochenta y seis maravedís en papel; y mandaron que a este precio, y no más, se venda, y que esta tasa se ponga al principio de cada volumen del dicho libro, para que se sepa y entienda lo que por él se ha de pedir y llevar, como consta y parece por el auto y decreto que está y queda en mi poder, a que me refiero.

Y para que dello conste, de mandamiento de los dichos señores del Consejo, y pedimiento de la parte del dicho Miguel de Cervantes, di esta fe, en la villa de Madrid, a doce días del mes de agosto de mil y seiscientos y trece años.

Hernando de Vallejo.

Monta ocho reales y catorce maravedís en papel:

Vea este libro el padre presentado Fr. Juan Bautista, de la orden de la Santísima Trinidad, y dígame si tiene cosa contra la fe o buenas costumbres, y si será justo imprimirse.

Fecho en Madrid, a 2 de julio de 1612.

El Doctor Cetina.

APROBACIÓN

Por comisión del señor doctor Gutierre de Cetina, vicario general por el ilustrísimo cardenal D. Bernardo de Sandoval y Rojas, en Corte, he visto y leído las doce *Novelas ejemplares*, compuestas por Miguel de Cervantes Saavedra; y supuesto que es sentencia llana del angélico doctor Santo Tomás, que la eutropelia es virtud, la que consiste en un entretenimiento honesto, juzgo que la verdadera eutropelia está en estas *Novelas,* porque entretienen con su novedad, enseñan con sus ejemplos a huir vicios y seguir virtudes, y el autor cumple con su intento, con que da honra a nuestra lengua castellana, y avisa a las repúblicas de los daños que de algunos vicios se siguen, con otras muchas comodidades, y así me parece se le puede y debe dar la licencia que pide, salvo &c.

En este convento de la Santísima Trinidad, calle de Atocha, en 9 de julio de 1612.

El padre presentado Fr. Juan Bautista.

APROBACIÓN

Por comisión, y mandado de los señores del Consejo de su majestad, he hecho ver este libro de *Novelas ejemplares*, y no contiene cosa contra la fe ni buenas costumbres, antes con semejantes argumentos nos pretende enseñar su autor cosas de importancia, y el como nos hemos de haber en ellas; y este fin tienen los que escriben novelas y fábulas; y ansí me parece se puede dar licencia para imprimir.

En Madrid, a nueve de julio de mil y seiscientos y doce.

El Doctor Cetina.

APROBACIÓN

Por comisión de vuestra alteza he visto el libro intitulado *Novelas ejemplares*, de Miguel de Cervantes Saavedra, y no hallo en él cosa contra la fe y buenas costumbres, por donde no se pueda imprimir, antes hallo en él cosas de mucho entretenimiento para los curiosos lectores, y avisos y sentencias de mucho provecho, y que proceden de la fecundidad del ingenio de su autor, que no lo muestra en éste menos que en los demás que ha sacado a luz.

En este monasterio de la Santísima Trinidad, en ocho de agosto de mil y seiscientos y doce.

Fray Diego de Hortigosa.

APROBACIÓN

Por comisión de los señores del Supremo Consejo de Aragón vi un libro intitulado *Novelas ejemplares*, de honestísimo entretenimiento, su autor Miguel de Cervantes Saavedra, y no sólo [no] hallo en él cosa escrita en ofensa de la religión cristiana y perjuicio de las buenas costumbres, antes bien confirma el dueño desta obra la justa estimación que en España y fuera della se hace de su claro ingenio, singular en la invención y copioso en el lenguaje, que con lo uno y lo otro enseña y admira, dejando desta vez concluidos con la abundancia de sus palabras a los que, siendo émulos de la lengua española, la culpan de corta y niegan su fertilidad, y así se debe imprimir; tal es mi parecer.

En Madrid, a treinta y uno de julio de mil y seiscientos y trece.

Alonso Gerónimo de Salas Barbadillo.

EL REY

Por cuanto, por parte de vos, Miguel de Cervantes, nos fue hecha relación que habíades compuesto un libro intitulado: *Novelas ejemplares*, de honestísimo entretenimiento, donde se mostraba la alteza y fecundidad de la lengua castellana, que os había costado mucho trabajo el componerle, y nos suplicastes os mandásemos dar licencia y facultad para le poder imprimir, y privilegio por el tiempo que fuésemos servido, o como la nuestra merced fuese, lo cual, visto por los del nuestro Consejo, por cuanto en el dicho libro se hizo la diligencia que la pragmática por nos sobre ello hecha dispone, fue acordado que debíamos mandar dar esta nuestra cédula en la dicha razón, y nos tuvímoslo por bien.

Por la cual vos damos licencia y facultad para que, por tiempo y espacio de diez años cumplidos primeros siguientes, que corran y se cuenten desde el día de la fecha desta nuestra cédula en adelante, vos, o la persona que para ello vuestro poder hubiere, y no otra alguna, podáis imprimir y vender el dicho libro, que de suso se hace mención.

Y por la presente damos licencia y facultad a cualquier impresor destos nuestros reinos, que nombráredes, para que durante el dicho tiempo lo pueda imprimir por el original que en el nuestro Consejo se vio, que va rubricado, y firmado al fin, de Antonio de Olmedo, nuestro escribano de

Cámara, y uno de los que en el nuestro Consejo residen, con que antes que se venda le traigáis ante ellos, juntamente con el dicho original, para que se vea si la dicha impresión está conforme a él, o traigáis fe en pública forma, como por corrector por nos nombrado se vio y corrigió la dicha impresión por el dicho original.

Y mandamos al impresor que ansí imprimiere el dicho libro, no imprima el principio y primer pliego dél, ni entregue más de un solo libro con el original al autor y persona a cuya costa lo imprimiere, ni a otra alguna, para efecto de la dicha corrección y tasa, hasta que antes, y primero, el dicho libro esté corregido y tasado por los de nuestro Consejo.

Y estando hecho, y no de otra manera, pueda imprimir el dicho principio y primer pliego, en el cual, inmediatamente, se ponga esta nuestra licencia, y la aprobación, tasa y erratas; ni lo podáis vender ni vendáis vos, ni otra persona alguna, hasta que esté el dicho libro en la forma susodicha, so pena de caer e incurrir, en las penas contenidas en la dicha pragmática y leyes de nuestros reinos, que sobre ellos disponen.

Y mandamos que durante el dicho tiempo persona alguna, sin vuestra licencia, no lo pueda imprimir ni vender, so pena que, el que lo imprimiere y vendiere, haya perdido y pierda cualesquier libros, moldes y aparejos que del tuviere, y más incurra en pena de cincuenta mil maravedís por cada vez que lo contrario hiciere.

De la cual dicha pena sea la tercia parte para nuestra Cámara, y la otra tercia parte para el juez que lo sentenciare, y la otra tercia parte para el que lo denunciare.

Y mandamos a los de nuestro Consejo, presidente y oidores de las nuestras Audiencias, alcaldes, alguaciles de la nuestra Casa y Corte y Chancillerías, y otras cualesquier justicias de todas las ciudades, villas y lugares destos nuestros reinos y señoríos, y a cada uno dellos, ansí a los que agora son, como a los que serán de aquí adelante, que vos guarden y cumplan esta nuestra cédula y merced, que ansí vos hacemos, y contra ella no vayan, ni pasen, ni con-

sientan ir, ni pasar en manera alguna, so pena de la
nuestra merced, y de diez mil maravedís para la nuestra
Cámara.

Fecha en Madrid, a veinte y dos días del mes de
noviembre de mil y seiscientos y doce años.

YO EL REY

Por mandado del Rey nuestro Señor,
Jorge de Tovar.

PRIVILEGIO DE ARAGÓN

Nos, Don Felipe, por la racia de Dios Rey de Castilla, de
Aragón, de León, de las dos Sicil[i]as, de Jerusalén, de Portugal, de Hungría, de Dalmacia, de Croacia, de Navarra, de
Granada, de Toledo, de Valencia, de Galicia, de Mallorca,
de Sevilla, de Cerdeña, de Córdoba, de Córcega, de Murcia,
de Jaén, de los Algarbes, de Algecira, de Gibraltar, de las
islas de Canaria, de las Indias Orientales y Occidentales,
Islas y Tierrafirme del mar Océano, Archiduque de Austria,
Duque de Borgoña, de Bravante, de Milán, de Atenas y
Neopatria, Conde de Abspurg, de Flandes, de Tyrol, de Barcelona, de Rosellón y Cerdeña, Marqués de Oristán y Conde
de Goceano.

Por cuanto por parte de vos, Miguel de Cervantes Saavedra, nos ha sido hecha relación, que con vuestra industria y trabajo habéis compuesto un libro intitulado *Novelas*
ejemplares, de honestísimo entretenimiento, el cual es muy
útil y provechoso, y le deseáis imprimir en los nuestros
reinos de la Corona de Aragón, suplicándonos fuésemos
servidos de haceros merced de licencia para ello.

E nos, teniendo consideración a lo sobredicho, y que ha
sido el dicho libro reconocido por persona experta en

letras, y por ella aprobado, para que os resulte dello alguna utilidad, y, por la común, lo habemos tenido por bien.

Por ende, con tenor de las presentes, de nuestra cierta ciencia y real autoridad, deliberadamente y consulta, damos licencia, permiso y facultad a vos, Miguel de Cervantes, que, por tiempo de diez años, contaderos desde el día de la data de las presentes en adelante, vos, o la persona o personas que vuestro poder tuvieren, y no otro alguno, podáis y puedan hacer imprimir y vender el dicho libro de las *Novelas ejemplares*, de honestísimo entretenimiento, en los dichos nuestros reinos de la corona de Aragón, prohibiendo y vedando expresamente que ningunas otras personas lo puedan hacer por todo el dicho tiempo, sin vuestra licencia, permiso y voluntad, ni le puedan entrar en los dichos reinos, para vender, de otros adonde, se hubiere imprimido.

Y si, después de publicadas las presentes, hubiere alguno o algunos que durante el dicho tiempo intentaren de imprimir o vender el dicho libro, ni meterlos impresos para vender, como dicho es, incurran en pena de quinientos florines de oro de Aragón, dividideros en tres partes, a saber: es, una, para nuestros cofres reales; otra, para vos, el dicho Miguel de Cervantes Saavedra; y otra, para el acusador. Y demás de la dicha pena, si fuere impresor, pierda los moldes y libros que así hubiere imprimido, mandando con el mismo tenor de las presentes a cualesquier lugartenientes y capitanes generales, regentes la Cancellaría, regente el oficio, y por tant[a]s veces de nuestro general gobernador, alguaciles, vergueros, porteros y otros cualesquier oficiales y ministros nuestros mayores y menores en los dichos nuestros reinos y señoríos constituidos y constituideros, y a sus lugartenientes y regentes los dichos oficios, so incurrimiento de nuestra ira e indignación y pena de mil florines de oro de Aragón de bienes del que lo contrario hiciere exigideros, y a nuestros reales cofres aplicaderos, que la presente nuestra licencia y prohibición, y todo lo en ella contenido, os tengan guardar, tener, guardar y cumplir hagan, sin contradición alguna, y no permitan ni den lugar a que sea hecho lo contrario en manera alguna, si de más de nuestra ira e indignación, en la pena susodicha desean no incurrir.

En testimonio de lo cual, mandamos despachar las presentes, con nuestro sello real común en el dorso selladas.

Datt. en San Lorenzo el Real, a nueve días del mes de agosto, año del nacimiento de nuestro Señor Jesu Cristo mil y seiscientos y trece.

YO EL REY

Dominus rex mandauit mihi D. Francisco Gassol, visa per Roig Vicecancellarium, Comitem generalem Thesaurarium, Guardiola, Fontanet, Martinez, &. Perez Manrique, regentes Cancellariam.

PRÓLOGO AL LECTOR

Quisiera yo, si fuera posible, lector amantísimo, excusarme de escribir este prólogo, porque no me fue tan bien con el que puse en mi *Don Quijote,* que quedase con gana de segundar con éste. Desto tiene la culpa algún amigo, de los muchos que en el discurso de mi vida he granjeado, antes con mi condición que con mi ingenio, el cual amigo bien pudiera, como es uso y costumbre, grabarme y esculpirme en la primera hoja deste libro, pues le diera mi retrato el famoso don Juan de Jáuregui, y con esto quedara mi ambición satisfecha, y el deseo de algunos que querrían saber qué rostro y talle tiene quien se atreve a salir con tantas invenciones en la plaza del mundo, a los ojos de las gentes, poniendo debajo del retrato: «Este que véis aquí, de rostro aguileño, de cabello castaño, frente lisa y desembarazada, de alegres ojos y de nariz corva, aunque bien proporcionada; las barbas de plata, que no ha veinte años que fueron de oro, los bigotes grandes, la boca pequeña, los dientes ni menudos ni crecidos, porque no tiene sino seis, y ésos mal acondicionados y peor puestos, porque no tienen correspondencia los unos con los otros; el cuerpo entre dos extremos, ni grande, ni pequeño, la color viva, antes blanca que morena; algo cargado de espaldas, y no muy ligero de pies; éste digo que es el rostro del autor de *La Galatea* y de

Don Quijote de la Mancha, y del que hizo el *Viaje del Parnaso,* a imitación del de César Caporal Perusino, y otras obras que andan por ahí descarriadas, y, quizá, sin el nombre de su dueño. Llámase comúnmente Miguel de Cervantes Saavedra. Fue soldado muchos años, y cinco y medio cautivo, donde aprendió a tener paciencia en las adversidades. Perdió en la batalla naval de Lepanto la mano izquierda de un arcabuzazo, herida que, aunque parece fea, él la tiene por hermosa, por haberla cobrado en la más memorable y alta ocasión que vieron los pasados siglos, ni esperan ver los venideros, militando debajo de las vencedoras banderas del hijo del rayo de la guerra, Carlo Quinto, de felice memoria.» Y cuando a la deste amigo, de quien me quejo, no ocurrieran otras cosas de las dichas que decir de mí, yo me levantara a mí mismo dos docenas de testimonios, y se los dijera en secreto, con que extendiera mi nombre y acreditara mi ingenio. Porque pensar que dicen puntualmente la verdad los tales elogios, es disparate, por no tener punto preciso ni determinado las alabanzas ni los vituperios.

En fin, pues ya esta ocasión se pasó, y yo he quedado en blanco y sin figura, será forzoso valerme por mi pico, que aunque tartamudo, no lo será para decir verdades, que, dichas por señas, suelen ser entendidas. Y así te digo otra vez, lector amable, que destas novelas que te ofrezco, en ningún modo podrás hacer pepitoria, porque no tienen pies, ni cabeza, ni entrañas, ni cosa que les parezca; quiero decir que los requiebros amorosos que en algunas hallarás, son tan honestos y tan medidos con la razón y discurso cristiano, que no podrán mover a mal pensamiento al descuidado o cuidadoso que las leyere.

Heles dado nombre de *ejemplares,* y si bien lo miras, no hay ninguna de quien no se pueda sacar algún ejemplo provechoso; y si no fuera por no alargar este sujeto, quizá te mostrara el sabroso y honesto fruto que se podría sacar, así de todas juntas, como de cada una de por sí.

Mi intento ha sido poner en la plaza de nuestra república una mesa de trucos, donde cada uno pueda llegar a entretenerse, sin daño de barras; digo sin daño del alma ni del cuerpo, porque los ejercicios honestos y agradables, antes aprovechan que dañan.

Sí, que no siempre se está en los templos; no siempre se ocupan los oratorios; no siempre se asiste a los negocios, por calificados que sean. Horas hay de recreación, donde el afligido espíritu descanse.

Para este efeto se plantan las alamedas, se buscan las fuentes, se allanan las cuestas y se cultivan, con curiosidad, los jardines. Una cosa me atreveré a decirte, que si por algún modo alcanzara que la lección destas novelas pudiera inducir a quien las leyera a algún mal deseo o pensamiento, antes me cortara la mano con que las escribí, que sacarlas en público. Mi edad no está ya para burlarse con la otra vida, que al cincuenta y cinco de los años gano por nueve más y por la mano.

A esto se aplicó mi ingenio, por aquí me lleva mi inclinación, y más que me doy a entender, y es así, que yo soy el primero que he novelado en lengua castellana, que las muchas novelas que en ella andan impresas, todas son traducidas de lenguas estranjeras, y éstas son mías propias, no imitadas ni hurtadas; mi ingenio las engendró, y las parió mi pluma, y van creciendo en los brazos de la estampa. Tras ellas, si la vida no me deja, te ofrezco los *Trabajos de Persiles*, libro que se atreve a competir con Heliodoro, si ya por atrevido no sale con las manos en la cabeza; y primero verás, y con brevedad dilatadas, las hazañas de don Quijote y donaires de Sancho Panza, y luego las *Semanas del jardín*.

Mucho prometo, con fuerzas tan pocas como las mías; pero ¿quién pondrá rienda a los deseos? Sólo esto quiero que consideres, que pues yo he tenido osadía de dirigir estas novelas al gran Conde de Lemos, algún misterio tienen escondido que las levanta.

No más, sino que Dios te guarde y a mí me dé paciencia para llevar bien el mal que han de decir de mí más de cuatro sotiles y almidonados. Vale.

A DON PEDRO FERNÁNDEZ DE CASTRO,
Conde de Lemos, de Andrade y de Villalba,
Marqués de Sarriá, Gentilhombre de la Cámara
de Su Majestad, Virrey, Governador
y Capitán General del reino de Nápoles,
Comendador de la Encomienda de la Zarza
de la Orden de Alcántara

En dos errores, casi de ordinario, caen los que dedican sus obras a algún príncipe. El primero es, que en la carta que llaman dedicatoria, que ha de ser muy breve y sucinta, muy de propósito y espacio, ya llevados de la verdad o de la lisonja, se dilatan en ella en traerle a la memoria, no sólo las hazañas de sus padres y abuelos, sino las de todos sus parientes, amigos y bienhechores. En el segundo, decirles que las ponen debajo de su protección y amparo, porque las lenguas maldicientes y murmuradoras no se atrevan a morderlas y lacerarlas.

Yo, pues, huyendo destos dos inconvenientes, paso en silencio aquí las grandezas y títulos de la antigua y Real Casa de vuestra Excelencia, con sus infinitas virtudes, así naturales como adqueridas, dejándolas a que los nuevos Fidias y Lisipos busquen mármoles y bronces adonde grabarlas y esculpirlas, para que sean émulas a la duración de los tiempos.

Tampoco suplico a vuestra Excelencia reciba en su tutela este libro, porque sé que, si él no es bueno, aunque le ponga debajo de las alas del hipogrifo de Astolfo y a la sombra de la clava de Hércules, no dejarán los Zoilos, los Cínicos, los Aretinos y los Bernias de darse un filo en su vituperio, sin guardar respecto a nadie. Sólo suplico que advierta vuestra Excelencia que le envío, como quien no dice nada, doce cuentos que, a no haberse labrado en la oficina de mi entendimiento, presumieran ponerse al lado de los más pintados.

Tales cuales son, allá van, y yo quedo aquí contentísimo por parecerme que voy mostrando en algo el deseo que tengo de servir a vuestra Excelencia como a mi verdadero señor y bienhechor mío. Guarde nuestro Señor, &c.

De Madrid, a catorce de julio de mil y seiscientos y trece.

Criado de vuestra Excelencia,
Miguel de Cervantes Saavedra

DEL MARQUÉS DE ALCAÑIZES
A MIGUEL DE CERVANTES

SONETO

Si en el moral ejemplo y dulce aviso,
Cervantes, de la diestra grave lira,
en docta frasis el concepto mira
el lector retratado un paraíso;

mira mejor que con el arte quiso
vuestro ingenio sacar de la mentira
la verdad, cuya llama sólo aspira
a lo que es voluntario hacer preciso.

Al asumpto ofrecidas las memorias
dedica el tiempo, que en tan breve suma
caben todos sucintos los estremos;

y es noble calidad de vuestras glorias,
que el uno se le deba a vuestra pluma,
y el otro a las grandezas del de Lemos.

DE FERNANDO BERMÚDEZ Y CARVAJAL
CAMARERO DEL DUQUE DE SESA,
A MIGUEL DE CERVANTES

Hizo la memoria clara
de aquel Dédalo ingenioso,
el laberinto famoso,
obra peregrina y rara;
mas si tu nombre alcanzara
Creta en su monstr[u]o cruel,
le diera al bronce y pincel,

cuando, en términos distintos,
viera en doce laberintos
mayor ingenio que en él;
  y si la naturaleza,
en la mucha variedad
enseña mayor beldad,
más artificio y belleza,
celebre con más presteza,
Cervantes raro y sutil,
aqueste florido abril,
cuya variedad admira
la fama veloz, que mira
en él variedades mil.

DE DON FERNANDO DE LODEÑA
A MIGUEL DE CERVANTES

SONETO

Dejad, Nereidas, del albergue umbroso
las piezas de cristales fabricadas,
de la espuma ligera mal techadas,
si bien guarnidas de coral precioso;
  salid del sitio ameno y deleitoso,
Dríades de las selvas no tocadas,
y vosotras, ¡oh Musas celebradas!,
dejad las fuentes del licor copioso;
  todas juntas traed un ramo solo
del árbol en quien Dafne convertida,
al rubio Dios mostró tanta dureza,
  que, cuando no lo fuera para Apolo,
hoy se hiciera laurel, por ver ceñida
a Miguel de Cervantes la cabeza.

DE JUAN DE SOLÍS MEJÍA
GENTILHOMBRE CORTESANO,
A LOS LECTORES

SONETO

¡O tú, que aquestas fábulas leíste:
si lo secreto dellas contemplaste,
verás que son de la verdad engaste,
que por tu gusto tal disfraz se viste!

Bien, Cervantes insigne, conociste
la humana inclinación, cuando mezclaste
lo dulce con lo honesto, y lo templaste
tan bien que plato al cuerpo y alma hiciste.

Rica y pomposa vas, filosofía;
ya, doctrina moral, con este traje
no habrá quien de ti burle o te desprecie.

Si agora te faltare compañía,
jamás esperes del mortal linaje
que tu virtud y tus grandezas precie.

LA GITANILLA

Parece que los gitanos y gitanas solamente nacieron en el mundo para ser ladrones: nacen de padres ladrones, críanse con ladrones, estudian para ladrones, y, finalmente, salen con ser ladrones corrientes y molientes a todo ruedo, y la gana de hurtar y el hurtar son en ellos como accidentes inseparables, que no se quitan sino con la muerte. Una, pues, desta nación, gitana vieja, que podía ser jubilada en la ciencia de Caco [1], crió una muchacha en nombre de nieta suya, a quien puso nombre Preciosa, y a quien enseñó todas sus gitanerías, y modos de embelecos, y trazas de hurtar. Salió la tal Preciosa la más única bailadora que se hallaba en todo el gitanismo, y la más hermosa y discreta que pudiera hallarse, no entre los gitanos, sino entre cuantas hermosas y discretas pudiera pregonar la fama. Ni los soles, ni los aires, ni todas las inclemencias del cielo, a quien más que otras gentes están sujetos los gitanos, pudieron deslustrar su rostro ni curtir las manos; y lo que es más, que la crianza tosca en que se criaba no descubría en ella sino ser nacida de mayores prendas que de gitana, porque era en extremo cortés y bien razonada. Y, con todo esto, era algo desenvuelta; pero no de modo que

---

[1] *Caco*, monstruo romano temido por su rapacidad y destruido por Hércules.

descubriese algún género de deshonestidad; antes, con ser aguda, era tan honesta, que en su presencia no osaba alguna gitana, vieja ni moza, cantar cantares lascivos ni decir palabras no buenas. Y, finalmente, la abuela conoció el tesoro que en la nieta tenía, y así, determinó el águila vieja sacar a volar su aguilucho y enseñarle a vivir por sus uñas.

Salió Preciosa rica de villancicos, de coplas, seguidillas y zarabandas, y de otros versos, especialmente de romances, que los cantaba con especial donaire. Porque su taimada abuela echó de ver que tales juguetes y gracias, en los pocos años y en la mucha hermosura de su nieta, habían de ser felicísimos atractivos e incentivos para acrecentar su caudal; y así, se los procuró y buscó por todas las vías que pudo, y no faltó poeta que se los diese; que también hay poetas que se acomodan con gitanos, y les venden sus obras, como los hay para ciegos, que les fingen milagros y van a la parte de la ganancia. De todo hay en el mundo, y esto de la hambre tal vez hace arrojar los ingenios a cosas que no están en el mapa.

Crióse Preciosa en diversas partes de Castilla, y a los quince años de edad su abuela putativa la volvió a la corte y a su antiguo rancho, que es adonde ordinariamente le tienen los gitanos, en los campos de Santa Bárbara [2], pensando en la corte vender su mercadería, donde todo se compra y todo se vende. Y la primera entrada que hizo Preciosa en Madrid fue un día de Santa Ana, patrona y abogada de la villa [3], con una danza en que iban ocho gitanas, cuatro ancianas y cuatro muchachas, y un gitano, gran bailarín, que las guiaba; y aunque todas iban limpias y bien aderezadas, el aseo de Preciosa era tal, que poco a poco fue enamorando los ojos de cuantos la miraban. De entre el son del tamborín y castañetas [4] y fuga del baile salió un rumor que encarecía la belleza y donaire de la Gitanilla, y corrían

[2]   *Santa Bárbara,* el lugar exacto de asentamiento de los gitanos debió estar entre las calles actuales de Luchana y Manuel Silvela.

[3]   *Santa Ana,* con San Roque fue patrona y abogada contra la peste.

[4]   *castañetas,* pitos que se hacen con los dedos pulgar y corazón.

los muchachos a verla y los hombres a mirarla. Pero cuando la oyeron cantar, por ser la danza cantada, ¡allí fue ello! Allí sí que cobró aliento la fama de la Gitanilla, y de común consentimiento de los diputados de la fiesta, desde luego le señalaron el premio y la joya de la mejor danza; y cuando llegaron a hacerla en la iglesia de Santa María, delante de la imagen de Santa Ana, después de haber bailado todas, tomó Preciosa unas sonajas [5], al son de las cuales, dando en redondo largas y ligerísimas vueltas, cantó el romance siguiente:

> Árbol preciosísimo,
> que tardó en dar fruto
> años que pudieron
> cubrirle de luto,
> y hacer los deseos
> del consorte puros,
> contra su esperanza
> no muy bien seguros;
> de cuyo tardarse
> nació aquel disgusto
> que lanzó del Templo
> al varón más justo.
> Santa Tierra estéril,
> que al cabo produjo
> toda la abundancia
> que sustenta el mundo;
> casa de moneda,
> do se forjó el cuño
> que dio a Dios la forma
> que como hombre tuvo;
> madre de una hija
> en quien quiso y pudo
> mostrar Dios grandezas
> sobre humano curso.
> Por vos y por ella
> sois, Ana, el refugio
> do van por remedio
> nuestros infortunios.
> En cierta manera,
> tenéis, no lo dudo,

---

[5]   *sonajas*, o panderete, son cercos de madera con rodajas de metal.

sobre el Nieto imperio
piadoso y justo.
A ser comunera
del alcázar sumo,
fueron mil parientes
con vos de consuno.
¡Qué hija, y qué nieto
y qué yerno! Al punto,
a ser causa justa
cantárades triunfos.
Pero vos, humilde,
fuisteis el estudio
donde vuestra Hija
hizo humildes cursos,
y agora a su lado,
a Dios el más justo,
gozáis de la alteza
que apenas barrunto.

El cantar de Preciosa fue para admirar a cuantos la
escuchaban. Unos decían: «¡Dios te bendiga, muchacha!»
Otros: «¡Lástima es que esta mozuela sea gitana! En verdad
en verdad que merecería ser hija de un gran señor.» Otros
había más groseros, que decían: «¡Dejen crecer a la rapaza,
que ella hará de las suyas! ¡A fe que se va añudando en
ella gentil red barredera para pescar más corazones!»
Otro, más humano, más basto y más modorro [6], viéndola
andar tan ligera en el baile, le dijo: «¡A ello, hija, a ello!
Andad, amores, y pisad el polvito atán menudito!» Y ella
respondió, sin dejar el baile: «¡Y pisárelo yo atán me-
nudó!»

Acabáronse las vísperas, y la fiesta de Santa Ana, y
quedó Preciosa algo cansada; pero tan celebrada de hermosa, de aguda y de discreta, y de bailadora, que a corri-
llos se hablaba della en toda la corte. De allí a quince días
volvió a Madrid con otras tres muchachas, con sonajas y
con un baile nuevo, todas apercibidas de romances y can-
tarcillos alegres, pero todos honestos; que no consentía
Preciosa que las que fuesen en su compañía cantasen can-

---

[6]   *modorro*, necio, que no sabe estar.

tares descompuestos, ni ella los cantó jamás, y muchos
miraron en ello, y la tuvieron en mucho. Nunca se apartaba della la gitana vieja, hecha su Argos [7], temerosa no se
la despabilasen y traspusiesen; llamábala nieta, y ella la
tenía por abuela. Pusiéronse a bailar a la sombra en la
calle de Toledo, y de los que las venían siguiendo se hizo
luego un gran corro; y en tanto que bailaban, la vieja pedía
limosna a los circunstantes, y llovían en ella ochavos y
cuartos como piedras a tablado: que también la hermosura
tiene fuerza de despertar la caridad dormida.

Acabado el baile, dijo Preciosa:

—Si me dan cuatro cuartos, les cantaré un romance yo
sola, lindísimo en extremo, que trata de cuando la reina
nuestra señora Margarita [8] salió a misa de parida en Valladolid y fue a San Llorente: dígoles que es famoso, y compuesto por un poeta de los del número, como capitán de ba-
tallón.

Apenas hubo dicho esto, cuando casi todos los que en la
rueda estaban dijeron a voces:

—Cántale, Preciosa, y ves aquí mis cuatro cuartos.

Y así granizaban sobre ella cuartos, que la vieja no se
daba manos a cogerlos. Hecho, pues, su agosto y su ven-
dimia, repicó Preciosa sus sonajas, y al tono correntío [9] y
loquesco [10] cantó el siguiente romance:

> Salió a misa de parida
> la mayor reina de Europa,
> en el valor y en el nombre
> rica y admirable joya.
> Como los ojos se lleva,
> se lleva las almas todas
> de cuantos miran y admiran
> su devoción y su pompa.

---

[7]   *Argos*, dios dotado de múltiples ojos, centinela constante en mito-
logía.

[8]   *señora* Margarita, Margarita de Austria, esposa de Felipe III.

[9]   *correntío*, aunque se llamaba así al romance compuesto de pareado
con rima consonante y primer verso libre, aquí sólo significa *de corrida*.

[10]   *loquesco*, de modo desenvuelto, espontáneo.

Y para mostrar que es parte
del cielo en la tierra toda,
a un lado lleva el sol de Austria;
al otro, la tierna Aurora [11].
A sus espaldas le sigue
un Lucero que a deshora
salió, la noche del día
que el cielo y la tierra lloran [12].
Y si en el cielo hay estrellas
que lucientes carros forman,
en otros carros su cielo
vivas estrellas adornan.
Aquí el anciano Saturno
la barba pule y remoza,
y aunque es tardo, va ligero;
que el placer cura la gota.
El dios parlero va en lenguas
lisonjeras y amorosas,
y Cupido en cifras varias,
que rubís y perlas bordan.
Allí va el furioso Marte
en la persona curiosa
de más de un gallardo joven,
que de su sombra se asombra.
Junto a la casa del Sol
va Júpiter; que no hay cosa
difícil a la privanza
fundada en prudentes obras.
Va la Luna en las mejillas
de una y otra humana diosa;
Venus casta, en la belleza
de las que este cielo forman.
Pequeñuelos Ganimedes
cruzan, van, vuelven y tornan
por el cinto tachonado
desta esfera milagrosa.
Y para que todo admire
y todo asombre, no hay cosa

---

[11]   *Aurora*, la procesión fue el 31 de mayo de 1605. «Iban delante los alcaldes de casa y corte, luego los títulos [...] A continuación, la Reina y la Infanta [...], el Rey Felipe a caballo y el marqués de Falces [...] seguía la condesa de Altamira en una litera descubierta con el príncipe en el regazo [...]» (Narciso Alonso Cortés, *La corte de Felipe III en Valladolid*, Valladolid, 1908, pág. 45.)

[12]   *tierra lloran*, noche del Viernes Santo (8. IV.1605) en que nace Felipe IV.

que de liberal no pase
hasta el extremo de pródiga.
Milán con sus ricas telas
allí va en vista curiosa;
las Indias con sus diamantes,
y Arabia con sus aromas.
Con los malintencionados
va la envidia mordedora,
y la bondad en los pechos
de la lealtad española.
La alegría universal,
huyendo de la congoja,
calles y plazas discurre,
descompuesta y casi loca.
A mil mudas bendiciones
abre el silencio la boca,
y repiten los muchachos
lo que los hombres entonan.
Cuál dice: «Fecunda vid,
crece, sube, abraza y toca
el olmo felice tuyo,
que mil siglos te haga sombra,
para gloria de ti misma,
para bien de España y honra,
para arrimo de la Iglesia,
para asombro de Mahoma.»
Otra lengua clama y dice:
«Vivas ¡oh blanca paloma!,
que nos has de dar por crías
águilas de dos coronas,
para ahuyentar de los aires
las de rapiña furiosas,
para cubrir con sus alas
a las virtudes medrosas.»
Otra, más discreta y grave,
más aguda y más curiosa,
dice, vertiendo alegría
por los ojos y la boca:
«Esta perla que nos diste,
nácar de Austria, única y sola,
¡qué de máquinas que rompe!,
¡qué de designios que corta!,
¡qué de esperanzas que infunde!,
¡qué de deseos mal logra!,
¡qué de temores aumenta!,
¡qué de preñados aborta!»
En esto, se llegó al templo
del Fénix santo que en Roma

fue abrasado, y quedó vivo
en la fama y en la gloria [13].
A la imagen de la vida,
a la del cielo Señora,
a la que por ser humilde
las estrellas pisa agora,
a la Madre y Virgen junto,
a la Hija y a la Esposa
de Dios, hincada de hinojos,
Margarita así razona:
«Lo que me has dado te doy
mano siempre dadivosa:
que a do falta el favor tuyo,
siempre la miseria sobra.
Las primicias de mis frutos
te ofrezco, Virgen hermosa;
tales cuales son las mira,
recibe, ampara y mejora.
A su padre te encomiendo,
que, humano Atlante, se encorva
al peso de tantos reinos
y de climas tan remotas.
Sé que el corazón del Rey
en las manos de Dios mora,
y sé que puedes con Dios
cuanto quieres píadosa.»
Acabada esta oración,
otra semejante entonan
himnos y voces que muestran
que está en el suelo la Gloria.
Acabados los oficios
con reales ceremonias,
volvió a su punto este cielo
y esfera maravillosa.

Apenas acabó Preciosa su romance, cuando el ilustre
auditorio y grave senado que la oía, de muchas se formó
una voz sola, que dijo:

—¡Torna a cantar, Preciosica; que no faltarán cuartos
como tierra!

Más de doscientas personas estaban mirando el baile y
escuchando el canto de las gitanas, y en la fuga dél acertó

---

[13]   *gloria*, San Lorenzo o Llorente.

a pasar por allí uno de los Tinientes de la villa, y viendo tanta gente junta, preguntó qué era, y fuele respondido que estaban escuchando a la Gitanilla hermosa que cantaba. Llegóse el Tiniente, que era curioso, y escuchó un rato, y por no ir contra su gravedad, no escuchó el romance hasta la fin; y habiéndole parecido por todo extremo bien la Gitanilla, mandó a un paje suyo dijese a la gitana vieja que al anochecer fuese a su casa con las gitanillas, que quería que las oyese doña Clara, su mujer. Hízolo así el paje, y la vieja dijo que sí iría.

Acabaron el baile y el canto, y mudaron lugar; y en esto, llegó un paje muy bien aderezado a Preciosa y, dándole un papel doblado, le dijo:

—Preciosica, canta el romance que aquí va, porque es muy bueno, y yo te daré otros de cuando en cuando, con que cobres fama de la mejor romancera del mundo.

—Eso aprenderé yo de muy buena gana —respondió Preciosa—; y mire, señor, que no me deje de dar los romances que dice, con tal condición que sean honestos; y si quiere que se los pague, concertémonos por docenas, y docena cantada, y docena pagada; porque pensar que le tengo que pagar adelantado es pensar lo imposible.

—Para papel siquiera que me dé la señora Preciosica —dijo el paje—, estaré contento; y más, que el romance que no saliere bueno y honesto no ha de entrar en cuenta.

—A la mía quede el escogerlos —respondió Preciosa.

Y con esto se fueron la calle adelante, y desde una reja llamaron unos caballeros a las gitanas. Asomóse Preciosa a la reja, que era baja, y vio en una sala muy bien aderezada y muy fresca muchos caballeros que, unos paseándose y otros jugando a diversos juegos, se entretenían.

—¿Quiérenme dar barato [14], ceñores? —dijo Preciosa, que, como gitana, hablaba ceceoso, y esto es artificio en ellas; que no naturaleza.

---

[14] *dar barato,* porción de dinero que da el jugador que gana a los mirones.

A la voz de Preciosa, y a su rostro, dejaron los que jugaban el juego, y el paseo los paseantes, y los unos y los otros acudieron a la reja por verla, que ya tenían noticia della, y dijeron:

—Entren, entren las gitanillas; que aquí les daremos barato.

—Caro sería ello —respondió Preciosa— si nos pellizcasen.

—No, a fe de caballeros —respondió uno—: bien puedes entrar, niña, segura de que nadie te tocará a la vira [15] de tu zapato; no, por el hábito [16] que traigo en el pecho.

Y púsose la mano sobre uno de Calatrava.

—Si tú quieres entrar, Preciosa —dijo una de las tres gitanillas que iban con ella—, entra enhorabuena; que yo no pienso entrar adonde hay tantos hombres.

—Mira, Cristina —respondió Preciosa—: de lo que te has de guardar es de un hombre solo y a solas y no de tantos juntos; porque antes el ser muchos quita el miedo y el recelo de ser ofendidas. Advierte, Cristina, y está cierta de una cosa: que la mujer que se determina a ser honrada, entre un ejército de soldados lo puede ser. Verdad es que es bueno huir de las ocasiones; pero han de ser de las secretas y no de las públicas.

—Entremos, Preciosa —dijo Cristina—; que tú sabes más que un sabio.

Animólas la gitana vieja, y entraron; y apenas hubo entrado Preciosa, cuando el caballero del hábito vio el papel que traía en el seno, y llegándose a ella se le tomó, y dijo Preciosa:

—¡Y no me le tome, señor, que es un romance que me acaban de dar ahora, que aún no le he leído!

—Y ¿sabes tú leer, hija? —dijo uno.

—Y escribir —respondió la vieja—; que a mi nieta hela criado yo como si fuera hija de un letrado.

Abrió el caballero el papel, y vio que venía dentro dél un escudo de oro, y dijo:

---

[15]   *vira*, tira de material que refuerza el zapato entre la suela y la pala.
[16]   *hábito*, insignia con que se distinguían las Órdenes Militares.

—En verdad, Preciosa, que trae esta carta el porte dentro: toma este escudo que en el romance viene.

—Basta —dijo Preciosa—, que me ha tratado de pobre el poeta. Pues cierto que es más milagro darme a mí un poeta un escudo que yo recibirle: si con esta añadidura han de venir sus romances, traslade todo el *Romancero general,* y envíemelos uno a uno; que yo les tentaré el pulso, y si vinieren duros, seré yo blanda en recebillos.

Admirados quedaron los que oían a la Gitanica, así de su discreción como del donaire con que hablaba.

—Lea, señor —dijo ella—, y lea alto; veremos si es tan discreto ese poeta como es liberal.

Y el caballero leyó así:

> Gitanica, que de hermosa
> te pueden dar parabienes:
> por lo que de piedra tienes
> te llama el mundo *Preciosa.*
>   Desta verdad me asegura
> esto, como en ti verás;
> que no se apartan jamás
> la esquiveza y la hermosura.
>   Si como en valor subido
> vas creciendo en arrogancia,
> no le arriendo la ganancia
> a la edad en que has nacido;
> que un basilisco se cría
> en ti, que mata mirando,
> y un imperio que, aunque blando,
> nos parezca tiranía.
>   Entre pobres y aduares [17],
> ¿cómo nació tal belleza?
> O ¿cómo crió tal pieza
> el humilde Manzanares?
>   Por esto será famoso
> al par del Tajo dorado
> y por Preciosa preciado
> más que el Ganges caudaloso.
>   Dices la buenaventura,
> y dasla mala contino;
> que no van por tu camino
> tu intención y tu hermosura.

---

[17]   *aduares,* tiendas o barracas de los gitanos.

Porque en el peligro fuerte
de mirarte o contemplarte,
tu intención va a desculparte,
y tu hermosura a dar muerte.

Dicen que son hechiceras
todas las de tu nación;
pero tus hechizos son
de más fuerzas y más veras;
pues por llevar los despojos
de todos cuantos te ven,
haces, ¡oh niña!, que estén
tus hechizos en tus ojos.

En sus fuerzas te adelantas,
pues bailando nos admiras,
y nos matas si nos miras,
y nos encantas si cantas.

De cien mil modos hechizas,
hables, calles, cantes, mires:
o te acerques, o retires,
el fuego de amor atizas.

Sobre el más exento pecho
tienes mando y señorío,
de lo que es testigo el mío,
de tu imperio satisfecho.

Preciosa joya de amor,
esto humildemente escribe
el que por ti muere y vive,
pobre, aunque humilde amador.

—En *pobre* acaba el último verso —dijo a esta sazón Preciosa—: ¡mala señal! Nunca los enamorados han de decir que son pobres, porque a los principios, a mi parecer, la pobreza es muy enemiga del amor.

—¿Quién te enseña eso, rapaza? —dijo uno.

—¿Quién me lo ha de enseñar? —respondió Preciosa—. ¿No tengo yo mi alma en mi cuerpo? ¿No tengo ya quince años? Y no soy manca, ni renca [18], ni estropeada del entendimiento. Los ingenios de las gitanas van por otro norte que los de las demás gentes: siempre se adelantan a sus años; no hay gitano necio ni gitana lerda; que como el sustentar su vida consiste en ser agudos, astutos y embusteros, despabilan el ingenio a cada paso, y no dejan que críe moho en

---

[18]   *renca*, coja.

ninguna manera. ¿Ven estas muchachas, mis compañeras, que están callando y parecen bobas? Pues éntrenles el dedo en la boca y tiéntenlas las cordales [19], y verán lo que verán. No hay muchacha de doce que no sepa lo que de veinte y cinco, porque tienen por maestros y preceptores al diablo y al uso, que les enseña en una hora lo que habían de aprender en un año.

Con esto que la Gitanilla decía tenía suspensos a los oyentes, y los que jugaban le dieron barato, y aun los que no jugaban. Cogió la hucha de la vieja treinta reales, y más rica y más alegre que una Pascua de Flores, antecogió sus corderas y fuese en casa del señor Tiniente, quedando que otro día volvería con su manada a dar contento a aquellos tan liberales señores.

Ya tenía aviso la señora doña Clara, mujer del señor Tiniente, cómo habían de ir a su casa las gitanillas, y estábalas esperando como el agua de mayo ella y sus doncellas y dueñas, como las de otra señora vecina suya, que todas se juntaron para ver a Preciosa; y apenas hubieron entrado las gitanas, cuando entre las demás resplandeció Preciosa como la luz de una antorcha entre otras luces menores; y así, corrieron todas a ella: unas la abrazaban, otras la miraban, éstas la bendecían, aquéllas la alababan. Doña Clara decía:

—¡Éste sí que se puede decir cabello de oro! ¡Éstos sí que son ojos de esmeraldas!

La señora su vecina la desmenuzaba toda, y hacía pepitoria [20] de todos sus miembros y coyunturas. Y llegando a alabar un pequeño hoyo que Preciosa tenía en la barba, dijo:

—¡Ay qué hoyo! En este hoyo han de tropezar cuantos ojos le miraren.

Oyó esto un escudero de brazo de la señora doña Clara, que allí estaba, de luenga barba y largos años, y dijo:

—¿Ése llama vuesa merced hoyo, señora mía? Pues yo sé

---

[19] *cordales*, muelas del juicio o propias de la madurez.
[20] *pepitoria*, examen prolijo y por partes.

poco de hoyos, o ése no es hoyo, sino sepultura de deseos vivos. ¡Por Dios, tan linda es la Gitanilla que hecha de plata o de alcorza [21] no podría ser mejor! ¿Sabes decir la buenaventura, niña?

—De tres o cuatro maneras —respondió Preciosa.

—¿Y eso más? —dijo doña Clara—. Por vida del Tiniente mi señor que me la has de decir, niña de oro, y niña de plata, y niña de perlas, y niña de carbones, y niña del cielo, que es lo más que puedo decir.

—Denle, denle la palma de la mano a la niña, y con qué haga la cruz —dijo la vieja—, y verán qué de cosas les dice; que sabe más que un doctor de melecina.

Echó mano a la faltriquera la señora Tinienta, y halló que no tenía blanca. Pidió un cuarto a sus criados, y ninguno le tuvo, ni la señora vecina tampoco. Lo cual visto por Preciosa, dijo:

—Todas las cruces, en cuanto cruces, son buenas; pero las de plata o de oro son mejores; y el señalar la cruz en la palma de la mano con moneda de cobre sepan vuesas mercedes que menoscaba la buenaventura, a lo menos la mía; y así, tengo afición a hacer la cruz primera con algún escudo de oro, o con algún real de a ocho, o, por lo menos, de a cuatro; que soy como los sacristanes: que cuando hay buena ofrenda, se regocijan.

—Donaire tienes, niña, por tu vida —dijo la señora vecina.

Y volviéndose al escudero, le dijo:

—Vos, señor Contreras, ¿tendréis a mano algún real de a cuatro? Dádmelo; que en viniendo el doctor mi marido os lo volveré.

—Sí tengo —respondió Contreras—; pero téngole empeñado en veinte y dos maravedís que, cené anoche: dénmelos; que yo iré por él en volandas.

—No tenemos entre todas un cuarto —dijo doña Clara—, ¿y pedís veinte y dos maravedís? Andad, Contreras, que siempre fuisteis impertinente.

---

[21]   *Alcorza*, pasta blanca de azúcar y almidón para cubrir dulces.

Una doncella de las presentes, viendo la esterilidad de la casa, dijo a Preciosa:

—Niña, ¿hará algo al caso que se haga la cruz con un dedal de plata?

—Antes —respondió Preciosa— se hacen las cruces mejores del mundo con dedales de plata, como sean muchos.

—Uno tengo yo —replicó la doncella—; si éste basta, hele aquí, con condición que también se me ha de decir a mí la buenaventura.

—¿Por un dedal tantas buenaventuras? —dijo la gitana vieja—. Nieta, acaba presto; que se hace noche.

Tomó Preciosa el dedal, y la mano de la señora Tinienta, y dijo:

> Hermosita, hermosita,
> la de las manos de plata,
> más te quiere tu marido
> que el Rey de las Alpujarras.
> Eres paloma sin hiel;
> pero a veces eres brava
> como leona de Orán
> o como tigre de Ocaña [22].
> Pero en un tras, en un tris,
> el enojo se te pasa,
> y quedas como alfiñique,
> o como cordera mansa.
> Riñes mucho y comes poco:
> algo celosita andas;
> que es juguetón el Tiniente,
> y quiere arrimar la vara.
> Cuando doncella, te quiso
> uno de una buena cara;
> que mal hayan los terceros,
> que los gustos desbaratan.
> Si a dicha tú fueras monja,
> hoy tu convento mandaras,
> porque tienes de abadesa
> más de cuatrocientas rayas.
> No te lo quiero decir...;
> pero poco importa; vaya:
> enviudarás, y otra vez,
> y otras dos, serás casada.

---

[22] *tigre de Ocaña*, deformación de tigre de Hircania.

No llores, señora mía;
que no siempre las gitanas
decimos el Evangelio;
no llores, señora; acaba.
Como te mueras primero
que el señor Tiniente, basta
para remediar el daño
de la viudez que amenaza.
Has de heredar y muy presto,
hacienda en mucha abundancia;
tendrás un hijo canónigo;
la iglesia no se señala.
De Toledo no es posible.
Una hija rubia y blanca
tendrás, que si es religiosa,
también vendrá a ser perlada.
Si tu esposo no se muere
dentro de cuatro semanas,
verásle corregidor
de Burgos o Salamanca.
Un lunar tienes, ¡qué lindo!
¡Ay Jesús, qué luna clara!
¡Qué sol, que allá en los antípodas
escuros valles aclara!
Más de dos ciegos por verle,
dieran más de cuatro blancas...
¡Agora sí es la risica!
¡Ay que bien haya esa gracia!
Guárdate de las caídas,
principalmente de espaldas;
que suelen ser peligrosas
en las principales damas.
Cosas hay más que decirte;
si para el viernes me aguardas,
las oirás: que son de gusto,
y algunas hay de desgracias.

Acabó su buenaventura Preciosa, y con ella encendió el deseo de todas las circunstantes en querer saber la suya, y así se lo rogaron todas; pero ella la remitió para el viernes venidero, prometiéndoles que tendrían reales de plata para hacer las cruces. En esto vino el señor Tiniente, a quien contaron maravillas de la Gitanilla; él las hizo bailar un poco, y confirmó por verdaderas y bien dadas las alabanzas que a Preciosa habían dado; y poniendo la mano en la faldriquera, hizo señal de querer darle algo; y habiéndola espulgado, y sacudido, y rascado muchas veces, al cabo sacó la mano vacía, y dijo:

—¡Por Dios, que no tengo blanca! Dadle vos, doña Clara, un real a Preciosica; que yo os lo daré después.

—¡Bueno es eso, señor, por cierto! ¡Sí, ahí está el real de manifiesto! No hemos tenido entretodas nosotras un cuarto para hacer la señal de la cruz, ¿y queréis que tengamos un real?

—Pues dadle alguna valoncica [23] vuestra, o alguna cosica; que otro día nos volverá a ver Preciosa, y la regalaremos mejor.

A lo cual dijo doña Clara:

—Pues porque otra vez venga, no quiero dar nada ahora a Preciosa.

—Antes si no me dan nada —dijo Preciosa—, nunca más volveré acá. Mas sí volveré, a servir a tan principales señores; pero traeré tragado que no me han de dar nada, y ahorraréme la fatiga del esperallo. Coheche vuesa merced, señor Tiniente; coheche, y tendrá dineros, y no haga usos nuevos; que morirá de hambre. Mire, señora; por ahí he oído decir (y aunque moza, entiendo que no son buenos dichos) que de los oficios se ha de sacar dineros para pagar condenaciones de las residencias [24] y para pretender otros cargos.

—Así lo dicen y lo hacen los desalmados —replicó el Tiniente—; pero el juez que da alguna residencia no tendrá que pagar condenación alguna, y el haber usado bien su oficio será el valedor para que le den otro.

—Habla vuesa merced muy a lo santo, señor Tiniente —respondió Preciosa—; ándese a eso y cortarémosle de los harapos para reliquias.

—Mucho sabes, Preciosa —dijo el Tiniente—. Calla, que yo daré traba que sus majestades te vean, porque eres pieza de reyes.

---

[23] *valoncica,* cuello grande que llegaba hasta el pecho.
[24] *residencias,* permanencia en la Corte de autoridades para rendir cuentas sobre su ejercicio. Casi siempre resultaba algún tipo de condena.

—Querránme para truhana —respondió Preciosa—, y yo no lo sabré ser, y todo irá perdido. Si me quisiesen para discreta, aun llevarme hían; pero en algunos palacios más medran los truhanes que los discretos. Yo me hallo bien con ser gitana y pobre, y corra la suerte por donde el cielo quisiere.

—Ea, niña —dijo la gitana vieja—, no hables más; que has hablado mucho, y sabes más de lo que yo te he enseñado: no te asotiles tanto [25], que te despuntarás; habla de aquello que tus años permiten, y no te metas en altanerías; que no hay ninguna que no amenace caída.

—¡El diablo tienen estas gitanas en el cuerpo! —dijo a esta sazón el Tiniente.

Despidiéronse las gitanas, y al irse, dijo la doncella del dedal:

—Preciosa, dime la buenaventura, o vuélveme mi dedal; que no me queda con qué hacer labor.

—Señora doncella —respondió Preciosa—, haga cuenta que se la he dicho, y provéase de otro dedal, o no haga vainillas [26] hasta el viernes, que yo volveré y le diré más venturas y aventuras que las que tiene un libro de caballerías.

Fuéronse, y juntáronse con las muchas labradoras que a la hora de las avemarías suelen salir de Madrid para volverse a sus aldeas, y entre otras vuelven muchas, con quien siempre se acompañaban las gitanas, y volvían seguras. Porque la gitana vieja vivía en continuo temor no le salteasen a su Preciosa.

Sucedió, pues, que la mañana de un día que volvían a Madrid a coger la garrama [27] con las demás gitanillas, en un valle pequeño que está obra de quinientos pasos antes que se llegue a la villa, vieron un mancebo gallardo y ricamente aderezado de camino. La espada y daga que traía

---

[25] *asotiles tanto,* no discurras con tanto ingenio.

[26] *vainillas,* vainicas. Deshilado embellecedor en los dobladillos.

[27] *coger la garrama,* recaudar las limosnas que merecían. Voz árabe que de tributo pasó a significar hurto o estafa, como la que nace de la charlatanería de los gitanos.

eran, como decirse suele, una ascua de oro; sombrero con
rico cintillo y con plumas de diversos colores adornado.
Repararon las gitanillas en viéndole, y pusiéronsele a mirar
muy de espacio, admiradas de que a tales horas un tan hermoso mancebo estuviese en tal lugar, a pie y solo. Él se
llegó a ellas, y hablando con la gitana mayor, le
dijo:

—Por vida vuestra, amiga, que me hagáis placer que vos
y Preciosa me oyáis aquí aparte dos palabras, que serán de
vuestro provecho.

—Como no nos desviemos mucho ni nos tardemos mucho,
sea en buena hora —respondió la vieja.

Y llamando a Preciosa, se desviaron de las otras obra de
veinte pasos, y así, en pie, como estaban, el mancebo les
dijo:

—Yo vengo de manera rendido a la discreción y belleza
de Preciosa, que después de haberme hecho mucha fuerza
para excusar llegar a este punto, al cabo he quedado más
rendido y más imposibilitado de excusallo. Yo, señoras
mías (que siempre os he de dar este nombre, si el cielo mi
pretensión favorece), soy caballero, como lo puede mostrar
este hábito —y apartando el herreruelo [28], descubrió en el
pecho uno de los más calificados que hay en España—; soy
hijo de Fulano —que por buenos respetos aquí no se declara
su nombre—; estoy debajo de su tutela y amparo; soy hijo
único, y el que espera un razonable mayorazgo. Mi padre
está aquí en la corte pretendiendo un cargo, y ya está con-
sultado, y tiene casi ciertas esperanzas de salir con él. Y
con ser de la calidad y nobleza que os he referido, y de la
que casi se os debe ya de ir trasluciendo, con todo eso, quisiera ser un gran señor para levantar a mi grandeza la
humildad de Preciosa, haciéndola mi igual y mi señora. Yo
no la pretendo para burlalla, ni en las veras del amor que
la tengo puede caber género de burla alguna; sólo quiero
servirla del modo que ella más gustare: su voluntad es la
mía. Para con ella es de cera mi alma, donde podrá

---

[28] *herreruelo*, capa corta con cuello y sin capucha.

imprimir lo que quisiere; y para conservarlo y guardarlo no será como impreso en cera, sino como esculpido en mármoles, cuya dureza se opone a la duración de los tiempos. Si creéis esta verdad, no admitirá ningún desmayo mi esperanza; pero si no me creéis, siempre me tendrá temeroso vuestra duda. Mi nombre es éste —y díjoselo—; el de mi padre ya os lo he dicho; la casa donde vive es en tal calle, y tiene tales y tales señas; vecinos tiene de quien podréis informaros, y aun de los que no son vecinos también; que no es tan escura la calidad y el nombre de mi padre y el mío, que no lo sepan en los patios de palacio, y aun en toda la corte. Cien escudos traigo aquí en oro para daros en arra y señal de lo que pienso daros; porque no ha de negar la hacienda el que da el alma.

En tanto que el caballero esto decía, le estaba mirando Preciosa atentamente, y sin duda que no le debieron de parecer mal si sus razones ni su talle; y volviéndose a la vieja, le dijo:

—Perdóneme, abuela, de que me tomo licencia para responder a este tan enamorado señor.

—Responde lo que quisieres, nieta —respondió la vieja—, que yo sé que tienes discreción para todo.

Y Preciosa dijo:

—Yo, señor caballero, aunque soy gitana, pobre y humildemente nacida, tengo un cierto espiritillo fantástico acá dentro, que a grandes cosas me lleva. A mí ni me mueven promesas, ni me desmoronan dádivas, ni me inclinan sumisiones, ni me espantan finezas enamoradas; y aunque de quince años (que, según la cuenta de mi abuela, para este San Miguel los haré), soy ya vieja en los pensamientos y alcanzo más de aquello que mi edad promete, mas por mi buen natural que por la experiencia. Pero con lo uno o con lo otro sé que las pasiones amorosas en los recién enamorados son como ímpetus indiscretos que hacen salir a la voluntad de sus quicios; la cual, atropellando inconvenientes, desatinadamente se arroja tras su deseo, y pensando dar con la gloria de sus ojos, da con el infierno de sus pesadumbres. Si alcanza lo que desea, mengua el deseo

con la posesión de la cosa deseada, y quizá abriéndose
entonces los ojos del entendimiento, se vee ser bien que se
aborrezca lo que antes se adoraba. Este temor engendra en
mí un recato tal, que ningunas palabras creo y de muchas
obras dudo. Una sola joya tengo, que la estimo en más que
a la vida, que es la de mi entereza y virginidad, y no la
tengo de vender a precio de promesas ni dádivas, porque,
en fin, será vendida; y si puede ser comprada, será de muy
poca estima: ni me la han de llevar trazas ni embelecos;
antes pienso irme con ella a la sepultura, y quizá el cielo,
que ponerla en peligro que quimeras y fantasías soñadas la
embistan o manoseen. Flor es la de la virginidad que, a ser
posible, aun con la imaginación no había de dejar ofen-
derse. Cortada la rosa del rosal, ¡con qué brevedad y facilidad se marchita! Éste la toca, aquél la huele, el otro la
deshoja, y, finalmente, entre las manos rústicas se deshace.
Si vos, señor, por sola esta prenda venís, no la habéis de
llevar sino atada con las ligaduras y lazos del matrimonio;
que si la virginidad se ha de inclinar, ha de ser a este santo
yugo; que entonces no sería perderla, sino emplearla en
ferias que felices ganancias prometen. Si quisiéredes ser mi
esposo, yo lo seré vuestra; pero han de preceder muchas
condiciones y averiguaciones primero. Primero tengo de
haber si sois el que decís; luego, hallando esta verdad,
habéis de dejar la casa de vuestros padres y la habéis de
trocar con nuestros ranchos, y tomando el traje de gitano,
habéis de cursar dos años en nuestras escuelas, en el cual
tiempo me satisfaré yo de vuestra condición y vos de la
mía; al cabo del cual, si vos os contentáredes de mí, y yo de
vos, me entregaré por vuestra esposa; pero hasta entonces
tengo de ser vuestra hermana en el trato y vuestra humilde
en serviros. Y habéis de considerar que en el tiempo de este
noviciado podría ser que cobrásedes la vista, que ahora
debéis tener perdida, o, por lo menos, turbada, y viésedes
que os convenía huir de lo que ahora seguís con tanto
ahínco; y cobrando la libertad perdida, con un buen arrepentimiento se perdona cualquier culpa. Si con estas condiciones queréis estar a ser soldado de nuestra milicia, en

vuestra mano está, pues faltando algunas dellas, no habéis
de tocar un dedo de la mía.

Pasmóse el mozo a las razones de Preciosa, y púsose
como embelesado, mirando al suelo, dando muestras que
consideraba lo que responder debía. Viendo lo cual Preciosa, tornó a decirle:

—No es éste caso de tan poco momento, que en los que
aquí nos ofrece el tiempo pueda ni deba resolverse: vol-
veos, señor, a la villa, y considerad de espacio lo que viéredes más os convenga, y en este mismo lugar me podéis
hablar todas las fiestas que quisiéredes, al ir o venir de
Madrid.

A lo que respondió el gentilhombre:

—Cuando el Cielo me dispuso para quererte, Preciosa
mía, determiné de hacer por ti cuanto tu voluntad acertase
a pedirme, aunque nunca cupo en mi pensamiento que me
habías de pedir lo que me pides; pero pues es tu gusto que
el mío al tuyo se ajuste y acomode, cuéntame por gitano
desde luego, y haz de mí todas las experiencias que más
quisieres; que siempre me has de hallar el mismo que
ahora te significo. Mira cuándo quieres que mude el traje,
que yo querría que fuese luego; que con ocasión de ir a
Flandes engañaré a mis padres y sacaré dineros para
gastar algunos días, y serán hasta ocho los que podré
tardar en acomodar mi partida. A los que fueren conmigo
yo los sabré engañar de modo que salga con mi determinación. Lo que te pido es (si es que ya puedo tener atrevimiento de pedirte y suplicarte algo) que si no es hoy, donde
te puedes informar de mi calidad y de la de mis padres, que
no vayas más a Madrid, porque no querría que algunas de
las demasiadas ocasiones que allí pueden ofrecerse me salteasen la buena ventura que tanto me cuesta.

—Eso no, señor galán —respondió Preciosa—; sepa que
conmigo ha de andar siempre la libertad desenfadada, sin
que la ahogue ni turbe la pesadumbre de los celos; y
entienda que no la tomaré tan demasiada que no se eche de
ver desde bien lejos que llega mi honestidad a mi desenvoltura; y en el primero cargo en que quiero estaros es en el

de la confianza que habéis de hacer de mí. Y mirad que los amantes que entran pidiendo celos, o son simples o confiados.

—Satanás tienes en tu pecho, muchacha —dijo a esta sazón la gitana vieja—: ¡mira que dices cosas que no las diría un colegial de Salamanca! Tú sabes de amor, tú sabes de celos, tú de confianzas: ¿cómo es esto?; que me tienes loca, y te estoy escuchando como una persona espiritada [29], que habla latín sin saberlo.

—Calle, abuela —respondió Preciosa—, y sepa que todas las cosas que me oye son nonadas y son de burlas para las muchas que de más veras me quedan en el pecho.

Todo cuanto Preciosa decía, y toda la discreción que mostraba, era añadir leña al fuego que ardía en el pecho del enamorado caballero. Finalmente, quedaron en que de allí a ocho días se verían en aquel mismo lugar, donde él vendría a dar cuenta del término en que sus negocios estaban, y ellas habrían tenido tiempo de informarse de la verdad que les había dicho. Sacó el mozo una bolsita de brocado, donde dijo que iban cien escudos de oro, y dióselos a la vieja; pero no quería Preciosa que los tomase en ninguna manera, a quien la gitana dijo:

—Calla, niña; que la mejor señal que este señor ha dado de estar rendido es haber entregado las armas en señal de rendimiento; y el dar, en cualquiera ocasión que sea, siempre fue indicio de generoso pecho. Y acuérdate de aquel refrán que dice: «Al cielo rogando, y con el mazo dando.» Y más: que no quiero yo que por mí pierdan las gitanas el nombre que por luengos siglos tienen adquirido de codiciosas y aprovecharlas. ¿Cien escudos quieres tú que deseche, Preciosa, y de oro en oro, que pueden andar cosidos en la alforza [30] de una saya que no valga dos reales, y tenerlos allí como quien tiene un juro [31] sobre las yerbas de Extremadura? Y si alguno de nuestros hijos, nietos o

---

[29] *espiritada,* endemoniada.
[30] *alforza,* pliegue.
[31] *juro,* derecho perpetuo de propiedad.

parientes cayere, por alguna desgracia, en manos de la justicia, ¿habrá favor tan bueno que llegue a la oreja del juez y del escribano, como destos escudos si llegan a sus bolsas? Tres veces, por tres delitos diferentes, me he visto casi puesta en el asno para ser azotada, y de la una me libró un jarro de plata, y de la otra una sarta de perlas, y de la otra cuarenta reales de a ocho, que había trocado por cuartos, dando veinte reales más por el cambio. Mira, niña, que andamos en oficio muy peligroso y lleno de tropiezos y de ocasiones forzosas, y no hay defensas que más presto nos amparen y socorran como las armas invencibles del gran Filipo: no hay pasar adelante de su *plus ultra*. Por un doblón de dos caras se nos muestra alegre la triste del procurador y de todos los ministros de la muerte, que son arpías de nosotras las pobres gitanas, y más precian pelarnos y desollarnos a nosotras que a un salteador de caminos; jamás, por más rotas y desastradas que nos vean, nos tienen por pobres; que dicen que somos como los jubones de los gabachos de Belmonte [32]: rotos y grasientos y llenos de doblones.

—Por vida suya, abuela, que no diga más; que lleva término de alegar tantas leyes en favor de quedarse con el dinero, que agote las de los emperadores [33]: quédese con ellos, y buen provecho le hagan, y plega a Dios que los entierre en sepultura donde jamás tornen a ver la claridad del sol ni haya necesidad que la vean. A estas nuestras compañeras será forzoso darles algo; que ha mucho que nos esperan, y ya deben de estar enfadadas.

—Así verán ellas —replicó la vieja— monedas destas como ven al Turco agora. Este buen señor verá si le ha quedado alguna moneda de plata, o cuartos, y los repartirá entre ellas, que con poco quedarán contentas.

---

[32] *gabachos de Belmonte*, se refiere a los franceses inmigrantes entonces en España, que volvían con sus ahorros guardados en trajes sucios y rotos. El marqués de Belmonte se hizo con una gran fortuna sólo con obligarles a cambiarse de traje al pasar por sus tierras.

[33] *emperadores*, leyes de Justiniano y de su *senatus consultus* Veleyano.

—Si traigo —dice el galán.

Y sacó de la faldriquera tres reales de a ocho, que repartió entre las tres gitanillas, con que quedaron más alegres y más satisfechas que suele quedar un autor de comedias [34] cuando, en competencia de otro, le suelen retular por las esquinas: *Víctor, Víctor*.

En resolución, concertaron, como se ha dicho, la venida de allí a ocho días, y que se había de llamar, cuando fuese gitano, Andrés Caballero, porque también había gitanos entre ellos deste apellido.

No tuvo atrevimiento Andrés (que así le llamaremos de aquí adelante) de abrazar a Preciosilla; antes, enviándole con la vista el alma, sin ella, si así decirse puede, las dejó, y se entró en Madrid, y ellas, contentísimas, hicieron lo mismo. Preciosa, algo aficionada, más con benevolencia que con amor, de la gallarda disposición de Andrés, ya deseaba informarse si era el que había dicho: entró en Madrid, y a pocas calles andadas encontró con el paje poeta de las coplas y el escudo; y cuando él la vio se llegó a ella, diciendo:

—Vengas en buena hora, Preciosa: ¿leíste, por ventura, las coplas que te di el otro día?

A lo que Preciosa respondió:

—Primero que le responda palabra, me ha de decir una verdad, por vida de lo que más quiere.

—Conjuro es ése —respondió el paje— que aunque el decirla me costase la vida, no la negaré en ninguna manera.

—Pues la verdad que quiero que me diga —dijo Preciosa— es si por ventura es poeta.

—A serlo —replicó el paje—, forzosamente había de ser por ventura. Pero has de saber, Preciosa, que ese nombre de poeta muy pocos le merecen, y así yo no lo soy, sino un aficionado a la poesía; y para lo que he menester no voy a pedir ni a buscar ajenos: los que te di son míos, y estos que

---

[34] *autor de comedias*, empresario y director artístico. También actor, generalmente.

te doy agora también; mas no por esto soy poeta, ni Dios lo quiera.

—¿Tan malo es ser poeta? —replicó Preciosa.

—No es malo —dijo el paje—; pero el poeta a solas no lo tengo por muy bueno. Hase de usar de la poesía como de una joya preciosísima, cuyo dueño no la trae cada día, ni la muestra a todas gentes, ni a cada paso, sino cuando convenga y sea razón que la muestre. La Poesía es una bellísima doncella, casta, honesta, discreta, aguda, retirada, y que se contiene en los límites de la discreción más alta. Es amiga de la soledad; las fuentes la entretienen; los prados la consuelan; los árboles la desenojan; las flores la alegran, y, finalmente, deleita y enseña a cuantos con ella comunican.

—Con todo eso —respondió Preciosa—, he oído decir que es pobrísima, y que tiene algo de mendiga.

—Antes es al revés —dijo el paje—, porque no hay poeta que no sea rico, pues todos viven contentos con su estado, filosofía que la alcanzan pocos. Pero ¿qué te ha movido, Preciosa, a hacer esta pregunta?

—Hame movido —respondió Preciosa— porque como yo tengo a todos o los más poetas por pobres, causóme maravilla aquel escudo de oro que me distes entre vuestros versos envuelto; mas agora que sé que no sois poeta, sino aficionado a la poesía, podría ser fuésedes rico, aunque lo dudo, a causa que por aquella parte que os toca de hacer coplas, se ha de desaguar cuanta hacienda tuviéredes; que no hay poeta, según dicen, que sepa conservar la hacienda que tiene ni granjear la que no tiene.

—Pues yo no soy désos —replicó el paje—: versos hago, y no soy rico ni pobre; y sin sentirlo ni descontarlo, como hacen los ginoveses sus convites, bien puedo dar un escudo, y dos, a quien yo quisiere. Tomad, preciosa perla, este segundo papel y este escudo segundo que va en él, sin que os pongáis a pensar si soy poeta o no: sólo quiero que penséis y creáis que quien os da esto quisiera tener para daros las riquezas de Midas.

Y en esto, le dio un papel, y tentándole Preciosa, halló que dentro venía el escudo, y dijo:

—Este papel ha de vivir muchos años, porque trae dos almas [35] consigo: una, la del escudo, y otra, la de los versos, que siempre vienen llenos de *almas y corazones*. Pero sepa el señor paje que no quiero tantas almas conmigo, y si no saca la una, no haya miedo que reciba la otra: por poeta le quiero, y no por dadivoso, y desta manera tendremos amistad que dure; pues más aína [36] puede faltar un escudo, por fuerte que sea, que la hechura de un romance.

—Pues así es —replicó el paje— que quieres, Preciosa, que yo sea pobre por fuerza, no deseches el alma que en ese papel te envío, y vuélveme el escudo; que como le toques con la mano, le tendré por reliquia mientras la vida me durare.

Sacó Preciosa el escudo del papel, y quedóse con el papel y no le quiso leer en la calle. El paje se despidió, y se fue contentísimo, creyendo que ya Preciosa quedaba rendida, pues con tanta afabilidad le había hablado. Y como ella llevaba puesta la mira en buscar la casa del padre de Andrés, sin querer detenerse a bailar en ninguna parte, en poco espacio se puso en la calle do estaba, que ella muy bien sabía; y habiendo andado hasta la mitad, alzó los ojos a unos balcones de hierro dorados, que le habían dado por señas, y vio en ella a un caballero de hasta edad de cincuenta años, con un hábito de cruz colorada en los pechos, de venerable gravedad y presencia, el cual apenas también hubo visto la Gitanilla cuando dijo:

—Subid, niñas, que aquí os darán limosna.

A esta voz acudieron al balcón otros tres caballeros, y entre ellos vino el enamorado Andrés, que cuando vio a Preciosa, perdió la color y estuvo a punto de perder los sentidos: tanto fue el sobresalto que recibió con su vista. Subieron las gitanillas todas, sino la grande, que se quedó abajo para informarse de los criados de las verdades de Andrés. Al entrar las gitanillas en la sala, estaba diciendo el caballero anciano a los demás:

[35] *almas*, soportes.
[36] *aína*, fácilmente.

—Ésta debe ser, sin duda, la Gitanilla hermosa que dicen que anda por Madrid.

—Ella es —replicó Andrés—, y sin duda es la más hermosa criatura que se ha visto.

—Así lo dicen —dijo Preciosa, que lo oyó todo en entrando—; pero en verdad que se deben de engañar en la mitad del justo precio. Bonita, bien creo que lo soy; pero tan hermosa como dicen, ni por pienso.

—¡Por vida de don Juanico mi hijo —dijo el anciano—, que aún sois más hermosa de lo que dicen, linda gitana!

—¿Y quién es don Juanico su hijo? —preguntó Preciosa.

—Ese galán que está a vuestro lado —respondió el caballero.

—En verdad que pensé —dijo Preciosa— que juraba vuesa merced por algún niño de dos años. ¡Mirad qué don Juanico, y qué brinco! [37]. A mi verdad que pudiera ya estar casado, y que, según tiene unas rayas en la frente, no pasarán tres años sin que lo esté, y muy a su gusto, si es que desde aquí allá no se le pierde o se le trueca.

—Basta —dijo uno de los presentes—; que sabe la Gitanilla de rayas.

En esto, las tres gitanillas que iban con Preciosa, todas tres se arrimaron a un rincón de la sala, y cosiéndose las bocas unas con otras, se juntaron por no ser oídas. Dijo la Cristina:

—Muchachas, éste es el caballero que nos dio esta mañana los tres reales de a ocho.

—Así es la verdad —respondieron ellas—; pero no se lo mentemos ni le digamos nada, si él no nos lo mienta: ¿qué sabemos si quiere encubrirse?

En tanto que esto entre las tres pasaba, respondió Preciosa a lo de las rayas:

—Lo que veo con los ojos, con el dedo lo adivino; ya sé del señor don Juanico, sin rayas, que es algo enamoradizo, impetuoso y acelerado y gran prometedor de cosas que parecen imposibles; y plega a Dios que no sea mentirosito,

---

[37]   *qué brinco*, ¡y qué joya!

que sería lo peor de todo. Un viaje ha de hacer agora muy lejos de aquí, y uno piensa el bayo y otro el que le ensilla; el hombre pone, y Dios dispone: quizá pensara que va a Oñez, y dará en Gamboa.

A esto respondió don Juan:

—En verdad, gitanica, que has acertado en muchas cosas de mi condición; pero en lo de ser mentiroso vas muy fuera de la verdad, porque me precio de decirla en todo acontecimiento. En lo del viaje largo has acertado, pues, sin duda, siendo Dios servido, dentro de cuatro o cinco días me partiré a Flandes, aunque tú me amenazas que he de torcer el camino, y no querría que en él me sucediese algún desmán que lo estorbase.

—Calle, señorito —respondió Preciosa—, y encomiéndese a Dios, que todo se hará bien; y sepa que yo no sé nada de lo que digo, y no es maravilla que como habla mucho y a bulto, acierte en alguna cosa, y yo querría acertar en persuadirte a que no te partieses, sino que sosegases el pecho, y te estuvieses con tus padres, para darles buena vejez; porque no estoy bien con estas idas y venidas a Flandes, principalmente los mozos de tan tierna edad como la tuya. Déjate crecer un poco, para que puedas llevar los trabajos de la guerra, cuanto más que harta guerra tienes en tu casa: hartos combates amorosos te sobresaltan el pecho. Sosiega, sosiega, alborotadito, y mira lo que hacer primero que te cases, y danos una limosnita por Dios y por quien tú eres; que en verdad que creo que eres bien nacido. Y si a esto se junta el ser verdadero, yo cantaré la gala [38] al vencimiento de haber acertado en cuanto te he dicho.

—Otra vez te he dicho, niña —respondió el don Juan que había de ser Andrés Caballero—, que en todo aciertas sino en el temor que tienes que no debo de ser muy verdadero; que en esto te engañas, sin alguna duda: la palabra que yo doy en el campo, la cumpliré en la ciudad y adonde quiera, sin serme pedida; pues no se puede preciar de caballero quien toca el vicio de mentiroso. Mi padre te dará limosna

---

[38] *cantaré la gala*, le ensalzaré.

por Dios y por mí; que en verdad que esta mañana di cuanto tenía a unas damas, que a ser tan lisonjeras como hermosas, especialmente una dellas, no me arriendo la ganancia.

Oyendo esto, Cristina, con el recato de la otra vez, dijo a las demás gitanas:

—¡Ay niñas, que me maten si no lo dice por los tres reales de a ocho que nos dio esta mañana!

—No es así —respondió una de las dos—, porque dijo que eran damas, y nosotras no lo somos; y siendo él tan verdadero como dice, no había de mentir en esto.

—No es mentira de tanta consideración —respondió Cristina— la que se dice sin perjuicio de nadie y en provecho y crédito del que la dice. Pero, con todo esto, veo que no nos da nada, ni nos mandan bailar.

Subió en esto la gitana vieja, y dijo:

—Nieta, acaba; que es tarde, y hay mucho que hacer, y más que decir.

—¿Y qué hay, abuela? —preguntó Preciosa—. ¿Hay hijo o hija?

—Hijo, y muy lindo —respondió la vieja—. Ven, Preciosa, y oirás verdaderas maravillas.

—¡Plega a Dios que no muera de sobreparto! —dijo Preciosa.

—Todo se mirará muy bien —replicó la vieja—; cuanto más, que hasta aquí todo ha sido parto derecho, y el infante es como un oro.

—¿Ha parido alguna señora? —preguntó el padre de Andrés Caballero.

—Sí, señor —respondió la gitana—; pero ha sido el parto tan secreto, que no le sabe sino Preciosa y yo, y otra persona; y así, no podemos decir quién es.

—Ni aquí lo queremos saber —dijo uno de los presentes—; pero desdichada de aquella que en vuestras lenguas deposita su secreto y en vuestra ayuda pone su honra.

—No todas somos malas —respondió Preciosa—: quizá hay alguna entre nosotras que se precia de secreta y de verdadera tanto cuanto el hombre más estirado que hay en esta sala. Y vámonos, abuela, que aquí nos tienen en poco.

¡Pues en verdad que no somos ladronas ni rogamos a nadie!

—No os enojéis, Preciosa —dijo el padre—; que, a lo menos de vos, imagino que no se puede presumir cosa mala; que vuestro buen rostro os acredita y sale por fiador de vuestras buenas obras. Por vida de Preciosita que bailéis un poco con vuestras compañeras; que aquí tengo un doblón de oro de a dos caras, que ninguna es como la vuestra, aunque son de dos reyes.

Apenas hubo oído esto la vieja cuando dijo:

—Ea, niñas, haldas en cita, y dad contento a estos señores.

Tomó las sonajas Preciosa, y dieron sus vueltas, hicieron y deshicieron todos sus lazos, con tanto donaire y desenvoltura, que tras los pies se llevaban los ojos de cuantos las miraban, especialmente los de Andrés, que así se iban entre los pies de Preciosa como si allí tuvieran el centro de su gloria; pero turbósela la suerte de manera que se la volvió en infierno: y fue el caso que en la fuga del baile se le cayó a Preciosa el papel que le había dado el paje, y apenas hubo caído, cuando le alzó el que no tenía buen concepto de las gitanas, y abriéndole al punto, dijo:

—¡Bueno! ¡Sonetico tenemos! Cese el baile, y escúchenle; que, según el primer verso, en verdad que no es nada necio.

Pesóle a Preciosa, por no saber lo que en él venía, y rogó que no le leyesen, y que se le volviesen, y todo el ahínco que en esto ponía eran espuelas que apremiaban el deseo de Andrés para oírle. Finalmente, el caballero le leyó en alta voz, y era éste:

Cuando Preciosa el panderete toca
y hiere el dulce son los aires vanos,
perlas son que derrama con las manos,
flores son que despide de la boca.

Suspensa el alma, y la cordura loca,
queda a los dulces actos sobrehumanos,
que, de limpios, de honestos y de sanos,
su fama al cielo levantado toca.

Colgadas del menor de sus cabellos
mil almas lleva, y a sus plantas tiene
amor rendidas una y otra flecha.

Ciega y alumbra con sus soles bellos,
su imperio amor por ellos le mantiene,
y aun más grandezas de su ser sospecha.

—¡Por Dios —dijo el que leyó el soneto—, que tiene
donaire el poeta que le escribió!

—No es poeta, señor, sino un paje muy galán y muy
hombre de bien —dijo Preciosa.

—Mirad lo que habéis dicho, Preciosa, y lo que vais a
decir; que ésas no son alabanzas del paje, sino lanzas que
traspasan el corazón de Andrés, que las escucha. ¿Que-
réislo ver, niñas? Pues volved los ojos y veréisle desmayado
encima de la silla, con un trasudor de muerte; no penséis,
doncella, que os ama tan de burlas Andrés, que no le hiera
y sobresalte el menor de vuestros descuidos. Llegaos a él
enhorabuena, y decidle algunas palabras al oído que vayan
derechas al corazón y le vuelvan de su desmayo. ¡No, sino
andaos a traer sonetos cada día en vuestra alabanza, y
veréis cuál os le ponen!

Todo esto pasó así como se ha dicho: que Andrés, en
oyendo el soneto, mil celosas imaginaciones le sobresaltaron. No se desmayó, pero perdió la color de manera que
viéndole su padre le dijo:

—¿Qué tienes, don Juan, que parece que te vas a des-
mayar, según se te ha mudado el color?

—Espérense —dijo a esta sazón Preciosa—: déjenmele
decir unas ciertas palabras al oído y verán cómo no se des-
maya.

Y llegándose a él le dijo, casi sin mover los labios:

—¡Gentil ánimo para gitano! ¿Cómo podréis, Andrés,
sufrir el tormento de toca [39], pues no podéis llevar el de un
papel?

---

[39]   Tormento de asfixia que consistía en hacer tragar agua colada por
una tela delgada, o gasa que cubría nariz y boca del reo.

Y haciéndole media docena de cruces sobre el corazón, se apartó dél, y entonces Andrés respiró un poco y dio a entender que las palabras de Preciosa le habían aprovechado. Finalmente, el doblón de dos caras se le dieron a Preciosa, y ella dijo a sus compañeros que le trocaría y repartiría con ellas hidalgamente. El padre de Andrés le dijo que le dejase por escrito las palabras que había dicho a don Juan, que las quería saber en todo caso. Ella dijo que las diría de muy buena gana, y que entendiesen que, aunque parecían cosa de burla, tenían gracia especial para preservar el mal de corazón y los vaguidos de cabeza, y que las palabras eran:

> Cabecita, cabecita,
> tente en ti, no te resbales,
> y apareja los puntales
> de la paciencia bendita.
>   Solicita
>   la bonita
>   confiancita;
>   no te inclines
> a pensamientos rüines;
>   verás cosas
> que toquen en milagrosas,
> Dios delante
> y San Cristóbal gigante.

—Con la mitad destas palabras que le digan, y con seis cruces que le hagan sobre el corazón a la persona que tuviere vaguidos de cabeza —dijo Preciosa—, quedará como una manzana.

Cuando la gitana vieja oyó el ensalmo y el embuste, quedó pasmada, y más lo quedó Andrés, que vio que todo era invención de su agudo ingenio. Quedáronse con el soneto, porque no quiso pedirle Preciosa, por no dar otro tártago [40] a Andrés; que ya sabía ella, sin ser enseñada, lo que era dar sustos, y martelos [41], y sobresaltos celosos a los rendidos amantes.

---

[40] *tártago*, chasco o susto.
[41] *martelos*, sufrimientos por celos.

Despidiéronse las gitanas, y al irse dijo Preciosa a don Juan:

—Mire, señor: cualquier día desta semana es próspero para partidas, y ninguno es aciago; apresure el irse lo más presto que pudiere; que le aguarda una vida ancha, libre y muy gustosa, si quiere acomodarse a ella.

—No es tan libre la del soldado, a mi parecer —respondió don Juan—, que no tenga más de sujeción que de libertad; pero, con todo esto, haré como viere.

—Más veréis de lo que pensáis —respondió Preciosa—, y Dios os lleve y traiga con bien, como vuestra buena presencia merece.

Con estas últimas palabras quedó contento Andrés, y las gitanas se fueron contentísimas. Trocaron el doblón, repartiéronle entre todas igualmente, aunque la vieja guardiana llevaba siempre parte y media de lo que se juntaba, así por la mayoridad, como por ser ella el aguja por quien se guiaban en el maremagno de sus bailes, donaires, y aun de sus embustes.

Llegóse, en fin, el día que Andrés Caballero se apareció una mañana en el primer lugar de su aparecimiento, sobre una mula de alquiler, sin criado alguno; halló en él a Preciosa y a su abuela, de las cuales conocido, le recibieron con mucho gusto. Él les dijo que le guiasen al rancho antes que entrase el día y con él se descubriesen las señas que llevaba, si acaso le buscasen. Ellas, que, como advertidas, vinieron solas, dieron la vuelta, y de allí a poco rato llegaron a sus barracas. Entró Andrés en la una, que era la mayor del rancho, y luego acudieron a verle diez o doce gitanos, todos mozos y todos gallardos y bien hechos, a quien ya la vieja había dado cuenta del nuevo compañero que les había de venir, sin tener necesidad de encomendarles el secreto: que, como ya se ha dicho, ellos le guardan con sagacidad y puntualidad nunca vista. Echaron luego ojo a la mula, y dijo uno de ellos:

—Ésta se podrá vender el jueves en Toledo.

—Eso no —dijo Andrés—, porque no hay mula de alquiler

que no sea conocida de todos los mozos de mulas que trajinan por España.

—¡Por Dios, señor Andrés —dijo uno de los gitanos—, que aunque la mula tuviera más señales que las que han de preceder al día tremendo, aquí la transformaremos de manera que no la conociera la madre que la parió ni el dueño que la ha criado!

—Con todo eso —respondió Andrés—, por esta vez se ha de seguir y tomar el parecer mío. A esta mula se ha de dar muerte, y ha de ser enterrada donde aun los huesos no parezcan.

—¡Pecado grande! —dijo otro gitano—: ¿a una inocente se ha de quitar la vida? No diga tal el buen Andrés, sino haga una cosa: mírela bien agora, de manera que se le queden estampadas todas sus señales en la memoria, y déjenmela llevar a mí; y si de aquí a dos horas la conociere, que me lardeen [42] como a un negro fugitivo.

—En ninguna manera consentiré —dijo Andrés— que la mula no muera, aunque más me aseguren su transformación: yo temo ser descubierto si a ella no la cubre la tierra. Y si se hace por el provecho que de venderla puede seguirse, no vengo tan desnudo a esta cofradía, que no pueda pagar de entrada más de lo que valen cuatro mulas.

—Pues así lo quiere el señor Andrés Caballero —dijo otro gitano—, muera la sin culpa, y Dios sabe si me pesa, así por su mocedad, pues aún no ha cerrado [43] (cosa no usada entre mulas de alquiler), como porque debe ser andariega, pues no tiene costras en las ijadas, ni llagas, de la espuela.

Dilatóse su muerte hasta la noche, y en lo que quedaba de aquel día se hicieron las ceremonias de la entrada de Andrés a ser gitano, que fueron: desembarazaron luego un rancho de los mejores del aduar y adornáronle de ramos y juncia [44], y sentándose Andrés sobre un medio alcornoque,

---

[42] *lardeen,* unten con grasa hirviente, como hacían con los esclavos negros fugitivos.

[43] *cerrado,* igualarse los dientes de las caballerías a los siete años.

[44] *juncia,* planta olorosa.

pusiéronle en las manos un martillo y unas tenazas, y al son de dos guitarras que dos gitanos tañían, le hicieron dar dos cabriolas; luego le desnudaron un brazo, y con una cinta de seda nueva y un garrote le dieron dos vueltas blandamente. A todo se halló presente Preciosa, y otras muchas gitanas, viejas y mozas, que las unas con maravilla, otras con amor, le miraban: tal era la gallarda disposición de Andrés, que hasta los gitanos le quedaron aficionadísimos.

Hechas, pues, las referidas ceremonias, un gitano viejo tomó por la mano a Preciosa, y puesto delante de Andrés, dijo:

—Esta muchacha, que es la flor y nata de toda la hermosura de las gitanas que sabemos viven en España, te la entregamos, ya por esposa o ya por amiga; que en esto puedes hacer lo que fuere más de tu gusto, porque la libre y ancha vida nuestra no está sujeta a melindres ni a muchas ceremonias. Mírala bien, y mira si te agrada, o si vees en ella alguna cosa que te descontente, y la vees, escoge entre las doncellas que aquí están la que más te contentare; que la que escogieres te daremos; pero has de saber que una vez escogida, no la has de dejar por otra, ni te has de empachar ni entremeter ni con las casadas ni con las doncellas. Nosotros guardamos inviolablemente la ley de la amistad: ninguno solicita la prenda del otro; libres vivimos de la amarga pestilencia de los celos. Entre nosotros, aunque hay muchos incestos, no hay ningún adulterio; y cuando le hay en la mujer propia, o alguna bellaquería en la amiga, no vamos a la justicia a pedir castigo: nosotros somos los jueces y los verdugos de nuestras esposas o amigas; con la misma facilidad las matamos y las enterramos por las montañas y desiertos como si fueran animales nocivos: no hay pariente que las vengue ni padres que nos pidan su muerte. Con este temor y miedo ellas procuran ser castas, y nosotros, como ya he dicho, vivimos seguros. Pocas cosas tenemos que no sean comunes a todos, excepto la mujer o la amiga, que queremos que cada una sea del que le cupo en suerte. Entre nosotros así hace divorcio la vejez como la muerte: el que quisiere puede dejar la mujer vieja, como él sea mozo, y escoger otra que corresponda al gusto de sus años. Con estas y con otras leyes y estatutos nos conservamos y vivimos alegres; somos señores de los campos, de los sembrados, de las selvas, de los montes, de las fuentes y de los ríos: los montes nos ofrecen leña de balde; los árboles, frutas; las viñas, uvas; las huertas, hortaliza; las fuentes, agua; los ríos, peces, y los vedados, caza; sombra las peñas, aire fresco las quiebras y casas las cuevas. Para nosotros las inclemencias del cielo son oreos, refrigerio las nieves, baños la lluvia, música los truenos y hachas los relámpagos; para nosotros son los duros terrenos colchones de blandas plumas; el cuero curtido de nuestros cuerpos nos sirve de arnés [45] impenetrable que nos defiende; a nuestra ligereza no la impiden grillos, ni la detienen barrancos, ni la contrastan paredes; a nuestro ánimo no le tuercen cordeles, ni le menoscaban garruchas, ni le ahogan tocas, ni le doman potros. Del sí al no no hacemos diferencia cuando nos conviene: siempre nos preciamos más de mártires que de confesores; para nosotros se crían las bestias de carga en los campos y se cortan las faldriqueras en las ciudades. No hay águila, ni ninguna otra ave de rapiña, que más presto se abalance a la presa que se le ofrece, que nosotros nos abalanzamos a las ocasiones que algún interés nos señalen; y, finalmente, tenemos muchas habilidades que felice fin nos prometen: porque en la cárcel cantamos, en el potro callamos, de día trabajamos y de noche hurtamos, o, por mejor decir, avisamos que nadie viva descuidado de mirar dónde pone su hacienda. No nos fatiga el temor de perder la honra, ni nos desvela la ambición de acrecentarla, ni sustentamos bandos, ni madrugamos a dar memoriales, ni a acompañar magnates, ni a solicitar favores. Por dorados techos y suntuosos palacios estimamos estas barracas y movibles ranchos; por cuadros y países de Flandes, los que nos da la naturaleza en esos levantados riscos y nevadas

---

[45]   *arnés,* piezas de acero que cubren el cuerpo para su defensa.

peñas, tendidos prados y espesos bosques que a cada paso a los ojos se nos muestran. Somos astrólogos rústicos, porque como casi siempre dormimos a cielo descubierto, a todas horas sabemos las que son del día y las que son de la noche; vemos cómo arrincona y barre la aurora las estrellas del cielo, y cómo ella sale con su compañera el alba, alegrando el aire, enfriando el agua y humedeciendo la tierra, y luego, tras ella, el sol, *dorando cumbres* (como dijo el otro poeta) *y rizando montes;* ni tememos quedar helados por su ausencia cuando nos hiere a soslayo con sus rayos, ni quedar abrasados cuando con ellos perpendicularmente nos toca; un mismo rostro hacemos al sol que al yelo, a la esterilidad que a la abundancia. En conclusión: somos gente que vivimos por nuestra industria y pico, y sin entremeternos con el antiguo refrán: «Iglesia, o mar, o casa real», tenemos lo que queremos, pues nos contentamos con lo que tenemos. Todo esto os he dicho, generoso mancebo, porque no ignoréis la vida a que habéis venido y el trato que habéis de profesar, el cual os he pintado aquí en borrón; que otras muchas e infinitas cosas iréis descubriendo en él con el tiempo, no menos dignas de consideración que las que habéis oído.

Calló en diciendo esto el elocuente y viejo gitano, y el novicio dijo que se holgaba mucho de haber sabido tan loables estatutos, y que él pensaba hacer profesión en aquella orden tan puesta en razón y en políticos fundamentos, y que sólo le pesaba no haber venido más presto en conocimientos de tan alegre vida, y que desde aquel punto renunciaba la profesión de caballero y la vanagloria de su ilustre linaje, y lo ponía todo debajo del yugo, o, por mejor decir, debajo de las leyes con que ellos vivían, pues con tan alta recompensa le satisfacían el deseo de servirlos, entregándole a la divina Preciosa, por quien él dejaría coronas e imperios, y sólo los desearía para servirla.

A lo cual respondió Preciosa:

—Puesto que estos señores legisladores han hallado por sus leyes que soy tuya, y que por tuya te me han entregado, yo he hallado, por la ley de mi voluntad, que es la más fuerte de todas, que no quiero serlo si no es con las condiciones que antes que aquí vinieses entre los dos concertamos. Dos años has de vivir en nuestra compañía primero que de la mía goces, por que tú no te arrepientas por ligero, ni yo quede engañada por presurosa. Condiciones rompen leyes; las que te he puesto sabes: si las quieres guardar, podrá ser que sea tuya y tú seas mío, y donde no, aún no es muerta la mula, tus vestidos están enteros y de tu dinero no te falta un ardite; la ausencia que has hecho no ha sido aún de un día; que de lo que dél falta te puedes servir y dar lugar que consideres lo que más te conviene. Estos señores bien pueden entregarte mi cuerpo, pero no mi alma, que es libre, y nació libre, y ha de ser libre en tanto que yo quisiere. Si te quedas, te estimaré en mucho; si te vuelves, no te tendré en menos; porque, a mi parecer, los ímpetus amorosos corren a rienda suelta, hasta que encuentran con la razón o con el desengaño; y no querría yo que fueses tú para conmigo como es el cazador, que en alcanzando la liebre que sigue, la coge, y la deja, por correr tras otra que le huye. Ojos hay engañados que a la primera vista tan bien les parece el oropel como el oro; pero a poco rato bien conocen la diferencia que hay de lo fino a lo falso. Esta es mi hermosura que tú dices que tengo, que la estimas sobre el sol y la encareces sobre el oro, ¿qué sé yo si de cerca te parecerá sombra, y tocada, cairás en que es de alquimia? Dos años te doy de tiempo para que tantees y ponderes lo que será bien que escojas o será justo que deseches; que la prenda que una vez comprada, nadie se puede deshacer della sino con la muerte, bien es que haya tiempo, y mucho, para miralla y remiralla, y ver en ella las faltas o las virtudes que tiene; que yo no me rijo por la bárbara e insolente licencia que estos mis parientes se han tomado de dejar las mujeres, o castigarlas, cuando se les antoja; y como yo no pienso hacer cosa que llame al castigo, no quiero tomar compañía que por su gusto me deseche.

—Tienes razón, ¡oh Preciosa! —dijo a este punto Andrés—; y así, si quieres que asegure tus temores y menoscabe tus sospechas jurándote que no saldré un punto de las órdenes que me pusieres, mira qué juramento quieres que haga, o qué otra seguridad puedo darte, que a todo me hallarás dispuesto.

—Los juramentos y promesas que hace el cautivo por que le den libertad pocas veces se cumplen con ella —dijo Preciosa—; y así son, según pienso, los del amante; que, por conseguir su deseo, prometerá las alas de Mercurio y los rayos de Júpiter, como me prometió a mí un cierto poeta, y juraba por la laguna Estigia. No quiero juramento, señor Andrés, ni quiero promesas; sólo quiero remitirlo todo a la experiencia deste noviciado, y a mí se me quedará el cargo de guardarme, cuando vos le tuviéredes de ofenderme.

—Sea ansí —respondió Andrés—. Sólo una cosa pido a estos señores y compañeros míos, y es que no me fuercen a que hurte ninguna cosa, por tiempo de un mes siquiera; porque me parece que no he de acertar a ser ladrón si antes no preceden muchas liciones.

—Calla, hijo —dijo el gitano viejo—; que aquí te industriaremos de manera que salgas un águila en el oficio; y cuando le sepas, has de gustar dél de modo que te comas las manos tras él. ¡Ya es cosa de burla salir vacío por la mañana y volver cargado a la noche al rancho!

—De zotes he visto yo volver a algunos deseos vacíos —dijo Andrés.

—No se toman truchas, etcétera —replicó el viejo—: todas las cosas desta vida están sujetas a diversos peligros, y las acciones del ladrón al de las galeras, azotes y horca; pero no porque corra un navío tormenta, o se anegue, han de dejar los otros de navegar. ¡Bueno sería que porque la guerra come los hombres y los caballos, dejase de haber soldados! Cuanto más, que el azotado por justicia entre nosotros, es tener un hábito en las espaldas, que le parece mejor que si le trujese en los pechos, y de los buenos. El toque está en no acabar acoceando el aire en la flor de nuestra juventud y a los primeros delitos; que el mosqueo de las espaldas [46], ni el apalear el agua en las galeras, no lo

---

[46]   *mosqueo,* eufemismo por vapuleo.

estimamos en un cacao [47]. Hijo Andrés, reposad ahora en el nido debajo de nuestras alas; que a su tiempo os sacaremos a volar, y en parte donde no volváis sin presa, y lo dicho, dicho: que os habéis de lamer los dedos tras cada hurto.

—Pues para recompensar —dijo Andrés— lo que yo podía hurtar en este tiempo que se me da de venia, quiero repartir doscientos escudos de oro entre todos los del rancho.

Apenas hubo dicho esto, cuando arremetieron a él muchos gitanos, y levantándole en los brazos y sobre los hombros, le cantaban el «¡Víctor, víctor, y el grande Andrés!», añadiendo: «¡Y viva, viva Preciosa, amada prenda suya!»

Las gitanas hicieron lo mismo con Preciosa, no sin envidia de Cristina y de otras gitanillas que se hallaban presentes; que la envidia también se aloja en los aduares de los bárbaros y en las chozas de pastores como en palacios de príncipes, y esto de ver medrar al vecino que me parece que no tiene más méritos que yo, fatiga.

Hecho esto, comieron lautamente [48]; repartióse el dinero prometido con equidad y justicia; renováronse las alabanzas de Andrés; subieron al cielo la hermosura de Preciosa. Llegó la noche, acocotaron la mula, y enterráronla de modo, que quedó seguro Andrés de no ser por ella descubierto; y también enterraron con ella sus alhajas, como fueron silla, y freno, y cinchas, a uso de los indios, que sepultan con ellos sus más ricas preseas.

De todo lo que había visto y oído, y de los ingenios de los gitanos, quedó admirado Andrés, y con propósito de seguir y conseguir su empresa sin entremeterse nada en sus costumbres, o, a lo menos, excusarlo por todas las vías que pudiese, pensando exentarse de la jurisdicción de obedecellos en las cosas injustas que le mandasen, a costa de su dinero. Otro día les rogó Andrés que mudasen de sitio y se

---

[47] *cacao*, semilla usada como moneda de poco valor entre los indios aztecas.

[48] *lautamente*, de modo abundante.

alejasen de Madrid, porque temía ser conocido si allí estaba; ellos dijeron que ya tenían determinado irse a los montes de Toledo, y desde allí correr y garramar [49] toda la tierra circunvecina. Levantaron, pues, el rancho, y diéronle a Andrés una pollina en que fuese; pero él no la quiso, sino irse a pie, sirviendo de lacayo a Preciosa, que sobre otra iba, ella contentísima de ver cómo triunfaba de su gallardo escudero, y él ni más ni menos, de ver junto a sí a la que había hecho señora de su albedrío.

¡Oh poderosa fuerza deste que llaman dulce dios de amargura (título que le ha dado la ociosidad y el descuido nuestro), y con qué veras nos avasallas y cuán sin respeto nos tratas! Caballero es Andrés, y mozo de muy buen entendimiento, criado casi toda su vida en la corte y con el regalo de sus ricos padres, y desde ayer acá he hecho tal mudanza, que engañó a sus criados y a sus amigos, defraudó las esperanzas que sus padres en él tenían, dejó el camino de Flandes, donde había de ejercitar el valor de su persona y acrecentar la honra de su linaje, y se vino a postrarse a los pies de una muchacha, y a ser su lacayo, que, puesto que hermosísima, en fin, era gitana; privilegio de la hermosura, que trae al redopelo [50] y por la melena a sus pies a la voluntad más exenta.

De allí a cuatro días llegaron a una aldea dos leguas de Toledo, donde asentaron su aduar, dando primero algunas prendas de plata al alcalde del pueblo, en fianzas de que en él ni en todo su término no hurtarían ninguna cosa. Hecho esto, todas las gitanas viejas, y algunas mozas, y los gitanos, se esparcieron por todos los lugares, o, a lo menos, apartados por cuatro o cinco leguas de aquél donde habían asentado su real. Fue con ellos Andrés a tomar la primera lición de ladrón; pero aunque le dieron muchas en aquella salida, ninguna se le asentó; antes correspondiendo a su buena sangre, con cada hurto que sus maestros hacían se le arrancaba a él el alma, y tal vez hubo que pagó de su

---

[49] *garramar,* recoger las limosnas y los productos de hurtos y estafas.
[50] *redopelo,* a contrapelo. De modo atropellado y sin piedad.

dinero los hurtos que sus compañeros habían hecho, conmovido de las lágrimas de sus dueños; de lo cual los gitanos se desesperaban, diciéndole que era contravenir a sus estatutos y ordenanzas, que prohibían la entrada a la caridad en sus pechos, la cual, en teniéndola, habían de dejar de ser ladrones, cosa que no les estaba bien en ninguna manera. Viendo, pues, esto Andrés, dijo que él quería hurtar por sí solo, sin ir en compañía de nadie; porque para huir del peligro tenía ligereza, y para acometelle no le faltaba el ánimo; así que el premio o el castigo de lo que hurtase quería que fuese suyo.

Procuraron los gitanos disuadirle de este propósito, diciéndole que le podrían suceder ocasiones donde fuese necesaria la compañía, así para acometer como para defenderse, y que una persona sola no podía hacer grandes presas. Pero por más que dijeron, Andrés quiso ser ladrón solo y señero, con intención de apartarse de la cuadrilla y comprar con su dinero alguna cosa que pudiese decir que la había hurtado, y deste modo cargar lo que menos pudiese sobre su conciencia. Usando, pues, desta industria, en menos de un mes trujo más provecho a la compañía que trujeron cuatro de los más estirados ladrones della; de que no poco se holgaba Preciosa, viendo a su tierno amante tan lindo y tan despojado ladrón; pero, con todo eso, estaba temerosa de alguna desgracia; que no quisiera ella verle en afrenta por todo el tesoro de Venecia, obligada a tenerle aquella buena voluntad por los muchos servicios y regalos que su Andrés le hacía.

Poco más de un mes se estuvieron en los términos de Toledo, donde hicieron su agosto, aunque era por el mes de septiembre, y desde allí se entraron en Extremadura, por ser tierra rica y caliente. Pasaba Andrés con Preciosa honestos, discretos y enamorados coloquios, y ella poco a poco se iba enamorando de la discreción y buen trato de su amante, y él, del mismo modo, si pudiera crecer su amor, fuera creciendo: tal era la honestidad, discreción y belleza de su Preciosa. A doquiera que llegaban, él se llevaba el precio y las apuestas de corredor y de saltar más que nin-

guno; jugaba a los bolos y a la pelota extremadamente;
tiraba la barra con mucha fuerza y singular destreza; finalmente, en poco tiempo voló su fama por toda Extremadura,
y no había lugar donde no se hablase de la gallarda disposición del gitano Andrés Caballero y de sus gracias y habilidades, y al par desta fama corría la de la hermosura de la
Gitanilla, y no había villa, lugar ni aldea donde no los lla-
masen para regocijar las fiestas votivas suyas, o para otros
particulares regocijos. Desta manera iba el aduar rico,
próspero y contento, y los amantes, gozosos con sólo mirarse.

Sucedió, pues, que teniendo el aduar entre unas encinas,
algo apartado del camino real, oyeron una noche, casi a la
mitad della, ladrar sus perros con mucho ahínco y más de
lo que acostumbraban; salieron algunos gitanos, y con ellos
Andrés, a ver a quién ladraban, y vieron que se defendía de
ellos un hombre vestido de blanco, a quien tenían dos
perros asido de una pierna; llegaron y quitáronle, y uno de
los gitanos le dijo:

—¿Quién diablo os trujo por aquí, hombre, a tales horas y
tan fuera de camino? ¿Venís a hurtar por ventura? Porque
en verdad que habéis llegado a buen puerto.

—No vengo a hurtar —respondió el mordido—, no sé si
vengo o no fuera de camino, aunque bien veo que vengo
descaminado. Pero decidme, señores, ¿está por aquí alguna
venta o lugar donde pueda recogerme esta noche, y
curarme de las heridas que vuestros perros me han hecho?

—No hay lugar ni venta donde podamos encaminaros
—respondió Andrés—; mas para curar vuestras heridas y
alojaros esta noche no os faltará comodidad en nuestros
ranchos: veníos con nosotros; que aunque somos gitanos,
no lo parecemos en la caridad.

—Dios la use con vosotros —respondió el hombre—, y lle-
vadme donde quisiéredes, que el dolor desta pierna me
fatiga mucho.

Llegóse a él Andrés y otro gitano caritativo (que aun
entre los demonios hay unos peores que otros, y entre
muchos malos hombres suele haber alguno bueno), y entre
los dos le llevaron. Hacía la noche clara con la luna, de

manera que pudieron ver que el hombre era mozo de gentil rostro y talle: ceñía vestido todo de lienzo blanco, y atravesada por las espaldas y ceñida a los pechos una como camisa o talega de lienzo. Llegaron a la barranca o toldo de Andrés, y con presteza encendieron lumbre y luz, y acudió luego la abuela de Preciosa a curar el herido, de quien ya le habían dado cuenta. Tomó algunos pelos de los perros, friólos en aceite, y, lavando primero con vino dos mordeduras que tenía en la pierna izquierda, le puso los pelos con el aceite en ellas, y encima un poco de romero verde mascado; lióselo muy bien con paños limpios, y santiguóle las heridas, y díjole:

—Dormid, amigo; que, con la ayuda de Dios, no será nada.

En tanto que curaban al herido, estaba Preciosa delante, y estúvole mirando ahincadamente, y lo mismo hacía él a ella, de modo que Andrés echó de ver en la atención con que el mozo la miraba; pero echólo a que la mucha hermosura de Preciosa se llevaba tras sí los ojos. En resolución, después de curado el mozo, le dejaron solo sobre un lecho hecho de heno seco, y por entonces no quisieron preguntarle nada de su camino, ni de otra cosa.

Apenas se apartaron dél cuando Preciosa llamó a Andrés aparte, y le dijo:

—¿Acuérdaste, Andrés, de un papel que se me cayó en tu casa cuando bailaba con mis compañeras, que, según creo, te dio un mal rato?

—Sí, acuerdo —respondió Andrés—, y era un soneto en tu alabanza, y no malo.

—Pues has de saber, Andrés —replicó Preciosa—, que el que hizo aquel soneto es ese mozo mordido que dejamos en la choza; y en ninguna manera me engañó, porque me habló de Madrid dos o tres veces, y aun me dio un romance muy bueno. Allí andaba, a mi parecer, como paje; mas no de los ordinarios, sino de los favorecidos de algún príncipe; y en verdad te digo, Andrés, que el mozo es discreto, y bien razonado, y sobremanera honesto, y no sé qué pueda imaginar desta su venida y en tal traje.

—¿Qué puedes imaginar, Preciosa? —respondió Andrés—.
Ninguna otra cosa sino que la misma fuerza que a mí ha
hecho gitano le ha hecho a él parecer molinero y venir a
buscarte. ¡Ah Preciosa, Preciosa, y cómo se va descubriendo que te quieres preciar de tener más de un rendido!
Y si esto es así, acábame a mi primero, y luego matarás a
este otro, y no quieras sacrificarnos juntos en las aras de tu
engaño, por no decir de tu belleza.

—¡Válame Dios —respondió Preciosa—, Andrés, y cuán
delicado andas, y cuán de un sotil cabello tienes colgadas
tu esperanza y mi crédito, pues con tanta facilidad te ha
penetrado el alma la dura espada de los celos! Dime,
Andrés: si en esto hubiera artificio o engaño alguno, ¿no
supiera yo callar y encubrir quién era este mozo? ¿Soy tan
necia por ventura, que te había de dar ocasión de poner en
duda mi bondad y buen término? Calla, Andrés, por tu
vida, y mañana procura sacar del pecho deste tu asombro
adónde va, o a lo que viene: podría ser que estuviese engañada tu sospecha, como yo no lo estoy de que sea el que he
dicho. Y para más satisfacción tuya, pues ya he llegado a
términos de satisfacerte, de cualquier manera y con cualquier intención que ese mozo venga, despídele luego, y haz
que se vaya, pues todos los de nuestra parcialidad te obedecen, y no habrá ninguno que contra tu voluntad le quiera
dar acogida en su rancho; y cuando esto así no suceda, yo
te doy mi palabra de no salir del mío ni dejarme ver de sus
ojos, ni de todos aquellos que tú quisieres que no me vean.
Mira, Andrés, no me pesa a mí de verte celoso; pero
pesarme ha mucho si te veo indiscreto.

—Como no me veas loco, Preciosa —respondió Andrés—,
cualquiera otra demostración será poco o ninguna para dar
a entender adónde llega y cuánto fatiga la amarga y dura
presunción de los celos. Pero, con todo eso, yo haré lo que
me mandas, y sabré si es que es posible, qué es lo que este
señor paje poeta quiere, dónde va, o qué es lo que busca
que podría ser que por algún hilo que sin cuidado muestre
sacase yo todo el ovillo con que temo viene a enredarme.

—Nunca los celos, a lo que imagino —dijo Preciosa—

dejan el entendimiento libre para que pueda juzgar las cosas como ellas son: siempre miran los celosos con antojos de allende [51], que hacen las cosas pequeñas grandes, los enanos gigantes, y las sospechas verdades. Por vida tuya y por la mía, Andrés, que procedas en esto y en todo lo que tocare a nuestros conciertos cuerda y discretamente; que si así lo hicieres, sé que me has de conceder la palma de honesta y recatada, y de verdadera en todo extremo.

Con esto se despidió de Andrés, y él se quedó esperando el día para tomar la confesión al herido, llena de turbación el alma y de mil contrarias imaginaciones. No podía creer sino que aquel paje había venido allí atraído de la hermosura de Preciosa, porque piensa el ladrón que todos son de su condición. Por otra parte, la satisfacción que Preciosa le había dado le parecía ser de tanta fuerza, que le obligaba a vivir seguro y a dejar en las manos de su bondad toda su ventura.

Llegóse el día, visitó al mordido, preguntándole cómo se llamaba, y a dónde iba, y cómo caminaba tan tarde y tan fuera de camino; aunque primero le preguntó cómo estaba y si se sentía sin dolor de las mordeduras. A lo cual respondió el mozo que se hallaba mejor y sin dolor alguno, y de manera que podía ponerse en camino. A lo de decir su nombre y adónde iba no dijo otra cosa sino que se llamaba Alonso Hurtado, y que iba a nuestra Señora de la Peña de Francia a un cierto negocio, y que por llegar con brevedad caminaba de noche, y que la pasada había perdido el camino, y acaso dado con aquel aduar, donde los perros que le guardaban le habían puesto del modo que había visto.

No le pareció a Andrés legítima esta declaración, sino muy bastarda, y de nuevo volvieron a hacerle cosquillas en el alma sus sospechas, y así le dijo:

—Hermano, si yo fuera juez, y vos hubiérades caído debajo de mi jurisdicción por algún delito, el cual pidiera que os hicieran las preguntas que yo os he hecho, la respuesta que me habéis dado obligara a que os apretara los

---

[51] *antojo de allende*, anteojos de larga distancia.

cordeles. Yo no quiero saber quién sois, cómo os llamáis o adónde vais; pero adviértoos que si os conviene mentir en este vuestro viaje, mintáis con más apariencia de verdad. Decís que vais a la Peña de Francia, y dejáisla a la mano derecha, más atrás deste lugar donde estamos bien treinta leguas; camináis de noche para llegar presto, y vais fuera de camino por entre bosques y encinares que no tiene sendas apenas, cuanto más caminos. Amigo, levantaos y aprended a mentir, y andad enhorabuena. Pero por este buen aviso que os doy, ¿no me diréis una verdad? Que sí diréis, pues tan mal sabéis mentir. Decidme: ¿sois por ventura uno que yo he visto muchas veces en la corte, entre paje y caballero, que tenía fama de ser gran poeta, uno que hizo un romance y un soneto a una gitanilla que los días pasados andaba en Madrid, que era tenida por singular en la belleza? Decídmelo, que yo os prometo por la fe de caballero gitano de guardaros el secreto que vos viéredes que os conviene. Mirad que negarme la verdad, de que no sois el que digo, no llevaría camino, porque este rostro que yo veo aquí es el que vi en Madrid. Sin duda alguna que la gran fama de vuestro entendimiento me hizo muchas veces que os mirase como a un hombre raro e insigne, y así se me quedó en la memoria vuestra figura, que os he venido a conocer por ella, aun puesto en el diferente traje en que estáis agora del en que yo os vi entonces. No os turbéis; animaos, y no penséis que habéis llegado a un pueblo de ladrones, sino a un asilo que os sabrá guardar y defender de todo el mundo. Mirad: yo imagino una cosa, y si es ansí como la imagino, vos habéis topado con vuestra suerte en haber encontrado conmigo: lo que imagino es que, enamorado de Preciosa, aquella hermosa gitanica a quien hicisteis los versos, habéis venido a buscarla, por lo que yo no os tendré en menos, sino en mucho más; que, aunque gitano, la experiencia me ha mostrado adónde se extiende la poderosa fuerza de amor y las transformaciones que hace hacer a los que coge debajo de su jurisdicción y mando. Si esto es así, como creo que sin duda lo es, aquí está la gitanica.

—Sí, aquí está, que yo la vi anoche —dijo el mordido; razón con que Andrés quedó como difunto, pareciéndole que había salido al cabo con la confirmación de sus sospechas—. Anoche la vi —tornó a referir el mozo—; pero no me atreví a decirle quién era, porque no me convenía.

—Desa manera —dijo Andrés—, vos sois el poeta que yo he dicho.

—Sí soy —replicó el mancebo—, que no lo puedo ni lo quiero negar: quizá podía ser que donde he pensado perderme hubiese venido a ganarme, si es que hay fidelidad en las selvas y buen acogimiento en los montes.

—Hayle, sin duda —respondió Andrés—, y entre nosotros los gitanos, el mayor secreto del mundo. Con esta confianza podéis, señor, descubrirme vuestro pecho; que hallaréis en el mío lo que veréis, sin doblez alguno; la gitanilla es parienta mía, y está sujeta a lo que quisiere hacer della: si la quisiéredes por esposa, yo y todos sus parientes gustaremos dello; y si por amiga, no usaremos de ningún melindre con tal que tengáis dineros, porque la codicia por jamás sale de nuestros ranchos.

—Dineros traigo —respondió el mozo—: en estas mangas de camisa que traigo ceñida por el cuerpo vienen cuatrocientos escudos de oro.

Éste fue otro susto mortal que recibió Andrés, viendo que el traer tanto dinero no era sino para conquistar o comprar su prenda; y con lengua ya turbada, dijo:

—Buena cantidad es ésa; no hay sino descubriros, y manos a la labor; que la muchacha, que no es nada boba, verá cuán bien le está ser vuestra.

—¡Ay amigo! —dijo a esta sazón el mozo—. Quiero que sepáis que la fuerza que me ha hecho mudar de traje no es la de amor, que vos decís ni desear a Preciosa; que hermosas tiene Madrid que pueden y saben robar los corazones y rendir las almas tan bien y mejor que las más hermosas gitanas, puesto que confieso que la hermosura de vuestra parienta a todas las que yo he visto se aventaja. Quien me tiene en este traje, a pie y mordido de perros, no es amor, sino desgracia mía.

Con estas razones que el mozo iba diciendo, iba Andrés cobrando los espíritus perdidos, pareciéndole que se encaminaban a otro paradero del que él se imaginaba; y deseoso de salir de aquella confusión, volvió a reforzarle la seguridad con que podía descubrirse, y así, él prosiguió, diciendo:

—Yo estaba en Madrid en casa de un título, a quien servía no como a señor, sino como a pariente. Éste tenía un hijo heredero suyo, el cual, así por el parentesco como por ser ambos de una edad y de una condición misma, me trataba con familiaridad y amistad grande. Sucedió que este caballero se enamoró de una doncella principal, a quien él escogiera de bonísima gana para su esposa si no tuviera la voluntad sujeta, como buen hijo, a la de sus padres, que aspiraban a casarle más altamente; pero, con todo esto, la servía a hurto de todos los ojos que pudieran, con las lenguas, sacar a la plaza sus deseos: sólo los míos eran testigos de sus intentos. Y una noche, que debía de haber escogido la desgracia para el caso que ahora os diré, pasando los dos por la puerta y calle desta señora, vimos arrimados a ella dos hombres, al parecer, de buen talle; quiso reconocerlos mi pariente, y apenas se encaminó a ellos, cuando echaron con mucha ligereza mano a las espadas y a dos broqueles[52], y se vinieron a nosotros, que hicimos lo mismo, y con iguales armas nos acometimos. Duró poco la pendencia, porque no duró mucho la vida de los dos contrarios, que de dos estocadas que guiaron los celos de mi pariente y la defensa que yo le hacía, las perdieron, caso extraño y pocas veces visto. Triunfando, pues, de lo que no quisiéramos, volvimos a casa, y secretamente tomando todos los dineros que podimos, nos fuimos a San Jerónimo[53], esperando el día, que descubriese lo sucedido y las presunciones que se tenían de los matadores. Supimos que de nosotros no había indicio alguno, y aconsejáronnos los prudentes religiosos que nos volviésemos a casa, y que no

---

[52]   *broqueles,* rodelas o escudos redondos pequeños.
[53]   *San Jerónimo,* San Jerónimo el Real de Madrid, cerca del actual Museo del Prado.

diésemos ni despertásemos con nuestra ausencia alguna sospecha contra nosotros; y ya que estábamos determinados de seguir su parecer, nos avisaron que los señores alcaldes de corte habían preso en su casa a los padres de la doncella y a la misma doncella, y que entre otros criados a quien tomaron la confesión, una criada de la señora dijo cómo mi pariente paseaba a su señora de noche y de día; y que con este indicio había acudido a buscarnos, y no hallándonos, sino muchas señales de nuestra fuga, se confirmó en toda la corte ser nosotros los matadores de aquellos dos caballeros, que lo eran, y muy principales. Finalmente, con parecer del conde mi pariente, y del de los religiosos, después de quince días que estuvimos escondidos en el monasterio, mi camarada, en hábito de fraile, con otro fraile se fue la vuelta de Aragón, con intención de pasarse a Italia, y desde allí a Flandes, hasta ver en qué paraba el caso. Yo quise dividir y apartar nuestra fortuna, y que no corriese nuestra suerte por una misma derrota: seguí otro camino diferente del suyo, y en hábito de mozo de fraile, a pie, salí con un religioso, que me dejó en Talavera. Desde allí aquí he venido solo y fuera de camino, hasta que anoche llegué a este encinal, donde me ha sucedido lo que habéis visto. Y si pregunté por el camino de la Peña de Francia, fue por responder algo a lo que se me preguntaba; que en verdad que no sé dónde cae la Peña de Francia, puesto que sé que está más arriba de Salamanca.

—Así es verdad —respondió Andrés—, y ya la dejáis a mano derecha, casi veinte leguas de aquí; por que veáis cuán derecho camino llevábades, si allá fuérades.

—El que yo pensaba llevar —replicó el mozo— no es sino a Sevilla; que allí tengo un caballero ginovés, grande amigo del conde mi pariente, que suele enviar a Génova gran cantidad de plata, y llevo designio que me acomode con los que la suelen llevar, como uno dellos, y con esta estratagema seguramente podré pasar hasta Cartagena, y de allí a Italia, porque han de venir dos galeras muy presto a embarcar esta plata. Ésta es, buen amigo, mi historia: mirad si puedo decir que nace más de desgracia pura que

de amores aguados. Pero si estos señores gitanos quisiesen
llevarme en su compañía hasta Sevilla, si es que van allá,
yo se lo pagaría muy bien; que me doy a entender que en
su compañía iría más seguro, y no con el temor que llevo.

—Sí llevarán —respondió Andrés—: y si no fuéredes en
nuestro aduar, porque hasta ahora no sé si va al Andalucía,
iréis en otro que creo que habemos de topar dentro de dos
días, y con darles algo de lo que lleváis, facilitaréis con
ellos otros imposibles mayores.

Dejóle Andrés, y vino a dar cuenta a los demás gitanos
de lo que el mozo le había contado y de lo que pretendía,
con el ofrecimiento que hacía de la buena paga y recompensa. Todos fueron de parecer que se quedase en el
aduar; sólo Preciosa tuvo el contrario y la abuela dijo que
ella no podía ir a Sevilla, ni a sus contornos, a causa de que
los años pasados había hecho una burla en Sevilla a un
gorrero llamado Triguillos, muy conocido en ella, al cual le
había hecho meter en una tinaja de agua hasta el cuello,
desnudo en carnes, y en la cabeza puesta una corona de
ciprés, esperando el filo de la medianoche para salir de la
tinaja a cavar y sacar un gran tesoro que ella le había
hecho creer que estaba en cierta parte de su casa. Dijo que
como oyó el buen gorrero tocar a maitines, por no perder la
coyuntura, se dio tanta prisa a salir de la tinaja, que dio
con ella y con él en el suelo, y con el golpe y con los cascos
se magulló las carnes, derramóse el agua y él quedó
nadando en ella, y dando voces que se anegaba. Acudieron
su mujer y sus vecinos con luces, y halláronle haciendo
efectos de nadador, soplando y arrastrando la barriga por
el suelo; y meneando brazos y piernas con mucha priesa, y
diciendo a grandes voces: «¡Socorro, señores, que me
ahogo!»; tal le tenía el miedo, que verdaderamente pensó
que se ahogaba. Abrazáronse con él, sacáronle de aquel
peligro, volvió en sí, contó la burla de la gitana, y, con todo
eso, cavó en la parte señalada más de un estado [54] en

---

[54]   *un estado*, medida de superficie que equivale a 49 pies o unos 4
metros cuadrados.

hondo, a pesar de todos cuantos le decían que era embuste mío; y si no se lo estorbara un vecino suyo, que tocaba ya en los cimientos de su casa, él diera con entrambas en el suelo, si le dejaran cavar todo cuanto él quisiera. Súpose este cuento por toda la ciudad, y hasta los muchachos le señalaban con el dedo y contaban su credulidad y mi embuste.

Esto contó la vieja gitana, y esto dio por excusa para no ir a Sevilla. Los gitanos, que ya sabían de Andrés Caballero que el mozo traía dineros en cantidad, con facilidad le acogieron en su compañía, y se ofrecieron en guardarle y encubrirle todo el tiempo que él quisiese, y determinaron de torcer el camino a mano izquierda y entrarse en la Mancha y en el reino de Murcia. Llamaron al mozo y diéronle cuenta de lo que pensaban hacer por él; él se lo agradeció, y dio cien escudos de oro para que los repartiesen entre todos. Con esta dádiva quedaron más blandos que unas martas; sólo a Preciosa no contentó mucho la quedada de don Sancho, que así dijo el mozo que se llamaba; pero los gitanos se le mudaron en el de Clemente, y así le llamaron desde allí adelante. También quedó un poco torcido Andrés, y no bien satisfecho de haberse quedado Clemente, por parecerle que con poco fundamento había dejado sus primeros designios; mas Clemente, como si le leyera la intención, entre otras cosas, le dijo que se holgaba de ir al reino de Murcia, por estar cerca de Cartagena, adonde si viniesen galeras, como él pensaba que habían de venir, pudiese con facilidad pasar a Italia. Finalmente, por traelle más ante los ojos, y mirar sus acciones y escudriñar sus pensamientos, quiso Andrés que fuese Clemente su camarada, y Clemente tuvo esta amistad por gran favor que se le hacía. Andaban siempre juntos, gastaban largo, llovían escudos, corrían, saltaban, bailaban y tiraban la barra mejor que ninguno de los gitanos, y eran de las gitanas más que medianamente queridos, y de los gitanos en todo extremo respetados.

Dejaron, pues, a Extremadura, y entráronse en la Mancha, y poco a poco fueron caminando al reino de

Murcia. En todas las aldeas y lugares que pasaban había desafíos de pelota, de esgrima, de correr, de saltar, de tirar la barra, y de otros ejercicios de fuerza, maña y ligereza, y de todos salían vencedores Andrés y Clemente, como de sólo Andrés queda dicho; y en todo este tiempo, que fueron más de mes y medio, nunca tuvo Clemente ocasión, ni él la procuró, de hablar a Preciosa, hasta que un día, estando juntos Andrés y ella, llegó él a la conversación, porque le llamaron, y Preciosa le dijo:

—Desde la vez primera que llegaste a nuestro aduar te conocí, Clemente, y se me vinieron a la memoria los versos que en Madrid me diste; pero no quise decir nada, por no saber con qué intención venías a nuestras estancias; y cuando supe tu desgracia, me pesó en el alma, y se aseguró mi pecho, que estaba sobresaltado, pensando que como había don Joanes en el mundo, y que se mudaban en Andreses, así podía haber don Sanchos que se mudasen en otros nombres. Háblote desta manera porque Andrés me ha dicho que te ha dado cuenta de quién es y de la intención con que se ha vuelto gitano —y así era la verdad: que Andrés le había hecho sabidor de toda su historia, por poder comunicar con él sus pensamientos—. Y no pienses que te fue de poco provecho el conocerte, pues por mi respecto y por lo que yo de ti dije, se facilitó el acogerte y admitirte en nuestra compañía, donde plega a Dios te suceda todo el bien que acertares a desearte. Este buen deseo quiero que me pagues en que no afees a Andrés la bajeza de su intento, ni le pintes cuán mal le está perseverar en este estado; que puesto que yo imagino que debajo de los candados de mi voluntad está la tuya, todavía me pesaría de verle dar muestras, por mínimas que fuesen, de algún arrepentimiento.

A esto respondió Clemente:

—No pienses, Preciosa única, que don Juan con ligereza de ánimo, me descubrió quién era: primero le conocí yo, y primero me descubrieron sus ojos sus intentos; primero le digo yo quién era, y primero le adiviné la prisión de su voluntad, que tú señalas; y él, dándome el crédito que era

razón que me diese, fio de mi secreto el suyo, y él es buen
testigo si alabé su determinación y escogido empleo; que no
soy ¡oh Preciosa! de tan corto ingenio que no alcance hasta
dónde se extienden las fuerzas de la hermosura, y la tuya,
por pasar de los límites de los mayores extremos de belleza,
es disculpa bastante de los mayores yerros, si es que deben
llamarse yerros los que se hacen con tan forzosas causa.
Agradézcote, señora, lo que en mi crédito dijiste, y yo
pienso pagártelo en desear que estos enredos amorosos
salgan a fines felices, y que tú goces de tu Andrés, y Andrés
de su Preciosa, en conformidad y gusto de sus padres,
porque de tan hermosa junta veamos en el mundo los más
bellos renuevos que pueda formar la bien intencionada
naturaleza. Esto desearé yo, Preciosa, y esto le diré
siempre a tu Andrés, y no cosa alguna que le divierta de
sus bien colocados pensamientos.

Con tales afectos dijo las razones pasadas Clemente, que
estuvo en duda Andrés si las había dicho como enamorado,
o como comedido; que la infernal enfermedad celosa es tan
delicada y de tal manera, que en los átomos del sol se pega,
y de los que tocan a la cosa amada se fatiga el amante y se
desespera. Pero, con todo esto, no tuvo celos confirmados,
más fiado de la bondad de Preciosa que de la ventura suya;
que siempre los enamorados se tienen por infelices en tanto
que no alcanzan lo que desean. En fin, Andrés y Clemente
eran camaradas y grandes amigos, asegurándolo todo la
buena intención de Clemente y el recato y prudencia de
Preciosa, que jamás dio ocasión a que Andrés tuviese della
celos.

Tenía Clemente sus puntas de poeta, como lo mostró en
los versos que dio a Preciosa, y Andrés se picaba [55] un poco,
y entrambos eran aficionados a la música. Sucedió, pues,
que estando el aduar alojado en un valle cuatro leguas de
Murcia, una noche, por entretenerse, sentados los dos,
Andrés al pie de un alcornoque, Clemente al de una encina,
cada uno con una guitarra, convidados del silencio de la

---

[55]   *se picaba de,* se preciaba de.

noche, comenzando Andrés y respondiendo Clemente, cantaron estos versos:

ANDRÉS

Mira, Clemente, el estrellado velo
con que esta noche fría
compite con el día,
de luces bellas adornando el cielo;
y en esta semejanza,
si tanto tu divino ingenio alcanza,
aquel rostro figura
donde asiste el extremo de hermosura.

CLEMENTE

Donde asiste el extremo de hermosura
y adonde la preciosa
honestidad hermosa
con todo extremo de bondad se apura,
en un sujeto cabe,
que no hay ingenio humano que le alabe,
si no toca en divino
en alto, en raro, en grave y peregrino.

ANDRÉS

En alto, en raro, en grave y peregrino
estilo nunca usado,
al cielo levantado,
por dulce al mundo y sin igual camino,
tu nombre ¡oh Gitanilla!
causado asombro, espanto y maravilla,
la Fama yo quisiera
que le llevara hasta la octava esfera.

CLEMENTE

Que le llevara hasta la octava esfera
fuera decente y justo,
dando a los cielos gusto,
cuando el son de su nombre allá se oyera,
y en la tierra causara,
por donde el dulce nombre resonara,
música en los oídos,
paz en las almas, gloria en los sentidos.

ANDRÉS

Paz en las almas, gloria en los sentidos
se siente cuando canta
la sirena, que encanta
y adormece a los más apercibidos;
y tal es mi Preciosa,
que es lo menos que tiene ser hermosa:
dulce regalo mío,
corona del donaire, honor del brío.

CLEMENTE

Corona del donaire, honor del brío
eres, bella Gitana,
frescor de la mañana,
céfiro blando en el ardiente estío;
rayo con que Amor ciego
convierte el pecho más de nieve en fuego
fuerza que ansí la hace,
que blandamente mata y satisface.

Señales iban dando de no acabar tan presto el libre y el cautivo si no sonara a sus espaldas la voz de Preciosa, que las suyas había escuchado. Suspendiólos el oírla, y sin moverse, prestándole maravillosa atención, la escucharon. Ella (o no sé si de improviso, o si en algún tiempo los versos que cantaba le compusieron), con extremada gracia, como si para responderles fueran hechos, cantó los siguientes:

En esta empresa amorosa
donde el amor entretengo,
por mayor ventura tengo
ser honesta que hermosa.

La que es más humilde planta,
si la subida endereza,
por gracia o naturaleza
a los cielos se levanta.

En este mi bajo cobre,
siendo honestidad su esmalte
no hay buen deseo que falte,
ni riqueza que no sobre.

No me causa alguna pena
no quererme o no estimarme,
que yo pienso fabricarme
mi suerte y ventura buena.

Haga yo lo que en mí es,
que a ser buena me encamine,
y haga el cielo y determine
lo que quisiere después.

Quiero ver si la belleza
tiene tal prerrogativa,
que me encumbre tan arriba,
que aspire a mayor alteza.

Si las almas son iguales,
podrá la de un labrador
igualarse por valor
con las que son imperiales.

De la mía lo que siento
me sube al grado mayor,
porque majestad y amor
no tienen un mismo asiento.

Aquí dio fin Preciosa a su canto, y Andrés y Clemente se levantaron a recebilla. Pasaron entre los tres discretas razones, y Preciosa descubrió en las suyas su discreción, su honestidad y su agudeza, de tal manera, que en Clemente halló disculpa la intención de Andrés; que aun hasta entonces no la había hallado, juzgando más a mocedad que a cordura su arrojada determinación.

Aquella mañana se levantó el aduar, y se fueron a alojar en un lugar de la jurisdicción de Murcia, tres leguas de la ciudad, donde le sucedió a Andrés una desgracia que le puso en punto de perder la vida; y fue que, después de haber dado en aquel lugar algunos vasos y prendas de plata en fianzas, como tenían de costumbre, Preciosa y su abuela, y Cristina con otras dos gitanillas, y los dos, Clemente y Andrés, se alojaron en un mesón de una viuda rica, la cual tenía una hija de edad de diez y siete o diez y ocho años, algo más desenvuelta que hermosa, y, por más señas, se llamaba Juana Carducha. Ésta, habiendo visto bailar a las gitanas y gitanos, la tomó el diablo, y se enamoró de Andrés tan fuertemente, que propuso de decírselo y tomarle por marido, si él quisiese, aunque a todos sus parientes les pesase; y así, buscó coyuntura para decírselo, y hallóla en un corral, donde Andrés había entrado a requerir dos pollinos. Llegóse a él, y con priesa, por no ser vista, le dijo:

—Andrés —que ya sabía su nombre—, yo soy doncella y rica; que mi madre no tiene otro hijo sino a mí, y este mesón es suyo, y amén desto tiene muchos majuelos, y otros dos pares de casas. Hasme parecido bien: si me quieres por esposa, a ti está; respóndeme presto, y si eres discreto, quédate, y verás qué vida nos damos.

Admirado quedó Andrés de la resolución de la Carducha, y con la presteza que ella pedía le respondió:

—Señora doncella, yo estoy apalabrado para casarme, y los gitanos no nos casamos sino con gitanas; guárdela Dios por la merced que me quería hacer, de quien yo no soy digno.

No estuvo en dos dedos de caerse muerta la Carducha con la aceda respuesta de Andrés, a quien replicara si no viera que entraban en el corral otras gitanas. Salióse corrida y asendereada, y de buena gana se vengara si pudiera. Andrés, como discreto, determinó de poner tierra en medio, y desviarse de aquella ocasión que el diablo le ofrecía; que bien leyó en los ojos de la Carducha que sin lazos matrimoniales se le entregara a toda su voluntad, y no quiso verse pie a pie y solo en aquella estacada; y así, pidió a todos los gitanos que aquella noche se partiesen de aquel lugar. Ellos, que siempre le obedecían, lo pusieron luego por obra, y cobrando sus fianzas aquella tarde, se fueron.

La Carducha, que vio que en irse Andrés se le iba la mitad de su alma, y que no le quedaba tiempo para solicitar el cumplimiento de sus deseos, ordenó de hacer quedar a Andrés por fuerza, ya que de grado no podía; y así, con la industria, sagacidad y secreto que su mal

intento le enseñó, puso entre las alhajas de Andrés, que ella
conoció por suyas, unos ricos corales y dos patenas de
plata, con otros brincos suyos, y apenas habían salido del
mesón, cuando dio voces, diciendo que aquellos gitanos le
llevaban robadas sus joyas; a cuyas voces acudió la justicia
y toda la gente del pueblo. Los gitanos hicieron alto, y todos
juraban que ninguna cosa llevaban hurtada y que ellos
harían patentes todos los sacos y repuestos de su aduar.
Desto se congojó mucho la gitana vieja, temiendo que en
aquel escrutinio no se manifestasen los dijes de la Preciosa
y los vestidos de Andrés, que ella con gran cuidado y recato
guardaba; pero la buena de la Carducha lo remedió con
mucha brevedad todo, porque al segundo envoltorio que
miraron dijo que preguntasen cuál era el de aquel gitano
gran bailador; que ella le había visto entrar en su aposento
dos veces, y que podría ser que aquél las llevase. Entendió
Andrés que por él lo decía, y riéndose, dijo:

—Señora doncella, ésta es mi recámara y éste es mi
pollino: si vos halláredes en ella ni en él lo que os falta, yo
os lo pagaré con las setenas [56], fuera de sujetarme al castigo que la ley da a los ladrones.

Acudieron luego los ministros de la justicia a desvalijar
el pollino, y a pocas vueltas dieron con el hurto; de que
quedó tan espantado Andrés, y tan absorto, que no pareció
sino estatua, sin voz, de piedra dura.

—¿No sospeché yo bien? —dijo a esta sazón la Carducha—. ¡Mirad con qué buena cara se encubre un ladrón
tan grande!

El Alcalde, que estaba presente, comenzó a decir mil
injurias a Andrés y a todos los gitanos, llamándolos de
público ladrones y salteadores de caminos. A todo callaba
Andrés, suspenso e imaginativo, y no acababa de caer en la
traición de Carducha. En esto se llegó a él un soldado
bizarro, sobrino del Alcalde, diciendo:

—¿No veis cuál se ha quedado el gitanico podrido de
hurtar? Apostaré yo que hace melindres, y que niega el

---

[56] *setenas*, pagar el séptuplo. Un castigo superior a la culpa.

hurto, con habérsele cogido en las manos; que bien haya quien no os echa en galeras a todo. ¡Mirad si estuviera mejor este bellaco en ellas, sirviendo a su majestad, que no andarse bailando de lugar en lugar y hurtando de venta en monte! A fe de soldado que estoy por darle una bofetada, que le derribe a mis pies.

Y diciendo esto, sin más ni más, alzó la mano y le dio un bofetón, tal, que le hizo volver de su embelesamiento y le hizo olvidar que no era Andrés Caballero, sino don Juan y caballero; y arremetiendo al soldado con mucha presteza y más cólera, le arrancó su misma espada de la vaina, y se la envainó en el cuerpo, dando con él muerto en tierra.

Aquí fue el gritar del pueblo; aquí el amohinarse el tío Alcalde; aquí el desmayarse Preciosa, y el turbarse Andrés de verla desmayada; aquí el acudir todos a las armas y dar tras el homicida. Creció la confusión, creció la grita, y por acudir Andrés al desmayo de Preciosa, dejó de acudir a su defensa, y quiso la suerte que Clemente no se hallase al desastrado suceso; que con los bagajes ya había salido del pueblo; finalmente, tantos cargaron sobre Andrés, que le prendieron y le aherrojaron con dos muy gruesas cadenas. Bien quisiera el Alcalde ahorcarle luego, si estuviera en su mano; pero hubo de remitirle a Murcia, por ser de su jurisdicción. No le llevaron hasta otro día, y en el que allí estuvo pasó Andrés muchos martirios y vituperios, que el indignado Alcalde, y sus ministros, y todos los del lugar le hicieron. Prendió el Alcalde todos los más gitanos y gitanas que pudo, porque los más huyeron, y entre ellos Clemente, que temió ser cogido y descubierto. Finalmente, con la sumaria del caso y con una gran cálifa de gitanos, entraron el Alcalde y sus ministros con otra mucha gente armada en Murcia, entre los cuales iba Preciosa y el pobre Andrés, ceñido de cadenas, sobre un macho, y con esposas y piedeamigo [57]. Salió toda Murcia a ver los presos; que ya se

---

[57] *piedeamigo*, horquilla vertical con que se levantaba la cabeza de los reos.

tenía noticia de la muerte del soldado. Pero la hermosura de Preciosa aquel día fue tanta, que ninguno la miraba que no la bendecía, y llegó la nueva de su belleza a los oídos de la señora Corregidora, que por curiosidad de verla hizo que el Corregidor su marido mandase que aquella gitanica no entrase en la cárcel, y todos los demás sí, y a Andrés le pusieron en un estrecho calabozo, cuya escuridad y la falta de la luz de Preciosa le trataron de manera, que bien pensó no salir de allí sino para la sepultura. Llevaron a Preciosa con su abuela a que la Corregidora la viese, y así como la vio dijo:

—Con razón la alaban de hermosa.

Y llegándola a sí, la abrazó tiernamente, y no se hartaba de mirarla, y preguntó a su abuela qué edad tendría aquella niña.

—Quince años —respondió la gitana—, dos meses más o menos.

—Ésos tuviera agora la desdichada de mi Constanza. ¡Ay amigas, que esta niña me ha renovado mi desventura! —dijo la Corregidora.

Tomó, en esto, Preciosa las manos de la Corregidora, y besándoselas muchas veces, se las bañaba con lágrimas y le decía:

—Señora mía, el gitano que está preso no tiene culpa, porque fue provocado: llamándole ladrón, y no lo es; diéronle un bofetón en su rostro, que es tal, que en él se descubre la bondad de su ánimo. Por Dios y por quien vos sois, señora, que le hagáis guardar su justicia, y que el señor Corregidor no se dé priesa a ejecutar en él el castigo con que las leyes le amenazan; y si algún agrado os ha dado mi hermosura, entretenedla con entretener el preso, porque en el fin de su vida está el de la mía. Él ha de ser mi esposo, y justos y honestos impedimentos han estorbado que aun hasta ahora no nos habemos dado las manos. Si dineros fueren menester para alcanzar perdón de la parte, todo nuestro aduar se venderá en pública almoneda, y se dará aún más de lo que pidieren. Señora mía, si sabéis qué es amor, y algún tiempo le tuvisteis, y ahora le tenéis a vuestro esposo, doleos de mí, que amo tierna y honestamente al mío.

En todo el tiempo que esto decía, nunca la dejó las manos ni apartó los ojos de mirarla atentísimamente, derramando amargas y piadosas lágrimas en mucha abundancia. Asimismo la Corregidora la tenía a ella asida de las suyas, mirándola ni más ni menos, con no menor ahínco y con no más pocas lágrimas. Estando en esto, entró el Corregidor, y hallando a su mujer y a Preciosa tan llorosas y tan encadenadas, quedó suspenso, así de su llanto como de la hermosura; preguntó la causa de aquel sentimiento, y la respuesta que dio Preciosa fue soltar las manos de la Corregidora y asirse de los pies del Corregidor, diciéndole:

—¡Señor, misericordia, misericordia! ¡Si mi esposo muere, yo soy muerta! ¡Él no tiene culpa; pero si la tiene, déseme a mí la pena; y si esto no puede ser, a lo menos, entreténgase el pleito en tanto que se procuran y buscan los medios posibles para su remedio; que podrá ser que al que no pecó de malicia le enviase el cielo la salud de gracia!

Con nueva suspensión quedó el Corregidor de oír las discretas razones de la Gitanilla, y que ya, si no fuera por no dar indicios de flaqueza, la acompañara en sus lágrimas. En tanto que esto pasaba, estaba la gitana vieja considerando grandes, muchas y diversas cosas, y al cabo de toda esta suspensión e imaginación dijo:

—Espérenme vuesas mercedes, señores míos, un poco; que yo haré que estos llantos se conviertan en risa, aunque a mí me cueste la vida.

Y así, con ligero paso se salió de donde estaba, dejando a los presentes confusos con lo que dicho había. En tanto, pues, que ella volvía, nunca dejó Preciosa las lágrimas, ni los ruegos de que se entretuviese la causa de su esposo, con intención de avisar a su padre, que viniese a entender en ella. Volvió la gitana con un pequeño cofre debajo del brazo, y dijo al Corregidor que con su mujer y ella se entrasen en un aposento, que tenía grandes cosas que decirles en secreto. El Corregidor, creyendo que algunos hurtos de los gitanos quería descubrirle, por tenerle propicio en el pleito del preso, al momento se retiró con ella y con su mujer en su recámara, adonde la gitana, hincándose de rodillas ante los dos, les dijo:

—Si las buenas nuevas que os quiero dar, señores, no merecieran alcanzar en albricias el perdón de un gran pecado mío, aquí estoy para recebir el castigo que quisiéredes darme; pero antes que le confiese quiero que me digáis, señores, primero si conocéis estas joyas.

Y descubriendo un cofrecico donde venían las de Preciosa, se le puso en las manos al Corregidor, y en abriéndole, vio aquellos dijes pueriles; pero no cayó en lo que podían significar. Mirólos también la Corregidora, pero tampoco dio en la cuenta; sólo dijo:

—Éstos son adornos de alguna pequeña criatura.

—Así es la verdad —dijo la gitana—; y de qué criatura sean lo dice este escrito que está en ese papel doblado.

Abrióle con priesa el Corregidor, y leyó que decía: «Llamábase la niña doña Constanza de Azevedo y de Meneses; su madre, doña Guiomar de Meneses, y su padre, don Fernando de Azevedo, caballero del hábito de Calatrava. Desaparecíla día de la Ascensión del Señor, a las ocho de la mañana, del año de mil quinientos y noventa y cinco. Traía la niña puestos estos brincos que en este cofre están guardados.»

Apenas hubo oído la Corregidora las razones del papel, cuando reconoció los brincos, se los puso a la boca, y dándoles infinitos besos, se cayó desmayada. Acudió el Corregidor a ella, antes que a preguntar a la gitana por su hija, y habiendo vuelto en sí, dijo:

—Mujer buena, antes ángel que gitana, ¿adónde está el dueño, digo, la criatura cuyos eran estos dijes?

—¿Adónde, señora? —respondió la gitana—. En vuestra casa la tenéis: aquella gitanica que os sacó las lágrimas de los ojos es su dueño, y es sin duda alguna vuestra hija; que yo la hurté en Madrid de vuestra casa el día y hora que ese papel dice.

Oyendo esto la turbada señora, soltó los chapines [58], y desalada y corriendo salió a la sala adonde había dejado a Preciosa, y hallóla rodeada de sus doncellas y criadas, todavía llorando; arremetió a ella, y sin decirle nada, con gran priesa le desabrochó el pecho y miró si tenía debajo de la teta izquierda una señal pequeña, a modo de lunar blanco, con que había nacido, y hallóle ya grande; que con el tiempo se había dilatado. Luego, con la misma celeridad, la descalzó, y descubrió un pie de nieve y de marfil, hecho a torno, y vio en él lo que buscaba; que era que los dos dedos últimos del pie derecho se trababan el uno con el otro por medio con un poquito de carne, la cual, cuando niña, nunca se la había querido cortar, por no darle pesadumbre. El pecho, los dedos, los brincos, el día señalado del hurto, la confesión de la gitana, y el sobresalto y alegría que habían recebido sus padres cuando la vieron, con toda verdad confirmaron en el alma de la Corregidora ser Preciosa su hija; y así, cogiéndola en sus brazos, se volvió con ella adonde el Corregidor y la gitana estaban.

Iba Preciosa confusa, que no sabía a qué efecto se habían hecho con ella aquellas diligencias, y más viéndose llevar en brazos de la Corregidora, y que le daba de un beso hasta ciento. Llegó, en fin, con la preciosa carga doña Guiomar a la presencia de su marido, y trasladándola de sus brazos a los del Corregidor, le dijo:

—Recebid, señor, a vuestra hija Constanza, que ésta es sin duda: no lo dudéis, señor, en ningún modo; que la señal de los dedos juntos y la del pecho he visto, y más, que a mí me lo está diciendo el alma desde el instante que mis ojos la vieron.

—No lo dudo —respondió el Corregidor, teniendo en sus brazos a Preciosa—; que los mismos efectos han pasado por la mía que por la vuestra; y más, que tantas puntualidades juntas, ¿cómo podían suceder, si no fuera por milagro?

Toda la gente de casa andaba absorta, preguntando

---

[58]   *chapines,* zapatilla o chanclo. De suela de corcho, se calzaba sobre el zapato.

unos a otros qué sería aquello, y todos daban bien lejos del blanco; que ¿quién había de imaginar que la Gitanilla era hija de sus señores?

El Corregidor dijo a su mujer, y a su hija, y a la gitana vieja que aquel caso estuviese secreto hasta que él le descubriese; y asimismo dijo a la vieja que él la perdonaba el agravio que le había hecho en hurtarle el alma, pues la recompensa de habérsela vuelto mayores albricias merecía, y que sólo le pesaba de que sabiendo ella la calidad de Preciosa, la hubiese desposado con un gitano, y más con un ladrón y homicida.

—¡Ay —dijo a esto Preciosa— señor mío, que ni es gitano ni ladrón, puesto que es matador! Pero fuelo del que le quitó la honra, y no pudo hacer menos de mostrar quién era, y matarle.

—¿Cómo que no es gitano, hija mía? —dijo doña Guiomar.

Entonces la gitana vieja contó brevemente la historia de Andrés Caballero, y que era hijo de don Francisco de Cárcamo, caballero del hábito de Santiago, y que se llamaba don Juan de Cárcamo, asimismo del mismo hábito, cuyos vestidos ella tenía, cuando los mudó en los de gitano. Contó también el concierto que entre Preciosa y don Juan estaba hecho de aguardar dos años de aprobación para desposarse o no; puso en su punto la honestidad de entrambos y la agradable condición de don Juan. Tanto se admiraron desto como del hallazgo de su hija, y mandó el Corregidor a la gitana que fuese por los vestidos de don Juan. Ella lo hizo ansí, y volvió con otro gitano que los trujo.

En tanto que ella iba y volvía, hicieron sus padres a Preciosa cien mil preguntas, a quien respondió con tanta discreción y gracia, que aunque no la hubieran reconocido por hija, los enamorara. Preguntáronla si tenía alguna afición a don Juan. Respondió que no más de aquella que la obligaba a ser agradecida a quien se había querido humillar a ser gitano por ella; pero que ya no se extendería a más el agradecimiento de aquello que sus padres quisiesen.

—Calla, hija Preciosa —dijo su padre— (que este nombre de Preciosa quiero que se te quede, en memoria de tu pérdida y de tu hallazgo); que yo, como tu madre, tomo a cargo el ponerte en estado que no desdiga de quién eres.

Suspiró oyendo esto Preciosa, y su madre, como era discreta, entendió que suspiraba de enamorada de don Juan, y dijo a su marido.

—Señor, siendo tan principal don Juan de Cárcamo como lo es, y queriendo tanto a nuestra hija, no nos estaría mal dársela por esposa.

Y él respondió:

—Aun hoy la habemos hallado, ¿y ya queréis que la perdamos? Gocémosla algún tiempo; que en casándola, no será nuestra, sino de su marido.

—Razón tenéis, señor —respondió ella—; pero dad orden de sacar a don Juan, que debe de estar en algún calabozo.

—Sí estará —dijo Preciosa—: que a un ladrón, matador, y, sobre todo, gitano, no le habrán dado mejor estancia.

—Yo quiero ir a verle como que le voy a tomar la confesión —respondió el Corregidor—, y de nuevo os encargo, señora, que nadie sepa esta historia hasta que yo lo quiera.

Y abrazando a Preciosa, fue luego a la cárcel y entró en el calabozo donde Juan estaba, y no quiso que nadie entrase con él. Hallóle con entrambos pies en un cepo, y con las esposas a las manos, y que aún no le habían quitado el piedeamigo. Era la estancia escura; pero hizo que por arriba abriesen una lumbrera, por donde entraba luz, aunque muy escasa, y así como le vio, le dijo:

—¿Cómo está la buena pieza? ¡Que así tuviera yo atraillados cuantos gitanos hay en España, para acabar con ellos en un día, como Nerón, quisiera con Roma, sin dar más de un golpe! Sabed, ladrón, puntoso [59], que yo soy el Corregidor de esta ciudad, y vengo a saber, de mí a vos, si es verdad que es vuestra esposa una gitanilla que viene con vosotros.

Oyendo esto Andrés, imaginó que el Corregidor se debía de haber enamorado de Preciosa; que los celos son de cuerpos sutiles, y se entran por otros cuerpos sin rom-

---

[59] *puntoso*, puntilloso, quisquilloso.

perlos, apartarlos ni dividirlos; pero, con todo esto, respondió:

—Si ella ha dicho que yo soy su esposo, es mucha verdad; y si ha dicho que no lo soy, también ha dicho verdad; porque no es posible que Preciosa diga mentira.

—¿Tan verdadera es? —respondió el Corregidor—. No es poco serlo, para ser gitana. Ahora bien, mancebo, ella ha dicho que es vuestra esposa; pero que nunca os ha dado la mano. Ha sabido que, según es vuestra culpa, habéis de morir por ella, y hame pedido que antes de vuestra muerte la despose con vos, porque se quiere honrar con quedar viuda de un tan gran ladrón como vos.

—Pues hágalo vuesa merced, señor Corregidor, como ella lo suplica; que como yo me despose con ella, iré contento a la otra vida, como parta désta con nombre de ser suyo.

—¡Mucho la debéis de querer! —dijo el Corregidor.

—Tanto —respondió el preso— que a poderlo decir, no fuera nada. En efecto, señor Corregidor, mi causa se concluya; yo maté al que me quiso quitar la honra; yo adoro a esa gitana: moriré contento si muero en su gracia, y sé que no nos ha de faltar la de Dios, pues entrambos habremos guardado honestamente y con puntualidad lo que nos prometimos.

—Pues esta noche enviaré por vos —dijo el Corregidor—, y en mi casa os desposaréis con Preciosita, y mañana a mediodía estaréis en la horca; con lo que yo habré cumplido con lo que pide la justicia y con el deseo de entrambos.

Agradecióselo Andrés, y el Corregidor volvió a su casa y dio cuenta a su mujer de lo que con don Juan había pasado, y de otras cosas que pensaba hacer. En el tiempo que él faltó dio cuenta Preciosa a su madre de todo el discurso de su vida, y de cómo siempre había creído ser gitana, y ser nieta de aquella vieja; pero que siempre se había estimado en mucho más de lo que de ser gitana se esperaba.

Preguntóle su madre que le dijese la verdad, si quería bien a don Juan de Cárcamo. Ella, con vergüenza y con los

ojos en el suelo, le dijo que por haberse considerado gitana,
y que mejoraba su suerte con casarse con un caballero de
hábito y tan principal como don Juan de Cárcamo, y por
haber visto por experiencia su buena condición y honesto
trato, alguna vez le había mirado con ojos aficionados;
pero que, en resolución, ya había dicho que no tenía otra
voluntad que aquella que ellos quisiesen.

Llegóse la noche, y siendo casi las diez, sacaron a
Andrés de la cárcel, sin las esposas y el piedeamigo; pero
no sin una gran cadena que desde los pies todo el cuerpo le
ceñía. Llegó deste modo, sin ser visto de nadie, sino de los
que le traían, en casa del Corregidor, y con silencio y
recato le entraron en un aposento, donde le dejaron solo.
De allí a un rato entró un clérigo, y le dijo que se confesase,
porque había de morir al otro día. A lo cual respondió
Andrés:

—De muy buena gana me confesaré; pero, ¿cómo no me
desposan primero? Y si me han de desposar, por cierto que
es muy malo el tálamo que me espera.

Doña Guiomar, que todo esto sabía, dijo a su marido que
eran demasiados los sustos que a don Juan daba; que los
moderase, porque podría ser perdiese la vida con ellos.
Parecióle buen consejo al Corregidor, y así, entró a llamar
al que le confesaba, y díjole que primero habían de desposar al gitano con Preciosa la gitana, y que después se
confesaría, y que se encomendase a Dios de todo corazón,
que muchas veces suele llover sus misericordias en el
tiempo que están más secas las esperanzas.

En efecto, Andrés salió a una sala donde estaban solamente doña Guiomar, el Corregidor, Preciosa y otros dos
criados de casa. Pero cuando Preciosa vio a don Juan
ceñido y aherrojado con tanta cadena, descolorido el rostro
y los ojos con muestra de haber llorado, se le cubrió el
corazón, y se arrimó al brazo de su madre, que junto a ella
estaba, la cual, abrazándola consigo, le dijo:

—Vuelve en ti, niña; que todo lo que vees ha de redundar
en tu gusto y provecho.

Ella, que estaba ignorante de aquello, no sabía cómo

consolarse, y la gitana vieja estaba turbada, y los circunstantes, colgados del fin de aquel caso. El Corregidor dijo:

—Señor Tiniente cura, este gitano y esta gitana son los que vuesa merced ha de desposar.

—Eso no podré yo hacer si no proceden primero las circunstancias para que tal caso se requieren. ¿Dónde se han hecho las amonestaciones? ¿Adónde está la licencia de mi superior, para que con ella se haga el desposorio?

—Inadvertencia ha sido mía —respondió el Corregidor—; pero yo haré que el Vicario la dé.

—Pues hasta que la vea —respondió el Tiniente cura—, estos señores perdonen.

Y sin replicar más palabras, por que no sucediese algún escándalo, se salió de casa, y los dejó a todos confusos.

—El padre ha hecho muy bien —dijo a esta sazón el Corregidor—, y podría ser fuese providencia del cielo ésta, para que el suplicio de Andrés se dilate, porque, en efecto, él se ha de desposar con Preciosa, y han de preceder primero las amonestaciones, donde se dará tiempo al tiempo, que suele dar dulce salida a muchas amargas dificultades; y, con todo esto, quería saber de Andrés, si la suerte encaminase sus sucesos de manera que sin estos sustos y sobresaltos se hallase esposo de Preciosa, si se tendría por dichoso, ya siendo Andrés Caballero, o ya don Juan de Cárcamo.

Así como oyó Andrés nombrarse por su nombre, dijo:

—Pues Preciosa no ha querido contenerse en los límites del silencio, y ha descubierto quién soy, aunque esa buena dicha me hallara hecho monarca del mundo, la tuviera en tanto, que pusiera término a mis deseos, sin osar desear otro bien sino el del cielo.

—Pues por ese buen camino que habéis mostrado, señor don Juan de Cárcamo, a su tiempo haré que Preciosa sea vuestra legítima consorte, y agora os la doy y entrego en esperanza, por la más rica joya de mi casa, y de mi vida, y de mi alma; y estimadla en lo que decís, porque en ella os doy a doña Constanza de Meneses, mi única hija, la cual, si os iguala en el amor, no os desdice nada en el linaje.

Atónito quedó Andrés viendo el amor que le mostraban, y en breves razones doña Guiomar contó la pérdida de su hija, y su hallazgo, con las certísimas señas que la gitana vieja había dado de su hurto; con que acabó don Juan de quedar atónito y suspenso, pero alegre sobre todo encarecimiento; abrazó a sus suegros; llamólos padres y señores suyos; besó las manos a Preciosa, que con lágrimas le pedía las suyas.

Rompióse el secreto, salió la nueva del caso con la salida de los criados que habían estado presentes; el cual sabido por el Alcalde, tío del muerto, vio tomados los caminos de su venganza, pues no había de tener lugar el rigor de la justicia para ejecutarla en el yerno del Corregidor.

Vistióse don Juan los vestidos de camino que allí había traído la gitana; volviéronse las prisiones y cadenas de hierro en libertad y cadenas de oro; la tristeza de los gitanos presos, en alegría, pues otro día los dieron en fiado [60]. Recibió el tío del muerto la promesa de dos mil ducados, que le hicieron por que bajase de la querella y perdonase a don Juan; el cual, no olvidándose de su camarada Clemente, le hizo buscar; pero no le hallaron ni supieron dél, hasta que desde allí a cuatro días tuvo nuevas ciertas que se había embarcado en una de dos galeras de Génova que estaban en el puerto de Cartagena, y ya se habían partido.

Dijo el Corregidor a don Juan que tenía por nueva cierta que su padre don Francisco de Cárcamo estaba proveído por Corregidor de aquella ciudad, y que sería bien esperalle, para que con su beneplácito y consentimiento se hiciesen las bodas. Don Juan que no saldría de lo que él ordenase; pero que, ante todas cosas se había de desposar con Preciosa. Concedió licencia el Arzobispo para que con sola una amonestación se hiciese. Hizo fiestas la ciudad, por ser muy bien quisto el Corregidor, con luminarias [61],

---

[60] *en fiado*, al día siguiente los excarcelaron bajo fianza.
[61] *luminarias*, luces y hogueras en señal de fiesta y regocijo.

toros y cañas [62] el día del desposorio; quedóse la gitana
vieja en casa; que no se quiso apartar de su nieta Preciosa.

Llegaron las nuevas a la corte del caso y casamiento de
la Gitanilla; supo don Francisco de Cárcamo ser su hijo el
gitano, y ser la Preciosa la Gitanilla que él había visto,
cuya hermosura disculpó con él la liviandad de su hijo, que
ya le tenía por perdido, por saber que no había ido a
Flandes; y más porque vio cuán bien le estaba el casarse
con hija de tan gran caballero y tan rico como era don Fernando de Azevedo. Dio prisa a su partida, por llegar presto
a ver a sus hijos, y dentro de veinte días ya estaba en
Murcia, con cuya llegada se renovaron los gustos, se
hicieron las bodas, se contaron las vidas, y los poetas de la
ciudad, que hay algunos, y muy buenos, tomaron a su
cargo celebrar el extraño caso, juntamente con la sin igual
belleza de la Gitanilla. Y de tal manera escribió el famoso
licenciado Pozo, que en sus versos durará la fama de la
Preciosa mientras los siglos duraren.

Olvidábaseme de decir cómo la enamorada mesonera
descubrió a la justicia no ser verdad lo del hurto de Andrés
el gitano, y confesó su amor y su culpa, a quien no respondió pena alguna, porque en la alegría del hallazgo de
los desposados se enterró la venganza y resucitó la clemencia.

---

[62]   *cañas,* ejercicio caballeresco de origen árabe, en el que entre otros
juegos está el de atacarse y defendese con cañas usadas como si fueran
lanzas.

EL AMANTE LIBERAL

—¡Oh lamentables ruinas de la desdichada Nicosia [1], apenas enjutas de la sangre de vuestros valerosos y mal afortunados defensores! Si, como carecéis de sentido, le tuviérades ahora en esta soledad donde estamos, pudiéramos lamentar juntas nuestras desgracias, y quizá el haber hallado compañía en ellas aliviara nuestro tormento. Esta esperanza os puede haber quedado, mal derribados torreones, que otra vez, aunque no para tan justa defensa como la en que os derribaron, os podéis ver levantados. Mas yo, desdichado, ¿qué bien podré esperar en la miserable estrecheza en que me hallo, aunque vuelva al estado en que estaba antes deste en que me veo? Tal es mi desdicha, que en la libertad fui sin ventura, y en el cautiverio, ni la tengo, ni la espero.

Estas razones decía un cautivo cristiano, mirando desde un recuesto las murallas derribadas de la ya perdida Nicosia, y así hablaba con ellas, y hacía comparación de sus miserias a las suyas, como si ellas fueran capaces de entenderle, propia condición de afligidos que, llevados de sus imaginaciones, hacen y dicen cosas ajenas de toda razón y buen discurso.

En esto salió de un pabellón o tienda, de cuatro que estaban en aquella campaña puestas, un turco mancebo de

[1] *Nicosia,* población de Chipre en poder de los turcos desde julio de 1570.

muy buena disposición y gallardía, y, llegándose al cristiano, le dijo.

—Apostaría yo, Ricardo amigo, que te traen por estos lugares tus continuos pensamientos.

—Si traen —respondió Ricardo, que éste era el nombre del cautivo—; mas ¿qué aprovecha, si en ninguna parte a do voy hallo tregua ni descanso en ellos?; antes me los han acrecentado estas ruinas que desde aquí se descubren.

—Por las de Nicosia dirás —dijo el turco.

—Pues, ¿por cuáles quieres que lo diga —repitió Ricardo—, si no hay otras que a los ojos por aquí se ofrezcan?

—Bien tendrás que llorar —repitió el turco—, si en esas contemplaciones entras. Porque los que vieron habrá dos años a esta nombrada y rica isla de Chipre en su tranquilidad y sosiego, gozando sus moradores en ella de todo aquello que la felicidad humana puede conceder a los hombres, y ahora los ve o contempla, o desterrados della, o en ella cautivos y miserables, ¿cómo podrán dejar de no dolerse de su calamidad y desventura? Pero dejemos estas cosas, pues no llevan remedio, y vengamos a las tuyas, que quiero ver si le tienen, y así, te ruego, por lo que debes a la buena voluntad que te he mostrado, y por lo que te obliga el ser entrambos de una misma patria y habernos criado en nuestra niñez juntos, que me digas qué es la causa que te trae tan demasiadamente triste; que, puesto caso que sola la del cautiverio es bastante para entristecer el corazón más alegre del mundo, todavía imagino que de más atrás traen la corriente tus desgracias. Porque los generosos ánimos como el tuyo, no suelen rendirse a las comunes desdichas tanto que den muestras de extraordinarios sentimientos, y háceme creer esto el saber yo que no eres tan pobre que te falte para dar cuanto pidieren por tu rescate, ni estás en las torres del mar Negro [2], como cautivo de con-

---

[2] *torres del Mar Negro*, lo primero que se ve antes de llegar a Constantinopla, y en las que según el autor del *Viaje de Turquía* estaban los mataderos de la ciudad.

sideración que tarde o nunca alcanza la deseada libertad.
Así que, no habiéndote quitado la mala suerte las esperanzas de verte libre, y con todo esto verte rendido a dar
miserables muestras de tu desventura, no es mucho que
imagine que tu pena procede de otra causa que de la
libertad que perdiste, la cual causa te suplico me digas,
ofreciéndote cuanto puedo y valgo; quizá para que yo te
sirva ha traído la fortuna este rodeo de haberme hecho
vestir deste hábito que aborrezco. Ya sabes, Ricardo, que es
mi amo el cadí[3] desta ciudad, que es lo mismo que ser
obispo. Sabes también lo mucho que vale, y lo mucho que
con él puedo. Juntamente con esto, no ignoras el deseo
encendido que tengo de no morir en este estado que parece
que profeso, pues cuando más no pueda, tengo de confesar
y publicar a voces la fe de Jesucristo, de quien me apartó
mi poca edad y menos entendimiento, puesto que sé que tal
confesión me ha de costar la vida, que a trueco de no
perder la del alma, daré por bien empleado perder la del
cuerpo. De todo lo dicho quiero que infieras y que consideres que te puede ser de algún provecho mi amistad, y
que, para saber qué remedios o alivios puede tener tu desdicha, es menester que me la cuentes, como ha menester el
médico la relación del enfermo, asegurándote que la depo-
sitaré en lo más escondido del silencio.

A todas estas razones estuvo callando Ricardo, y viéndose obligado dellas y de la necesidad, le respondió con
éstas:

—Si así como has acertado, ¡oh amigo Mahamut! —que
así se llamaba el turco—, en lo que de mi desdicha imaginas, acertaras en su remedio, tuviera por bien perdida mi
libertad, y no trocara mi desgracia con la mayor ventura
que imaginarse pudiera; más yo sé que ella es tal, que todo
el mundo podrá saber bien la causa de donde procede, mas
no habrá en él persona que se atreva, no sólo a hallarle
remedio, pero ni aun alivio. Y para que quedes satisfecho
desta verdad, te la contaré en las menos razones que

---

[3]   *cadí*, juez turco.

pudiere; pero antes que entre en el confuso laberinto de
mis males, quiero que me digas qué es la causa que Hazán
bajá [4], mi amo, ha hecho plantar en esta campaña estas
tiendas y pabellones antes de entrar en Nicosia, donde
viene proveído por virrey o por bajá, como los turcos
llaman a los virreyes.

—Yo te satisfaré brevemente —respondió Mahamut—, y
así has de saber que es costumbre entre los turcos, que, los
que van por virreyes de alguna provincia, no entran en la
ciudad donde su antecesor habita, hasta que él salga della
y deje hacer libremente al que viene la residencia; y en
tanto que el bajá nuevo la hace, el antiguo se está en la
campaña, esperando lo que resulta de sus cargos, los
cuales se le hacen sin que él pueda intervenir a valerse de
sobornos ni amistades, si ya primero no lo ha hecho.
Hecha, pues, la residencia, se la dan al que deja el cargo en
un pergamino cerrado y sellado, y con ella se presenta a la
puerta del Gran Señor, que es como decir en la Corte, ante
el Gran Consejo del turco. La cual, vista por el visir bajá y
por los otros cuatro bajaes menores (como si dijésemos ante
el presidente del Real Consejo y oidores), o le premian o le
castigan, según la relación de la residencia, puesto que si
viene culpado, con dineros rescata y excusa el castigo. Si
no viene culpado y no le premian, como sucede de ordinario, con dádivas y presentes alcanza el cargo que más se
le antoja, porque no se dan allí los cargos y oficios por
merecimientos, sino por dineros; todo se vende y todo se
compra. Los proveedores de los cargos roban a los pro-
veídos en ellos y los desuellan; deste oficio comprado sale
la sustancia para comprar otro que más ganancia promete.
Todo va como digo, todo este imperio es violento, señal que
prometía no ser durable; pero a lo que yo creo, y así debe
de ser verdad, le tienen sobre sus hombros nuestros
pecados, quiero decir los de aquellos que descaradamente
y a rienda suelta ofenden a Dios, como yo hago; Él se
acuerde de mí por quien Él es. Por la causa que he dicho,

---

[4]   *bajá,* gobernador turco de un estado grande.

pues, tu amo, Hazan bajá, ha estado en esta campaña
cuatro días, y si el de Nicosia no ha salido, como debía, ha
sido por haber estado muy malo, pero ya está mejor y
saldrá hoy o mañana, sin duda alguna, y se ha de alojar en
unas tiendas que están detrás deste recuesto, que tú no has
visto, y tu amo entrará luego en la ciudad; y esto es lo que
hay que saber de lo que me preguntaste.

—Escucha, pues —dijo Ricardo—, mas no sé si podré cumplir lo que antes dije que en breves razones te contaría mi
desventura, por ser ella tan larga y desmedida, que no se
puede medir con razón alguna; con todo esto, haré lo que
pudiere y lo que el tiempo diere lugar. Y así te pregunto:
primero, si conoces en nuestro lugar de Trapana [5] una doncella a quien la fama daba nombre de la más hermosa
mujer que había en toda Sicilia. Una doncella, digo, por
quien decían todas las curiosas lenguas, y afirmaban los
más raros entendimientos, que era la de más perfecta hermosura que tuvo la edad pasada, tiene la presente y espera
tener la que está por venir; una por quien los poetas cantaban que tenía los cabellos de oro y que eran sus ojos dos
resplandecientes soles, y sus mejillas purpúreas rosas, sus
dientes perlas, sus labios rubíes, su garganta alabastro, y
que sus partes con el todo y el todo con sus partes hacían
una maravillosa y concertada armonía, esparciendo naturaleza sobre todo una suavidad de colores, tan natural y
perfecta, que jamás pudo la envidia hallar cosa en que
ponerle tacha. ¿Que es posible, Mahamut, que ya no me
has dicho quién es y cómo se llama? Sin duda creo, o que
no me oyes, o que cuando en Trapana estabas carecías de
sentido.

—En verdad, Ricardo —respondió Mahamut—, que si la
que has pintado con tantos extremos de hermosura no es
Leonisa, la hija de Rodolfo Florencio, no sé quién sea, que
ésta sola tenía la fama que dices.

—Ésa es, ¡oh Mahamut! —respondió Ricardo—, ésa es,

---

[5]   *Trapana,* actual Trapaní, ciudad del extremo oeste de Sicilia, importante centro comercial.

amigo, la causa principal de todo mi bien y de toda mi desventura. Ésa es, que no la perdida libertad, por quien mis
ojos han derramado, derraman y derramarán lágrimas sin
cuento, y la por quien mis suspiros encienden el aire, cerca
y lejos, y la por quien mis razones cansan al cielo que las
escucha y a los oídos que las oyen. Ésa es por quien tú me
has juzgado por loco, o, por lo menos, por de poco valor y
menos ánimo. Esta Leonisa, para mí Leona, y mansa cor-
dera para otro, es la que me tiene en este miserable estado:
porque has de saber que, desde mis tiernos años, o a lo
menos desde que tuve uso de razón, no sólo la amé, mas la
adoré y serví con tanta solicitud, como si no tuviera en la
tierra ni en el cielo otra deidad a quien sirviese ni adorase;
sabían sus deudos [6] y sus padres mis deseos, y jamás
dieron muestras de que les pesase, considerando que iban
encaminados a fin honesto y virtuoso, y así muchas veces
sé yo que se lo dijeron a Leonisa, para disponerle la
voluntad a que por su esposo me recibiese. Mas ella, que
tenía puestos los ojos en Cornelio, el hijo de Ascanio Rotulo,
que tú bien conoces (mancebo galán, atildado, de blandas
manos y rizos cabellos, de voz meliflue y de amorosas palabras, y, finalmente, todo hecho de ámbar y de alfeñique,
guarnecido de telas y adornado de brocados), no quiso
ponerlos en mi rostro, no tan delicado como el de Cornelio,
ni quiso agradecer siquiera mis muchos y continuos servicios, pagando mi voluntad con desdeñarme y aborrecerme;
y a tanto llegó el extremo de amarla, que tomara por partido dichoso que me acabara a pura fuerza de desdenes y
desagradecimientos, con que no diera descubiertos aunque
honestos favores a Cornelio. ¡Mira, pues, si llegándose a la
angustia del desdén y aborrecimiento, la mayor y más
cruel rabia de los celos, cuál estaría mi alma de dos tan
mortales pestes combatida! Disimulaban los padres de Leonisa los favores que a Cornelio hacía, creyendo, como
estaba en razón que creyesen, que, atraído el mozo de su
incomparable y bellísima hermosura, la escogería por su

---

[6]   *deudos,* parientes.

esposa, y en ello granjearían yerno más rico que conmigo, y bien pudiera ser, si así fuera; pero no le alcanzaran, sin arrogancia sea dicho, de mejor condición que la mía, ni de más altos pensamientos, ni de más conocido valor que el mío. Sucedió, pues, que, en el discurso de mi pretensión, alcancé a saber que un día del mes pasado de mayo, que este de hoy hace un año, tres días y cinco horas, Leonisa y sus padres, y Cornelio y los suyos, se iban a solazar con toda su parentela y criados al jardín de Ascanio, que está cercano a la marina en el camino de las salinas.

—Bien lo sé —dijo Mahamut—; pasa adelante, Ricardo, que más de cuatro días tuve en él, cuando Dios quiso, más de cuatro buenos ratos.

—Súpelo —replicó Ricardo—, y, al mismo instante que lo supe, me ocupó el alma una furia, una rabia y un infierno de celos, con tanta vehemencia y rigor, que me sacó de mis sentidos, como lo verás por lo que luego hice, que fue irme al jardín donde me dijeron que estaban, y hallé a las más de la gente solazándose, y debajo de un nogal sentados a Cornelio y a Leonisa, aunque desviados un poco. Cuál ellos quedaron de mi vista no lo sé; de mí sé decir que quedé tal con la suya, que perdí la de mis ojos y me quedé como estatua, sin voz ni movimiento alguno. Pero no tardó mucho en despertar el enojo a la cólera, y la cólera a la sangre del corazón, y la sangre a la ira, y la ira a las manos y a la lengua, puesto que las manos se ataron con el respeto, a mi parecer debido al hermoso rostro que tenía delante. Pero la lengua rompió el silencio con estas razones: «Contenta estarás, ¡oh enemiga mortal de mi descanso!, en tener con tanto sosiego delante de tus ojos la causa que hará que los míos vivan en perpetuo y doloroso llanto. Llégate, llégate, cruel, un poco más, y enrede tu yedra a ese inútil tronco que te busca. Peina o ensortija aquellos cabellos de ese tu nuevo Ganimedes [7], que tibia-

---

[7] *Ganimedes*, personaje troyano de cuya belleza se enamoró Zeus hasta el punto que lo raptó y llevó al Olimpo para que fuera su copero y entretuviera a los dioses con su charla y compañía.

mente te solicita. Acaba ya de entregarte a los banderizos [8] años dese mozo en quien contemplas, por que, perdiendo yo la esperanza de alcanzarte, acabe con ella la vida, que aborrezco. ¿Piensas por ventura, soberbia y mal considerada doncella, que contigo sola se han de romper y faltar las leyes y fueros que en semejantes casos en el mundo se usan? ¿Piensas, quiero decir, que este mozo, altivo por su riqueza, arrogante por su gallardía, inexperto por su edad poca, confiado por su linaje, ha de querer, ni poder, ni saber guardar firmeza en sus amores, ni estimar lo inestimable, ni conocer lo que conocen los maduros y experimentados años? No lo pienses, si lo piensas, porque no tiene otra cosa buena el mundo, sino hacer sus acciones siempre de una misma manera, porque no se engañe nadie, sino por su propia ignorancia. En los pocos años está la inconstancia mucha, en los ricos la soberbia, la vanidad en los arrogantes, y en los hermosos el desdén, y en los que todo esto tienen la necedad, que es madre de todo mal suceso. Y tú, ¡oh mozo!, que tan a salvo piensas llevar el premio más debido a mis buenos deseos que a los ociosos tuyos, ¿por qué no te levantas dese estrado de flores donde yaces, y vienes a sacarme el alma, que tanto la tuya aborrece? Y no porque me ofendas en lo que haces, sino porque no sabes estimar el bien que la ventura te concede, y vese claro que le tienes en poco, en que no quieres moverte a defenderle por no ponerte a riesgo de descomponer la afeitada compostura de tu galán vestido. Si esa tu reposada condición tuviera Aquiles [9], bien seguro estuviera Ulises de no salir con su empresa, aunque más le mostrara resplandecientes armas y acerados alfanjes [10]. Vete, vete, y recréate entre las doncellas de tu madre, y allí ten cuidado de tus cabellos y de tus manos, más despiertas a devanar blanco sirgo [11] que a empuñar la dura espada.»

---

[8]   *banderizos*, impetuosos, irresponsables.
[9]   *Aquiles...empresa*, bien segura estaría Troya (Ulises) de que los griegos fracasarían.
[10]   *alfanjes*, espadas curvas turcas con el filo en la parte convexa.
[11]   *sirgo*, seda.

A todas estas razones jamás se levantó Cornelio del lugar donde le hallé sentado, antes se estuvo quedo, mirándome como embelesado, sin moverse; y a las levantadas voces con que le dije lo que has oído se fue llegando la gente que por la huerta andaba, y se pusieron a escuchar otros más improperios que a Cornelio dije, el cual, tomando ánimo con la gente que acudió, porque todos, o los más, eran sus parientes, criados o allegados, dio muestras de levantarse, mas antes que se pusiese en pie, puse mano a mi espada, y acometíle, no sólo a él, sino a todos cuantos allí estaban. Pero apenas vio Leonisa relucir mi espada, cuando le tomó un recio desmayo, cosa que me puso en mayor coraje y mayor despecho. Y no te sabré decir, si los muchos que me acometieron atendían no más de a defenderse, como quien se defiende de un loco furioso, o si fue mi buena suerte y diligencia, o el cielo, que para mayores males quería guardarme, porque, en efecto, herí siete u ocho de los que hallé más a mano; a Cornelio le valió su buena diligencia, pues fue tanta la que puso en los pies huyendo, que se escapó de mis manos. Estando en este tan manifiesto peligro, cercado de mis enemigos, que ya como ofendidos procuraban vengarse, me socorrió la ventura con un remedio, que fuera mejor haber dejado allí la vida, que no, restaurándola por tan no pensado camino, venir a perderla cada hora mil y mil veces. Y fue, que de improviso dieron en el jardín mucha cantidad de turcos de dos galeotas [12] de corsarios [13] de Viserta [14], que en una cala, que allí cerca estaba, habían desembarcado sin ser sentidos de las centinelas de las torres de la marina, ni descubiertos de los corredores o atajadores [15] de la costa. Cuando mis contrarios los vieron, dejándome solo, con presta celeridad se pusieron en cobro [16], de cuantos en el jardín estaban, no pudieron los

---

[12] *galeotas,* galera menor turca, con un máximo de 40 remos de un solo hombre.

[13] *corsarios,* piratas.

[14] *Viserta,* ciudad y puerto de la costa norte de Túnez.

[15] *atajadores,* exploradores.

[16] *en cobro,* a salvo.

turcos cautivar más de a tres personas y a Leonisa, que
aún se estaba desmayada; a mí me cogieron con cuatro dis-
formes heridas, vengadas antes por mi mano con cuatro
turcos, que de otras cuatro dejé sin vida tendidos en el
suelo. Este asalto hicieron los turcos con su acostumbrada
diligencia, y, no muy contentos del suceso, se fueron a
embarcar, y luego se hicieron a la mar, y a vela y remo [17]
en breve espacio se pusieron en la Fabiana [18]. Hicieron
reseña, por ver qué gente les faltaba, y viendo que los
muertos eran cuatro soldados de aquellos que ellos llaman
leventes [19], y de los mejores y más estimados que traían,
quisieron tomar en mí la venganza. Y así mandó el arráez [20]
de la capitana bajar la entena [21] para ahorcarme.

Todo esto estaba mirando Leonisa, que ya había vuelto
en sí, y, viéndose en poder de los corsarios, derramaba
abundancia de hermosas lágrimas, y torciendo sus manos
delicadas, sin hablar palabra estaba atenta a ver si
entendía lo que los turcos decían. Mas uno de los cristianos
del remo, le dijo en italiano cómo el arráez mandaba
ahorcar a aquel cristiano, señalándome a mí, porque había
muerto en su defensa cuatro de los mejores soldados de las
galeotas. Lo cual oído y entendido por Leonisa, la vez primera que se mostró para mí piadosa, dijo al cautivo que
dijese a los turcos que no me ahorcasen, porque perderían
un gran rescate, y que les rogaba volviesen a Trapana, que
luego me rescatarían. Ésta, digo, fue la primera, y aun será
la última caridad que usó conmigo leonisa, y todo para
mayor mal mío. Oyendo, pues, los turcos lo que el cautivo
les decía, le creyeron, y mudóles el interés la cólera. Otro
día por la mañana, alzando bandera de paz, volvieron a
Trapana; aquella noche la pasé con el dolor que imaginarse
puede, no tanto por el que mis heridas me causaban,

---

[17]   *y remo,* con presteza.
[18]   *Fabiana,* Isla Favignana, cerca de la costa oeste de Sicilia.
[19]   *leventes,* marinos soldados turcos.
[20]   *arráez,* capitán de galera o cabeza de una escuadra.
[21]   *entena,* palo de la vela triangular o latina en embarcaciones de
poco porte.

cuanto por imaginar el peligro en que la cruel enemiga mía entre aquellos bárbaros estaba.

Llegados, pues, como digo, a la ciudad, entró en el puerto la una galeota, y la otra se quedó fuera; coronóse luego todo el puerto y la ribera toda de cristianos, y el lindo de Cornelio, desde lejos, estaba mirando lo que en la galeota pasaba; acudió luego un mayordomo mío a tratar de mi rescate, al cual dije que en ninguna manera tratase de mi libertad, sino de la de Leonisa, y que diese por ella todo cuanto valía mi hacienda, y más le ordené, que volviese a tierra, y dijese a los padres de Leonisa, que le dejasen a él tratar de la libertad de su hija, y que no se pusiesen en trabajo por ella. Hecho esto, el arráez principal, que era un renegado griego, llamado Yzuf, pidió por Leonisa seis mil ducados, y por mí, cuatro mil, añadiendo que no daría el uno sin el otro. Pidió esta gran suma, según después supe, porque estaba enamorado de Leonisa, y no quisiera él rescatalla, sino darle al arráez de la otra galeota, con quien había de partir las presas que se hiciesen por mitad, a mí en en precio de cuatro mil escudos, y mil en dinero, que hacían cinco mil, y quedarse con Leonisa por otros cinco mil. Y ésta fue la causa porque nos apreció a los dos en diez mil escudos. Los padres de Leonisa no ofrecieron de su parte nada, atenidos a la promesa que de mi parte mi mayordomo les había hecho, ni Cornelio movió los labios en su provecho, y así, después de muchas demandas y respuestas, concluyó mi mayordomo en dar por Leonisa cinco mil, y por mí tres mil escudos. Aceptó Yzuf este partido, forzado de las persuasiones de su compañero y de lo que todos sus soldados le decían. Mas como mi mayordomo no tenía junta tanta cantidad de dinero, pidió tres días de término para juntarlo, con intención de malbaratar mi hacienda, hasta cumplir el rescate. Holgóse desto Yzuf, pensando hallar en este tiempo ocasión para que el concierto no pasase adelante. Y volviéndose a la isla de la Fabiana, dijo que llegado el término de los tres días volvería por el dinero.

Pero la ingrata fortuna, no cansada de maltratarme,

ordenó que, estando desde lo más alto de la isla puesta a la
guarda una centinela de los turcos, bien dentro de la mar
descubrió seis velas latinas, y entendió, como fue verdad,
que debían ser o la escuadra de Malta, o alguna de las de
Sicilia. Bajó corriendo a dar la nueva, y en un pensamiento
se embarcaron los turcos, que estaban en tierra, cuál gui-
sando de comer, cuál lavando su ropa; y zarpando con no
vista presteza dieron al agua los remos, y al viento las
velas, y puestas las proas en Berbería [22], en menos de dos
horas perdieron de vista las galeras, y así cubiertos con la
isla, y con la noche que venía cerca, se aseguraron del
miedo que habían cobrado.

A tu buena consideración dejo, ¡oh Mahamut amigo!,
que consideres cuál iría mi ánimo en aquel viaje, tan contrario del que yo esperaba, y más cuando otro día,
habiendo llegado las dos galeotas a la isla de la Pantanalea [23], por la parte del mediodía, los turcos saltaron en
tierra a hacer leña y carne [24], como ellos dicen, y más
cuando vi que los arraeces saltaron en tierra y se pusieron
a hacer las partes de todas las presas que habían hecho.
Cada acción déstas fue para mí una dilatada muerte.
Viniendo, pues, a la partición mía y de Leonisa, Yzuf dio a
Fetala, que así se llamaba el arráez de la otra galeota, seis
cristianos, los cuatro para el remo, y dos muchachos her-
mosísimos, de nación corsos, y a·mí con ellos, por quedarse
con Leonisa; de lo cual se contentó Fetala; y aunque estuve
presente a todo esto, nunca pude entender lo que decían,
aunque sabía lo que hacían, ni entendiera por entonces el
modo de la partición, si Fetala no se llegara a mí y me
dijera en italiano: «Cristiano, ya eres mío; en dos mil
escudos de oro te me han dado; si quieres libertad, has de
dar cuatro mil, si no acá morir.» Preguntéle si era también
suya la cristiana, díjome que no, sino que Yzuf se quedaba
con ella, con intención de volverla mora y casarse con ella.

---

[22] *en Berbería*, en dirección a Berbería.
[23] *Pantanalea*, isla española del sur de Sicilia.
[24] *leña y carne*, coger provisiones.

Y así era la verdad, porque me lo dijo uno de los cautivos del remo que entendía bien el turquesco, y se lo había oído tratar a Yzuf y a Fetala. Díjele a mi amo que hiciese de modo, como se quedase con la cristiana, y que le daría por su rescate solo diez mil escudos de oro en oro. Respondióme no ser posible, pero que haría que Yzuf supiese la gran suma que él ofrecía por la cristiana, quizá, llevado del interés, mudaría de intención y la rescataría. Hízolo así, y mandó que todos los de su galeota se embarcasen luego, porque se quería ir a Tripol de Berbería [25], de donde él era. Yzuf asimismo determinó irse a Viserta, y así se embarcaron con la misma priesa que suelen, cuando descubren o galeras de quien temer, o bajeles [26] a quien robar. Movióles a darse priesa, por parecerles que el tiempo mudaba con muestras de borrasca. Estaba Leonisa en tierra, pero no en parte que yo la pudiese ver, sino fue que, al tiempo del embarcarnos llegamos juntos a la marina. Llevábala de la mano su nuevo amo y su más nuevo amante, y al entrar por la escala, que estaba puesta desde tierra a la galeota, volvió los ojos a mirarme, y los míos, que no se quitaban della, la miraron con tan tierno sentimiento y dolor que, sin saber cómo, se me puso una nube ante ellos, que me quitó la vista, y sin ella y sin sentido alguno di conmigo en el suelo. Lo mismo me dijeron después que había sucedido a Leonisa, porque la vieron caer de la escala a la mar y que Yzuf se había echado tras della y la sacó en brazos. Esto me contaron dentro de la galeota de mi amo, donde me habían puesto sin que yo lo sintiese; mas cuando volví de mi desmayo y me vi solo en la galeota, y que la otra, tomando otra derrota [27], se apartaba de nosotros, llevándose consigo la mitad de mi alma, o por mejor decir toda ella, cubrióseme el corazón de nuevo y de nuevo maldije mi ventura, y llamé a la muerte a voces; y eran tales los sentimientos que hacía, que mi amo, enfadado de oírme, con un grueso palo

---

[25] *Tripol de Berbería,* en la actual Libia.
[26] *bajeles,* barcos, navíos, buques.
[27] *derrota,* dirección.

me amenazó, que si no callaba, me maltrataría. Reprimí
las lágrimas, recogí los suspiros, creyendo que con la fuera
que les hacía, reventarían por parte, que abriesen puerta al
alma, que tanto deseaba desamparar este miserable
cuerpo. Mas la suerte, aún no contenta de haberme puesto
en tan encogido estrecho [28], ordenó de acabar con todo,
quitándome las esperanzas de todo mi remedio, y fue, que
en un instante se declaró borrasca, que ya se temía, y el
viento que de la parte de mediodía soplaba y nos embestía
por la proa, comenzó a reforzar con tanto brío, que fue forzoso volverle la popa y dejar correr el bajel por donde el
viento quería llevarle.

Llevaba designio el arráez de despuntar [29] la isla y tomar
abrigo en ella por la banda del Norte, mas sucedióle al
revés su pensamiento, porque el viento cargó con tanta
furia, que todo lo que habíamos navegado en dos días, en
poco más de catorce horas nos vimos a seis millas [30] o siete
de la propia isla de donde habíamos partido, y sin remedio
alguno íbamos a embestir en ella, y no en alguna playa,
sino en unas muy levantadas peñas, que a la vista se nos
ofrecían, amenazando de inevitable muerte a nuestras
vidas. Vimos a nuestro lado la galeota de nuestra conserva [31], donde estaba Leonisa, y todos sus turcos y cautivos
remeros haciendo fuerza con los remos para entretenerse y
no dar en las peñas. Lo mismo hicieron los de la nuestra,
con más ventaja y esfuerzo, a lo que pareció, que los de la
otra, los cuales, cansados del trabajo y vencidos del tesón
del viento y de la tormenta, soltando los remos, se abandonaron y se dejaron ir a vista de nuestros ojos a embestir en
las peñas, donde dio la galeota tan grande golpe, que toda
se hizo pedazos. Comenzaba a cerrar la noche, y fue
tamaña la grita de los que se perdían y el sobresalto de los
que en nuestro bajel temían perderse, que ninguna cosa de

---

[28]   *estrecho*, peligro.
[29]   *despuntar*, rodear, doblar la punta de algún cabo marítimo.
[30]   *millas*, medida de longitud marítima que viene a equivaler a cas
dos kilómetros terrestres.
[31]   *conserva*, embarcación auxiliar o de defensa.

las que nuestro arráez mandaba se entendía ni se hacía; sólo se atendía a no dejar los remos de las manos, tomando por remedio volver la proa al viento y echar las dos áncoras a la mar, para entretener con esto algún tiempo la muerte, que por cierta tenían. Y aunque el miedo de morir era general en todos, en mí era muy al contrario, porque, con la esperanza engañosa de ver en el otro mundo a la que había tan poco que de éste se había partido, cada punto que la galeota tardaba en anegarse o en embestir en las peñas, era para mí un siglo de más penosa muerte. Las levantadas olas, que por encima del bajel y de mi cabeza pasaban, me hacían estar atento a ver si en ellas venía el cuerpo de la desdichada Leonisa. No quiero detenerme ahora, ¡oh Mahamut!, en contarte por menudo los sobresaltos, los temores, las ansias, los pensamientos que en aquella luenga y amarga noche tuve y pasé, por no ir contra lo que primero propuse de contarte brevemente mi desventura; hasta decirte que fueron tantos y tales, que si la muerte viniera en aquel tiempo, tuviera bien poco que hacer en quitarme la vida. Vino el día con muestras de mayor tormenta que la pasada, y hallamos que el bajel había virado un gran trecho, habiéndose desviado de las peñas un buen trecho y llegádose a una punta de la isla, y viéndose tan a pique de doblarla, turcos y cristianos con nueva esperanza y fuerzas nuevas, al cabo de seis horas doblamos la punta y hallamos más blando el mar y más sosegado, de modo que más fácilmente nos aprovechamos de los remos, y, abrigados con la isla, tuvieron lugar los turcos de saltar en tierra, para ir a ver si había quedado alguna reliquia de la galeota que la noche antes dio en las peñas; mas aún no quiso el cielo concederme el alivio que esperaba tener de ver en mis brazos el cuerpo de Leonisa; que, aunque muerto y despedazado, holgara de verle, por romper aquel imposible que mi estrella me puso de juntarme con él, como mis buenos deseos merecían, y así rogué a un renegado que quería desembarcarse, que le buscase, y viese si la mar lo había arrojado a la orilla. Pero, como ya he dicho, todo esto me negó el cielo, pues al mismo instante tornó a embrave-

cerse el viento de manera, que el amparo de la isla no fue
de algún provecho. Viendo esto Fetala, no quiso contrastar
contra la fortuna, que tanto le perseguía, y así mandó
poner el trinquete al árbol [32] y hacer un poco de vela;
volvió la proa a la mar y la popa al viento, y, tomándo él
mismo el cargo del timón, se dejó correr por el ancho mar,
seguro que ningún impedimento le estorbaría su camino;
iban los remos igualados en la crujía [33], y toda la gente sentada por los bancos y ballesteras [34], sin que en toda la
galeota se descubriese otra persona que la del cómitre, que,
por más seguridad suya, se hizo atar fuertemente al estantero [35]. Volaba el bajel con tanta ligereza, que en tres días y
tres noches, pasando a la vista de Trapana, de Melazo [36] y
de Palermo, embocó por el faro de Micina [37], con maravi-
lloso espanto de los que iban dentro, y de aquellos que
desde la tierra los miraban. En fin, por no ser tan prolijo en
contar la tormenta, como ella lo fue en su porfía, digo, que
cansados, hambrientos y fatigados con tan largo rodeo,
como fue bajar casi toda la isla de Sicilia, llegamos a Tripol
de Berbería, adonde mi amo (antes de haber hecho con sus
leventes la cuenta del despojo, y dándoles lo que les tocaba,
y su quinto al rey, como es costumbre) le dio un dolor de
costado tal, que dentro de tres días dio con él en el infierno.
Púsose luego el rey de Tripol en toda su hacienda, y el
alcaide de los muertos, que allí tiene el Gran Turco (que,
como sabes, es heredero de los que no le dejan en su
muerte), estos dos tomaron toda la hacienda de Fetala mi
amo, y yo cupe a éste, que entonces era virrey de Tripol, y
de allí a quince días le vino la patente de virrey de Chipre,

---

[32]   *trinquete al árbol*, vela que se extiende sobre la verga mayor que
cruza el palo de proa.
[33]   *crujía*, espacio que va desde popa a proa en la cubierta de una embarcación.
[34]   *ballesteras*, aberturas por las que se disparaban las ballestas.
[35]   *estantero*, estanterol. Columna de popa sobre la crujía, para
observar la correcta navegación.
[36]   *Melazo*, Milazzo, ciudad y puerto de la costa noreste de Sicilia.
[37]   *Micina*, Mesina.

con el cual he venido hasta aquí, sin intento de rescatarme, porque aunque él me ha dicho muchas veces que me rescate, pues soy hombre principal, como se lo dijeron los soldados de Fetala. Jamás ha acudido a ello, antes le he dicho que le engañaron los que le dijeron grandezas de mi posibilidad. Y si quieres, Mahamut, que te diga todo mi pensamiento, has de saber que no quiero volver a parte donde por alguna vía pueda tener cosa que me consuele, y quiero que, juntándose a la vida del cautiverio los pensamientos y memorias que jamás me dejan de la muerte de Leonisa, vengan a ser parte para que yo no la tenga jamás de gusto alguno. Y si es verdad que los continuos dolores forzosamente se han de acabar, o acabar a quien los padece, los míos no podrán dejar de hacello, porque pienso darles rienda de manera, que a pocos días den alcance a la miserable vida, que tan contra mi voluntad sostengo. Éste es, ¡oh Mahamut hermano!, el triste suceso mío; ésta es la causa de mis suspiros y de mis lágrimas; mira tú ahora, y considera, si es bastante para sacarlos de lo profundo de mis entrañas, y para engendrarlos en la sequedad de mi lastimado pecho. Leonisa murió, y con ella mi esperanza, que, puesto que la que tenía ella viviendo se sustentaba de un delgado cabello, todavía, todavía...

Y en este *todavía* se le pegó la lengua al paladar, de manera, que no pudo hablar más palabra, ni detener las lágrimas, que, como suele decirse, hilo a hilo le corrían por el rostro en tanta abundancia, que llegaron a humedecer el suelo.

Acompañóle en ellas Mahamut; pero, pasándose aquel parasismo [38], causado de la memoria renovada en el amargo cuento, quiso Mahamut consolar a Ricardo con las mejores razones que supo; mas él las atajó, diciéndole:

—Lo que has de hacer, amigo, es aconsejarme qué haré yo para caer en desgracia de mi amo, y de todos aquellos con quien yo comunicare, para que, siendo aborrecido dél y dello, los unos y los otros me maltraten y persigan de

---

[38] *parasismo*, paroxismo, exaltación.

suerte que, añadiendo dolor a dolor y pena a pena, alcance con brevedad lo que deseo, que es acabar la vida.

—Ahora he hallado ser verdadero —dijo Mahamut—, lo que suele decirse que lo que se sabe sentir, se sabe decir, puesto que algunas veces el sentimiento enmudece la lengua, pero como quiera que ello sea, Ricardo, ora llegue tu dolor a tus palabras, ora ellas se le aventajen, siempre has de hallar en mí un verdadero amigo, o para ayuda o para consejo; que aunque mis pocos años y el desatino que he hecho en vestirme este hábito, están dando voces que de ninguna destas dos cosas que te ofrezco se puede fiar ni esperar alguna, yo procuraré que no salga verdadera esta sospecha, ni pueda tenerse por cierta tal opinión. Y puesto que tú no quieras ni ser aconsejado ni favorecido, no por eso dejaré de hacer lo que te conviniere, como suele hacerse con el enfermo, que pide lo que no le dan y le dan lo que le conviene. No hay en toda esta ciudad quien pueda ni valga más que el cadí, mi amo, ni aun el tuyo, que viene por visorrey [39] della, ha de poder tanto. Y siendo esto así, como lo es, yo puedo decir que soy el que más puedo en la ciudad, pues puedo con mi patrón todo lo que quiero. Digo esto porque podría ser dar traza con él para que vinieses a ser suyo, y estando en mi compañía, el tiempo nos dirá lo que habemos de hacer, a ti para consolarte, si quisieres o pudieres tener consuelo, y a mí para salir désta a mejor vida, a lo menos, a parte donde la tenga más segura cuando la deje.

—Yo te agradezco —respondió Ricardo—, Mahamut, la amistad que me ofreces, aunque estoy cierto que, cuanto hicieres, no has de poder cosa que en mi provecho resulte. Pero dejemos ahora esto, y vamos a las tiendas, porque, a lo que veo, sale de la ciudad mucha gente, y sin duda es el antiguo virrey, que sale a estarse en la campaña, por dar lugar a mi amo que entre en la ciudad a hacer la residencia.

—Así es —dijo Mahamut—; ven, pues, Ricardo, y verás las

---

[39] *visorrey*, virrey o representante del rey en alguna provincia.

ceremonias con que se reciben, que sé que gustarás de
verlas.

—Vamos en buen hora —dijo Ricardo—; quizá te habré
menester, si acaso el guardián de los cautivos de mi amo
me ha echado menos, que es un renegado corso de nación y
de no muy piadosas entrañas.

Con esto dejaron la plática y llegaron a las tiendas a
tiempo que llegaba el antiguo bajá y el nuevo le salía a
recibir a la puerta de la tienda. Venía acompañado Alí
bajá, que así se llamaba el que dejaba el gobierno, de todos
los jenízaros [40] que de ordinario están de presidio en
Nicosia, después que los turcos la ganaron, que serían
hasta quinientos. Venían en dos alas o hileras, los unos con
escopetas y los otros con alfanjes desnudos; llegaron a la
puerta del nuevo bajá Hazán, la rodearon todos, y Alí bajá,
inclinando el cuerpo, hizo reverencia a Hazán, y él, con
menos inclinación, le saludó. Luego se entró Alí en el pabellón de Hazán, y los turcos le subieron sobre un poderoso
caballo ricamente aderezado, y trayéndole a la redonda de
las tiendas, y por todo un buen espacio de la campaña,
daban voces y gritos, diciendo en su lengua: «¡Viva, viva
Solimán [41] sultán y Hazán bajá en su nombre!»

Repitieron esto muchas veces, reforzando las voces y los
alaridos, y luego le volvieron a la tienda, donde había quedado Alí bajá, el cual con el cadí y Hazán se encerraron en
ella por espacio de una hora solos.

Dijo Mahamut a Ricardo que se habían encerrado a
tratar de lo que convenía hacer en la ciudad, acerca de las
obras que Alí dejaba comenzadas. De allí a poco tiempo
salió el cadí a la puerta de la tienda y dijo a voces en
lengua turquesca, arábiga y griega, que todos los que quisiesen entrar a pedir justicia, o otra cosa contra Alí bajá,
podrían entrar libremente, que allí estaba Hazán bajá, a

---

[40] *jenízaros*, soldados de infantería de la antigua guardia del emperador de los turcos.

[41] *Solimán*, «el Magnífico», terror del Mediterráneo entre Niza y Trí-
poli. Derrotó a la escuadra española en Argel (1541).

quien el Gran Señor enviaba por virrey de Chipre, que les guardaría toda razón y justicia.

Con esta licencia, los jenízaros dejaron desocupada la puerta de la tienda, y dieron lugar a que entrase con él Ricardo, que, por ser esclavo de Hazán, no se le impidió la entrada. Entraron a pedir justicia, así griegos cristianos como algunos turcos, y todos de cosas de tan poca importancia, que las más despachó el cadí, sin dar traslado a la parte [42], sin autos, demandas ni respuestas, que todas las causas, si no son las matrimoniales, se despachan en pie, y en un punto, más a juicio de buen varón que por ley alguna. Y entre aquellos bárbaros, si lo son en esto, el cadí es el juez competente de todas las causas, que las abrevia en la uña y las sentencia en un soplo, sin que haya apelación de su sentencia para otro tribunal. En esto entró un chauz, que es como alguacil, y dijo que estaba a la puerta de la tienda un judío, que traía a vender una hermosísima cristiana; mandó el cadí que le hiciese entrar. Salió el chauz, y volvió a entrar luego, y con él un venerable judío, que traía de la mano a una mujer vestida en hábito berberisco, tan bien aderezada y compuesta, que no lo pudiera estar tan bien la más rica mora de Fez, ni de Marruecos, que en aderezarse llevan la ventaja a todas las africanas, aunque entre las de Argel con sus perlas tantas. Venía cubierto el rostro con un tafetán [43] carmesí. Por las gargantas de los pies, que se descubrían, parecían dos carcajes [44], que así se llaman las manillas en arábigo, al parecer de puro oro; y en los brazos, que asimismo por una camisa de cendal [45] delgado se descubrían o traslucían, traía otros carcajes de oro sembrados de muchas perlas. En resolución, en cuanto el traje, ella venía rica y gallardamente aderezada.

---

[42]   *traslado,* copia de los documentos, resoluciones y diligencias judiciales que lleva cada uno de los letrados que se encargan del caso.

[43]   *tafetán,* tela de seda muy tupida.

[44]   *parecían dos carcajes,* se veían dos pulseras.

[45]   *cendal,* tela de seda o lino.

Admirados desta primera vista el cadí y los demás bajaes [46], antes que otra cosa dijesen, ni preguntasen, mandaron al judío que hiciese que se quitase el antifaz la cristiana. Hízolo así, y descubrió un rostro, que así deslumbró los ojos y alegró los corazones de los circuntantes, como el sol que, por entre cerradas nubes, después de mucha escuridad, se ofrece a los ojos de los que le desean; tal era la belleza de la cautiva cristiana, y tal su brío y su gallardía. Pero en quien con más efeto hizo impresión la maravillosa luz que había descubierto, fue en el lastimado Ricardo, como en aquel que mejor que otro la conocía, pues era su cruel y amada Leonisa, que tantas veces y con tantas lágrimas por él había sido tenida y llorada por muerta. Quedó a la improvisa vista de la singular belleza de la cristiana traspasado y rendido el corazón de Alí, y en el mismo grado y con la misma herida, se halló el de Hazán, sin quedarse exento de la amorosa llaga el de cadí, que más suspenso que todos, no sabía quitar los ojos de los hermosos de Leonisa. Y para encarecer las poderosas fuerzas de amor, se ha de saber que en aquel mismo punto nació en los corazones de los tres una, a su parecer firme esperanza de alcanzarla y de gozarla; y así, sin querer saber el cómo, ni el dónde, ni el cuándo había venido a poder del judío, le preguntaron el precio que por ella quería.

El codicioso judío respondió que cuatro mil doblas, que vienen a ser dos mil escudos. Mas apenas hubo declarado el precio, cuando Alí bajá dijo que él los daba por ella, y que fuesen luego a contar el dinero a su tienda. Empero Hazán bajá, que estaba de parecer de no dejarla, aunque aventurase en ello la vida, dijo:

—Yo asimismo doy por ella las cuatro mil doblas que el judío pide, y no las diera, ni me pusiera a ser contrario de lo que Alí ha dicho, si no me forzara lo que él mismo dirá que es razón que me obligue y afuerce, y es que esta gentil esclava no pertenece para ninguno de nosotros, sino para el Gran Señor solamente; y así, digo que en su nombre la

---

[46] *bajaes*, véase nota 4.

compro; veamos ahora quién será el atrevido que me la quite.

—Yo seré —replicó Alí—, porque para el mismo efeto la compro, y estáme a mí más a cuento hacer al Gran Señor este presente, por la comodidad de llevarla luego a Constantinopla, granjeando con él la voluntad del Gran Señor, que como hombre que quedo, Hazán, como tú ves, sin cargo alguno, he menester buscar medios de tenelle, de lo que tú estás seguro por tres años, pues hoy comienzas a mandar y a gobernar este riquísimo reino de Chipre. Así que por estas razones y por haber sido yo el primero que ofrecí el precio por la cautiva, está puesto en razón, ¡o Hazán!, que me la dejes.

—Tanto más es de agradecerme a mí —respondió Hazán—, el procurarla y enviarla al Gran Señor, cuanto lo hago sin moverme a ello interés alguno. Y en lo de la comodidad de llevarla, una galeota armaré con sola mi chusma [47] y mis esclavos, que la lleve.

Azoróse con estas razones Alí, y levantándose en pie, empuñó el alfanje, diciendo:

—Siendo, ¡oh Hazán!, mis intentos unos, que es presentar y llevar esta cristiana al Gran Señor, y habiendo sido yo el comprador primero, está puesto en razón y en justicia que me la dejes a mí, y cuando otra cosa pensares, este alfanje que empuño, defenderá mi derecho y castigará tu atrevimiento.

El cadí, que a todo estaba atento, y que no menos que los dos ardía, temeroso de quedar sin la cristiana, imaginó cómo poder atajar el gran fuego que se había encendido, y juntamente quedarse con la cautiva, sin dar alguna sospecha de su dañosa intención; y así, levantándose en pie, se puso entre los dos, que ya también lo estaban, y dijo:

—Sosiégate, Hazán, y tú, Alí, estáte quedo, que yo estoy aquí, que sabré y podré componer vuestras diferencias de manera que los dos consigáis vuestros intentos, y el Gran Señor, como deseáis, sea servido.

---

[47]   *chusma,* remeros.

A las palabras del cadí obedecieron luego; y aun si otra cosa más dificultosa les mandara, hicieran lo mismo: tanto es el respeto que tienen a sus canas los de aquella dañada secta; prosiguió, pues, el cadí, diciendo:

—Tú dices, Alí, que quieres esta cristiana para el Gran Señor, y Hazán dice lo mismo; tú alegas que, por ser el primero en ofrecer el precio, ha de ser tuya; Hazán te lo contradice, y aunque él no sabe fundar su razón, yo hallo que tiene la misma que tú tienes, y es la intención, que sin duda debió de nacer a un mismo tiempo que la tuya, en querer comprar la esclava para el mismo efeto; sólo le llevaste tú la ventaja en haberte declarado primero, y esto no ha de ser parte, para que de todo en todo quede defraudado su buen deseo, y así me parece ser bien concertaros en esta forma: que la esclava sea de entrambos, y pues el uso della ha de quedar a la voluntad del Gran Señor, para quien se compró, a él toca disponer della, y en tanto pagarás tú, Hazán, dos mil doblas, y Alí otras dos mil, y quedaráse la cautiva en poder mío, para que en nombre de entrambos yo la envíe a Constantinopla, porque no quede sin algún premio, siquiera por haberme hallado presente, y así me ofrezco de enviarla a mi costa, con la autoridad y decencia que se debe a quien se envía, escribiendo al Gran Señor todo lo que aquí ha pasado, y la voluntad que los dos habéis mostrado a su servicio.

No supieron, ni pudieron, ni quisieron contradecirle los dos enamorados turcos, y aunque vieron que por aquel camino no conseguían su deseo, hubieron de pasar por el parecer del cadí, formando y criando cada uno allá en su ánimo una esperanza, que, aunque dudosa, les prometía poder llegar al fin de sus encendidos deseos. Hazán, que se quedaba por virrey en Chipre, pensaba dar tantas dádivas al cadí, que, vencido y obligado, le diese la cautiva. Alí imaginó de hacer un hecho que le aseguró salir con lo que deseaba, y, teniendo por cierto cada cual su designio, vinieron con facilidad en lo que el cadí quiso, y de consentimiento y voluntad de los dos, se le entregaron luego, y luego pagaron al judío cada uno dos mil doblas. Dijo el judío que no la había de dar con los vestidos que tenía, porque valían otras mil doblas, y así era la verdad, a causa que en los cabellos, que parte por las espaldas sueltos traía y parte atados y enlazados por la frente, se parecían algunas hileras de perlas, que con extremada gracia se enredaban con ellos. Las manillas de los pies y manos, asimismo venían llenas de gruesas perlas. El vestido era una almalafa [48] de raso verde, toda bordada, y llena de trencillas de oro; en fin, les pareció a todos que el judío anduvo corto en el precio que pidió por el vestido, y el cadí, por no mostrarse menos liberal que los dos bajaes, dijo que él quería pagarle, porque de aquella manera se presentase al Gran Señor la cristiana. Tuviéronlo por bien los dos competidores, creyendo cada uno que todo había de venir a su poder.

Falta ahora por decir lo que sintió Ricardo de ver andar en almoneda su alma, y los pensamientos que en aquel punto le vinieron, y los temores que le sobresaltaron, viendo que el haber hallado a su querida prenda era para más perderla; no sabía darse a entender si estaba durmiendo o despierto, no dando crédito a sus mismos ojos de lo que veían, porque le parecía cosa imposible ver tan impensadamente delante dellos a la que pensaba que para siempre los había cerrado.

Llegóse en esto a su amigo Mahamut, y díjole:

—¿No la conoces, amigo?

—No la conozco —dijo Mahamut.

—Pues has de saber —replicó Ricardo— que es Leonisa.

—¿Qué es lo que dices, Ricardo? —dijo Mahamut.

—Lo que has oído —dijo Ricardo.

—Pues calla, y no la descubras —dijo Mahamut—, que la ventura va ordenando, que la tengas buena y próspera, porque ella va a poder de mi amo.

—¿Parécete —dijo Ricardo— que será bien ponerme en parte donde pueda ser visto?

—No —dijo Mahamut—, porque no la sobresaltes o te sobresaltes, y no vengas a dar indicio de que la conoces, ni

---

[48]   *almalafa,* manto o velo que caía de la cabeza a los pies.

que la has visto, que podría ser que redundase en perjuicio de mi designio.

—Seguiré tu parecer —respondió Ricardo.

Y así anduvo huyendo de que sus ojos se encontrasen con los de Leonisa, la cual tenía los suyos, en tanto que esto pasaba, clavados en el suelo, derramando algunas lágrimas.

Llegóse el cadí a ella, y asiéndola de la mano, se la entregó a Mahamut, mandándole que la llevase a la ciudad, y la entregase a su señora Halima y le dijese la tratase como esclava del Gran Señor. Hízolo así Mahamut, y dejó solo a Ricardo, que con los ojos fue siguiendo a su estrella, hasta que se le encubrió con la nube de los muros de Nicosia.

Llegóse al judío, y preguntóle que adónde había comprado, o en qué modo había venido a su poder aquella cautiva cristiana.

El judío le respondió que en la isla de Pantanalea la había comprado a unos turcos, que allí habían dado al través. Y queriendo proseguir adelante, lo estorbó el venirle a llamar de parte de los bajaes, que querían preguntarle lo que Ricardo deseaba saber, y con esto se despidió dél.

En el camino que había desde las tiendas a la ciudad tuvo lugar Mahamut de preguntar a Leonisa, en lengua italiana, que de qué lugar era. La cual le respondió, que de la ciudad de Trapana. Preguntóle asimismo Mahamut si conocía en aquella ciudad a un caballero rico y noble, que se llamaba Ricardo. Oyendo lo cual Leonisa, dio un gran suspiro, y dijo:

—Sí conozco, por mi mal.

—¿Cómo por vuestro mal? —dijo Mahamut.

—Porque él me conoció a mí por el suyo y por mi desventura —respondió Leonisa.

—Y por ventura —preguntó Mahamut—, ¿conocisteis también en la misma ciudad a otro caballero de gentil disposición, hijo de padres muy ricos, y él por su persona muy valiente, muy liberal y muy discreto, que se llamaba Cornelio?

—También lo conozco —respondió Leonisa—, y podré decir más, por mi mal, que no a Ricardo. Mas ¿quién sois vos, señor, que los conocéis y por ellos me preguntáis?

—Soy —dijo Mahamut— natural de Palermo, que por varios accidentes estoy en este traje y vestido diferente del que yo solía traer, y conózcolos, porque no ha muchos días que entrambos estuvieron en mi poder, que a Cornelio le cautivaron unos moros de Tripol de Berbería, y le vendieron a un turco, que le trujo a esta isla, donde vino con mercancías, porque es mercader de Rodas, el cual fiaba de Cornelio toda su hacienda.

—Bien se la sabrá guardar —dijo Leonisa—, porque sabe guardar muy bien la suya. Pero decidme, señor, ¿cómo o con quién vino Ricardo a esta isla?

—Vino —respondió Mahamut— con un corsario que le cautivó estando en un jardín de la marina de Trapana, y con él dijo que habían cautivado a una doncella que nunca me quiso decir su nombre. Estuvo aquí algunos días con su amo, que iba a visitar el sepulcro de Mahoma, que está en la ciudad de Almedina, y al tiempo de la partida cayó Ricardo muy enfermo y indispuesto, que su amo me lo dejó, por ser de mi tierra, para que le curase y tuviese cargo dél, hasta su vuelta, o que si por aquí no volviese, se lo enviase a Constantinopla, que él me avisaría cuando allá estuviese. Pero el cielo lo ordenó de otra manera, pues al sin ventura Ricardo, sin tener accidente alguno, en pocos días se acabaron los de su vida, siempre llamando entre sí a una Leonisa, a quien él me había dicho que quería más que a su vida y a su alma; la cual Leonisa me dijo que en una galeota, que había dado al través en la isla de Pantanalea, se había ahogado, cuya muerte siempre lloraba y siempre plañía, hasta que le trujo a término de perder la vida, que yo no le sentí enfermedad en el cuerpo, sino muestras de dolor en el alma.

—Decidme, señor —replicó Leonisa—, ese mozo que decís, en las pláticas que trató con vos (que, como de una patria, debieron ser muchas), ¿nombró alguna vez a esa Leonisa, con todo el modo con que a ella y a Ricardo cautivaron?

—Sí nombró —dijo Mahamut—, y me preguntó si había aportado por esta isla una cristiana dese nombre, de tales y tales señas, a la cual holgaría de hallar para rescatarla, si es que su amo se había ya desengañado de que no era tan rica como él pensaba, aunque podía ser que por haberla gozado la tuviese en menos, que como no pasasen de trecientos o cuatrocientos escudos, él los daría de muy buena gana por ella, porque un tiempo la había tenido alguna afición.

—Bien poca debía de ser —dijo Leonisa—, pues no pasaba de cuatrocientos escudos; más liberal era Ricardo, y más valiente y comedido: Dios perdone a quien fue causa de su muerte, que fui yo, que yo soy la sin ventura que él lloró por muerta; y sabe Dios si holgara de que él fuera vivo, para pagarle con el sentimiento que él viera que tenía de su desgracia, el que él mostró de la mía. Yo, señor, como ya os he dicho, soy la poco querida de Cornelio y la bien llorada de Ricardo, que por muy muchos y varios casos he venido a este miserable estado en que me veo, y aunque es tan peligroso, siempre por favor del cielo he conservado en él la entereza de mi honor, con la cual vivo contenta en mi miseria. Ahora, ni sé dónde estoy, ni quién es mi dueño, ni adónde han de dar conmigo mis contrarios hados, por lo cual os ruego, señor, siquiera por la sangre que de cristiano tenéis, me aconsejéis en mis trabajos, que puesto que el ser muchos me han hecho advertida, sobrevienen cada momento tantos y tales, que no sé cómo me he de avenir con ellos.

A lo cual respondió Mahamut que él haría lo que pudiese en servirla, aconsejando y ayudándola con su ingenio y con sus fuerzas; advirtióla de la diferencia que por su causa habían tenido los dos bajaes, y cómo quedaba en poder del cadí su amo para llevarla presentada al Gran Turco Selín [49], a Constantinopla; pero que antes que esto tuviese efeto, tenía esperanza en el verdadero Dios, en quien él

---

[49]   *Selín,* Selín II, hijo de Solimán. En 1571 emprendió la conquista de Chipre y era rey de los turcos en la batalla de Lepanto.

creía, aunque mal cristiano, que lo había de disponer de otra manera, y que la aconsejaba se hubiese bien con Halima, la mujer del cadí su amo, en cuyo poder había de estar, hasta que la enviasen a Constantinopla, advirtiéndole de la condición de Halima, y con ésas le dijo otras cosas de su provecho, hasta que la dejó en su casa y en poder de Halima, a quien dijo el recado de su amo.

Recibióla bien la mora, por verla tan bien aderezada y tan hermosa. Mahamut se volvió a las tiendas a contar a Ricardo lo que con Leonisa le había pasado, y, hallándole, se lo contó todo punto por punto; y cuando llegó al del sentimiento que Leonisa había hecho cuando le dijo que era muerto, casi se le vinieron las lágrimas a los ojos. Díjole cómo había fingido el cuento del cautiverio de Cornelio, por ver lo que ella sentía. Advirtióle la tibieza y la malicia con que de Cornelio había hablado: todo lo cual fue pítima [50] para el afligido corazón de Ricardo, el cual dijo a Mahamut:

—Acuérdome, amigo Mahamut, de un cuento que me contó mi padre, que ya sabes cuán curioso fue, y oíste cuánta honra le hizo el emperador Carlos V, a quien siempre sirvió en honrosos cargos de la guerra. Digo, que me contó que cuando el emperador estuvo sobre Túnez y la tomó con la fuerza de la Goleta [51], estando un día en la campaña, y en su tienda, le trujeron a presentar una mora, por cosa singular en belleza, y que, al tiempo que se la presentaron, entraban algunos rayos de sol por unas partes de la tienda, y daban en los cabellos de la mora, que con los mismos del sol, en ser rubios, competían, cosa nueva en las moras, que siempre se precian de tenerlos negros. Contaba que en aquella ocasión se hallaron en la tienda, entre otros muchos, dos caballeros españoles: el uno era andaluz, y el otro era catalán, ambos muy discretos, y ambos poetas; y

---

[50] *pítima*, emplasto de azafrán que se pone sobre el corazón.
[51] *Goleta*, ciudad de Túnez conquistada y fortificada por Carlos V (1535) y que sirvió de punto de apoyo para los españoles en la conquista de la capital.

habiéndola visto el andaluz, comenzó con admiración a decir unos versos, que ellos llaman coplas, con unas consonancias o consonantes dificultosos, y parando en los cinco versos de la copla, se detuvo sin darle fin ni a la copla ni a la sentencia, por no ofrecérsele tan de improviso los consonantes necesarios para acabarla. Mas el otro caballero, que estaba a su lado y había oído los versos, viéndole suspenso, como si le hurtara la media copla de la boca, la prosiguió y acabó con las mismas consonancias. Y esto mismo se me vino a la memoria, cuando vi entrar a la hermosísima Leonisa por la tienda del bajá, no solamente escureciendo los rayos del sol, si la tocaran, sino a todo el cielo con sus estrellas.

—Paso, no más —dijo Mahamut—; detente, amigo Ricardo, que a cada paso temo que has de pasar, tanto la raya en las alabanzas de tu bella Leonisa, que dejando de parecer cristiano, parezcas gentil; dime, si quieres, esos versos o coplas, o como los llamas, que después hablaremos en otras cosas, que sean de más gusto y aun quizá de más provecho.

—En buena hora —dijo Ricardo—, y vuélvote a advertir que los cinco versos dijo el uno, y los otros cinco el otro, todos de improviso, y son éstos:

> Como cuando el sol asoma
> por una montaña baja,
> y de súpito nos toma,
> y con su vista nos doma
> nuestra vista, y la relaja;
>   como la piedra balaja [32]
> que no consiente carcoma,
> tal es el tu rostro, Aja,
> dura lanza de Mahoma,
> que las mis entrañas raja.

—Bien me suenan al oído —dijo Mahamut—, y mejor me suena y me parece que estés para decir versos, Ricardo,

---

[32] *balaja*, rubí de color morado.

porque el decirlos o el hacerlos requiere ánimos de ánimos desapasionados.

—También se suelen —respondió Ricardo— llorar endechas, como cantar himnos, y todo es decir versos. Pero dejando esto aparte, dime, ¿qué piensas hacer de nuestro negocio?, que puesto que no entendí lo que los bajaes trataron en la tienda, en tanto que tú llevaste a Leonisa, me lo contó un renegado de mi amo, veneciano, que se halló presente, y entiende bien la lengua turquesca, y lo que es menester ante todas cosas, es buscar traza cómo Leonisa no vaya a mano del Gran Señor.

—Lo primero que se ha de hacer —respondió Mahamut— es que tú vengas a poder de mi amo, que esto hecho, después nos aconsejaremos en lo que más nos conviniere.

En esto vino el guardián de los cautivos cristianos de Hazán y llevó consigo a Ricardo. El cadí volvió a la ciudad con Hazán, que en breves días hizo la residencia de Alí, y se la dio cerrada y sellada para que se fuese a Constantinopla. Él se fue luego, dejando muy encargado al cadí que con brevedad enviase la cautiva, escribiendo al Gran Señor de modo que le aprovechase para sus pretensiones. Prometióselo el cadí con traidoras entrañas, porque las tenía hechas ceniza por la cautiva. Ido Alí lleno de falsas esperanzas, y quedando Hazán no vacío dellas, Mahamut hizo de modo que Ricardo vino a poder de su amo. Íbanse los días, y el deseo de ver a Leonisa apretaba tanto a Ricardo, que no alcanzaba un punto de sosiego. Mudóse Ricardo el nombre en el de Mario, porque no llegase el suyo a oídos de Leonisa, antes que él la viese, y el verla era muy dificultoso, a causa que los moros son en extremo celosos, y encubren de todos los hombres los rostros de sus mujeres, puesto que en mostrarse ellas a los cristianos no se les hace de mal; quizá debe de ser que, por ser cautivos, no los tienen por hombres cabales. Avino, pues, que un día la señora Halima vio a su esclavo Mario, y tan visto y tan mirado fue, que se le quedó grabado en el corazón y fijo en la memoria. Y quizá poco contenta de los abrazos flojos de su anciano marido, con facilidad dio lugar a un mal deseo;

y con la misma dio cuenta dél a Leonisa, a quien ya quería mucho por su agradable condición y proceder discreto, y tratábala con mucho respeto, por ser prenda del Gran Señor, díjole cómo el cadí había traído a casa un cautivo cristiano, de tan gentil donaire y parecer, que a sus ojos no había visto más lindo hombre en toda su vida, y que decían que era chilibí, que quiere decir caballero, y de la misma tierra de Mahamut, su renegado, y que no sabía cómo darle a entender su voluntad, sin que el cristiano la tuviese en poco, por habérsela declarado. Preguntóle Leonisa cómo se llamaba el cautivo, y díjole Halima que se llamaba Mario. A lo cual replicó Leonisa:

—Si él fuera caballero, y del lugar que dicen, yo le conociera, mas dese nombre Mario no hay ninguno en Trapana; pero haz, señora, que yo le vea y hable, que te diré quién es y lo que dél se puede esperar.

—Así será —dijo Halima—, porque el viernes, cuando esté el cadí haciendo la zala[53] en la mezquita, le haré entrar acá dentro, donde le podrás hablar a solas; y si te pareciere darle indicios de mi deseo, háraslo por el mejor modo que pudieres.

Esto dijo Halima a Leonisa, y no habían pasado dos horas, cuando el cadí llamó a Mahamut y a Mario, y con no menos eficacia que Halima había descubierto su pecho a Leonisa, descubrió el enamorado viejo el suyo a sus dos esclavos, pidiéndoles consejo en lo que haría para gozar de la cristiana y cumplir con el Gran Señor, cuya ella era, diciéndoles que antes pensaba morir mil veces que entregarla una al Gran Turco. Con tales afectos decía su pasión el religioso moro, que la puso en los corazones de sus dos esclavos, que todo lo contrario de lo que él pensaba pensaban. Quedó puesto entre ellos que Mario, como hombre de su tierra, aunque había dicho que no la conocía, tomase la mano en solicitarla y en declararle la voluntad suya, y cuando por este modo no se pudiese alcanzar, que usaría él de la fuerza, pues estaba en su poder. Y esto hecho, con

---

[53] *zala*, oración de los mahometanos.

decir que era muerta, se excusarían de enviarla a Constantinopla. Contentísimo quedó el cadí con el parecer de sus esclavos, y con la imaginada alegría ofreció desde luego libertad a Mahamut, mandándole la mitad de su hacienda después de sus días; asimismo prometió a Mario, si alcanzaba lo que quería, libertad y dineros con que volviese a su tierra rico, honrado y contento. Si él fue liberal en prometer, sus cautivos fueron pródigos, ofreciéndole alcanzar la luna del cielo, cuanto más a Leonisa, como él diese comodidad de hablarla.

—Ésa daré yo a Mario cuanta él quisiere —respondió el cadí—, porque haré que Halima se vaya en casa de sus padres, que son griegos cristianos, por algunos días, y estando fuera, mandaré al portero que deje entrar a Mario dentro de casa todas las veces que él quisiere, y diré a Leonisa que bien podrá hablar con su paisano cuando le diere gusto.

Desta manera comenzó a volver el viento de la ventura de Ricardo, soplando en su favor, sin saber lo que hacían sus mismos amos. Tomando, pues, entre los tres este apuntamiento, quien primero le puso en plática fue Halima, bien así como mujer, cuya naturaleza es fácil y arrojadiza para todo aquello que es de su gusto. Aquel mismo día dijo el cadí a Halima que, cuando quisiese, podría irse a casa de sus padres a holgarse con ellos los días que gustase. Pero como ella estaba alborozada con las esperanzas que Leonisa le había dado, no sólo no se fuera a casa de sus padres, sino al fingido paraíso de Mahoma no quisiera irse; y así le respondió que por entonces no tenía tal voluntad, y que, cuando ella la tuviese, lo diría, mas que había de llevar consigo a la cautiva cristiana.

—Eso no —replicó el cadí—, que no es bien que la prenda del Gran Señor sea vista de nadie, y más, que se le ha de quitar que converse con cristianos, pues sabéis que, en llegando a poder del Gran Señor, la han de encerrar en el serrallo y volverla turca, quiera o no quiera.

---

[54] *serrallo,* lugar donde los mahometanos guardan a sus mujeres y concubinas.

—Como ella ande conmigo —replicó Halima—, no importa que esté en casa de mis padres ni que comunique con ellos, que más comunico yo, y no dejo por eso de ser buena turca, y más, que lo más que pienso estar en su casa serán hasta cuatro o cinco días, porque el amor que os tengo no me dará licencia para estar tanto ausente y sin veros.

No la quiso replicar el cadí, por no darle ocasión de engendrar alguna sospecha de su intención. Llegóse en esto el viernes, y él se fue a la mezquita, de la cual no podía salir en casi cuatro horas; y apenas le vio Halima apartado de los umbrales de casa, cuando mandó llamar a Mario, mas no le dejara entrar un cristiano corso que servía de portero de la puerta del patio, si Halima no le diera voces que le dejase, y así entró confuso y temblando, como si fuera a pelear con un ejército de enemigos.

Estaba Leonisa del mismo modo y traje que cuando entró en la tienda del bajá, sentada al pie de una escalera grande de mármol, que a los corredores subía. Tenía la cabeza inclinada sobre la palma de la mano derecha, y el brazo sobre las rodillas, los ojos a la parte contraria de la puerta por donde entró Mario, de manera que aunque él iba hacia la parte donde ella estaba, ella no le veía. Así como entró Ricardo, paseó toda la casa con los ojos, y no vio en toda ella sino un mudo y sosegado silencio, hasta que paró la vista donde Leonisa estaba.

En un instante el enamorado Ricardo le sobrevinieron tantos pensamientos, que le suspendieron y alegraron, considerándose veinte pasos, a su parecer, o poco más, desviado de su felicidad y contento. Considerábase cautivo, y a su gloria en poder ajeno. Estas cosas revolviendo entre sí mismo, se movía poco a poco, y con temor y sobresalto, alegre y triste, temeroso y esforzado, se iba llegando al centro donde estaba el de su alegría, cuando a deshora volvió el rostro Leonisa, y puso los ojos en los de Mario, que atentamente la miraba. Mas cuando la vista de los dos se encontraron, con diferentes efetos dieron señal de lo que sus almas habían sentido.

Ricardo se paró y no pudo echar pie adelante. Leonisa,

que, por la relación de Mahamut, tenía a Ricardo por muerto, y el verle vivo tan no esperadamente, llena de temor y espanto, sin quitar dél los ojos, ni volver las espaldas, volvió atrás cuatro o cinco escalones, y sacando una pequeña cruz del seno, la besaba muchas veces y se santiguó infinitas, como si alguna fantasma o otra cosa del otro mundo estuviera mirando. Volvió Ricardo de su embelesamiento, y conoció, por lo que Leonisa hacía, la verdadera causa de su temor, y así le dijo:

—A mí me pesa, ¡oh hermosa Leonisa!, que no hayan sido verdad las nuevas que de mi muerte te dio Mahamut, porque con ella excusara los temores que ahora tengo de pensar si todavía está en su ser y entereza el rigor que contino [55] has usado conmigo. Sosiégate, señora, y baja, y si te atreves a hacer lo que nunca hiciste, que es llegarte a mí, llega y verás que no soy cuerpo fantástico; Ricardo soy, Leonisa; Ricardo, el de tanta ventura, cuanta tú quisieres que tenga.

Púsose Leonisa en esto el dedo en la boca, por lo cual entendió Ricardo que era señal de que callase o hablase más quedo; y, tomando algún poco de ánimo, se fue llegando a ella en distancia que pudo oír estas razones:

—Habla paso, Mario, que así me parece que te llamas ahora, y no trates de otra cosa de la que yo te tratare, y advierte que podría ser que el habernos oído fuese parte para que nunca nos volviésemos a ver. Halima, nuestra ama, creo que nos escucha, la cual me ha dicho que te adora; hame puesto por intercesora de su deseo; si a él quisieres corresponder aprovecharte ha más para el cuerpo que para el alma, y cuando no quieras, es forzoso que lo finjas, siquiera porque yo te lo ruego, y por lo que merecen deseos de mujer declarados.

A esto respondió Ricardo:

—Jamás pensé, ni pude imaginar, hermosa Leonisa, que cosa que me pidieras trujera consigo imposible de cumplirla; pero la que me pides me ha desengañado. ¿Es, por

---

[55]   *contino*, siempre.

ventura, la voluntad tan ligera que se pueda mover y llevar
donde quisieren llevarla, o estarle ha bien al varón honrado y verdadero fingir en cosas de tanto peso? Si a ti te
parece que alguna destas cosas se debe, o puede hacer, haz
lo que más gustares, pues eres señora de mi voluntad; mas
ya sé que también me engañas en esto, pues jamás la has
conocido, y así no sabes lo que has de hacer con ella. Pero
a trueco que no digas que, en la primera cosa que me man-
daste, dejaste de ser obedecida, yo perderé del derecho que
debo a ser quien soy, y satisfaré tu deseo y el de Halima
fingidamente, como dices, si es que se ha de granjear con
esto el bien de verte; y así finge tú las respuestas a tu
gusto, que desde aquí las firma y confirma mi fingida
voluntad. Y en pago desto que por ti hago, que es lo más
que a mi parecer podré hacer, aunque de nuevo te dé el
alma, que tantas veces te he dado, te ruego que brevemente me digas cómo escapaste de las manos de los corsarios y cómo veniste a las del judío que te vendió.

—Más espacio —respondió Leonisa— pide el cuento de
mis desgracias; pero, con todo eso, te quiero satisfacer
en algo. Sabrás, pues, que a cabo de un día que nos apar-
tamos, volvió el bajel de Yzuf con un recio viento a la
misma isla de Pantanalea, donde también vimos a vuestra
galeota; pero la nuestra, sin poderlo remediar, embistió en
las peñas. Viendo, pues, mi amo tan a los ojos su perdición,
vació con gran presteza dos barriles que estaban llenos de
agua, tapólos muy bien, y atólos con cuerdas el uno con el
otro; púsome a mí entre ellos, desnúdose luego, y tomando
otro barril entre los brazos, se ató con un cordel el cuerpo,
y con el mismo cordel dio cabo a mis barriles, y con grande
ánimo se arrojó a la mar, llevándome tras sí. Yo no tuve
ánimo para arrojarme, que otro turco me impelió y me
arrojó tras Yzuf, donde caí sin ningún sentido, ni volví en
mí, hasta que me hallé en tierra en brazos de dos turcos,
que, vuelta la boca al suelo me tenían, derramando gran
cantidad de agua que había bebido. Abrí los ojos, atónita y
espantada, y vi a Yzuf junto a mí, hecha la cabeza pedazos,
que, según después supe, al llegar a tierra dio con ella en

las peñas, donde acabó la vida. Los turcos asimismo me dijeron que, tirando de la cuerda me sacaron a tierra casi ahogada; solas ocho personas se escaparon de la desdichada galeota. Ocho días estuvimos en la isla guardándome los turcos el mismo respecto que si fuera su hermana, y aun más. Estábamos escondidos en una cueva; temerosos ellos que no bajasen de una fuerza de cristianos que está en la isla y los cautivasen; sustentáronse con el bizcocho [56] mojado que la mar echó a la orilla de lo que llevaban en la galeota, lo cual salían a coger de noche. Ordenó la suerte, para mayor mal mío, que la fuerza estuviese sin capitán, que pocos días había que era muerto, y en la fuerza no había sino veinte soldados. Esto se supo de un muchacho que los turcos cautivaron, que bajó de la fuerza a coger conchas a la marina. A los ocho días llegó a aquella costa un bajel de moros, que ellos llaman caramuzales [57]; viéronlo los turcos, y salieron de donde estaban, y haciendo señas al bajel, que estaba cerca de tierra, tanto, que conoció ser turcos los que los llamaban; ellos contaron sus desgracias, y los moros los recibieron en su bajel, en el cual venía un judío riquísimo mercader, y toda la mercancía del bajel, o la más, era suya; era de barraganes [58] y alquiceles [59], y de otras cosas que de Berbería se llevaban a Levante. En el mismo bajel los turcos se fueron a Tripol, y en el camino me vendieron al judío, que dio por mí dos mil doblas, precio excesivo, si no le hiciera liberal el amor que el judío me descubrió.

Dejando, pues, los turcos en Tripol, tornó el bajel a hacer su viaje, y el judío dio en solicitarme descaradamente; yo le hice la cara que merecían sus torpes deseos. Viéndose, pues, desesperado de alcanzarlos, determinó de deshacerse de mí en la primera ocasión que se le ofreciese. Y sabiendo

---

[56]   *bizcocho*, pan cocido dos veces de modo que pierda la humedad y dure más tiempo. En especial formaba parte de las provisiones de una embarcación.

[57]   *caramuzales*, embarcación para transportar mercancías.

[58]   *barraganes*, abrigos de lana de uso masculino.

[59]   *alquiceles*, especie de capa.

que los dos bajaes, Alí y Hazán, estaban en aquesta isla,
donde podía vender su mercaduría tan bien como en Xío [60],
en quien pensaba venderla, se vino aquí con intención de
venderme a alguno de los dos bajaes, y por eso me vistió de
la manera que ahora me ves, por aficionarles la voluntad a
que me comprasen. He sabido que me ha comprado este
cadí para llevarme a presentar al Gran Turco, de que estoy
no poco temerosa. Aquí he sabido de tu fingida muerte, y
séte decir, si lo quieres creer, que me pesó en el alma y que
te tuve más envidia que lástima, y no por quererte mal, que
ya que soy desamorada, no soy ingrata ni desconoci-
da, sino porque habías acabado con la tragedia de tu
vida.

—No dices mal, señora —respondió Ricardo—, si la
muerte no me hubiera estorbado el bien de volver a verte,
que ahora en más estimo este instante de gloria que gozo
en mirarte, que otra aventura, como no fuera la eterna,
que en la vida o en la muerte pudiera asegurarme mi
deseo. El que tiene mi amo el cadí, a cuyo poder he venido
por no menos varios accidentes que los tuyos, es el mismo
para contigo que para conmigo lo es el de Halima. Hame
puesto a mí por intérprete de sus pensamientos; acepté la
empresa, no por darle gusto, sino por el que granjeaba en
la comodidad de hablarte, porque veas, Leonisa, el término
a que nuestras desgracias nos han traído: a ti, a ser media-
nera de un imposible que en lo que me pides, conoces; a mí,
a serlo también de la cosa que menos pensé, y de la que
daré, por no alcanzalla, la vida, que ahora estimo en lo que
vale la alta ventura de verte.

—No sé qué te diga, Ricardo —replicó Leonisa—, ni qué
salida se tome al laberinto donde, como dices, nuestra
corta ventura nos tiene puestos. Sólo sé decir que es
menester usar en esto lo que de nuestra condición no se
puede esperar, que es el fingimiento y engaño; y así digo
que de ti daré a Halima algunas razones que antes la entre-

---

[60] *Xío*, Chío, Kío o Quío. Isla del Peloponeso conquistada por los turcos
de los genoveses en 1560.

tengan que desesperen. Tú de mí podrás decir al cadí lo
que para seguridad de mi honor y de su engaño vieres que
más convenga. Y pues yo pongo mi honor en tus manos,
bien puedes creer dél que le tengo, con la entereza y
verdad que podían poner en duda tantos caminos como he
andado y tantos combates como he sufrido; el hablarnos
será fácil, y a mí será de grandísimo gusto el hacello, con
presupuesto que jamás me has de tratar cosa que a tu
declarada pretensión pertenezca, que en la hora que tal
hicieres, en la misma me despediré de verte, porque no
quiero que pienses que es de tan pocos quilates mi valor,
que ha de hacer con él la cautividad lo que la libertad no
pudo; como el oro tengo de ser, con el favor del cielo, que,
mientras más se acrisola, queda con más pureza y más
limpio. Conténtate con que he dicho que no me dará, como
solía, fastidio tu vista, porque te hago saber, Ricardo, que
siempre te tuve por desabrido y arrogante, y que presumías
de ti algo más de lo que debías. Confieso también que me
engañaba, y que podría ser que [al] hacer ahora la experiencia me pusiese la verdad delante de los ojos el desengaño; y estando desengañada, fuese, con ser honesta, más
humana. Vete con Dios, que temo que no nos haya escuchado Halima, la cual entiende algo de la lengua cristiana,
a lo menos de aquella mezcla de lenguas que se usa, con
que todos nos entendemos.

—Dices muy bien, señora —respondió Ricardo—, y agradézcote infinito el desengaño que me has dado, que le
estimo en tanto como la merced que me haces en dejar
verte; y, como tú dices, quizá la experiencia te dará a
entender cuán llana es mi condición y cuán humilde, especialmente para adorarte, y sin que tú pusieras término ni
raya a mi trato, fuera él tan honesto para contigo, que no
acertaras a desearle mejor. En lo que toca a entretener al
cadí, vive descuidada; haz tú lo mismo con Halima, y
entiende, señora, que después que te he visto ha nacido en
mí una esperanza tal, que me asegura que presto hemos de
alcanzar la libertad deseada. Y con esto quédate a Dios,
que otra vez te contaré los rodeos por donde la fortuna me

trujo a este estado, después que de ti me aparté, o, por mejor decir, me apartaron.

Con esto se despidieron, y quedó Leonisa contenta y satisfecha del llano proceder de Ricardo, y él contentísimo de haber oído una palabra de la boca de Leonisa sin aspereza.

Estaba Halima cerrada en su aposento, rogando a Mahoma trujese Leonisa buen despacho de lo que le había encomendado. El cadí estaba en la mezquita, recompensando con los suyos los deseos de su mujer, teniéndolos solícitos y colgados de la respuesta que esperaba oír de su esclavo, a quien había dejado encargado hablase a Leonisa, pues, para poderlo hacer, le daría comodidad Mahamut, aunque Halima estuviese en casa. Leonisa acrecentó en Halima el torpe deseo y el amor, dándole muy buenas esperanzas que Mario haría todo lo que pudiese. Pero que había de dejar pasar primero dos lunas, antes que concediese con lo que deseaba él mucho más que ella, y este tiempo y término pedía, a causa que hacía una plegaria y oración a Dios para que le diese libertad.

Contentóse Halima de la disculpa y de la relación de su querido Mario, a quien ella diera libertad antes del término devoto, como él concediera con su deseo; y así rogó a Leonisa le rogase dispensase con el tiempo y acortase la dilación, que ella le ofrecía cuanto el cadí pidiese por su rescate.

Antes que Ricardo respondiese a su amo, se aconsejó con Mahamut de qué le respondería, y acordaron entre los dos que le desesperasen y le aconsejasen que lo más presto que pudiese la llevase a Constantinopla, y que en el camino, o por grado o por fuerza, alcanzaría su deseo, y que para el inconveniente que se podía ofrecer de cumplir con el Gran Señor, sería bueno comprar otra esclava, y en el viaje fingir o hacer de modo como Leonisa cayese enferma, y que una noche echarían la cristiana comprada a la mar, diciendo que era Leonisa, la cautiva del Gran Señor, que se había muerto; y que esto se podía hacer y se haría en modo que jamás la verdad fuese descubierta, y él quedase sin culpa con el Gran Señor, y con el cumplimiento de su voluntad. Y que para la duración de su gusto, después se daría traza conveniente y más provechosa. Estaba tan ciego el mísero y anciano cadí, que si otros mil disparates le dijeran, como fueran encaminados a cumplir sus esperanzas, todos los creyera, cuanto más que le pareció que todo lo que le decían llevaba buen camino y prometía próspero suceso; y así era la verdad, si la intención de los dos consejeros no fuera levantarse con el bajel, y darle a él la muerte, en pago de sus locos pensamientos. Ofreciósele al cadí otra dificultad, a su parecer mayor de las que en aquel caso se le podía ofrecer, y era pensar que su mujer Halima no le había de dejar ir a Constantinopla, si no la llevaba consigo. Pero presto la facilitó, diciendo que, en cambio de la cristiana que habían de comprar para que muriese por Leonisa, serviría Halima, de quien deseaba librarse más que de la muerte. Con la misma facilidad que él lo pensó, con la misma se lo concedieron Mahamut y Ricardo, y quedando firmes en esto, aquel mismo día dio cuenta el cadí a Halima del viaje que pensaba hacer a Constantinopla, a llevar la cristiana al Gran Señor, de cuya liberalidad esperaba que le hiciese gran cadí del Cairo o de Constantinopla.

Halima le dijo que le parecía muy bien su determinación, creyendo que se dejaría a Ricardo en casa. Mas cuando el cadí le certificó que le había de llevar consigo y a Mahamut también, tornó a mudar de parecer, y a desaconsejarle lo que primero le había aconsejado. En resolución, concluyó que, si no la llevaba consigo, no pensaba dejarle ir en ninguna manera.

Contestóse el cadí de hacer lo que ella quería, porque pensaba sacudir presto de su cuello aquella para él tan pesada carga. No se descuidaba en este tiempo Hazán bajá de solicitar al cadí le entregase la esclava, ofreciéndole montes de oro, y habiéndole dado a Ricardo de balde, cuyo rescate apreciaba en dos mil escudos [61], facilitábale la

---

[61] *escudos*, moneda de plata que valía 10 reales de vellón, 70 maravedises y casi la mitad de una onza.

entrega con la misma industria, que él se había imaginado, de hacer muerta la cautiva cuando el Gran Turco enviase por ella. Todas estas dádivas y promesas aprovecharon con el cadí, no más de ponerle en la voluntad que abreviase su partida. Y así, solicitado de su deseo y de las importunaciones de Hazán, y aun de las de Halima, que también fabricaba en el aire vanas esperanzas, dentro de quince días aderezó un bergantín [62] de quince bancos, y le armó de buenas bogas [63], moros, y de algunos cristianos griegos. Embarcó en él toda su riqueza, y Halima no dejó en su casa cosa de momento, y rogó a su marido que la dejase llevar consigo a sus padres, para que viesen a Constantinopla. Era la intención de Halima la misma que la de Mahamut: hacer con él y con Ricardo que en el camino se alzasen con el bergantín. Pero no les quiso declarar su pensamiento, hasta verse embarcada, y esto con voluntad de irse a tierra de cristianos, y volverse a lo que primero había sido, y casarse con Ricardo, pues era de creer, que llevando tantas riquezas consigo, y volviéndose cristiana, no dejaría de tomarla por mujer. En este tiempo habló otra vez Ricardo con Leonisa, y le declaró toda su intención, y ella le dijo la que tenía Halima, que con ella había comunicado; encomendáronse los dos el secreto, y, encomendándose a Dios, esperaban el día de la partida, el cual llegado, salió Hazán acompañándolos hasta la marina con todos sus soldados, y no los dejó hasta que se hicieron a la vela, ni aun quitó los ojos del bergantín hasta perderle de vista. Y parece que el aire de los suspiros que el enamorado moro arrojaba impelía con mayor fuerza las velas, que le apartaban y llevaban el alma. Mas como aquel a quien el amor había tanto tiempo que sosegar no le dejaba, pensado en lo que había de hacer, para no morir a manos de sus deseos, puso luego por obra lo que con largo discurso y resoluta determinación tenía pensado, y así, en un bajel de diez y siete bancos, que en otro puerto había hecho armar, puso en él

---

[62] *bergantín,* buque de dos palos y velas cuadradas o redondas.
[63] *bogas,* remeros.

cincuenta soldados, todos amigos y conocidos suyos, y a
quien él tenía obligados con muchas dádivas y promesas, y
dioles orden que saliesen al camino y tomasen el bajel de
cadí y sus riquezas, pasando a cuchillo cuantos en él iban,
si no fuese a Leonisa la cautiva, que a ella sola quería por
despojo aventajado a los muchos haberes que el bergantín
llevaba; ordenóles también, que le echasen a fondo, de
manera que ninguna cosa quedase que pudiese dar indicio
de su perdición. La codicia del saco les puso alas en los
pies, y esfuerzo en el corazón, aunque bien vieron que poca
defensa había de hallar en los del bergantín, según iban
desarmados, y sin sospecha de semejante acontecimiento.
Dos días había ya que el bergantín caminaba, que al cadí
se le hicieron dos siglos, porque luego en el primero quisiera poner en efeto su determinación; mas aconsejáronle
sus esclavos que convenía primero hacer de suerte que
Leonisa cayese mala, para dar color a su muerte, y que
esto había de ser con algunos días de enfermedad; él no
quisiera sino decir que había muerto de repente, y acabar presto con todo, y despachar a su mujer, y aplacar
el fuego que las entrañas poco a poco le iba consumiendo;
pero, en efeto, hubo de descender con el parecer de
los dos.

Ya en esto había Halima declarado su intento a
Mahamut y a Ricardo, y ellos estaban en ponerlos por obra
el pasar de las cruces de Alejandría [64], o al entrar de los
castillos de la Natolia [65]. Pero fue tanta la priesa que el cadí
les daba, que se ofrecieron de hacerlo en la primera comodidad que se les ofreciese. Y un día, al cabo de seis que
navegaban, y que ya le parecía al cadí que bastaba el fingimiento de la enfermedad de Leonisa, importunó a sus
esclavos que otro día concluyesen con Halima y la arro-

---

[64] *Alejandría,* en dirección de Constantinopla, al principio del estrecho
de los Dardanelos, se encuentra esta población al borde de Asia Menor y
al suroeste de la antigua Troya.
[65] *Natolia,* al final del estrecho antedicho fronteros y defendiendo las
costas de los dos continentes están dos fortalezas, las de Natolia (Asia
Menor) y la de Romania.

jasen al mar amortajada, diciendo ser la cautiva del Gran Señor.

Amaneciendo, pues, el día en que, según la intención de Mahamut y de Ricardo, había de ser el cumplimiento de sus deseos, o del fin de sus días, descubrieron un bajel que a vela y remo les venía dando caza; temieron fuese de corsarios cristianos, de los cuales ni los unos ni los otros podían esperar buen suceso, porque, de serlo, se temía ser los moros cautivos, y los cristianos, aunque quedasen con libertad, quedarían desnudos y robados. Pero Mahamut y Ricardo, con la libertad de Leonisa y de la de entrambos, se contentaran con todo esto que se imaginaban; temían la insolencia de la gente corsaria, pues jamás la que se da a tales ejercicios, de cualquier ley o nación que sea, deja de tener un ánimo cruel y una condición insolente. Pusiéronse en defensa, sin dejar los remos de las manos y hacer todo cuanto pudiesen. Pero pocas horas tardaron, que vieron que les iba entrando de modo que en menos de dos se le pusieron a tiro de cañón; viendo esto, amainaron, soltaron los remos, tomaron las armas y los esperaron, aunque el cadí dijo que no temiesen, porque el bajel era turquesco, y que no les haría daño alguno.

Mandó poner luego una banderita blanca de paz en el peñol [66] de la popa, porque le viesen los que ya ciegos y codiciosos venían con gran furia a embestir el mal defendido bergantín. Volvió en esto la cabeza Mahamut, y vio que de la parte de poniente venía una galeota, a su parecer de veinte bancos, y díjoselo al cadí, y algunos cristianos que iban al remo dijeron que el bajel que se descubría era de cristianos; todo lo cual les dobló la confusión y el miedo, y estaban suspensos, sin saber lo que harían, temiendo y esperando el suceso que Dios quisiese darles.

Paréceme que diera el cadí en aquel punto, por hallarse en Nicosia, toda la esperanza de su gusto: tanta era la confusión en que se hallaba; aunque le quitó presto della el bajel primero, que sin respeto de las banderas de paz ni de

---

[66] *peñol*, punta de la verga de popa.

lo que a su religión debían, embistieron con el del cadí con tanta furia, que estuvo poco en echarle a fondo. Luego conoció el cadí los que le acometían, y vio que eran soldados de Nicosia, y adivinó lo que podía ser, y diose por perdido y muerto; y si no fuera que los soldados se dieron antes a robar que a matar, ninguno quedara con vida; mas cuando ellos andaban más encendidos y más atentos en su robo, dio un turco voces, diciendo: «Arma, soldados, que un bajel de cristianos nos embiste»; y así era la verdad, porque el bajel, que descubrió el bergantín del cadí, venía con insignias y banderas cristianescas, el cual llegó con toda furia a embestir el bajel de Hazán; pero, antes que llegase, preguntó uno desde la proa, en lengua turquesca, que qué bajel era aquél. Respondiéronle que era de Hazán bajá, virrey de Chipre.

—Pues ¿cómo —replicó el turco—, siendo vosotros mosolimanes [67], embestís y robáis a ese bajel, que nosotros sabemos que va en él el cadí de Nicosia?

A lo cual respondieron que ellos no sabían otra cosa más de que al bajel les había ordenado le tomasen, y que ellos, como sus soldados y obedientes, habían hecho su mandamiento.

Satisfecho de lo que saber quería el capitán del segundo bajel, que venía a la cristianesca, dejó de embestir al de Hazán, y acudió al del cadí, y a la primera rociada mató más de diez turcos de los que dentro estaban, y luego le entró con grande ánimo y presteza; mas apenas hubieron puesto los pies dentro, cuando el cadí conoció que el que le embestía no era cristiano, sino Alí bajá, el enamorado de Leonisa, el cual, con el mismo intento que Hazán, había estado esperando su venida, y, por no ser conocido, había hecho vestidos a sus soldados como cristianos, para que con esta industria fuese más cubierto su hurto.

El cadí, que conoció las intenciones de los amantes y

_____

[67]   *mosolimanes,* musulmanes; deformación del término turco «muslimán» por influencia de «Solimán».

traidores, comenzó a grandes voces a decir su maldad, diciendo:

—¿Qué es esto, traidor Alí bajá, cómo, siendo tú mosolimán (que quiere decir turco), me salteas como cristiano? Y vosotros, traidores soldados de Hazán, ¿qué demonio os ha movido a cometer tan grande insulto?, ¿cómo, por cumplir el apetito lascivo del que aquí os envía, queréis ir contra vuestro natural señor?

A estas palabras suspendieron todos las armas, y unos a otros se miraron y se conocieron, porque todos habían sido soldados de un mismo capitán y militado debajo de una bandera, y confundiéndose con las razones del cadí y con su mismo maleficio, ya se les embotaron los filos de los alfanjes y se les desmayaron los ánimos; sólo Alí cerró los ojos y los oídos a todo, y arremetiendo al cadí, le dio una tal cuchillada en la cabeza, que si no fuera por la defensa que hicieron cien varas[68] de toca[69], con que venía ceñida, sin duda se la partiera por medio; pero con todo le derribó entre los bancos del bajel, y al caer dijo el cadí:

—¡Oh cruel renegado, enemigo de mi divino profeta!, ¿y es posible que no ha de haber quien castigue tu crueldad y tu grande insolencia?, ¿cómo, maldito, has osado poner las manos y las armas en tu cadí, y en un ministro de Mahoma?

Estas palabras añadieron fuerza a fuerza a las primeras, las cuales, oídas de los soldados de Hazán, y movidos de temor que los soldados de Alí les habían de quitar la presa, que ya ellos por suya tenían, determinaron de ponerlo todo en aventura; y comenzando uno, y siguiéndole todos, dieron en los soldados de Alí con tanta priesa, rancor y brío, que en poco espacio los pasaron tales que, aunque eran muchos más que ellos, los redujeron a número pequeño; pero los que quedaron, volviendo sobre sí, ven-

---

[68] *varas*, medida de longitud antigua que equivalía a unos 85 centímetros del metro actual.

[69] *toca*, prenda de tela con que se cubrían la cabeza a modo de turbante.

garon a sus compañeros, no dejando de los de Hazán apenas cuatro con vida, y éstos muy malheridos.

Estábanlos mirando Ricardo y Mahamut, que de cuando en cuando sacaban la cabeza por el escotillón de la cámara de popa, por ver en qué paraba aquella grande herrería [70] que sonaba, y viendo cómo los turcos estaban casi todos muertos, y los vivos malheridos, y cuán fácilmente se podía dar cabo de todos, llamó a Mahamut y a dos sobrinos de Halima, que ella había hecho embarcar consigo, para que ayudasen a levantar [71] el bajel, y con ellos y con su padre, tomando alfanjes de los muertos, saltaron en crujía, y apellidando «libertad, libertad», y ayudados de las buenas bogas, cristianos griegos, con facilidad, y sin recibir herida, los degollaron a todos, y pasando sobre la galeota de Alí, que sin defensa estaba, la rindieron y ganaron, con cuanto en ella venía; de los que en el segundo encuentro murieron, fue de los primeros Alí bajá, que un turco, en venganza del cadí, le mató a cuchilladas.

Diéronse luego todos, por consejo de Ricardo, a pasar cuantas cosas había de precio en su bajel y en el de Hazán a la galeota de Alí, que era bajel mayor y acomodado para cualquier cargo o viaje, y ser los remeros cristianos, los cuales, contentos con la alcanzada libertad y con muchas cosas que Ricardo repartió entre todos, se ofrecieron de llevarle hasta Trapana, y aun hasta el cabo del mundo, si quisiese. Y con esto, Mahamut y Ricardo, llenos de gozo por el buen suceso, se fueron a la mora Halima y le dijeron que, si quería volverse a Chipre, que con las buenas bogas le armarían su mismo bajel y le darían la mitad de las riquezas que habían embarcado; mas ella, que en tanta calamidad aún no había perdido el cariño y amor que a Ricardo tenía, dijo que quería irse con ellos a tierra de cristianos, de lo cual sus padres se holgaron en extremo.

El cadí volvió en su acuerdo, y le curaron como la ocasión les dio lugar, a quien también dijeron que escogiese

---

[70]   *herrería,* ruido, confusión, desorden.
[71]   *levantar,* apoderarse de.

una de dos: o que se dejase llevar a tierra de cristianos, o volverse en su mismo bajel a Nicosia.

Él respondió que, ya que la fortuna le había traído a tales términos, les agradecía la libertad que le daban, y que quería ir a Constantinopla a quejarse al Gran Señor del agravio que de Hazán y de Alí había recebido. Mas cuando supo que Halima le dejaba y se quería volver cristiana, estuvo en poco de perder el juicio. En resolución, le armaron su mismo bajel y le proveyeron de todas las cosas necesarias para su viaje, y aun le dieron algunos cequíes [72] de los que habían sido suyos, y despidiéndose de todos, con determinación de volverse a Nicosia, pidió, antes que se hiciese a la vela, que Leonisa le abrazase, que aquella merced y favor sería bastante para poner en olvido toda su desventura.

Todos suplicaron a Leonisa diese aquel favor a quien tanto la quería, pues en ello no iría contra el decoro de su honestidad. Hizo Leonisa lo que le rogaron, y el cadí le pidió le pusiese las manos sobre la cabeza, porque él llevase esperanzas de sanar de su herida; en todo le contentó Leonisa. Hecho esto, y habiendo dado un barreno al bajel de Hazán, favoreciéndoles un levante fresco, que parecía que llamaba las velas para entregarse en ellas, se las dieron, y en breves horas perdieron de vista al bajel del cadí, el cual, con lágrimas en los ojos, estaba mirando cómo se llevaban los vientos su hacienda, su gusto, su mujer y su alma.

Con diferentes pensamientos de los del cadí navegaban Ricardo y Mahamut, y así, sin querer tocar en tierra en ninguna parte, pasaron a la vista de Alejandría [73] de golfo lanzado [74], y, sin amainar velas, y sin tener necesidad de aprovecharse de los remos, llegaron a la fuerte isla del

---

[72] *cequíes*, moneda de oro de los árabes españoles que equivalía a unas 10 pesetas de plata o unas 1.000 pesetas actuales.

[73] *Alejandría*, muchas fueron las poblaciones que tras el helenismo tenían este nombre. Ahora se refiere a una de las múltiples islas del mar Jónico al sur de Atenas, cerca de Paros y Naxos.

[74] *lanzado*, sin detenerse.

Corfú [75], donde hicieron agua, y luego, sin detenerse,
pasaron por los infamados riscos Acroceraunios [76], y desde
lejos el segundo día descubrieron a Paquino [77], promontorio
de la fertilísima Tinacria [78] a vista de la cual y de la
insigne isla de Malta volaron, que no con menos ligereza
navegaba el dichoso leño.

En resolución, bajando la isla, de allí a cuatro días descubrieron la Lampadosa [79], y luego la isla [80] donde se perdieron, con cuya vista se estremeció toda [81], viniéndole a la
memoria el peligro en que en ella se había visto. Otro día
vieron delante de sí la deseada y amada patria; renovóse la
alegría en sus corazones, alborotándose sus espíritus con el
nuevo contento, que es uno de los mayores que en esta vida
se pueden tener, llegar, después de luengo cautiverio salvo
y sano a su patria. Y al que a éste se le puede igualar, es el
que se recibe de la victoria alcanzada de los enemigos.

Habíase hallado en la galeota una caja llena de bande-
retas y flámulas de diversos colores de sedas, con las
cuales hizo Ricardo adornar la galeota. Poco después de
amanecer sería, cuando se hallaron a menos de una legua
de la ciudad, y bogando a cuarteles [82], y alzando de cuando
en cuando alegres voces y gritos, se iban llegando al
puerto, en el cual, en un instante, pareció infinita gente del
pueblo, que habiendo visto cómo aquel bien adornado bajel
tan de espacio se llegaba a tierra, no quedó gente en toda la
ciudad que dejase de salir a la marina.

En este entretanto había Ricardo pedido y suplicado a

---

[75]   *Corfú*, la isla más septentrional y occidental de Grecia junto a la
costa de Epiro.
[76]   *Acroceraunios*, montes del Epiro occidental donde se creía estaba la
residencia de Júpiter. Por eso se les llamó las cimas expuestas al rayo.
[77]   *Paquino*, Pachino. Promontorio de Sicilia.
[78]   *Tinacria*, Sicilia.
[79]   *Lampadosa*, Lampedusa. Población del sur de Sicilia.
[80]   *isla*, la isla Fabiana o Favignana, donde los turcos quisieron matar
a Ricardo.
[81]   *toda*, Leonisa.
[82]   *cuarteles*, recogidas y cubiertas todas las escotillas y escotillones de
defensa.

Leonisa que se adornase y vistiese de la misma manera que
cuando entró en la tienda de los bajaes; porque quería
hacer una graciosa burla a sus padres. Hízolo así, y añadiendo galas a galas, perlas a perlas, y belleza a belleza,
que suele acrecentarse con el contento, se vistió de modo,
que de nuevo causó admiración y maravilla. Vistióse asimismo Ricardo a la turquesca, y lo mismo hizo Mahamut, y
todos los cristianos del remo, que para todos hubo en los
vestidos de los turcos muertos; cuando llegaron al puerto
serían las ocho de la mañana, que tan serena y clara se
mostraba, que parecía que estaba atenta mirando aquella
alegre entrada. Antes de entrar en el puerto, hizo Ricardo
disparar las piezas de la galeota, que eran un cañón de
crujía y dos falconetes; respondió la ciudad con otras
tantas.

Estaba toda la gente confusa, esperando llegase el
bizarro bajel. Pero cuando vieron de cerca que era turquesco, porque se divisaban los blancos turbantes de los
que moros parecían, temerosos y con sospecha de algún
engaño, tomaron las armas y acudieron al puerto todos los
que en la ciudad son de milicia, y la gente de a caballo se
tendió por toda la marina, de todo lo cual recibieron gran
contento los que poco a poco se fueron llegando, hasta
entrar en el puerto, dando fondo junto a tierra; y arrojando
en ella la plancha, soltando a una los remos, todos, uno a
uno, como en procesión, salieron a tierra, la cual con
lágrimas de alegría besaron una y muchas veces, señal
clara que dio a entender ser cristianos, que con aquel bajel
se habían alzado. A la postre de todos salieron el padre y
madre de Halima, y sus dos sobrinos, todos, como está
dicho, vestidos a la turquesca; hizo fin y remate la hermosa
Leonisa, cubierto el rostro con un tafetán carmesí. Traíanla
en medio Ricardo y Mahamut, cuyo espectáculo llevó tras
sí los ojos de toda aquella infinita multitud que los miraba.

En llegando a tierra, hicieron como los demás, besándola
postrados por el suelo. En esto llegó a ellos el capitán y
gobernador de la ciudad, que bien conoció que eran los
principales de todos; mas apenas hubo llegado, cuando

conoció a Ricardo, y corrió con los brazos abiertos, y con
señales de grandísimo contento a abrazarle. Llegaron con
el gobernador Cornelio y su padre, y los de Leonisa con
todos sus parientes, y los de Ricardo, que todos eran los
más principales de la ciudad. Abrazó Ricardo al gobernador, y respondió a todos los parabienes que le daban.

Trabó de la mano a Cornelio, el cual, como le conoció y
se vio asido dél, perdió la color del rostro, y casi comenzó a
temblar de miedo, y, teniendo asimismo de la mano a Leonisa, dijo:

—Por cortesía os ruego, señores, que antes que entremos
en la ciudad y en el templo a dar las debidas gracias a
Nuestro Señor de las grandes mercedes que en nuestra desgracia nos ha hecho, me escuchéis ciertas razones que
deciros quiero.

A lo cual el gobernador respondió que dijese lo que quisiese, que todos le escucharían con gusto y con silencio.
Rodeáronle luego todos los más de los principales, y él,
alzando un poco la voz, dijo desta manera:

—Bien se os debe acordar, señores, de la desgracia que
algunos meses ha en el jardín de las Salinas me sucedió,
con la pérdida de Leonisa. También no se os habrá caído de
la memoria la diligencia que yo puse en procurar su
libertad, pues, olvidándome del mío, ofrecí por su rescate
toda mi hacienda, aunque ésta, que al parecer fue liberá-
lidad, no puede ni debe redundar en mi alabanza, pues la
daba por el rescate de mi alma. Lo que después acá a los
dos ha sucedido, requiere para más tiempo otra sazón y
coyuntura, y otra lengua no tan turbada como la mía;
baste deciros por ahora, que después de varios y extraños
acaescimientos, y después de mil perdidas esperanzas de
alcanzar remedio de nuestras desdichas, el piadoso cielo,
sin ningún merecimiento nuestro, nos ha vuelto a la
deseada patria, cuanto llenos de contento, colmados de
riquezas; y no nace dellas, ni de la libertad alcanzada el sin
igual gusto que tengo, sino del que imagino que tiene ésta,
en paz y en guerra dulce enemiga mía, así por verse libre,
como por ver, como ve, el retrato de su alma; todavía me

alegro de la general alegría que tienen los que me han sido compañeros en la miseria. Y aunque las desventuras y tristes acontecimientos suelen mudar las condiciones y aniquilar los ánimos valerosos, no ha sido así con el verdugo de mis buenas esperanzas, porque con más valor y entereza que buenamente decirse puede, ha pasado el naufragio de sus desdichas, y los encuentros de mis ardientes cuanto honestas importunidades, en lo cual se verifica que mudan el cielo, y no las costumbres, los que en ellas tal vez hicieron asiento. De todo esto que he dicho, quiero inferir que yo le ofrecí mi hacienda en rescate, y le di mi alma en mis deseos; di traza en su libertad, y aventuré por ella, más que por la mía, la vida, y todos estos que en otro sujeto más agradecido pudieran ser cargos de algún momento, no quiero yo que lo sean; sólo quiero lo sea éste en que te pongo ahora.

Y diciendo esto, alzó la mano, y con honesto comedimiento quitó el antifaz del rostro de Leonisa, que fue como quitarse la nube que tal vez cubre la hermosa claridad del sol, y prosiguió diciendo:

—Ves aquí, ¡oh Cornelio!, te entrego la prenda que tú debes de estimar sobre todas las cosas que son dignas de estimarse; y ves aquí, tú, ¡hermosa Leonisa!, te doy al que tú siempre has tenido en la memoria; ésta sí quiero que se tenga por liberalidad, en cuya comparación dar la hacienda, la vida y la honra no es nada. Recíbela, ¡oh venturoso mancebo!, recíbela, y si llega tu conocimiento a tanto, que llegue a conocer valor tan grande, estímate por el más venturoso de la tierra. Con ella te daré asimismo todo cuanto me tocare de parte en lo que a todos el cielo nos ha dado, que bien creo que pasará de treinta mil escudos. De todo puedes gozar a tu sabor con libertad, quietud y descanso; y plega al cielo, que sea por luengos y felices años. Yo sin ventura, pues quedo sin Leonisa, gusto de quedar pobre, que a quien Leonisa le falta, la vida sobra.

Y en diciendo esto, calló como si al paladar se hubiera pegado la lengua, pero desde allí a un poco, antes que ninguno hablase, dijo:

—¡Válame Dios, y cómo los apretados trabajos turban los entendimientos! Yo, señores, con el deseo que tengo de hacer bien, no he mirado lo que he dicho, porque no es posible que nadie pueda demostrarse liberal de lo ajeno. ¿Qué jurisdicción tengo yo en Leonisa para darla a otro?, o, ¿cómo puedo ofrecer lo que está tan lejos de ser mío? Leonisa es suya, y tan suya, que a faltarle sus padres, que felices años vivan, ningún opósito tuviera a su voluntad, y si se pudieran poner las obligaciones, que, como discreta debe de pensar que me tiene, desde aquí las borro, las cancelo y doy por ningunas, y así de lo dicho me desdigo, y no doy a Cornelio nada, pues no puedo; sólo confirmo la manda de mi hacienda hecha a Leonisa, sin querer otra recompensa, sino que tenga por verdaderos mis honestos pensamientos, y que crea dellos que nunca se encaminaron ni miraron a otro punto que el que pide su incomparable honestidad, su grande valor e infinita hermosura.

Calló Ricardo en diciendo esto, a lo cual Leonisa respondió en esta manera:

—Si algún favor, ¡oh Ricardo!, imaginas que yo hice a Cornelio en el tiempo que tú andabas de mí enamorado y celoso, imagina que fue tan honesto, como guiado por la voluntad y orden de mis padres, que, atentos a que le moviesen a ser mi esposo, permitían que se los diese. Si quedas desto satisfecho, bien lo estarás de lo que de mí te ha mostrado la experiencia cerca de mi honestidad y recato. Esto digo, por darte a entender, Ricardo, que siempre fui mía, sin estar sujeta a otro que a mis padres, a quien ahora humildemente, como es razón, suplico me den licencia y libertad para disponer la que tu mucha valentía y liberalidad me ha dado.

Sus padres dijeron que se la daban, porque fiaban de su discreción que usaría della de modo que siempre redundase en su honra y en su provecho.

—Pues con esa licencia —prosiguió la discreta Leonisa—, quiero que no se me haga de mal mostrarme desenvuelta, a trueque de no mostrarme desagradecida; y así, ¡oh valiente Ricardo!, mi voluntad, hasta aquí recatada, perpleja y dudosa, se declara en favor tuyo; porque sepan los hombres que no todas las mujeres son ingratas, mostrándome yo siquiera agradecida; tuya soy, Ricardo, y tuya seré hasta la muerte, si ya otro mejor conocimiento no te mueve a negar la mano que de mi esposo te pido.

Quedó como fuera de sí a estas razones Ricardo, y no supo ni pudo responder con otras a Leonisa que con hincarse de rodillas ante ella y besarle las manos, que le tomó por fuerza muchas veces, bañándoselas en tiernas y amorosas lágrimas. Derramólas Cornelio de pesar, y de alegría los padres de Leonisa, y de admiración y de contento todos los circunstantes. Hallóse presente el obispo o arzobispo de la ciudad, y con su bendición y licencia los llevó a templo y, dispensando en el tiempo [83], los desposó en el mismo punto. Derramóse la alegría por toda la ciudad, de la cual dieron muestra aquella noche infinitas luminarias, y otros muchos días la dieron muchos juegos y regocijos, que hicieron los parientes de Ricardo y Leonisa. Reconciliáronse con la Iglesia Mahamut y Halima, la cual, imposibilitada de cumplir el deseo de verse esposa de Ricardo, se contentó con serlo de Mahamut. A sus padres y a los sobrinos de Halima dio la liberalidad de Ricardo, de las partes que le cupieron del despojo, suficientemente con que viviesen. Todos, en fin, quedaron contentos, libres y satisfechos; y la fama de Ricardo, saliendo de los términos de Sicilia, se extendió por todos los de Italia y de otras muchas partes, debajo del nombre del *Amante liberal*, y aún hasta hoy dura en los muchos hijos que tuvo en Leonisa, que fue ejemplo raro de discreción, honestidad, recato, y hermosura.

---

[83]   *el tiempo*, de las amonestaciones canónicas.

RINCONETE Y CORTADILLO

En la venta del Molinillo, que está puesta en los fines de los famosos campos de Alcudia, como vamos de Castilla a la Andalucía, un día de los calurosos del verano se hallaron en ella acaso dos muchachos de hasta edad de catorce a quince años; el uno ni el otro no pasaban de diecisiete; ambos de buena gracia, pero muy descosidos, rotos y maltratados. Capa, no la tenían; los calzones eran de lienzo, y las medias de carne; bien es verdad que lo enmendaban los zapatos, porque los del uno eran alpargates, tan traídos como llevados, y los del otro, picados y sin suelas, de manera que más le servían de cormas [1] que de zapatos. Traía el uno montera verde de cazador; el otro, un sombrero sin toquilla [2], bajo de copa y ancho de falda [3]. A la espalda, y ceñida por los pechos, traía el uno una camisa de color de camuza [4], encerada, y recogida toda en una manga; el otro venía escueto y sin alforjas, puesto que en el seno se le parecía un gran bulto, que, a lo que después pareció, era un cuello de los que llaman valones [5], almido-

---

[1] *cormas*, cepos que se ponen en los pies de los reos o de los animales.

[2] *toquilla*, adorno de la copa del sombrero junto al ala.

[3] *falda*, el ala del sombrero se llamó «falda» cuando se llevaba caída. «Ala», cuando iba vuelta hacia arriba.

[4] *camuza*, gamuza.

[5] *valones*, cuellos de camisa muy amplios que caían sobre los hombros.

nado con grasa, y tan deshilado de roto, que todo parecía hilachas. Venían en él envueltos y guardados unos naipes de figura ovada, porque de ejercitarlos se les habían gastado las puntas, y porque durasen más, se las cercenaron y los dejaron de aquel talle. Estaban los dos quemados del sol, las unas caireladas [6], y las manos no muy limpias; el uno tenía una media espada, y el otro, un cuchillo de cachas amarillas, que los suelen llamar vaqueros [7].

Saliéronse los dos a sestear en un portal o cobertizo que delante de la venta se hace, y sentándose frontero el uno del otro, el que parecía de más edad dijo al más pequeño:

—¿De qué tierra es vuesa merced, señor gentilhombre, y para adónde bueno camina?

—Mi tierra, señor caballero —respondió el preguntado—, no la sé, ni para dónde camino tampoco.

—Pues en verdad —dijo el mayor— que no parece vuesa merced del cielo, y que éste no es lugar para hacer su asiento en él; que por fuerza se ha de pasar adelante.

—Así es —respondió el mediano—; pero yo he dicho verdad en lo que he dicho; porque mi tierra no es mía, pues no tengo en ella más de un padre que no me tiene por hijo y una madrastra que me trata como alnado [8]; el camino que llevo es a la ventura, y allí le daría fin donde hallase quien me diese lo necesario para pasar esta miserable vida.

—¿Y sabe vuesa merced algún oficio? —preguntó el grande.

Y el menor respondió:

—No sé otro sino que corro como una liebre, y salto como un gamo, y corto de tijera muy delicadamente.

—Todo eso es muy bueno, útil y provechoso —dijo el grande—, porque habrá sacristán que le dé a vuesa merced la ofrenda de Todos los Santos por que para Jueves Santo le corte florones de papel para el monumento.

—No es mi corte desa manera —respondió el menor—,

---

[6] *caireladas*, largas y negras.
[7] *vaqueros*, con ellos se mataba a las vacas.
[8] *alnado*, hijastro.

sino que mi padre, por la misericordia del cielo, es sastre y calcetero, y me enseñó a cortar antiparas, que, como vuesa merced bien sabe, son medias calzas con avampiés, que por su propio nombre se suelen llamar polainas, y córtolas tan bien, que en verdad que me podría examinar de maestro, sino que la corta suerte me tiene arrinconado.

—Todo eso y más acontece por los buenos —respondió el grande—, y siempre he oído decir que las buenas habilidades son las más perdidas; pero aún edad tiene vuesa merced para enmendar su ventura. Mas si yo no me engaño y el ojo no me miente, otras gracias tiene vuesa merced secretas, y no las quiere manifestar.

—Sí tengo —respondió el pequeño—; pero no son para en público, como vuesa merced ha muy bien apuntado.

A lo cual replicó el grande:

—Pues yo le sé decir que soy uno de los más secretos mozos que en gran parte se puedan hallar; y para obligar a vuesa merced que descubra su pecho y descanse conmigo, le quiero obligar con descubrirle el mío primero; porque imagino no sin misterio nos ha juntado aquí la suerte, y pienso que habemos de ser, déste hasta el último día de nuestra vida, verdaderos amigos. Yo, señor hidalgo, soy natural de la Fuenfrida, lugar conocido y famoso por los ilustres pasajeros que por él de continuo pasan; mi nombre es Pedro del Rincón; mi padre es persona de calidad, porque es ministro de la Santa Cruzada: quiero decir que es bulero, o buldero [9], como los llama el vulgo. Algunos días le acompañé en el oficio, y le aprendí de manera que no daría ventaja en echar las bulas al que más presumiese en ello; pero habiéndome un día aficionado más al dinero de las bulas que a las mismas bulas, me abracé con un talego, y di conmigo y con él en Madrid, donde, con las comodidades que allí de ordinario se ofrecen, en pocos días saqué las entrañas al talego, y le dejé con más dobleces que pañizuelo de desposado. Vino el que tenía a cargo el dinero tras

---

9 *buldero,* eclesiástico que publicaba y pregonaba las Bulas de la Santa Cruzada.

mí; prendiéronme; tuve poco favor; aunque, viendo aquellos señores mi poca edad, se contentaron con que me arrimasen al aldabilla [10] y me mosqueasen las espaldas por un rato, y con que saliese desterrado por cuatro años de la corte. Tuve paciencia, encogí los hombros, sufrí la tanda y mosqueo, y salí a cumplir mi destierro, con tanta priesa, que no tuve lugar de buscar cabalgaduras. Tomé de mis alhajas las que pude y las que me parecieron más necesarias, y entre ellas saqué estos naipes —y a este tiempo descubrió los que se han dicho, que en el cuello traía—, con los cuales he ganado mi vida por los mesones y ventas que hay desde Madrid aquí, jugando a la veintiuna [11]; y aunque vuesa merced los vee tan astrosos y maltratados, usan de una maravillosa virtud con quien los entiende, que no alzará que no puede un as debajo; y si vuesa merced es versado en este juego, será cuánta ventaja lleva el que sabe que tiene cierto un as a la primera carta, que le puede servir de un punto y de once; que con esta ventaja, siendo las veintiuna, envidada, el dinero se queda en casa. Fuera desto, aprendí de un cocinero de un cierto embajador ciertas tretas de quínolas [12], y del parar, a quien también llaman el andaboba [13], que así vuesa merced se puede examinar en el corte de sus antiparas, así puedo yo ser maestro en la ciencia villanesca [14]. Con esto voy seguro de no morir de hambre; porque aunque llegue a un cortijo, hay quien quiera pasar tiempo jugando un rato; y desto hemos de hacer luego la experiencia los dos: armemos la red y veamos si cae algún pájaro destos harrieros que aquí

---

[10]   *aldabilla,* anilla clavada en el muro para dejar sujetas las caballerías.

[11]   *veintiuna,* juego de naipes o dados en el que hay que hacer 21 puntos o aproximarse.

[12]   *quínolas,* juego en el que hay que reunir los cuatro palos en cuatro cartas.

[13]   *andaboba,* juego de apuestas o «parar» en el que gana el que empareja su carta con la que sale de la baraja. También participa un banquero.

[14]   *vilhanesca,* de Vilham o Bilhan, considerado entonces inventor de los naipes.

hay: quiero decir que jugaremos los dos a la veintiuna como si fuese de veras: que si alguno quisiere ser tercero, él será el primero que deje la pecunia.

—Sea en buena hora —dijo el otro—, y en merced muy grande tengo la que vuesa merced me ha hecho en darme cuenta de su vida, con que me ha obligado a que yo no le encubra la mía, que, diciéndola más breve, es ésta: Yo nací en un piadoso lugar puesto entre Salamanca y Medina del Campo: mi padre es sastre; enseñóme su oficio, y de corte de tijera, con mi buen ingenio, salté a cortar bolsas. Enfadóme la vida estrecha del aldea y del desamorado trato de mi madrastra; dejé mi pueblo, vine a Toledo a ejercitar mi oficio, y en él he hecho maravillas; porque no pende relicario de toca, ni hay faldriquera tan escondida que mis dedos no visiten ni mis tiseras no corten, aunque le estén guardando con los ojos de Argos. Y en cuatro meses que estuve en aquella ciudad, nunca fui cogido entre puertas, ni sobresaltado, ni corrido de corchetes, ni soplado de ningún cañuto [15], bien es verdad que habrá ocho días que una espía doble dio noticia de mi habilidad al Corregidor, el cual, aficionado a mis buenas partes, quisiera verme; mas yo, que, por ser humilde, no quiero tratar con personas tan graves, procuré de no verme con él, y así, salí de la ciudad con tanta priesa, que no tuve lugar de acomodarme de cabalgaduras ni blancas [16], ni de algún coche de retorno, o, por lo menos, de un carro.

—Eso se borre —dijo Rincón—; y pues ya nos conocemos, no hay para qué aquesas grandezas ni altiveces: confesemos llanamente que no teníamos blanca, ni aun zapatos.

—Sea así —respondió Diego Cortado, que así dijo el menor que se llamaba—; y pues nuestra amistad como vuesa merced, señor Rincón, ha dicho, ha de ser perpetua, comencémosla con santas y loables ceremonias.

Y levantándose Diego Cortado, abrazó a Rincón, y

---

[15]   *cañuto*, denunciado por ningún soplón.

[16]   *blancas*, monedas de cobre y plata o de cobre solo que venía a valer medio maravedí.

Rincón a él, tierna y estrechamente, y luego se pusieron los dos a jugar a las veintiuna con los ya referidos naipes, limpios de polvo y de paja, mas no de grasa y malicia, y a pocas manos, alzaba tan bien por el as Cortado, como Rincón su maestro.

Salió en esto un harriero a refrescarse al portal, y pidió que quería hacer tercio. Acogiéronle de buena gana, y en menos de media hora le ganaron doce reales y veinte y dos maravedís [17], que fue darle doce lanzadas y veinte y dos mil pesadumbres. Y creyendo el harriero que por ser muchachos no se le defenderían, quiso quitalles el dinero; mas ellos, poniendo el uno mano a su media espada, y el otro al de las cachas amarillas, le dieron tanto que hacer, que a no salir sus compañeros, sin duda lo pasara mal.

A esta sazón pasaron acaso por el camino una tropa de caminantes a caballo, que iban a sestear a la venta del Alcalde, que está media legua más adelante; los cuales, viendo la pendencia del harriero con los dos muchachos, los apaciguaron, y les dijeron que si acaso iban a Sevilla, que se viniesen con ellos.

—Allá vamos —dijo Rincón—, y serviremos a vuesas mercedes en todo cuanto nos mandaren.

Y sin más detenerse, saltaron delante de las mulas y se fueron con ellos, deando al harriero agraviado y enojado y a la ventera admirada de la buena crianza de los pícaros: que les había estado oyendo su plática sin que ellos advirtiesen en ello; y cuando dijo al harriero que les había oído decir que los naipes que traía eran falsos, se pelaba las barbas, y quisiera ir a la venta tras ellos a cobrar su hacienda, porque decía que era grandísima afrenta y caso de menos valer que dos muchachos hubiesen engañado a un hombrazo tan grande como él. Sus compañeros le detuvieron y aconsejaron que no fuese, siquiera por no publicar su inhabilitación y simpleza. En fin, tales razones le

---

[17] *maravedí*, fracción del real, la séptima parte, y el doble de la blanca.

dijeron, que aunque no le consolaron, le obligaron a quedarse.

En esto, Cortado y Rincón se dieron tan buena maña en servir a los caminantes, que lo más del camino los llevaban a las ancas; y aunque se les ofrecían algunas ocasiones de tentar las valijas de sus medios amos, no las admitieron, por no perder la ocasión tan buena del viaje de Sevilla, donde ellos tenían grande deseo de verse. Con todo esto, a la entrada de la ciudad, que fue a la oración, y por la puerta de la Aduana, a causa del registro y almojarifazgo [18] que se paga, no se pudo contener Cortado de no cortar la valija o maleta que a las ancas traía un francés de la camarada; y así, con el de sus cachas le dio tan larga y profunda herida, que se parecían patentemente las entrañas, y sutilmente le sacó dos camisas buenas, un reloj de sol y un librillo de memorias, cosas que cuando las vieron no les dieron mucho gusto, y pensaron que pues el francés llevaba a las ancas aquella maleta, no la había de haber ocupado con tan poco peso como era el que tenían aquellas preseas, y quisieran volver a darle otro tiempo; pero no lo hicieron, imaginando que ya lo habrían echado menos, y puesto en recaudo lo que quedaba.

Habíanse despedido antes que el salto hiciesen de los que hasta allí los habían sustentado, y otro día vendieron las camisas en el malbaratillo que se hace fuera de la puerta del Arenal, y dellas hicieron veinte reales. Hecho esto, se fueron a ver la ciudad, y admiróles la grandeza y suntuosidad de su mayor iglesia, el gran concurso de gente del río, porque era en tiempo de cargazón de flota y había en él seis galeras, cuya vista les hizo suspirar, y aun temer el día que sus culpas los habían de traer a morar en ellas de por vida. Echaron de ver los muchos muchachos de la esportilla que por allí andaban; informáronse de uno dellos qué oficio era aquél, y si era de mucho trabajo, y de qué ganancia. Un muchacho asturiano, que fue a quien le hicieron la pregunta, respondió que el oficio era descan-

---

[18] *almojarifazgo*, impuesto sobre el tránsito de mercancías.

sado y de que no se pagaba alcabala [19], y que algunos días
salía con cinco o seis reales de ganancia, con que comía y
bebía, y triunfaba como cuerpo de rey, libre de buscar amo
a quien dar fianzas y seguro de comer a la hora que quisiese, pues a todas lo hallaba en el más mínimo bodegón de
toda la ciudad.

No les pareció mal a los dos amigos la relación del astu-
rianillo, ni les descontentó el oficio, por parecerles que
venía como de molde para poder usar el suyo con cubierta
y seguridad, por la comodidad que ofrecía de entrar en
todas las casas; y luego determinaron de comprar los instrumentos necesarios para usalle, pues lo podían usar sin
examen. Y preguntándole al asturiano qué había de comprar, les respondió que sendos costales pequeños, limpios o
nuevos, y cada uno tres espuertas de palma, dos grandes
y una pequeña, en las cuales se repartía la carne, pescado
y fruta, y en el costal, el pan; y él les guió donde lo ven-
dían, y ellos, del dinero de la galima [20] del francés, lo compraron todo, y dentro de dos horas pudieron estar gra-
duados en el nuevo oficio, según les ensayaban las esporti-
llas y asentaban los costales. Avisóles su adalid de los
puestos donde habían de acudir; por las mañanas, a la Carnicería y a la plaza de San Salvador; los días de pescado, a
la Pescadería y a la Costanilla; todas las tardes, al río; los
jueves, a la Feria.

Toda esa lición tomaron bien de memoria, y otro día
bien de mañana se plantaron en la plaza de San Salvador,
y apenas hubieron llegado, cuando los rodearon otros
mozos del oficio, que por lo flamante de los costales y
espuertas vieron ser nuevos en la plaza; hiciéronles mil
preguntas, y a todas respondían con discreción y mesura.
En esto llegaron un medio estudiante y un soldado, y convidados de la limpieza de las espuertas de los dos novatos, el que
parecía estudiante llamó a Cortado, y el soldado, a Rincón.

---

[19] *alcabala*, impuesto que se pagaba por las transacciones comer-
ciales.

[20] *galima*, hurto frecuente y de pequeñas cantidades.

—En nombre sea de Dios —dijeron ambos.

—Para bien se comience el oficio —dijo Rincón—; que vuesa merced me estrena, señor mío.

A lo cual respondió el soldado:

—La estrena no será mala; porque estoy de ganancia, y soy enamorado, y tengo que hacer hoy banquete a unas amigas de mi señora.

—Pues cargue vuesa merced a su gusto; que ánimo tengo y fuerzas para llevarme toda esta plaza, y aun si fuese menester que ayude a guisarlo, lo haré de muy buena voluntad.

Contentóse el soldado de la buena gracia del mozo, y díjole que si quería servir, que él le sacaría de aquel abatido oficio; a lo cual respondió Rincón que, por ser aquel día el primero que le usaba, no le quería dejar tan presto, hasta ver, a lo menos, lo que tenía de malo y bueno; y cuando no le contentase, él daba su palabra de servirle a él antes que a un canónigo.

Rióse el soldado, cargóle muy bien, mostróle la casa de su dama para que la supiese de allí adelante y él no tuviese necesidad, cuando otra vez le enviase, de acompañarle. Rincón prometió fidelidad y buen trato; diole el soldado tres cuartos, y en un vuelo volvió a la plaza, por no perder coyuntura; porque también desta diligencia le advirtió el asturiano, y de que cuando llevasen pescado menudo, conviene, a saber, albures [21], o sardinas, o cedías [22], bien podrían tomar algunas y hacerles la salva [23], siquiera para el gasto de aquel día; pero que esto había de ser con toda sagacidad y advertimiento, por que no se perdiese el crédito, que era lo que más importaba en aquel ejercicio.

Por presto que volvió Rincón, ya halló en el mismo puesto a Cortado. Llegóse Cortado a Rincón, y preguntóle que cómo le había ido. Rincón abrió la mano y mostróle los

---

[21]   *albures,* pez de río, de carne blanca y sabrosa.
[22]   *cedías,* «acedías», pez de la desembocadura de los ríos del norte de España. Semejante al lenguado.
[23]   *hacerles la salva,* probarlas.

tres cuartos [24]. Cortado entró la suya en el seno y sacó una bolsilla, que mostraba haber sido de ámbar en los pasados tiempos; venía algo hinchada y dijo:

—Con ésta me pagó su reverencia del estudiante, y con dos cuartos; mas tomadla vos, Rincón, por lo que puede suceder.

Y habiéndosela ya dado secretamente, veis aquí do vuelve el estudiante trasudado y turbado de muerte, y viendo a Cortado, le dijo si acaso había visto una bolsa de tales y tales señas, que, con quince escudos de oro y en oro y con tres reales de a dos y tantos maravedís en cuartos y en ochavos, le faltaba, y que le dijese si la había tomado en el entretanto que con él había andado comprando. A lo cual, con extraño disimulo, sin alterarse ni mudarse en nada, respondió Cortado:

—Lo que yo sabré decir desa bolsa es que no debe de estar perdida, si ya no es que vuesa merced la puso a mal recaudo.

—¡Eso es ello, pecador de mí —respondió el estudiante—: que le debí de poner a mal recaudo, pues me la hurtaron!

—Lo mismo digo yo —dijo Cortado—; pero para todo hay remedio, si no es para la muerte, y el que vuesa merced podrá tomar es, lo primero y principal, tener paciencia; que de menos nos hizo Dios, y un día viene tras otro día, y donde las dan las toman, y podría ser que, con el tiempo, el que llevó la bolsa se viniese a arrepentir y se la volviese a vuesa merced sahumada [25].

—El sahumerio le perdonaríamos —respondió el estudiante.

Y Cortado prosiguió diciendo:

—Cuanto más, que cartas de descomunión hay, paulinas [26], y buena diligencia, que es madre de la buena ventura; aunque, a la verdad, no quisiera yo ser el llevador de

---

[24] *cuartos,* moneda de cobre, cuarta parte de onza, valor de cuatro maravedises. El ochavo es la 8.ª y vale 2.

[25] *sahumada,* perfumada como muestra de buena voluntad.

[26] *paulinas,* carta de excomunión que expiden los pontífices sobre cosas sagradas robadas con ánimo de que se devuelvan.

tal bolsa, porque si es que vuesa merced tiene alguna orden sacra, parecermehía a mí que había cometido algún grande incesto, o sacrilegio.

—¡Y cómo que ha cometido sacrilegio! —dijo a esto el adolorido estudiante—: que puesto que yo no soy sacerdote, sino sacristán de unas monjas, el dinero de la bolsa era del tercio de una capellanía, que me dio a cobrar un sacerdote amigo mío, y es dinero sagrado y bendito.

—Con su pan se lo coma —dijo Rincón a este punto—: no le arriendo la ganancia; día de juicio hay, donde todo saldrá en la colada, y entonces se verá quién fue Callejas [27], y el atrevido que se atrevió a tomar, hurtar y menoscabar el tercio de la capellanía. ¿Y cuánto renta cada año? Dígame, señor sacristán, por su vida.

—¡Renta la puta que me parió! ¿Y estoy yo agora para decir lo que renta? —respondió el sacristán con algún tanto de demasiada cólera—. Decidme, hermano, si sabéis algo; si no, quedad con Dios; que yo la quiero hacer pregonar.

—No me parece mal remedio ése —dijo Cortado—; pero advierta vuesa merced no se le olviden las señas de la bolsa, ni la cantidad puntualmente del dinero que va en ella; que si yerra en un ardite, no parecerá en días del mundo, y esto le doy por hado.

—No hay que temer deso —respondió el sacristán—, que lo tengo más en la memoria que el tocar de las campanas: no me erraré en un átomo.

Sacó, en esto, de la faldriquera un pañuelo randado [28], para limpiarse el sudor, que llovía de su rostro, como de alquitara [29], y apenas le hubo visto Cortado, cuando le marcó por suyo: y habiéndose ido el sacristán, Cortado le siguió y le alcanzó en las Gradas, donde le llamó y le retiró a una parte, y allí le comenzó a decir tantos disparates, al

---

[27] *callejas,* aunque significa valentón, aquí parece estar más cercano a «bribón» o el que logra huir de la justicia.
[28] *randado,* adornado de encaje.
[29] *alquitara,* aparato para destilar líquidos.

modo de lo que llaman bernardinas [30], cerca del hurto y hallazgo de su bolsa, dándole buenas esperanzas, sin concluir jamás razón que comenzase, que el pobre sacristán estaba embelesado escuchándole; y como no acababa de entender lo que le decía, hacía que le replicase la razón dos y tres veces. Estábale mirando Cortado a la cara atentamente y no quitaba los ojos de sus ojos; el sacristán le miraba de la misma manera, estando colgado de sus palabras. Este tan grande embelesamiento dio lugar a Cortado que concluyese su obra, y sutilmente le sacó el pañuelo de la faldriquera, y despidiéndose dél, le dijo que a la tarde procurase de verle en aquel mismo lugar, porque él traía entre ojos que un muchacho de su mismo oficio y de su mismo tamaño, que era algo ladroncillo, le había tomado la bolsa, y que él se obligaba a saberlo, dentro de pocos o de muchos días.

Con esto se consoló algo el sacristán, y se despidió de Cortado, el cual se vino donde estaba Rincón, que todo lo había visto un poco apartado dél; y más abajo estaba otro mozo de la esportilla que vio todo lo que había pasado y cómo Cortado daba el pañuelo a Rincón, y llegándose a ellos, les dijo:

—Díganme, señores galanes: ¿voacedes son de mala entrada, o no?

—No entendemos esa razón, señor galán —respondió Rincón.

—¿Qué no entrevan [31], señores murcios? [32] —respondió el otro.

—No somos de Teba ni de Murcia —dijo Cortado—; si otra cosa quiere, dígala; si no, váyase con Dios.

—¿No lo entienden? —dijo el mozo—. Pues yo se lo daré a entender, y a beber, con una cuchara de plata: quiero decir, señores, sin son vuesas mercedes ladrones. Mas no

---

[30] *bernardinas*, charlatanería con que se camela al auditorio y se camuflan los verdaderos objetivos.
[31] *entrevan*, voz de germanía. Entienden, comprenden.
[32] *murcios*, ladrones.

sé para qué les pregunto esto, pues sé ya lo que son. Mas díganme: ¿cómo no han ido a la aduana del señor Monipodio?

—¿Págase en esta tierra almojarifazgo de ladrones, señor galán? —dijo Rincón.

—Si no se paga —respondió el mozo—, a lo menos regístranse ante el señor Monipodio, que es su padre, su maestro y su amparo; y así, les aconsejo que vengan conmigo a darla la obediencia, o si no, no se atrevan a hurtar sin su señal, que les costará caro.

—Yo pensé —dijo Cortado— que el hurtar era oficio libre, horro de pecho [33] y alcabala, y que si se paga, es por junto, dando por fiadores a la garganta y a las espaldas; pero pues así es, y en cada tierra hay su uso, guardemos nosotros désta, que por ser la más principal del mundo será el más acertado de todo él; y así, puede vuesa merced guiarnos donde está este caballero que dice, que ya yo tengo barruntos, según lo que he oído decir, que es muy calificado y generoso y además hábil en el oficio.

—¡Y cómo que es calificado, hábil y suficiente! —respondió el mozo—. Eslo tanto, que en cuatro años que ha que tiene el cargo de ser nuestro mayor y padre, no han padecido sino cuatro en el *finibusterrae* [34], y obra de treinta envesados [35], y de sesenta y dos en guarapas [36].

—Es verdad, señor —dijo Rincón—, que así entendemos esos nombres como volar.

—Comencemos a andar, que yo los iré declarando por el camino —respondió el mozo—, con otros algunos, que así les conviene saberlos como el pan a la boca.

Y así, les fue diciendo y declarando otros nombres de los que ellos llaman *germanescos* o de la *germanía*, en el discurso de su plática, que no fue corta, porque el camino era largo. En el cual dijo Rincón a su guía:

---

[33]   *horro de pecho*, exento de tributo.
[34]   *finibusterrae*, horca.
[35]   *envesados*, azotados.
[36]   *gurapas*, galeras.

—¿Es vuesa merced, por ventura, ladrón?

—Sí —respondió él—, para servir a Dios y a las buenas gentes, aunque no de los muy cursados; que todavía estoy en el año del noviciado.

A lo cual respondió Cortado:

—Cosa nueva es para mí que haya ladrones en el mundo para servir a Dios y a la buena gente.

A lo cual respondió el mozo:

—Señor, yo no me meto en tologías; lo que sé es que cada uno en su oficio puede alabar a Dios, y más con la orden que tiene cada Monipodio a todos sus ahijados.

—Sin duda —dijo Rincón—, debe ser de buena y santa, pues hace que los ladrones sirvan a Dios.

—Es tan santa y buena —replicó el mozo—, que no sé yo si podrá mejorar en nuestro arte. Él tiene ordenado que de lo que hurtáremos demos alguna cosa o limosna para el aceite de la lámpara de una imagen muy devota que está en esta ciudad, y en verdad que hemos visto grandes cosas por esta buena obra; porque los días pasados dieron tres ansias [37] a un cuatrero que había murciado dos roznos, y con estar flaco y cuartanario [38], así lo sufrió sin cantar como si fueran nada; y esto atribuimos los del arte a su buena devoción, porque sus fuerzas no eran bastante para sufrir el primer desconcierto del verdugo. Y porque sé que me han de preguntar algunos vocablos de los que he dicho, quiero curarme en salud y decírselo antes que me lo pregunten. Sepan voacedes que *cuatrero* es ladrón de bestias; *ansia* es el tormento; *roznos*, los asnos, hablando con perdón; *primer desconcierto* es las primeras vueltas de cordel que da el verdugo. Tenemos más: que rezamos nuestro rosario, repartido en todas las semanas, y muchos de nosotros no hurtamos el día del viernes, ni tenemos conversación con mujer que se llame María el día del sábado.

---

[37] *ansia*, por el efecto del tormento de toca, y *clariosa*, por la transparencia del agua.

[38] *cuartanario*, que padecía cuartanas o fiebres, casi siempre de origen palúdico.

—De perlas me parece todo eso —dijo Cortado—; pero dígale vuesa merced: ¿hácese otra restitución a otra penitencia más de la dicha?

—En eso de restituir no hay que hablar —respondió el mozo—, porque es cosa imposible, por las muchas partes en que se divide lo hurtado, llevando cada uno de los ministros y contrayentes la suya; y así, el primer hurtador no puede restituir nada; cuanto más que no hay quien nos mande hacer esta diligencia, a causa que nunca nos confesamos, y si sacan cartas de excomunión, jamás llegan a nuestra noticia, porque jamás vamos a la iglesia al tiempo que se leen, si no es los días de jubileo, por la ganancia que nos ofrece el concurso de mucha gente.

—¿Y con sólo eso que hacen, dicen esos señores —dijo Cortadillo— que su vida es santa y buena?

—Pues ¿qué tiene de malo? —replicó el mozo—. ¿No es peor ser hereje, o regenado, o matar a su padre y madre, o ser solomico?

—*Sodomita* querrá decir vuesa merced —respondió Rincón. —Eso digo —dijo el mozo.

—Todo es malo —replicó Cortado—. Pero pues nuestra suerte ha querido que entremos en esta cofradía, vuesa merced alargue el paso; que muero por verme con el señor Monipodio, de quien tantas virtudes se cuentan.

—Presto se les cumplirá su deseo —dijo el mozo—, que ya desde aquí se descubre su casa. Vuesas mercedes se queden a la puerta, que yo entraré a ver si está desocupado, porque éstas son las horas cuando él suele dar audiencia.

—En buena sea —dijo Rincón.

Y adelantándose un poco el mozo, entró en una casa no muy buena, sino de muy mala apariencia, y los dos se quedaron esperando a la puerta. Él salió luego y los llamó, y ellos entraron, y su guía les mandó esperar en un pequeño patio ladrillado, que de puro limpio y aljimifrado [39] parecía que vertía carmín de lo más fino. A un lado estaba un

---

[39] *aljimifrado,* acicalado.

banco de tres pies, y al otro un cántaro desbocado, con un jarrillo encima, no menos falto que el cántaro; a otra parte estaba una estera de enea, y en el medio, un tiesto, que en Sevilla llaman *maceta,* de albahaca.

Miraban los mozos atentamente las alhajas de la casa en tanto que bajaba el señor Monipodio: y viendo que tardaba, se atrevió Rincón a entrar en una sala baja, de dos pequeñas que en el patio estaban, y vio en ella dos espadas de esgrima y dos broqueles de corcho, pendientes de cuatro clavos, y una arca grande, sin tapa ni cosa que la cubriese, y otras tres esteras de enea tendidas por el suelo. En la pared frontera estaba pegada a la pared una imagen de Nuestra Señora, destas de mala estampa, y más abajo pendía una esportilla de palma, y, encajada en la pared, una almofía blanca, por do coligió Rincón que la esportilla servía de cepo para limosna, y la almofía de tener agua bendita; y así era la verdad.

Estando en esto, entraron en la casa dos mozos de hasta veinte años cada uno, vestidos de estudiantes, y de allí a poco, dos de la esportilla y un ciego; y sin hablar palabra ninguno, se comenzaron a pasear por el patio. No tardó mucho, cuando entraron dos viejos de bayeta, con anteojos, que los hacía graves y dignos de ser respectados, con sendos rosarios de sonadoras cuentas en las manos. Tras ellos entró una vieja haduda [40], y, sin decir nada, se fue a la sala, y habiendo tomado agua bendita, con grandísima devoción se puso de rodillas ante la imagen, y a cabo de una buena pieza, habiendo besado primero tres veces el suelo, y levantado los brazos y los ojos al cielo otras tantas, se levantó y echó su limosna en la esportilla, y se salió con los demás al patio. En resolución, en poco espacio se juntaron en el patio hasta catorce personas de diferentes trajes y oficios. Llegaron también de los postreros dos bravos y bizarros mozos, de bigotes largos, sombreros de grande falda, cuellos a la valona medias de color, ligas de gran balumba, espadas de más de marca, sendos pistoletes

---

[40] *halduda,* falda muy ancha.

cada uno en lugar de dagas, y sus broqueles pendientes de
la pretina; los cuales, así como entraron, pusieron los ojos
de través en Rincón y Cortado, a modo de que los extra-
ñaban y no conocían. Y llegándose a ellos, les preguntaron
si eran de la cofradía. Rincón respondió que sí, y muy servidores de sus mercedes.

Llegóse en esto la sazón y punto en que bajó el señor
Monipodio, tan esperado como bien visto de toda aquella
virtuosa compañía. Parecía de edad de cuarenta y cinco a
cuarenta y seis años, alto de cuerpo, moreno de rostro,
cezijunto, barbinegro y muy espeso; los ojos, hundidos.
Venía en camisa, y por la abertura de delante descubría un
bosque: tanto era el vello que tenía en el pecho. Traía
cubierta una capa de bayeta casi hasta los pies, en los
cuales traía unos zapatos enchancletados; cubríanle las
piernas unos zaragüelles de lienzo anchos, y largos hasta
los tobillos; el sombrero era de los de la hampa, campa-
nudo de copa y tendido de faldas; atravesábale un tahalí [41]
por espalda y pecho, a do colgaba una espada ancha y
corta, a modo de las del perrillo [42]; las manos eran cortas,
pelosas, y los dedos gordos, y las uñas hembras y rema-
chadas: las piernas no se le parecían; pero los pies eran
descomunales, de anchos y juanetudos. En efeto, él representaba el más rústico y disforme bárbaro del mundo. Bajó
con él la guía de los dos, trabándoles de las manos, los presentó ante Monipodio, diciéndole:

—Estos son dos buenos mancebos que a vuesa merced
dije, mi sor Monipodio: vuesa merced los desamine, y verá
cómo son dignos de entrar en nuestra congregación.

—Esto haré yo de muy buena gana —respondió Monipodio.

Olvidábaseme de decir que así como Monipodio bajó, a
punto todos los que aguardándole estaban le hicieron una

---

[41] *tahalí,* tira de cuero que cruzaba por el hombro derecho y de la qu
pendía la espada.

[42] *perrillo,* famoso espadero morisco del que se extendió el nombre a
las espadas por él fabricadas.

profunda y larga reverencia, excepto los dos bravos, que a medio magate [43], como entre ello se dice, le quitaron [44] los capelos, y luego volvieron a su paseo por una parte del patio, y por la otra se paseaba Monipodio, el cual preguntó a los nuevos el ejercicio, la patria y padres.

A lo cual Rincón respondió:

—El ejercicio ya está dicho, pues venimos ante vuesa merced; la patria no me parece de mucha importancia decilla, ni los padres tampoco, pues no se ha de hacer información para recibir algún hábito honroso.

A lo cual respondió Monipodio:

—Vos, hijo mío, estáis en lo cierto, y es cosa muy acertada encubrir eso que decís; porque si la suerte no corriere como debe, no es bien que quede asentado debajo de signo de escribano, ni en el libro de las etradas: «Fulano, hijo de Fulano, vecino de tal parte, tal día le ahorcaron, o le azotaron», o otra cosa semejante, que, por lo menos, suena mal a los buenos oídos; y así, torno a decir que es provechoso documento callar la patria, encubrir los padres y mudar los propios nombres; aunque para entre nosotros no ha de haber nada encubierto, y sólo ahora quiero saber los nombres de los dos.

Rincón dijo el suyo, y Cortado también.

—Pues de aquí adelante —respondió Monipodio— quiero y es mi voluntad que vos, Rincón, os llaméis *Rinconete,* y vos, Cortado, *Cortadillo,* que son nombres que asientan como de molde a vuestra edad y a nuestra ordenanza, debajo de las cuales cae tener necesidad de saber el nombre de los padres de nuestros cofrades, porque tenemos de costumbre de hacer decir cada año ciertas misas por las ánimas de nuestros difuntos y bienhechores, sacando el estupendo [45] para la limosna de quien las dice de alguna parte de lo que se garbea; y estas tales misas, así dichas como pagadas, dicen que aprovechan a las tales

---

[43] *a medio magote,* con descuido, a medias.
[44] *le quitaron,* se le quitaron.
[45] *estupendo,* estipendio.

ánimas por vía de naufragio [46]; y caen debajo de nuestros bienhechores, el procurador que nos defiende, el guro [47] que nos avisa, el verdugo que nos tiene lástima, el que, cuando uno de nosotros va huyendo por la calle y detrás le van dando voces: «¡Al ladrón, al ladrón! ¡Deténganle, deténganle!», se pone en medio y se pone al raudal de los que le siguen, diciendo: «¡Déjenle al cuitado, que harta malaventura lleva! ¡Allá se lo haya; castíguele su pecado!» Son También bienhechoras nuestras las socorridas que de sudor nos socorren, ansí en la trena como en las guras [48]; y también lo son nuestros padres y madres, que nos echan al mundo, y el escribano, que si anda de buena, no hay delito que sea culpa ni culpa a quien se dé mucha pena; y por todos estos que he dicho hace nuestra hermandad cada año su adversario [49] con la mayor popa y soledad [50] que podemos.

—Por cierto —dijo Rinconete (ya confirmado con este nombre)— que es obra del altísimo y profundísimo ingenio que hemos oído decir que vuesa merced, señor Monipodio, tiene. Pero nuestros padres aún gozan de vida; si en ella les alcanzáremos, daremos luego noticia a esta felicísima y abogada confraternidad, para que por sus almas se les haga ese naufragio o tormenta, o ese adversario que vuesa merced dice, con la solenidad y pompa acostumbrada, si ya no es que se hace mejor con *popa y soledad*, como también apuntó vuesa merced en sus razones.

—Así se hará, o no quedará de mí pedazo —replicó Monipodio.

Y llamando a la guía, le dijo:

—Ven acá, Ganchuelo: ¿están puestas las postas?

—Sí —dijo la guía, que Ganchuelo era su nombre—: tres centinelas quedan avizorando, y no hay que temer que nos cojan de sobresalto.

[46] *naufragio*, sufragio.
[47] *guro*, alguacil.
[48] *guras*, por gurapas, galeras.
[49] *adversario*, aniversario.
[50] *soledad*, solemnidad.

—Volviendo, pues, a nuestro propósito —dijo Monipodio—, querría saber, hijos, lo que sabéis, para daros el oficio y ejercicio conforme a vuestra inclinación y habilidad.

—Yo —respondió Rinconete— sé un poquito de floreo de Vilhán: entiéndeseme el retén; tengo buena vista para el humillo; juego bien de la sola, de las cuatro y de las ocho; no se me va por los pies el raspadillo, verrugueta y el colmillo; éntrome por la boca de lobo como por mi casa, y atreveríame a hacer un tercio de chanza mejor que un tercio de Nápoles, y a dar un astillazo al más pintado mejor que dos reales prestados.

—Principios son —dijo Monipodio—; pero todas ésas son flores de cantueso viejas, y tan usadas, que no hay principiante que no las sepa, y sólo sirven para alguno que sea tan blanco [51], que se deje matar de medianoche abajo; pero andará el tiempo, y vernos henos; que asentando sobre ese fundamento media docena de liciones, yo espero en Dios que habéis de salir oficial famoso, y aun quizá maestro.

—Todo será para servir a vuesa merced y a los señores cofrades —respondió Rinconete.

—Y vos, Cortadillo, ¿qué sabéis? —preguntó Monipodio.

—Yo —respondió Cortadillo— sé la treta que dicen mete dos y saca cinco, y sé dar tiento a una faldriquera con mucha puntualidad y destreza.

—¿Sabéis más? —dijo Monipodio.

—No, por mis grandes pecados —respondió Cortadillo.

—No os aflijáis, hijo —replicó Minipodio—; que a puerto y a escuela habéis llegado donde ni os anegaréis ni dejaréis de salir muy bien aprovechado en todo aquello que más os conviniere. Y en esto del ánimo, ¿cómo os va, hijos?

—¿Cómo nos ha de ir —respondió Rinconete— sino muy bien? Ánimo tenemos para acometer cualquiera empresa de las que tocasen a nuestro arte y ejercicio.

—Está bien —replicó Monipodio—; pero querría yo que también le tuviésedes para sufrir, si fuese menester, media

---

[51] *blanco,* incauto, inocente.

docena de ansias sin desplegar los labios y sin decir «esta boca es mía.»

—Ya sabemos aquí —dijo Cortadillo—, señor Monipodio, qué quiere decir *ansias,* y para todo tenemos ánimo; porque no somos tan ignorantes, que no se nos alcance que lo que dice la lengua para la gorja [52], y hasta merced le hace el cielo al hombre atrevido, por no darle otro título, que le dejan en su lengua su vida o su muerte: ¡como si tuviese más letras un *no* que un *sí!*

—¡Alto, no es menester más! —dijo a esta sazón Monipodio—. Digo que sola esta razón me convence, me obliga, me persuade y me fuerza a que desde luego asentéis por cofrades mayores, y que se os sobrelleve el año del noviciado.

—Yo soy dese parecer —dijo uno de los bravos.

Y a una voz lo confirmaron todos los presentes, que toda la plática había estado escuchando, y pidieron a Monipodio que desde luego les concediese y permitiese gozar de las inmunidades de su cofradía, porque su presencia agradable y su buena plática lo merecía todo. Él respondió que, por dalles contento a todos, desde aquel punto se las concedía, advirtiéndoles que las estimasen en mucho, porque eran no pagar media nata [53] del primer hurto que hiciesen; no hacer oficios menores en todo aquel año, conviene saber: no llevar recaudo de ningún hermano mayor a la cárcel, ni a la casa, de parte de sus contribuyentes; piar el turco puro [54]; hacer banquete cuándo, cómo y adonde quisieren, sin pedir licencia a su mayoral; entrar a la parte desde luego con lo que estrujasen [55] los hermanos mayores, como uno dellos, y otras cosas que ellos tuvieron por merced señaladísima, y los demás, con palabras muy comedidas, las agradecieron mucho.

---

[52] *gorja,* garganta.
[53] *media nata,* por media annata, expresión común entonces. La mitad de los benefecios.
[54] *piar el turco,* beber el vino.
[55] *estrujasen,* robasen.

Estando en esto, entró un muchaco corriendo y desalentado, y dijo:

—El aguacil de los vagabundos viene encaminado a esta casa; pero no trae consigo gurullada [56].

—Nadie se alborote —dijo Monipodio—; que es amigo y nunca viene por nuestro daño. Sosiéguense; que yo le saldré a hablar.

Todos se sosegaron, que ya estaban algo sobresaltados, y Monipodio salió a la puerta, donde halló al alguacil, con el cual estuvo hablando un rato, y luego volvió a entrar Monopodio, y preguntó:

—¿A quién le cupo hoy la plaza de San Salvador?

—A mí —dijo el de la guía.

—Pues ¿cómo —dijo Monipodio— no se me ha manifestado una bolsilla de ámbar que esta mañana en aquel paraje dio al traste con quince escudos de oro y dos reales de a dos y no sé cuántos cuartos?

—Verdad es —dijo la guía— que hoy faltó esa bolsa; pero yo no la he tomado, ni puedo imaginar quien la tomase.

—¡No hay levas [57] conmigo! —dijo Monipodio—. ¡La bolsa ha de aparecer, porque la pide el alguacil, que es amigo y nos hace mil placeres al año!

Tornó a jurar el mozo que no sabía della. Comenzóse a encolerizar Monipodio, de manera, que parecía que fuego vivo lanzaba por los ojos, diciendo:

—¡Nadie se burle con quebrantar la más mínima cosa de nuestra orden; que le costará la vida! Manifiéstese la cica [58]; y si se encubre por no pagar los derechos, yo le daré enteramente lo que le toca, y pondré lo demás de mi casa, porque en todas maneras ha de ir contento el alguacil.

Tornó de nuevo a jurar el mozo, y a maldecirse, diciendo que él no había tomado tal bolsa ni vístola de sus ojos; todo lo cual fue por poner más fuego a la cólera de Monipodio, y

---

[56] *gurullada,* ronda compuesta de corchetes.
[57] *levas,* tretas, ardides.
[58] *cica,* bolsa.

dar ocasión a que toda la junta se alborotase, viendo que se rompían sus estatutos y buenas ordenanzas.

Viendo Rinconete, pues, tanta disensión y alboroto, parecióle que sería bien sosegalle y dar contento a su mayor, que reventaba de rabia; y aconsejándose con su amigo Cortadillo, con parecer de entrambos, sacó la bolsa del sacristán, y dijo:

—Cese toda cuestión, mis señores; que ésta es la bolsa, sin faltarle nada de lo que el alguacil manifiesta; que hoy mi camarada Cortadillo le dio alcance, con un pañuelo que al mismo dueño se le quitó, por añadidura.

Luego sacó Cortadillo el pañizuelo y lo puso de manifiesto; viendo lo cual Monipodio, dijo:

—Cortadillo el Bueno (que con este título y renombre ha de quedar de aquí en adelante) se quede con el pañuelo, y a mi cuenta se quede la satisfacción deste servicio; y la bolsa se ha de llevar al alguacil, que es un sacristán pariente suyo y conviene que se cumpla aquel refrán que dice: «No es mucho que a quien te da la gallina entera tú des una pierna della.» Más disimula este buen alguacil en un día que nosotros le podemos ni solemos dar en ciento.

De común consentimiento aprobaron todos la hidalguía de los dos modernos, y la sentencia y parecer de su mayoral, el cual salió a dar la bolsa al alguacil, y Cortadillo se quedó confirmado con el renombre de *Bueno,* bien como si fuera don Alonso Pérez de Guzmán el Bueno, que arrojó el cuchillo por los muros de Tarifa para degollar a su único hijo.

Al volver que volvió Monipodio, entraron con él dos mozas, afeitados los rostros, llenos de color los labios y de albayalde [59] los pechos, cubiertas con medios mantos de anascote [60], llenas de desenfado y desvergüenza: señales claras por donde en viéndolas Rinconete y Cortadillo conocieron que era de la casa llana [61], y no se engañaron en

---

[59] *albayalde,* sustancia blanca extraída de la oxidación del plomo, usada en pintura.

[60] *anascote,* tela blanca de seda parecida a la sarga.

[61] *casa llana,* mancebía.

nada; y así como entraron se fueron con los brazos abiertos, la una a Chiquiznaque, y a la otra a Maniferro, que éstos eran los nombres de los dos bravos; y el de Maniferro era porque traía una mano de hierro, en lugar de otra que le habían cortado por justicia. Ellos las abrazaron con grande regocijo, y les preguntaron si traían algo con que mojar la canal maestra.

—Pues ¿había de faltar, diestro mío? —respondió la una, que se llamaba la Gananciosa—. No tardará mucho a venir Silbatillo tu trainel [62], con la canasta de colar atestada de lo que Dios ha sido servido.

Y así fue verdad, porque al instante entró un muchacho con una canasta de colar cubierta con una sábana.

Alegráronse todos con la entrada de Silbato, y al momento mandó sacar Monopodio una de las esteras de enea que estaban en el aposento, y tenderla en medio del patio. Y ordenó asimismo que todos se sentasen a la redonda; porque en cortando la cólera [63], se trataría de lo que más conviniese. A esto dijo la vieja que había rezado a la imagen.

—Hijo Monipodio, yo no estoy para fiestas, porque tengo un vaguido de cabeza dos días ha que me trae loca; y más, que antes que sea mediodía tengo de ir a cumplir mis devociones y poner mis candelicas a Nuestra Señora de las Aguas y al santo Crucifijo de Santo Agustín, que no lo dejaría de hacer si nevase y ventiscase. A lo que he venido es que, anoche, el Renegado y Cientopiés, llevaron a mi casa una canasta de colar, algo mayor que la presente, llena de ropa blanca, y en Dios y en mi ánima que venía con su cernada y todo, que los pobretes no debieron de tener lugar de quitalla, y venían sudando la gota tan gorda, que era una compasión verlos entrar ijadeando y corriendo agua de sus rostros, que parecían unos angelicos. Dijéronme que iban en seguimiento de un ganadero que había pesado ciertos carneros en la Carnicería, por ver si le

---

[62]   *trainel,* criado de rufián o de mujer pública (dama de medio manto).
[63]   *cortando la cólera,* matando el gusanillo.

podían dar un tiento en un grandísimo gato [64] de reales que llevaba. No desembanastaron ni contaron la ropa, fiados en la entereza de mi conciencia; y así me cumpla Dios mis buenos deseos y nos libre a todos de poder de justicia que no he tocado a la canasta, y que se está tan entera como cuando nació.

—Todo se le cree, señora madre —respondió Monipodio— y estése así la canasta; que yo iré allá a boca de sorna [65], y haré cala y cata de lo que tiene, y daré a cada uno lo que le tocare, bien fielmente como tengo de costumbre.

—Sea como vos lo ordenáredes, hijo —respondió la vieja—; y porque se me hace tarde, dadme un traguillo, si tenéis, para consolar este estómago, que tan desmayado anda de contino.

—¡Y qué tal lo beberéis, madre mía! —dijo a esta sazón la Escalanta, que así se llamaba la compañera de la Gananciosa.

Y descubriendo la canasta, se manifestó una bota a modo de cuero, con hasta dos arrobas de vino, y un corcho que podría caber sosegadamente y sin apremio hasta una azumbre [66]; y llenándole la Escalanta, se le puso en las manos a la devotísima vieja, la cual, tomándole con ambas manos, y habiéndole soplado un poco de espuma, dijo:

—Mucho echaste, hija Escalante: pero Dios dará fuerza para todo.

Y aplicándosele a los labios, de un tirón, sin tomar aliento, lo trasegó del corcho al estómago, y acabó diciendo:

—De Guadalcanal es, y aun tiene un es no es de yeso [67] el señorico. Dios te consuele, hija, que así me has consolado; sino que temo que me ha de hacer mal, porque no me he desayunado.

—No hará, madre, —respondió Monipodio—; porque es trasañejo.

---

[64]   *gato*, bolsa de dinero.
[65]   *a boca de sorna*, cuando comienza la noche.
[66]   *azumbre*, medida de capacidad antigua equivalente a dos litros.
[67]   *de yeso*, por el conservante que se solía echar en la fermentación.

—Así lo espero yo en la Virgen —respondió la vieja.

Y añadió:

—Mirad, niñas, si tenéis acaso algún cuarto para comprar las candelicas de mi devoción, porque con la priesa y ganas que tenía de venir a traer las nuevas de la canasta, se me olvidó en casa la escarcela.

—Yo sí tengo, señora Pipota —(que éste era el nombre de la buena vieja), respondió la Gananciosa—; tome: ahí le doy dos cuartos; del uno le ruego que compre una para mí, y se la ponga al señor San Miguel; y si puede comprar dos, ponga la otra al señor San Blas, que son mis abogados. Quisiera que pusiera otra a la señora Santa Lucía, que, por lo de los ojos, también le tengo devoción; pero no tengo trocado; mas otro día habrá donde se cumpla con todos.

—Muy bien harás, hija, y mira no seas miserable; que es de mucha importancia llevar la persona las candelas delante de sí antes que se muera, y no aguardar a que las ponga los herederos o albaceas.

—Bien dice la madre Pipota —dijo la Escalanta.

Y echando mano a la bolsa, le dio otro cuarto, y le encargó que pusiese otras dos candelicas a los santos que a ella le pareciesen que era de los más aprovechados y agradecidos. Con esto se fue la Pipota, diciéndoles:

—Holgaos, hijos, ahora que tenéis tiempo: que vendrá la vejez, y lloraréis en ella los ratos que perdisteis en la mocedad como yo los lloro; y encomendadme a Dios en vuestras oraciones, que yo voy a hacer lo mismo por mí y por vosotros, por que Él nos libre y conserve en nuestro trato peligroso sin sobresaltos de justicia.

Y con esto, se fue.

Ida la vieja, se sentaron todos alrededor de la estera, y la Gananciosa tendió la sábana, por manteles; y lo primero que sacó de la cesta fue un grande haz de rábanos y hasta dos docenas de naranjas y limones, y luego una cazuela grande llena de tajadas de bacallao frito; manifestó luego medio queso de Flandes, y una olla de famosas aceitunas, y un plato de camarones, y gran cantidad de cangrejos, con su llamativo de alcaparrones ahogados en pimientos, y tres hogazas blanquísimas de Gandul [68]. Serían los del almuerzo hasta catorce, y ninguno dellos dejó de sacar su cuchillo de cachas amarillas, si no fue Rinconete, que sacó su media espada. A los dos viejos de bayeta y a la guía tocó el escanciar con el corcho de colmena [69]. Mas apenas habían comenzado a dar asaltos a las naranjas, cuando les dio a todos gran sobresalto los golpes que dieron a la puerta. Mandóles Monipodio que se sosegasen, y entrando en la sala baja, y descolgando un broquel, puesto mano a la espada, llegó a la puerta, y con voz hueca y espantosa preguntó:

—¿Quién llama?

Respondieron de fuera:

—Yo soy, que no es nadie, señor Monipodio: Tagarete soy, centinela desta mañana, y vengo a decir que viene aquí Juliana la Cariharta, toda desgreñada y llorosa, que parece haberle sucedido algún desastre.

En esto, llegó la que decía, sollozando, y sintiéndola Monipodio, abrió la puerta, y mandó a Tagarete que se volviese a su posta, y que de allí adelante avisase lo que viese con menos estruendo y ruido. Él dijo que así lo haría. Entró la Cariharta, que era una moza del jaez de las otras y del mismo oficio. Venía descabellada, y la cara llena de tolondrones; y así como entró en el patio se cayó en el suelo desmayada. Acudieron a socorrerla la Gananciosa y la Escalanta, y desabrochándola el pecho, la hallaron toda denegrida y como magullada. Echáronle agua en el rostro, y ella volvió en sí, diciendo a voces:

—¡La justicia de Dios y del Rey venga sobre aquel ladrón descuellacaras, sobre aquel cobarde bajamanero [70], sobre aquel pícaro lendroso [71], que le he quitado más veces de la horca que pelos tiene en las barbas! ¡Desdichada de mí!

---

[68] *Gandul*, pueblecito muy cercano a Sevilla muy celebrado entonces por su pan.

[69] *corcho de colmena*, recipiente que podía contener hasta un azumbre.

[70] *bajamanero*, ladronzuelo en iniciación.

[71] *lendroso*, piojoso.

¡Mirad por quién he perdido y gastado mi mocedad y la flor de mis años, sino por un bellaco desalmado, facineroso e incorregible!

—Sosiégate, Cariharta —dijo a esta sazón Monipodio—; que aquí estoy yo, que te haré justicia. Cuéntame tu agravio; que más estarás tú en contarle que yo en hacerte vengada; dime si has habido algo con tu respecto; que si así es y quieres venganza, no has menester más que boquear.

—¿Qué respecto? —respondió Juliana—. Respectada me vea yo en los infiernos si más lo fuere de aquel león con las ovejas, y cordero con los hombres. ¿Con aquél había yo de comer más pan a manteles, ni yacer en uno? Primero me vea yo comida de adivas [72] estas carnes, que me ha parado de la manera que ahora veréis.

Y alzándose al instante las faldas hasta la rodilla, y aun un poco más, las descubrió llenas de cardenales.

—Desta manera —prosiguió— me ha parado aquel ingrato del Repolido, debiéndome más que a la madre que le parió. ¿Y por qué pensáis que lo ha hecho? ¡Montas que le di yo ocasión para ello! No, por cierto; no lo hizo más sino porque estando jugando y perdiendo, me envió a pedir con Cabrillas, su trainel, treinta reales, y no le envié más de veinticuatro, que el trabajo y afán con que yo los había ganado, ruego yo a los cielos que vayan en descuento de mis pecados; y en pago desta cortesía y buena obra, creyendo él que yo le sisaba algo de la cuenta que él halla en su imaginación había hecho de lo que yo podía tener, esta mañana me sacó al campo, detrás de la güerta del Rey, y allí, entre unos olivares, me desnudó, y con la petrina [74], sin excusar ni recoger los hierros, que en malos grillos y hierros, le vea yo, me dio tantos azotes que me dejó por muerta; de la cual verdadera historia son buenos testigos estos cardenales que miráis.

Aquí tornó a levantar las voces, aquí volvió a pedir jus-

---

[72]   *adivas,* chacales.
[73]   *montas,* a fe...
[74]   *petrina,* cinturón con hebilla o «hierros».

ticia, y aquí se la prometió de nuevo Monipodio, y todos los bravos que allí estaban.

La Gananciosa tomó la mano a consolalla, diciéndole que ella diera de muy buena gana una de las mejores preseas [75] que tenía por que le hubiera pasado otro tanto con su querido.

—Porque quiero —dijo— que sepas, hermana Cariharta, si no lo sabes, que a lo que se quiere bien se castiga; y cuando estos bellacones nos dan, y azotan, y acocean, entonces nos adoran; si no, confiésame una verdad, por tu vida: después que te hubo Repolido castigado y brumado, ¿no te hizo alguna caricia?

—¿Cómo una? —respondió la llorosa—. Cien mil me hizo, y diera él un dedo de la mano porque me fuera con él a su posada; y aún me parece que casi se le saltaron las lágrimas de los ojos después de haberme molido.

—No hay duda en eso —replicó la Gananciosa—; y lloraría de pena de ver cuál te había puesto; que estos tales hombres, y en tales casos, no han cometido la culpa cuando les viene el arrepentimiento; y tú verás, hermana, si no viene a buscarte antes que de aquí nos vamos, y a pedir perdón de todo lo pasado, rindiéndosete como un cordero.

—En verdad —respondió Monipodio— que no ha de entrar por esta puerta el cobarde envesado si primero no hace una manifiesta penitencia del cometido delito. ¿Las manos había él de ser osado ponerlas en el rostro de la Cariharta, ni en sus carnes, siendo persona que puede competir en limpieza y ganancia con la misma Gananciosa que está delante, que no lo puedo más encarecer?

—¡Ay! —dijo a esta sazón la Juliana—. No diga vuesa merced, señor Monipodio, mal de aquel maldito; que con cuan malo es, le quiero más que a las telas de mi corazón, y hanme vuelto el alma al cuerpo las razones que en su abono me ha dicho mi amiga la Gananciosa, y en verdad que estoy por ir a buscarle.

—Eso no harás tú por mi consejo —replicó la Ganan-

---

[75]   *preseas*, alhajas.

ciosa—, porque se extenderá y ensanchará, y hará tretas en ti como en cuerpo muerto. Sosiégate, hermana; que antes de mucho le verás venir tan arrepentido como he dicho; y si no viene, escribirémosle un papel en coplas, que le amargue.

—¡Eso sí —dijo la Cariharta—: que tengo mil cosas que escribirle!

—Yo seré el secretario cuando sea menester —dijo Monipodio—; y aunque no soy nada poeta, todavía, si el hombre se arremanga, se atreverá a hacer dos millares de coplas en daca las pajas; y cuando no salieren como deben, yo tengo un barbero amigo, gran poeta, que nos hinchará las medidas a todas horas; y en la de agora acabemos lo que teníamos comenzado del almuerzo; que después todo se andará.

Fue contenta la Juliana en obedecer a su mayor, y así, todos volvieron a su *guadeamus* [76], y en poco espacio vieron el fondo de la canasta y las heces del cuero. Los viejos bebieron *sine fine;* los mozos, *adunia* [77]; las señoras, los quiries.[78] Los viejos pidieron licencia para irse; diósela luego Monipodio, encargándoles viniesen a dar noticia con toda puntualidad de todo aquello que viesen ser útil y conveniente a la comunidad. Respondieron que ellos se lo tenían bien en cuidado, y fuéronse. Rinconete, que de suyo era curioso, pidiendo primero perdón y licencia, preguntó a Monipodio que de qué servían en la cofradía dos personajes tan canos, tan graves y apersonados. A lo cual respondió Monipodio que aquéllos, en su germanía y manera de hablar, se llamaban *avispones,* y que servían de andar de día por toda la ciudad, avispando en qué casas se podía dar tiento de noche, y en seguir los que sacaban dinero de la Contratación, o Casa de la Moneda, para ver dónde lo llevaban, y aun dónde lo ponían; y en sabiéndolo, tanteaban la groseza del muro de la tal casa; y diseñaban el lugar

---

[76]   *gaudeamus,* festejo o regocijo, festín.
[76]   *adunia,* en abundancia.
[78]   *quiries,* mucho, repetidamente como los «Kiries» litúrgicos.

más conveniente para hacer los guzpátaros (que son aguje-
ros) para facilitar la entrada. En resolución, dijo que era la
gente de más o de tanto provecho que había en su hermandad, y que todo aquello que por su industria se hur-
taba, llevaban el cinto como su majestad de los tesoros; y
que con todo esto, eran hombres de mucha verdad, y muy
honrados, y de buena vida y fama, temerosos de Dios y de
sus conciencias, que cada día oían misa con extraña
devoción...

—Y hay dellos tan comedidos, especialmente estos dos
que de aquí se van agora, que se contentan con mucho
menos de lo que por nuestros aranceles les toca. Otros dos
que hay son palanquines [79]; los cuales, como por momentos
mudan casas, saben las entradas y salidas de todas las de
la ciudad, y cuáles pueden ser de provecho, y cuáles no.

—Todo me parece de perlas —dijo Rinconete—, y querría
ser de algún provecho a tan famosa cofradía.

—Siempre favorece el cielo a los buenos deseos —dijo Monipodio.

Estando en esta plática, llamaron a la puerta; salió
Monipodio a ver quién era, y preguntándolo, respondieron:

—Abra voacé, sor Monopodio, que el Repolido soy.

Oyó esta voz Cariharta, y alzando el cielo la suya, dijo:

—No le abra vuesa merced, señor Monipodio; no le abra
a ese marinero de Tarpeya [80], a ese tigre de Ocaña.

No dejó por esto Monipodio de abrir a Repolido; pero
viendo la Cariharta que le abría, se levantó corriendo y se
entró en la sala de los broqueles, y cerrando tras sí la
puerta, desde dentro, a grandes voces decía:

—Quítenmele de delante a ese gesto de por demás [81], a ese
verdugo de inocentes, asombrador de palomas duendas [82].

Maniferro y Chiquiznaque tenían a Repolido, que en

---

[79]   palanquines, doble significado, como mozo de cuerda y como
ladrón.
[80]   marinero, «Mira Nero de Tarpeya». Deformación popular.
[81]   gesto de por demás, cara de pocos amigos.
[82]   duendas, domésticas o caseras.

todas maneras quería entrar donde la Cariharta estaba; pero como no le dejaban, decía desde afuera:

—¡No haya más, enojada mía: por tu vida que te sosiegues, así te veas casada!

—¿Casada yo, malino? —respondió la Cariharta—. ¡Mira en qué tecla toco! ¡Ya quisieras tú que lo fuera contigo, y antes lo sería yo con una sotomía [83] de muerte que contigo!

—¡Ea, boba —replicó Repolido—, acabemos ya, que es tarde, y mire no se ensanche por verme hablar tan manso y venir tan rendido; porque vive el Dador, si se me sube la cólera al campanario, que sea peor la recaída que la caída! Humíllese, y humillémonos todos, y no demos de comer al diablo.

—Y aun de cenar le daría yo —dijo la Cariharta— porque te llevase donde nunca más mis ojos te viesen.

—¿No os digo yo? —dijo Repolido—. ¡Por Dios que voy oliendo, señora trinquete, que lo tengo de echar todo a doce [84], aunque nunca se venda!

A esto dijo Monipodio:

—En mi presencia no ha de haber demasías: la Cariharta saldrá, no por amenazas, sino por amor mío, y todo se hará bien; que las riñas entre los que bien se quieren son causa de mayor gusto cuando se hacen las paces. ¡Ah Juliana! ¡Ah niña! ¡Ah Cariharta mía! Sal acá fuera, por mi amor, que yo haré que el Repolido te pida perdón de rodillas.

—Como él eso haga —dijo la Escalanta—, todas seremos en su favor y en rogar a Juliana salga acá fuera.

—Si esto ha de ir por vía de rendimiento que güela a menoscabo de la persona —dijo el Repolido—, no me rendiré a un ejército formado de esguízaros; mas si es por vía de que la Cariharta gusta dello, no digo yo hincarme de rodillas; pero un clavo me hincaré por la frente en su servicio.

Riyéronse desto Chiquiznaque y Maniferro, de lo cual se

---

[83]   *sotomía,* esqueleto.
[84]   *echar todo a doce,* romper con todo sin reparar en las consecuencias.

enojó tanto el Repolido, pensando que hacían burla dél, que dijo con muestras de infinita cólera:

—Cualquiera que se riere o se pensase reír de lo que la Cariharta contra mí, o yo contra ella, hemos dicho o dijéremos, digo que miente y mentirá todas las veces que se riere o lo pensare, como ya he dicho.

Miráronse Chiquiznaque y Maniferro de tan mal garbo y talle, que advirtió Monipodio que pararía en un gran mal si no lo remediaba; y así, poniéndose luego en medio dellos, dijo:

—No pasen más adelante, caballeros; cesen aquí palabras mayores; y deshágense entre los dientes; y pues las que se han dicho no llegan a la cintura, nadie las tome por sí.

—Bien seguros estamos, —respondió Chiquiznaque —que no se dijeron ni dirán semejantes monitorios por nosotros; que si se hubiera imaginado que se decían, en manos estaba el pandero que lo supiera bien tañer.

—También tenemos acá pandero, sor Chiquiznaque —replicó el Repolido—, y también, si fuera menester, sabremos tocar los cascabeles; y ya he dicho que el que se huelga, miente; y quien otra cosa pensare, sígame; que con un palmo de espada menos hará el hombre que sea lo dicho dicho.

Y diciendo esto, se iba a salir por la puerta afuera.

Estábalo escuchando la Cariharta, y cuando sintió que se iba enojado, salió diciendo:

—¡Ténganle, no se vaya, que hará de las suyas! ¿No ven que va enojado, y es un Judas Macarelo[85] en esto de la valentía? ¡Vuelve acá, valentón del mundo y de mis ojos!

Y cerrando con él, le asió fuertemente de la capa, y acudiento también Monipodio, le detuvieron. Chiquiznaque y Maniferro no sabían si enojarse o si no, y estuviéronse quedos esperando lo que Repolido haría; el cual, viéndose rogar de la Cariharta y de Monipodio, volvió diciendo:

—Nunca los amigos han de dar enojo a los amigos, ni

---

[85] *Macarelo*, Macabeo.

hacer burla de los amigos, y más cuando veen que se enojan los amigos.

—No hay aquí amigo —respondió Maniferro— que quiera enojarse ni haber burla de otro amigo; y pues todos somos amigos, dense las manos los amigos.

A esto dijo Monipodio;

—Todos voacedes han hablado como buenos amigos, y como tales amigos se den las manos de amigos.

Diéronselas luego, y la Escalanta, quitándose un chapín, comenzó a tañer en él como en un pandero; La Gananciosa tomó una escoba de palma, nueva, que allí se halló acaso, y rascándola, hizo un son que, aunque ronco y áspero, se concertaba con el del chapín. Monipodio rompió un plato y hizo dos tejoletas, que puestas entre los dedos y repicadas con gran ligereza, llevaba el contrapunto al chapín y a la escoba.

Espantáronse Rinconete y Cortadillo, de la nueva invención de la escoba, porque hasta entonces nunca la habían visto. Conociólo Maniferro, y díjoles:

—¿Admíranse de la escoba? Pues bien hacen, pues música más presta y más sin pesadumbre, ni más barata, no se ha inventado en el mundo; y en verdad que oí decir el otro día a un estudiante que ni el Negrofeo, que sacó a la Arauz del infierno, ni el Marión [86] que subió sobre el delfín y salió del mar como si viniera caballero sobre una mula de alquiler, ni el otro gran músico que hizo una ciudad que tenía cien puertas y otros tantos postigos, nunca inventaron mejor género de música, tan fácil de deprender, tan mañanera de tocar, tan sin trastes, clavijas ni cuerdas, y tan sin necesidad de templarse; aun voto a tal que la inventó un galán desta ciudad, que se pica de ser un Héctor [87] en la música.

—Eso creo yo muy bien —respondió Rinconete—; pero escuchemos lo que quieren cantar nuestros músicos; que

---

[86] *Negrofeo, Arauz, Marión,* por Orfeo, Eurídice, Arión. El otro músico es Anfión y su ciudad, Tebas.

[87] *Héctor,* héroe invencible en este arte.

parece que la Gananciosa ha escupido, señal del que quiere cantar.

Y así era la verdad, porque Monipodio le había rogado que cantase algunas seguidillas de las que se usaban; mas la que comenzó primero fue la Escalanta, y, con voz sutil y quebradiza [88], cantó lo siguiente:

> Por un sevillano rufo a lo valón
> tengo socarrado todo el corazón.

Siguió la Gananciosa, cantando:

> Por un morenico de color verde,
> ¿cuál es la fogosa que no se pierde?

Y luego Monipodio, dándose gran priesa al meneo de sus tejoletas, dijo:

> Riñen dos amantes; hácese la paz;
> si el enojo es grande, es el gusto más.

No quiso la Cariharta pasar su gusto en silencio, porque tomando otro chapín, se metió en danza, y acompañó a las demás, diciendo:

> Detente, enojado, no me azotes más;
> que si bien lo miras, a tus carnes das.

—Cántese a lo llano —dijo a esta sazón Repolido—, y no se toquen hestorias pasadas, que no hay para qué: lo pasado sea pasado, y tómese otra vereda, y basta.

Talle llevaban de no acabar tan presto el comenzado cántico, si no sintieran que llamaban a la puerta apriesa, y con ella salió Monipodio a ver quién era, y la centinela le dijo cómo al cabo de la calle había asomado el alcalde de la Justicia, y que delante dél venían el Tordillo y el Cernícalo, corchetes neutrales. Oyéronlo los de dentro, y alborotáronse todos de manera, que la Cariharta y la Escalanta se calzaron sus chapines al revés, dejó la escoba la Gananciosa, Monipodio sus tejoletas, y quedó en turbado silencio

---

[88]   *quebradiza*, ágil para hacer quiebros en el canto.

toda la música; enmudeció Chiquiznaque, pasmóse el Repolido y suspendióse Maniferro, y todos, cuál por una y cuál
por otra parte, desaparecieron, subiéndose a las azoteas y
tejados, para escaparse y pasar por ellos a otra calle.
Nunca disparado arcabuz a deshora, ni trueno repentino,
espantó así a banda de descuidadas palomas como puso en
alboroto y espanto a toda aquella recogida compañía y
buena gente la nueva de la venida del alcalde de la Justicia. Los dos novicios, Rinconete y Cortadillo, no sabían
qué hacerse, y estuviéronse quedos, esperando ver en qué
paraba aquella repentina borrasca, que no paró en más de
volver la centinela a decir que el alcalde se había pasado
de largo, sin dar muestras ni resabio de mala sospecha alguna.

Y estando diciendo esto a Manipodio, llegó un caballero
mozo a la puerta, vestido, como se suele decir, de barrio;
Monipodio le entró consigo, y mando llamar a Chiquiznaque, a Maniferro y al Repolido, y que de los demás no
bajase alguno. Como se habían quedado en el patio Rinconete y Cortadillo, pudieron oír toda la plática que pasó
Monipodio con el caballero recién venido, el cual dijo a
Monipodio, que por qué se había hecho tan malo lo que le
había encomendado. Monipodio respondió que aún no
sabía lo que se había hecho; pero que allí estaba el oficial a
cuyo cargo estaba su negocio, y que él le daría muy buena
cuenta de sí. Bajó, en esto, Chiquiznaque, y preguntóle
Monipodio si había cumplido con la obra que se le encomendó, de la cuchillada de a catorce.

—¿Cuál? —respondió Chiquiznaque—. ¿Es la de aquel
mercader de la encrucijada?

—Ésa es —dijo el caballero.

—Pues lo que en eso pasa —respondió Chiquiznaque— es
que yo le aguardé anoche a la puerta de su casa, y él vino
antes de la oración; lleguéme cerca dél, marquéle el rostro
con la vista, y vi que le tenía tan pequeño que era imposible
de toda imposibilidad caber en él una cuchillada de catorce
puntos; y hallándome imposibilitado de poder cumplir lo
prometido y de hacer lo que llevaba en mi destruición...

—*Instrucción* querrá vuesa merced decir, dijo el caballero—; que no *destruición*.

—Eso quise decir —respondió Chiquiznaque—. Digo que
viendo que en la estrecheza y poca cantidad de aquel
rostro no cabían los puntos propuestos, por que no fuese mi
ida en balde, di la cuchillada a un lacayo suyo, que a buen
seguro que la pueden poner por mayor de marca.

—Más quisiera —dijo el caballero— que se le hubiera
dado al amo una de a siete que al criado la de a catorce. En
efecto, conmigo no se ha cumplido como era razón, pero no
importa: poca mella me harán los treinta ducados que dejé
en señal. Beso a vuesas mercedes las manos.

Y diciendo esto se quitó el somprero y volvió las espaldas
para irse; pero Monipodio le asió de la capa de mezcla que
traía puesta, diciéndole:

—Voacé se detenga, y cumpla su palabra, pues nosotros
hemos cumplido la nuestra con mucha honra y con mucha
ventaja: veinte ducados faltan, y no ha de salir de aquí
voacé sin darlos, o prendas que lo valgan.

—Pues ¿a eso llama vuesa merced el cumplimiento de
palabra —respondió el caballero—: dar la cuchillada al
mozo habiéndose de dar al amo?

—¡Qué bien está en la cuenta el señor! —dijo Chiquiznaque—. Bien parece que no se acuerda de aquel refrán que
dice: «Quien bien quiere a Beltrán, bien quiere a su can.»

—¿Pues en qué modo puede venir aquí a propósito ese
refrán? —replicó el caballero.

—¿Pues no es lo mismo —prosiguió Chiquiznaque— decir:
«Quien mal quiere a Beltrán, mal quiere a su can»? Y así,
Beltrán es el mercader, voacé le quiere mal, su lacayo es su
can, y dando al can, se da a Beltrán, y la deuda queda
líquida y trae aparejada ejecución: por eso no hay más sino
pagar luego sin apercibimiento de remate.

—Eso juro yo bien —añadió Monipodio—, y de la boca me
quitaste, Chiquiznaque amigo, todo cuando aquí has dicho;
y así, voacé, señor galán, no se meta en puntillos con sus
servidores y amigos, sino tome mi consejo y pague luego lo
trabajado; y si fuere servido que se le dé otra al amo, de la

cantidad que pueda llevar su rostro, haga cuenta que ya se la están curando.

—Como eso sea —respondió el galán—, de muy entera voluntad y gana pagaré la una y la otra por entero.

—No dude en esto —dijo Monipodio— más que en ser cristiano; que Chiquiznaque se la dará pintiparada, de manera, que parezca que allí se le nació.

—Pues con esa seguridad y promesa —respondió el caballero—, recíbase esta cadena en prendas de los veinte ducados atrasados y de cuarenta que ofrezco por la venidera cuchillada. Pesa mil reales, y podría ser que se quedase rematada, porque traigo entre ojos que serán menester otros catorce puntos antes de mucho.

Quitóse, en esto, una cadena de vueltas menudas del cuello, y diósela a Monipodio, que al color y al peso bien vio que no era de alquimia. Monipodio la recibió con mucho contento y cortesía, porque era en extremo bien criado; la ejecución quedó a cargo de Chiquiznaque, que sólo tomó término de aquella noche. Fuese muy satisfecho el caballero, y luego Monipodio llamó a todos los ausentes y azorados. Bajaron todos, y poniéndose Monipodio en medio de ellos, sacó un libro de memoria que traía en la capilla de la capa, y dióselo a Rinconete que leyese, porque él no sabía leer. Abrióle Rinconete, y en la primera hoja vio que decía:

«Memorias de las cuchilladas que se han de dar
esta semana

»La primera, al mercader de la encrucijada: vale cincuenta escudos. Están recibidos treinta a buena cuenta. Secutor, Chiquiznaque.»

—No creo que hay otra, hijo —dijo Monipodio—: pasá adelante, y mira donde dice: «Memoria de palos.»

Volvió la hoja Rinconete, y vio que en la otra estaba escrito: «Memoria de palos.» Y más abajo decía:

«Al bodeguero de la Alfalfa, doce palos de mayor cuantía, a escudo cada uno. Están dados a buena cuenta ocho. El término, seis días. Secutor, Maniferro.»

—Bien podía borrarse esa partida —dijo Maniferro—, porque esta noche traeré finiquito della.

—¿Hay más, hijo? —dijo Monipodio.

—Sí, otra —respondió Rinconete— que dice así: «Al sastre corcovado que por mal nombre se llama el Silguero, seis palos de mayor cuantía, a pedimiento de la dama que dejó la gargantilla. Secutor, el Desmochado.»

Maravillado estoy —dijo Monidopio— cómo todavía está esa partida en ser. Sin duda alguna debe de estar mal dispuesto el Desmochado, pues son dos días pasados del término, y no ha dado puntada en esta obra.

—Yo lo topé ayer —dijo Maniferro—, y me dijo que por haber estado retirado por enfermo el Corcovado, no había cumplido con su débito.

—Eso creo yo bien —dijo Monipodio—; porque tengo por tan bueno oficial al Desmochado, que si no fuera por tan justo impedimento, ya él hubiera dado al cabo con mayores impresas. ¿Hay más, mocito?

—No, señor —respondió Rinconete.

—Pues pasad adelante —dijo Monipodio—, y mirad donde dice: «Memorial de agravios comunes.»

Pasó adelante Rinconete, y en otra hoja halló escrito: «Memorial de agravios comunes, conviene a saber: redomazos, untos de miera[89], clavazón de sambenitos y cuernos[90], matracas[91], espantos, alborotos y cuchilladas fingidas, publicación de nibelos[92], etc.»

—¿Qué más dice abajo? —dijo Monipodio.

—Dice —dijo Rinconete— «unto de miera en la casa...»

—No se lea la casa, que yo sé dónde es —respondió Monipodio—, y yo soy el *tuáutem* y esecutor[93] desa niñería, y

---

[89] *miera,* producto aceitoso y de olor desagradable usado por los pastores para curar la roña del ganado.

[90] *cuernos,* junto con el sambenito de judío era la forma corriente de insultar.

[91] *matracas,* burlas pesadas de palabra.

[92] *nibelos,* por libelos.

[93] *tuautem* y *execuatur,* «tu autem». Términos curialescos, Monipodio ha sido el autor.

están dados a buena cuenta cuatro escudos, y el principal es ocho.

—Así es la verdad —dijo Rinconete—; que todo eso está aquí escrito; y aun más abajo dice: «clavazón de cuernos».

—Tampoco se lea —dijo Monipodio— la casa, ni adónde: que basta que se les haga el agravio, sin que se diga en público; que es gran cargo de conciencia. A lo menos, más querría yo clavar cien cuernos y otros tantos sambenitos, como se me pagase mi trabajo, que decillo sola una vez, aunque fuese a la madre que me parió.

—El esecutor desto es —dijo Rinconete— el Narigueta.

—Ya está eso hecho, y pagado —dijo Monipodio—. Mirad si hay más; que, si mal no me acuerdo, ha de haber ahí un espanto de veinte escudos; está dada la mitad, y el esecutor es la comunidad toda, y el término es todo el mes en que estamos, y cumpliráse al pie de la letra, sin que falte una tilde, y será una de las mejores cosas que hayan sucedido en esta ciudad de muchos tiempos a esta parte. Dadme el libro, mancebo; que yo sé que no hay más, y sé también que anda muy flaco el oficio; pero tras este tiempo vendrá otro, y habrá que hacer más de lo que quisiéramos: que no se mueve la hoja sin la voluntad de Dios, y no hemos de hacer nosotros que se vengue nadie por fuerza; cuanto más que cada uno en su causa suele ser valiente, y no quiere pagar las hechuras de la obra que él se puede hacer por sus manos.

—Así es —dijo a esto el Repolido—. Pero mire vuesa merced, señor Monipodio, lo que nos ordena y manda; que se va haciendo tarde, y va entrando el calor más que de paso.

—Lo que se ha de hacer —respondió Monipodio— es que todos se vayan a sus puestos, y nadie se mude hasta el domingo, que nos juntaremos en este mismo lugar y se repartirá todo lo que hubiere caído, sin agraviar a nadie. A Rinconete el Bueno y a Cortadillo se les da por distrito hasta el domingo desde la Torre del Oro, por defuera de la ciudad, hasta el postigo del Alcázar, donde se puede trabajar a sentadillas con sus flores; que yo he visto a otros de

menos habilidad que ellos salir cada día con más de veinte
reales en menudos, amén de la plata, con una baraja sola,
y ésa, con cuatro naipes menos. Este distrito os enseñará
Ganchoso; y aunque os extendáis hasta San sebastián y
San Telmo, importa poco, puesto que es justicia mera mixta
que nadie se entre en pertenencia de nadie.

Besáronle la mano los dos por la merced que se les
hacía, y ofreciéronse a hacer su oficio bien y fielmente, con
toda diligencia y recato.

Sacó, en esto, Monipodio un papel doblado de la capilla
de la capa, donde estaba la lista de los cofrades, y dijo a
Rinconete que pusiese allí su nombre y el de Cortadillo;
mas porque no había tintero, le dio el papel para que lo llevase, y en el primer boticario los escribiese, poniendo:
«Rinconete y Cortadillo, cofrades; noviciado, ninguno; Rinconete, floreo [94], Cortadillo, bajón [95], y el día, mes y año,
callando padres y patria. Estando en esto, entró uno de los
viejos avispones, y dijo:

—Vengo a decir a vuesas mercedes cómo agora topé en
Gradas a Lobillo el de Málaga, y díceme que viene mejorado en su arte de tal manera, que con naipe limpio quitará
el dinero al mismo Satanás; y que por venir maltratado no
viene luego a resgistrarse y a dar la sólita obediencia; pero
que el domingo será aquí sin falta.

—Siempre se me asentó así —dijo Monipodio— que este
Lobillo había de ser único en su arte, porque tiene las
mejores y más acomodadas manos para ello que se puede
desear; que para ser uno buen oficial en su ofcio, tanto ha
menester los buenos instrumentos con que le ejercita como
el ingenio con que le aprende.

—También topé —dijo el viejo—, en una casa de posadas,
de la calle de Tintores, al Judío, en hábito de clérigo, que se
ha ido a posar allí, por tener noticia que dos peruleros [96]

---

[94]   *floreo,* todo tipo de fullerías naipescas.
[95]   *bajón,* por bajamanero.
[96]   *peruleros,* indianos, peruanos. Gente que vuelve enriquecida del
Perú.

viven en la misma casa, y querría ver si pudiese trabar juego con ellos, aunque fuese de poca cantidad; que de allí podría venir a mucha. Dice también que el domingo no faltará de la junta, y dará cuenta de su persona.

—Ese Judío también —dijo Monipodio— es gran sacre [97] y tiene gran conocimiento. Días ha que no le he visto, y no lo hace bien. Pues a fe que si no se enmienda, que yo le deshaga la corona; que no tiene más órdenes el ladrón que las tiene el Turco, ni sabe más latín que mi madre. ¿Hay más de nuevo?

—No —dijo el viejo—; a lo menos, que yo sepa.

—Pues sea en buena hora —dijo Monipodio—. Voacedes tomen esta miseria —y repartió entre todos hasta cuarenta reales—, y el domingo no falte nadie; que no faltará nada de lo corrido.

Todos le volvieron las gracias; tornáronse a abrazar Repolido y la Cariharta, la Escalanta con Maniferro y la Gananciosa con Chiquiznaque, concertando que aquella noche, después de haber alzado de obra [98] en la casa, se viesen en la de la Pipota, donde también dijo que iría Monipodio, al registro de la canasta de colar, y que luego había de ir a cumplir y borrar la partida de la miera. Abrazó a Rinconete y a Cortadillo, y, echándoles su bendición, los despidió, encargándoles que no tuviesen jjamás posada cierta ni de asiento, porque así convenía a la salud de todos. Acompañólos Ganchoso hasta enseñarles sus puestos, acordándoles que no faltase el domingo, porque, a lo que creía y pensaba, Monipodio había de leer una lición de posición [99] acerca de las cosas concernientes a su arte. Con esto se fue, dejando a los dos compañeros admirados de lo que habían visto.

Era Rinconete, aunque muchacho, de muy buen entendimiento, y tenía un buen natural; y como había andado con

---

[97] *sacre*, ave rapaz, ladrón.
[98] *alzado de obra*, finalizadas las tareas del día.
[99] *oposición*, lección de oposición. Cuidado en la dicción y en el contenido.

su padre en el ejercicio de las bulas, sabía algo de buen lenguaje, y dábale gran risa pensar en los vocablos que había oído a Monipodio y a los demás de su compañía y bendita comunidad, y más cuando por decir *per modum sufragii,* había dicho *por modo de naufragio;* y que *sacaban el estupendo,* por decir *estipendio* de lo que se garbeaba: y cuando la Cariharta dijo que era Repolido como un *marinero de Tarpeya* y un tigre de *Ocaña,* por decir *Hircania,* con otras mil impertinencias a éstas y a otras peores semejantes. Especialmente le cayó en gracia cuando dijo que el trabajo que había pasado en ganar los veinte y cuatro reales lo recibiese el cielo en descuento de sus pecados; y, sobre todo, le admiraba la seguridad que tenía, y la confianza, de irse al cielo con no faltar a sus devociones, estando tan llenos de hurtos, y de homicidios, y de ofensas de Dios. Y reíase de la otra buena vieja de la Pipota, que dejaba la canasta de colar hurtada, guardada en su casa, y se iba a poner las candelillas de cera a las imágenes, y con ello pensaba irse al cielo calzada y vestida. No menos le suspendía la obediencia y respeto que todos tenían a Monipodio, siendo un hombre bárbaro, rústico y desalmado, Consideraba lo que había leído en su libro de memoria, y los ejercicios en que todos se ocupaban; finalmente, exageraba cuán descuidada justicia había en aquella tan famosa ciudad de Sevilla, pues casi al descubierto vivía en ella gente tan perniciosa y tan contraria a la misma naturaleza, y propuso en sí de consejar a su compañero no durasen mucho en aquella vida tan perdida y tan mala, tan inquieta, tan libre y tan disoluta. Pero con todo esto, llevado de sus pocos años y de su poca experiencia, pasó con ella adelante algunos meses, en los cuales le sucedieron cosas que piden más luenga escritura, y así, se deja para otra ocasión contar su vida y milagros, con los de su maestro Monipodio, y otros sucesos de aquellos de la infame academia, que todos serán de grande consideración y que podrán servir de ejemplo y aviso a los que los leyeren.

LA ESPAÑOLA INGLESA

Entre los despojos que los ingleses llevaron de la ciudad de Cádiz [1], Clotaldo, un caballero inglés, capitán de una escuadra de navíos, llevó a Londres una niña de edad de siete años, poco más o menos, y esto contra la voluntad y sabiduría del conde de Leste, que con gran diligencia hizo buscar la niña para volvérsela a sus padres, que ante él se quejaron de la falta de su hija, pidiéndole que, pues se contentaba con las haciendas y dejaba libre las personas, no fuesen ellos tan desdichados que, ya que quedaban pobres, quedasen sin su hija, que era la lumbre de sus ojos y la más hermosa criatura que había en toda la ciudad. Mandó el conde echar bando por toda su armada, que, so pena de la vida, volviese la niña cualquiera que la tuviese; mas ningunas penas ni temores fueron bastantes a que Clotaldo la obedeciese, que la tenía escondida en su nave, aficionado, aunque cristianamente, a la incomparable hermosura de Isabel, que así se llamaba la niña. Finalmente, sus padres se quedaron sin ella, tristes y desconsolados, y Clotaldo, alegre sobre modo, llegó a Londres y entregó por riquísimo despojo a su mujer a la hermosa niña.

Quiso la buena suerte, que todos los de la casa de Clotaldo eran católicos secretos, aunque en lo público mos-

---

[1] *Cádiz,* los ingleses saquearon la ciudad al mando del conde de Essex en 1596.

traran seguir la opinión de su reina [2]. Tenía Clotaldo un
hijo llamado Ricaredo, de edad de doce años, enseñado de
sus padres a amar y temer a Dios y a estar muy entero en
las verdades de la fe católica.

Catalina, la mujer de Clotaldo, noble cristiana y prudente señora, tomó tanto amor a Isabel, que como si fuera
su hija la criaba, regalaba e industriaba [3]; y la niña era de
tan buen natural, que con facilidad aprendía todo cuanto le
enseñaban. Con el tiempo y con los regalos fue olvidando
los que sus padres verdaderos le habían hecho; pero no
tanto que dejase de acordarse y suspirar por ellos muchas
veces; y, aunque iba aprendiendo la lengua inglesa, no
perdía la española, porque Clotaldo tenía cuidado de
traerle a casa, secretamente, españoles que hablasen con
ella. Desta manera, sin olvidar la suya, como está dicho,
hablaba la lengua inglesa, como si hubiese nacido en Londres. Después de haberle enseñado todas las cosas de labor
que puede y debe saber una doncella bien nacida, la enseñaron a leer y escribir más que medianamente. Pero en lo
que tuvo extremo, fue en tañer todos los instrumentos que
a una mujer son lícitos, y esto con toda perfección de
música, acompañándola con una voz que le dio el cielo, tan
extremada, que encantaba cuando cantaba.

Todas estas gracias adquiridas y puestas sobre la
natural suya, poco a poco fueron encendiendo el pecho de
Ricaredo, a quien ella, como a hijo de su señor, quería y
servía; al principio le salteó amor con un modo de agra-
darse y complacerse de ver la sin igual belleza de Isabel y
de considerar sus infinitas virtudes y gracias, amándola
como si fuera su hermana, sin que sus deseos saliesen de
los términos honrados y virtuosos. Pero como fue creciendo
Isabel, que ya cuando Ricaredo ardía tenía doce años,
aquella benevolencia primera y aquella complacencia y
agrado de mirarla, se volvió en ardentísimos deseos de
gozarla y de poseerla; no porque aspirase a esto por otros

---

[2]   *reina*, Isabel I de Inglaterra.
[3]   *industriaba*, enseñaba.

medios que por los de ser su esposo, pues de la incomparable honestidad de Isabela —que así la llamaban ellos—, no se podía esperar otra cosa, ni aun él quisiera esperarla, aunque pudiera, porque la noble condición suya, y la estimación en que a Isabela tenía, no consentían que ningún mal pensamiento echase raíces en su alma.

Mil veces determinó manifestar su voluntad a sus padres, y otras tantas no aprobó su determinación, porque él sabía que le tenían dedicado para ser esposo de una muy rica y principal doncella escocesa, asimismo secreta cristiana como ellos; y estaba claro, según él decía, que no habían de querer dar a una esclava —si este nombre se podía dar a Isabela— lo que ya tenían concertado de dar a una señora; y así, perplejo y pensativo, sin saber qué camino tomar para venir al fin de su buen deseo, pasaba una vida tal, que le puso a punto de perderla. Pero pareciéndole ser gran cobardía dejarse morir sin intentar algún género de remedio a su dolencia, se animó y esforzó a declarar su intento a Isabela.

Andaban todos los de casa tristes y alborotados por la enfermedad de Ricaredo, que de todos era querido, y de sus padres con el extremo posible, así por no tener otro, como porque lo merecía su mucha virtud y su gran valor y entendimiento; no le acertaban los médicos la enfermedad, ni él osaba ni quería descubrírsela.

En fin, puesto en romper por las dificultades que él se imaginaba, un día que entró Isabela a servirle, viéndola sola, con desmayada voz y lengua turbada, le dijo:

—Hermosa Isabela, tu valor, tu mucha virtud y grande hermosura me tiene como me ves: si no quieres que deje la vida en manos de las mayores penas que pueden imaginarse, responda el tuyo a mi buen deseo, que no es otro que el recebirte por mi esposa a hurto de mis padres, de los cuales temo que, por no conocer lo que yo conozco que mereces, me han de negar el bien que tanto me importa. Si me das la palabra de ser mía, yo te la doy desde luego como verdadero y católico cristiano de ser tuyo, que, puesto que no llegue a gozarte, como lo llegaré, hasta que con bendición de la Iglesia y de mis padres sea aquel imaginar que con seguridad eres mía, será bastante a darme salud y a mantenerme alegre y contento, hasta que llegue el feliz punto que deseo.

En tanto que esto dijo Ricaredo, estuvo escuchándole Isabela los ojos bajos, mostrando en aquel punto que su honestidad se igualaba a su hermosura, y a su mucha discreción su recato.

Y así, viendo que Ricaredo callaba, honesta, hermosa y discreta, le respondió desta suerte:

—Después que quiso el rigor o la clemencia del cielo, que no sé a cuál destos extremos lo atribuya, quitarme a mis padres, señor Ricaredo, y darme a los vuestros, agradecida a las infinitas mercedes que me han hecho, determiné que jamás mi voluntad saliese de la suya; y así sin ella tendría no por buena, sino por mala fortuna la inestimable merced que queréis hacerme. Si con su sabiduría fuere yo tan venturosa que os merezca, desde aquí os ofrezco la voluntad que ellos me dieren, y en tanto que esto se dilatare, o no fuere, entretengan vuestros deseos saber que los míos serán eternos y limpios en desearos el bien que el cielo puede daros.

Aquí puso silencio Isabela a sus honestas y discretas razones, y allí comenzó la salud de Ricaredo, y comenzaron a revivir las esperanzas de sus padres, que en su enfermedad muertas estaban.

Despidiéronse los dos cortésmente, él con lágrimas en los ojos, ella con admiración en el alma, de ver tan rendida a su amor la de Ricaredo, el cual, levantando del lecho, al parecer de sus padres por milagro, no quiso tenerles más tiempo ocultos sus pensamientos, y así un día se los manifestó a su madre, diciéndole en el fin de su plática, que fue larga, que si no le casaban con Isabela, que el negársela y darle la muerte era todo una misma cosa.

Con tales razones, con tales encarecimientos subió al cielo las virtudes de Isabela Ricaredo, que le pareció a su madre que Isabela era la engañada en llevar a su hijo por esposo. Dio buenas esperanzas a su hijo de disponer a su

padre a que con gusto viniese en lo que ya ella también
venía; y así fue, que diciendo a su marido las mismas
razones que a ella había dicho su hijo, con facilidad le
movió a querer lo que tanto su hijo deseaba, fabricando
excusas que impidiesen el casamiento que casi tenía concertado con la doncella de Escocia.

A esta sazón tenía Isabela catorce y Ricaredo veinte
años, y en esta tan verde y tan florida edad, su mucha discreción y conocida prudencia los hacía ancianos.

Cuatro días faltaban para llegarse aquel en el cual los
padres de Ricaredo querrían que su hijo inclinase el cuello
al yugo santo del matrimonio, teniéndose por prudente y
dichosísimos de haber escogido a su prisionera por su hija,
teniendo en más la dote de sus virtudes que la mucha
riqueza que con la escocesa se les ofrecía; las galas estaban
ya a punto, los parientes y los amigos convidados, y no faltaba otra cosa sino hacer a la reina sabidora de aquel concierto, porque sin su voluntad y consentimiento, entre los
de ilustre sangre no se efectúa casamiento alguno; pero no
dudaron de la licencia, y así se detuvieron en pedirla.

Digo, pues, que estando todo en este estado, cuando faltaban los cuatro días hasta el de la boda, una tarde turbó
todo su regocijo un ministro de la reina, que dio un recaudo
a Clotaldo que su Majestad mandaba, que otro día por la
mañana llevasen a su presencia a su prisionera la española
de Cádiz.

Respondióle Clotaldo que de muy buena gana haría lo que
Su Majestad le mandaba. Fuese el ministro, y dejó llenos
los pechos de todos de turbación, de sobresalto y miedo.

—¡Ay —decía la señora Catalina—, si sabe la reina que yo
he criado a esta niña a la católica, y de aquí viene a inferir
que todos los desta casa somos cristianos!; pues si la reina
le pregunta qué es lo que ha aprendido en ocho años que ha
que es prisionera, ¿qué ha de responder la cuitada que no
nos condene, por más discreción que tenga?

Oyendo lo cual Isabela, le dijo:

—No le dé pena alguna, señora mía, ese temor, que yo
confío en el cielo que me ha de dar palabras en aquel ins-

tante, por su divina misericordia, que no sólo no os condenen, sino que redunden en provecho vuestro.

Temblaba Ricaredo, casi como adivino de algún mal suceso. Clotaldo buscaba modos que pudiesen dar ánimo a su mucho temor, y no los hallaba sino en la mucha confianza que en Dios tenía y en la prudencia de Isabela, a quien encomendó mucho que, por todas las vías que pudiese, excusase el condenallos, por católicos, que, puesto que estaban prontos con el espíritu a recibir martirio todavía la carne enferma rehusaba su amarga carrera.

Una y muchas veces le aseguró Isabela estuviesen seguros que por su causa no sucedería lo que temían y sospechaban. Porque aunque ella entonces no sabía lo que había de responder a las preguntas que en tal caso le hiciesen, tenía viva y cierta esperanza que había de responder de modo que, como otra vez había dicho, sus respuestas les sirviesen de abono.

Discurrieron aquella noche en muchas cosas, especialmente en que, si la reina supiera que eran católicos, no les enviara recaudo tan manso, por donde se podía inferir que sólo quería ver a Isabela, cuya sin igual hermosura y habilidades habría llegado a sus oídos, como a todos los de la ciudad; pero ya en no habérsela presentado se hallaban culpados, de la cual culpa hallaron sería bien disculparse con decir que desde el punto que entró en su poder, la escogieron y señalaron para esposa de su hijo Ricaredo. Pero también en esto se culpaban, por haber hecho el casamiento sin licencia de la reina, aunque esta culpa no les pareció digna de gran castigo.

Con esto se consolaron, y acordaron que Isabela no fuese vestida humildemente, como prisionera, sino como esposa, pues ya lo era de tan principal esposo como su hijo. Resueltos en esto, otro día vistieron a Isabela a la española, con una saya entera [4] de raso verde, acuchillada [5]

---

[4] *saya entera*, falda hasta el suelo.
[5] *acuchillada*, con aberturas de este tipo y telas de fondo diferentes la exterior.

forrada en rica tela de oro, tomadas las cuchilladas con
unas eses de perlas, y toda ella bordada de riquísimas
perlas; collar y cintura de diamantes, y con abanico, a
modo de las señoras damas españolas; sus mismos cabellos, que eran muchos, rubios y largos, entretejidos y sembrados de diamantes y perlas, le servían de tocado. Con
este adorno riquísimo, y con su gallarda disposición y milagrosa belleza, se mostró aquel día a Londres sobre una hermosa carroza, llevando colgados de su vista las almas y los
ojos de cuantos la miraban. Iban con ella Clotaldo y su
mujer y Ricaredo en la carroza, y a caballo muchos ilustres
parientes suyos. Toda esta honra quiso hacer Clotaldo a su
prisionera, por obligar a la reina la tratase como a esposa
de su hijo.

Llegados, pues, a palacio y a una gran sala donde la
reina estaba, entró por ella Isabela, dando de sí la más hermosa muestra que pudo caber en una imaginación. Era la
sala grande y espaciosa, y a dos pasos se quedó el acompañamiento, y se adelantó Isabela, y, como quedó sola,
pareció lo mismo que parece la estrella o exhalación que
por la región del fuego en serena y sosegada noche suele
moverse, o bien ansí como rayos del sol, que, al salir del
día, por entre dos montañas se descubre.

Todo esto pareció, y aun cometa, que pronosticó el
incendio de más de un alma de los que allí estaban, a quien
amor abrasó con los rayos de los hermosos soles de Isabela,
la cual, llena de humildad y cortesía, se fue a poner de
hinojos ante la reina, y en lengua inglesa le dijo:

—Dé Vuestra Majestad las manos a esta su sierva, que
desde hoy más se tendrá por señora, pues ha sido tan venturosa que ha llegado a ver la grandeza vuestra.

Estúvola la reina mirando por un buen espacio sin
hablarle palabra, pareciéndole, como después dijo a la
camarera, que tenía delante un cielo estrellado, cuyas
estrellas eran las muchas perlas y diamantes que Isabela
traía; su bello rostro y sus ojos, el sol y la luna, y toda ella
una nueva maravilla de hermosura.

Las damas que estaban con la reina, quisieran hacerse

todas ojos, porque no les quedase cosa por mirar en Isabela. Cuál alababa la viveza de sus ojos, cuál la color del rostro, cuál la gallardia del cuerpo y cuál la dulzura de la habla, y tal hubo que, de pura envidia, dijo:

—Buena es la española, pero no me contenta el traje.

Después que pasó algún tanto la suspensión de la reina, haciendo levantar a Isabela, le dijo:

—Habladme en español, doncella, que yo le entiendo bien y gustaré dello.

Y volviéndose a Clotaldo, dijo:

—Clotaldo, agravio me habéis hecho en tenerme este tesoro tantos año ha encubierto, más él es tal, que os haya movido a codicia; obligado estáis a restituírmele, porque de derecho es mío.

—Señora —respondió Clotaldo—, mucha verdad es lo que Vuestra Majestad dice; confieso mi culpa, si lo es, haber guardado este tesoro a que estuviese en la perfección que convenía para parecer ante los ojos de Vuestra Majestad, y ahora que lo está pensaba traerle mejorado, pidiendo licencia a Vuestra Majestad para que Isabela fuese esposa de mi hijo Ricaredo, y daros, alta Majestad, en los dos todo cuanto puedo daros.

—Hasta el nombre me contenta —respondió la reina—; no le faltaba más sino llamarse Isabela la española, para que no me quedase nada de perfección que desear en ella. Pero advertid, Clotaldo, que sé que sin mi licencia la teníades prometida a vuestro hijo.

—Así es verdad, señora —respondió Clotaldo—; pero fue en confianza que los muchos y relevados servicios que yo y mis pasados tenemos hechos a esta corona, alcanzarían de Vuestra Majestad otras mercedes más dificultosas que las desta licencia, cuanto más que aún no está desposado mi hijo.

—Ni lo estará —dijo la reina— con Isabela, hasta que por sí mismo lo merezca; quiero decir, que no quiero que para esto le aprovechen vuestros servicios ni de sus pasados; él por sí mismo se ha de disponer a servirme, y a merecer por sí esta prenda, que yo la estimo como si fuese mi hija.

Apenas oyó esta última palabra Isabela, cuando se volvió a hincar de rodillas ante la reina, diciéndole en lengua castellana:

—Las desgracias que tales descuentos traen, serenísima señora, antes se han de tener por dichas, que por desventuras; ya Vuestra Majestad me ha dado nombre de hija; sobre tal prenda, ¿qué males podré temer o qué bienes no podré esperar?

Con tanta gracia y donaire decía cuanto decía Isabela, que la reina se le aficionó en extremo, y mandó que se quedase en su servicio, y se la entregó a una gran señora, su camarera mayor, para que la enseñase el modo de vivir suyo.

Ricaredo, que se vio quitar la vida, en quitarle a Isabela, estuvo a pique de perder el juicio; y así, temblando y con sobresalto, se fue a poner de rodillas ante la reina, a quien dijo:

—Para servir yo a Vuestra Majestad no es menester incitarme con otros premios que con aquellos que mis padres y mis pasados han alcanzado, por haber servido a sus reyes. Pero pues Vuestra Majestad gusta que yo la sirva con nuevos deseos y pretensiones, querría saber en qué modo y en qué ejercicio podré mostrar que cumplo con la obligación en que Vuestra Majestad me pone.

—Dos navíos —respondió la reina— están para partirse en corso [6], de los cuales he hecho general al barón de Lansac; del uno dellos os hago a vos capitán, porque la sangre de do venís me asegura que ha de suplir la falta de vuestros años, y advertir a la merced que os hago, pues os doy ocasión en ella, a que, correspondiendo a quien sois, sirviendo a vuestra reina, mostréis el valor de vuestro ingenio y de vuestra persona, y alcancéis el mejor premio que a mi parecer vos mismo podéis acertar a desearos; yo misma os seré guarda de Isabela, aunque ella da muestras que su honestidad será su más preciada guarda. Id con Dios, que, pues vais enamorado, como imagino, grandes cosas me

---

[6] en corso, en campaña por el mar para perseguir a piratas o embarcaciones enemigas.

prometo de vuestras hazañas; felices fuera el rey bata-
llador que tuviera en su ejército diez mil soldados amantes,
que esperan que el premio de sus victorias había de ser
gozar de sus amadas. Levantaos, Ricaredo, y mirad, si
tenéis, o queréis decir algo a Isabela, porque mañana ha de
ser vuestra partida.

Besó las manos Ricaredo a la reina, estimando en mucho
la merced que le hacía, y luego se fue a hincar de rodillas
ante Isabela, y queriéndola hablar no pudo, porque se le
puso un nudo en la garganta, que le ató la lengua, y las
lágrimas acudieron a los ojos, y él acudió a disimularlas lo
más que le fue posible; pero, con todo esto no se pudieron
encubrir a los ojos de la reina, pues dijo:

—No os afrentéis, Ricaredo, de llorar, ni os tengáis en
menos, por haber dado en este trance tan tiernas muestras
de vuestro corazón, que una cosa es pelear con los enemigos, y otra despedirse de quien bien se quiere. Abrazad,
Isabela, a Ricaredo, y dadle vuestra bendición, que bien lo
merece su sentimiento.

Isabela, que estaba suspensa y atónita, de ver la
humildad y dolor de Ricaredo, que como a su esposo le
amaba, no entendió lo que la reina le mandaba, antes
comenzó a derramar lágrimas, tan sin pensar lo que hacía,
y tan sesga [7], y tan sin movimiento alguno, que no parecía
sino que lloraba una estatua de alabastro. Estos efectos de
los dos amantes, tan tiernos y tan enamorados, hicieron
verter lágrimas a muchos de los circunstantes, y, sin
hablar más palabras Ricaredo, y sin le haber hablado
alguna a Isabela, haciendo Clotaldo y los que con él venían
reverencia a la reina, se salieron de la sala, llenos de compasión, de despecho y de lágrimas.

Quedó Isabela como huérfana que acaba de enterrar sus
padres y con temor que la nueva señora quisiese que
mudase las costumbres en que la primera la había criado.
En fin, se quedó, y de allí a dos días Ricaredo se hizo a la
vela, combatido, entre otros muchos, de dos pensamientos,

---

[7] *sesga*, sosegada.

que le tenían fuera de sí. Era el uno, el considerar que le convenía hacer hazañas que le hiciesen merecedor de Isabela, y el otro, que no podía hacer ninguna, si había de responder a su católico intento, que le impedía no desenvainar la espada contra católicos; y si no la desenvainaba, había de ser notado de cristiano o de cobarde, y todo esto redundaba en perjuicio de su vida, y en obstáculo de su pretensión. Pero, en fin, determinó de posponer al gusto de enamorado, el que tenía de ser católico, y en su corazón pedía al cielo le deparase ocasiones, donde, con ser valiente, cumpliese con ser cristiano, dejando a su reina satisfecha, y a Isabela merecida.

Seis días navegaron los dos navíos con próspero viento, siguiendo la derrota de las islas Terceras [8], paraje donde nunca faltan, o naves portuguesas de las Indias Orientales, o algunas derrotas de las Occidentales. Y al cabo de los seis días, les dio de costado un recísimo viento, que en el mar Océano tiene otro nombre que en el Mediterráneo, donde se llama Mediodía, el cual viento fue tan durable y tan recio, que sin dejarles tomar las islas, les fue forzoso correr a España, y junto a su costa, a la boca del estrecho de Gibraltar, descubrieron tres navíos, uno poderoso y grande, y los dos pequeños; arribó la nave de Ricaredo a su capitán, para saber de su general si quería embestir a los tres navíos que se descubrían, y antes que a ella llegase, vio poner sobre la gavia mayor [9] un estandarte negro, y llegándose más cerca, oyó que tocaban en la nave clarines y trompetas roncas, señales claras, o que el general era muerto, o alguna otra principal persona de la nave. Con este sobresalto, llegaron a poderse hablar, que no lo había hecho después que salieron del puerto. Dieron voces de la nave capitana, diciendo que el capitán Ricaredo pasase a ella, porque el general la noche antes había muerto de una apoplejía [10]. Todos se entristecieron, si no fue Ricaredo, que

---

[8]   *islas Terceras,* las Azores.
[9]   *gavia mayor,* cesto de mimbre situado en el palo mayor de la nave.
[10]   *apoplejía,* derrame cerebral.

se alegró, no por el daño de su general sino por ver que quedaba él libre para mandar en los dos navíos, que así fue la orden de la reina, que, faltando el general, lo fuese Ricaredo, el cual con presteza se pasó a la capitana, donde halló que unos lloraban por el general muerto, y otros se alegraban con el vivo; finalmente, los unos y los otros le dieron luego la obediencia, y le aclamaron por su general con breves ceremonias, no dando lugar a otra cosa dos de los tres navíos que habían descubierto, los cuales, desvirtuándose del grande, a las dos naves se venían.

Luego conocieron ser galeras, y turquescas, por las medias lunas que en las banderas traían, de que recibió gran gusto Ricaredo, pareciéndole que aquella presa, si el cielo se la concediese, sería de consideración, sin haber ofendido a ningún católico. Las dos galeras turquescas llegaron a reconocer los navíos ingleses, los cuales no traían insignias de Inglaterra, sino de España, por desmentir a quien llegase a reconocellos, y no los tuviesen por navíos de corsarios. Creyeron los turcos ser naves derrotadas de las Indias y que con facilidad las rendirían.

Fueronse entrando poco a poco, y de industria [11] los dejó llegar Ricardo, hasta tenerlos a gusto de su artillería, la cual mandó disparar a tan buen tiempo, que con cinco balas dio en la mitad de una de las galeras, con tanta furia, que la abrió por medio toda; dio luego a la banda, y comenzó a irse a pique sin poderse remediar. La otra galera, viendo tan mal suceso, con mucha priesa le dio cabo [12], y le llevó a poner debajo del costado del gran navío. Pero Ricaredo, que tenía los suyos prestos y ligeros, que salían y entraban como si tuvieran remos, mandando cargar de nuevo toda la artillería, los fue siguiendo hasta la nave, lloviendo sobre ellos infinidad de balas.

Los de la galera abierta, así como llegaron a la nave, la desampararon [13], y con priesa y celeridad procuraban aco-

---

[11]   de industria, con astucia.
[12]   cabo, le echó una cuerda.
[13]   desampararon, abandonaron.

gerse a la nave. Lo cual visto por Ricaredo, y que la galera
sana se ocupaba con la rendida, cargó sobre ella con sus
dos navíos, y sin dejarla rodear ni valerse de los remos, la
puso en estrecho, que los turcos se aprovecharon ansimismo del refugio de acogerse a la nave, no para defenderse en ella, sino por escapar las vidas por entonces.

Los cristianos, de quien venían armadas las galeras,
arrancando las branzas [14] y rompiendo las cadenas, mez-
clados con los turcos, también se acogieron a la nave, y
como iban subiendo por su costado, con la arcabucería [15]
de los navíos los iban tirando como a blancos a los turcos
no más, que a los cristianos mandó Ricaredo que nadie los
tirase. Desta manera casi todos los más turcos fueron
muertos, y los que en la nave entraron, por los cristianos,
que con ellos se mezclaron, aprovechándose de sus mismas
armas, fueron hecho pedazos; que la fuerza de los
valientes, cuando caen, se pasa a la flaqueza de los que se
levantan. Y así, con el calor que les daba a los cristianos,
pensar que los navíos ingleses eran españoles, hicieron por
su libertad maravillas. Finalmente, habiendo muerto casi
todos los turcos, algunos españoles se pusieron a borde
del navío, y a grandes voces llamaron a los que pensaban ser españoles, entrasen a gozar el premio del vencimiento.

Preguntóles Ricaredo en español, que qué navío era
aquél. Respondiéronle que era una nave que venía de la
India de Portugal [16], cargada de especería, y con tantas
perlas y diamantes, que valía más de un millón de oro, y
que con tormenta habían arribado a aquella parte, toda
destruida y sin artillería, por haberla echado a la mar, la
gente enferma y casi muerta de sed y de hambre; y que
aquellas dos galeras, que eran del co[r]sario Arnaute

---

[14] *branzas,* argollas donde se sujetaban las cadenas de los forzados a
galeras.
[15] *arcabucería,* soldados que disparaban este arma parecida al fusil.
[16] *India de Portugal,* Indias orientales o colonias portuguesas en el
Sudoeste asiático.

Mamí [17], el día antes la habían rendido, sin haberse puesto en defensa, y que, a lo que habían oído decir, por no poder pasar tanta riqueza a sus dos bajeles, la llevaban a jorro [18], para meterla en el río de Larache [19], que estaba allí cerca.

Ricaredo les respondió que si ellos pensaban que aquellos dos navíos eran españoles, se engañaban, que no eran sino de la señora reina de Inglaterra, cuya nueva dio que pensar y que temer a los que la oyeron, pensando, como era razón que pensasen, que de un lazo habían caído en otro. Pero Ricaredo les dijo que no temiesen algún daño, y que estuviesen ciertos de su libertad, con tal que no se pusiesen en defensa.

—Ni es posible ponernos en ella —respondieron—, porque, como se ha dicho, este navío no tiene artillería ni nosotros armas; así que nos es forzoso acudir a la gentileza y liberalidad de vuestro general. Pues será justo que quien nos ha librado del insufrible, cautiverio de los turcos, lleve adelante tan gran merced y beneficio, pues le podrá hacer famoso en todas las partes, que serán infinitas, donde llegare la nueva desta memorable vitoria, y de su liberalidad, más de nosotros esperada que temida.

No le parecieron mal a Ricaredo las razones del español; y llamando a consejo los de su navío, les preguntó cómo haría para enviar todos los cristianos a España sin ponerse a peligro de algún siniestro suceso, si el ser tantos les daba ánimo para levantarse.

Pareceres hubo que los hiciese pasar uno a uno a su navío; y así como fuesen entrando debajo de cubierta matarle, y desta manera matarlos a todos, y llevar la gran nave a Londres, sin temor ni cuidado alguno.

A eso respondió Ricaredo:

—Pues que Dios nos ha hecho tan gran merced, en darnos tanta riqueza, no quiero corresponderle con ánimo

---

[17] Arnaute Mamí, renegado albanés que mandaba las tres galeras turcas que atacaron a la Sol en la que volvía Cervantes de Italia (1575).

[18] a jorro, a remolque.

[19] Larache, población y territorio marroquí.

cruel y desagradecido, ni es bien que lo que puedo remediar con la industria, lo remedie con la espada; y así soy de
parecer que ningún cristiano católico muera, no porque los
quiero bien, sino porque me quiero a mí muy bien, y querría que esta hazaña de hoy, ni a mí ni a vosotros, que en
ella me habéis sido compañeros, nos diese mezclado con el
nombre de valientes el renombre de crueles, porque nunca
dijo bien la crueldad con la valentía. Lo que se ha de hacer
en que toda la artillería de un navío déstos se ha de pasar a
la gran nave portuguesa, sin dejar en el navío otras armas,
ni otra cosa más del bastimento, y no lejando [20] la nave de
nuestra gente, la llevaremos a Inglaterra, y los españoles se
irán a España.

Nadie osó contradecir lo que Ricaredo había propuesto,
y algunos le tuvieron por valiente y magnánimo, y de buen
entendimiento; otros le juzgaron en sus corazones por más
católico que debía. Resuelto, pues, en esto Ricaredo, pasó
con cincuenta arcabuceros, a la nave portuguesa, todos
alerta, y con las cuerdas encendidas [21]; halló en la nave
casi trescientas personas, de las que habían escapado de
las galeras. Pidió luego el registro de la nave, y respondióle
aquel mismo que desde el borde le habló la vez primera,
que el registro le había tomado el cosario de los bajeles,
que con ellos se había ahogado. Al instante puso el torno [22]
en orden, y acostando su segundo bajel a la gran nave, con
maravillosa presteza, y con fuerza de fortísimos cabestrantes [23], pasaron la artillería del pequeño bajel a la mayor
nave.

Luego, haciendo una breve plática a los cristianos, les
mandó pasar al bajel desembarazado, donde hallaron bas-

---

[20] *lejando,* apartando.
[21] *cuerdas encendidas,* mechas de sus armas de fuego.
[22] *torno,* artificio de la embarcación en el que se sujetaban las cuerdas
de las velas y se tensaban o se aflojaban según las necesidades de la navegación.
[23] *cabestrantes,* cabrestantes. Tornos verticales con los que se trasla-
daban objetos pesados no en sentido vertical como el torno normal, sino
en el horizontal.

timento en abundancia, para más de un mes, y para más
gente; y así como se iban embarcando, dio a cada uno
cuatro escudos de oro españoles, que hizo traer a su navío,
para remediar en parte su necesidad cuando llegasen a
tierra, que estaba tan cerca, que las altas montañas de
Abila y Calpe [24] desde allí se parecían.

Todos le dieron infinitas gracias por la merced que les
hacía; y el último que se iba a embarcar fue aquel que por
los demás había hablado, el cual le dijo:

—Por más ventura tuviera, valeroso caballero, que me
llevaras contigo a Inglaterra, que no que me enviaras a
España, porque aunque es mi patria, y no habrá sino seis
días que della partí, no he de hallar en ella otra cosa que no
sea de ocasiones de tristezas y soledades mías. Sabrás,
señor, que en la pérdida de Cádiz, que sucedió habrá
quince años, perdí una hija, que los ingleses debieron de
llevar a Inglaterra, y con ella perdí el descanso de mi vejez
y la luz de mis ojos, que, después que no la vieron nunca
han visto cosa que de su gusto sea: el grave descontento en
que me dejó su pérdida, y la de la hacienda, que también
me faltó, me pusieron de manera, que ni más quise ni más
pude ejercitar la mercancía, cuyo trato me había puesto en
opinión de ser el más rico mercader de toda la ciudad. Y así
era la verdad, pues fuera del crédito, que pasaba de
muchos centenares de millares de escudos, valía mi
hacienda dentro de las puertas de mi casa más de cincuenta mil ducados [25]. Todo lo perdí, y no hubiera perdido
nada, como no hubiera perdido a mi hija. Tras esta general
desgracia, y tan particular mía, acudió la necesidad a fati-
garme, hasta tanto que, no pudiéndola resistir, mi mujer, y
yo, que es aquella triste que está allí sentada, determi-
namos irnos a las Indias, común refugio de los pobres gene-

---

[24] *Abila y Calpe*, las dos columnas de Hércules. Abila en Marruecos.
Calpe, el actual Peñón de Gibraltar.
[25] *ducados*, moneda de oro en uso hasta finales del siglo XVI, con valor
aproximado de 7 pesetas de plata o 700 actuales. Venía a equivaler al
escudo (11 reales) y a la onza a fines del siglo XVII (17 reales).

rosos, y habiéndonos embarcado en un navío de aviso [26] seis días ha, a la salida de Cádiz dieron con el navío estos dos bajeles de cosarios, y nos cautivaron, donde se renovó nuestra desgracia y se confirmó nuestra desventura, y fuera mayor, si los corsarios no hubieran tomado aquella nave portuguesa, que los entretuvo, hasta haber sucedido lo que él había visto.

Preguntóle Ricaredo cómo se llamaba su hija. Respondióle que Isabel.

Con esto acabó de confirmarse Ricaredo en lo que ya había sospechado, que era que el que se lo contaba era el padre de su querida Isabela; y sin darle algunas nuevas della, le dijo que de muy buena gana llevaría a él y a su mujer a Londres, donde podría ser hallasen nuevas de la que deseaban. Hízolos pasar luego a su capitana, poniendo marineros y guardas bastantes en la nao portuguesa. Aquella noche alzaron velas y se dieron priesa a apartarse de las costas de España, porque el navío de los cautivos libres —entre los cuales también iban hasta veinte turcos, a quien también Ricaredo dio libertad, por mostrar que más por su buena condición y generoso ánimo se mostraba liberal, que por forzarle amor que a los católicos, tuviese— rogó a los españoles que, en la primera ocasión que se ofreciese, diesen entera libertad a los turcos, que ansí mismo se le mostraron agradecidos.

El viento, que daba señales de ser próspero y largo, comenzó a calmar un tanto, cuya calma levantó gran tormenta de temor en los ingleses, que culpaban a Ricaredo y a su liberalidad, diciéndole que los libres podían dar aviso en España de aquel suceso, y que si acaso había galeones [27] de armada en el puerto, podían salir en su busca y ponerlos en aprieto, y en término de perderse.

Bien conocida Ricaredo que tenían razón; pero venciéndolos a todos con buenas razones, los sosegó; pero más los

---

[26] *navío de aviso*, embarcación pequeña y ligera usada para llevar las órdenes o avisos de la autoridad.

[27] *galeones*, bajel grande de vela, parecido a la galera.

quietó el viento, que volvió a refrescar de modo, que, dándole en todas las velas, sin tener necesidad de amainallas ni aun de templallas, dentro de nueve días se hallaron a la vista de Londres, y, cuando en él vitoriosos volvieron, habría treinta que dél faltaban. No quiso Ricaredo entrar en el puerto con muestras de alegría, por la muerte de su general; y así mezcló las señales alegres con las tristes; unas veces sonaban clarines regocijados, otras trompetas roncas; unas tocaban los atambores alegres y sobresaltadas armas, a quien con señas tristes y lamentables respondían los pífanos [28].

De una gavia colgada, puesta al revés, una bandera de medias lunas sembrada; en otra se veía un luengo estandarte de tafetán negro, cuyas puntas besaban el agua. Finalmente, con estos tan contrarios extremos entró en el río de Londres con su navío, porque la nave no tuvo fondo en él que la sufriese, y así, se quedó en el mar a lo largo.

Estas tan contrarias muestras y señales tenían suspenso el infinito pueblo que desde la ribera los miraba. Bien conocieron por algunas insignias, que aquel navío menor era la capitana del barón de Lansac, mas no podían alcanzar cómo el otro navío se hubiese cambiado con aquella poderosa nave que en la mar se quedaba.

Pero sacólos desta duda haber saltado en el esquife [29], armado de todas armas, ricas y resplandecientes, el valeroso Ricaredo, que a pie, sin esperar otro acompañamiento que aquel de un innumerable vulgo que le seguía, se fue a palacio, donde ya la reina, puesta a unos corredores, estaba esperando le trujesen la nueva de los navíos. Estaba con la reina, con las otras damas, Isabela, vestida a la inglesa, y parecía tan bien como a la castellana. Antes que Ricaredo llegase, llegó otro que dio las nuevas a la reina de cómo Ricaredo venía.

Alborotóse Isabela oyendo el nombre de Ricaredo, y en

---

[28]   *pífanos*, flautines de timbre muy agudo.
[29]   *esquife*, barco pequeño que se lleva en la embarcación para saltar a tierra.

aquel instante temió y esperó malos y buenos sucesos de su venida. Era Ricaredo alto de cuerpo, gentil hombre y bien proporcionado, y como venía armado de peto, espaldar, gola [30] y brazaletes [31] y escarcelas [32], con unas armas milanesas de once vistas [33], grabadas y doradas, parecía en extremo bien a cuantos le miraban; no le cubría la cabeza morrión [34] alguno, sino un sombrero de gran falda de color leonado, con mucha diversidad de plumas terciadas a la valona [35]; la espada, ancha, los tiros [36] ricos, las calzas a la esguízara [37]. Con este adorno, y con el paso brioso que llevaba, algunos hubo que le compararon a Marte, dios de las estrellas, y otros, llevados de la hermosura de su rostro, dicen que le compararon a Venus, que, para hacer alguna burla a Marte, de aquel modo se había disfrazado.

En fin, él llegó ante la reina; puesto de rodillas, le dijo:

—Alta Majestad, en fuerza de vuestra ventura y en consecución de mi deseo, después de haber muerto de una apoplejía el general de Lansac, quedando yo en su lugar merced a la liberalidad vuestra, me deparó la suerte dos galeras turquescas que llevaban remolcando aquella gran nave que allí se parece. Acometíla, pelearon vuestros soldados como siempre: echáronse a fondo los bajeles de los corsarios. En el uno de los nuestros, en vuestro real nombre, di libertad a los cristianos que del poder de los turcos escaparon; sólo truje conmigo a un hombre y a una mujer españoles, que por su gusto quisieron venir a ver la grandeza vuestra. Aquella nave es de las que vienen de la

---

[30] *gola*, pieza de la armadura, sobre el peto para cubrir la garganta.

[31] *brazaletes*, piezas de la armadura que cubrían los brazos.

[32] *escarcelas*, partes de las armaduras que caían desde la cintura cubriendo el muslo.

[33] *de once vistas*, puede referirse a las once piezas que antiguamente tenían las armaduras.

[34] *morrión*, armadura en forma de casco que se solía coronar con plumas o adornos.

[35] *valona*, colocadas según el uso y el estilo de los valones (habitantes del territorio comprendido entre los ríos Escalda y Lys).

[36] *tiros*, correas de las que cuelga la espada.

[37] *a la esguízara*, a la forma suiza.

India de Portugal, la cual por tormenta vino a dar en poder
de los turcos, que con poco trabajo, por mejor decir, sin
ninguno, la rindieron, y según dijeron algunos portugueses
de los que en ella venían, pasa de un millón de oro el valor
de la especería y otras mercancías de perlas y diamantes
que en ellas vienen; a ninguna cosa se ha tocado, ni los
turcos habían llegado a ella, porque todo lo dedicó el cielo,
y yo lo mandé guardar para Vuestra Majestad, que con una
joya sola que se me dé, quedaré en deuda de otras diez
naves, la cual joya ya Vuestra Majestad me la tiene prometida, que es a mi buena Isabela; con ella quedaré rico y
premiado, no sólo deste servicio, cual él se sea, que a
Vuestra Majestad he hecho, sino de otros muchos que
pienso hacer, por pagar alguna parte del todo, casi infinito,
que en esta joya Vuestra Majestad me ofrece.

—Levantaos, Ricaredo —respondió la reina—, y credme
que si por precio os hubiera de dar a Isabela, según yo la
estimo, no la pudiérades pagar, ni con lo que trae esa nave,
ni con lo que queda en las Indias. Dóyosla porque os la pro-
metí, y porque ella es digna de vos y vos lo sois della.
Vuestro valor solo la merece; si vos habéis guardado las
joyas de la nave para mí, yo os he guardado la joya vuestra
para vos, y aunque os parezca que no hago mucho en vol-
veros lo que es vuestro, yo sé que os hago mucha merced
en ello; que las prendas que se compran a deseos y tienen
su estimación en el alma del comprador, aquello valen que
vale una alma, que no hay precio en la tierra con que apre-
cialla. Isabela es vuestra, veisla allí; cuando quisiéredes,
podéis tomar su entera posesión, y creo será con su gusto,
porque es discreta, y sabrá ponderar la amistad que le
hacéis, que no la quiero llamar merced, sino amistad,
porque me quiero alzar con el nombre de que yo sola puedo
hacerle mercedes; idos a descansar, y venidme a ver
mañana, que quiero más particularmente oír de vuestras
hazañas, y traedme esos dos que decís que de su voluntad
han querido venir a verme, que se lo quiero agradecer.

Besóle las manos Ricaredo por las muchas mercedes que
le hacía.

Entróse la reina en una sala, y las damas rodearon a Ricaredo, y una dellas, que había tomado grande amistad con Isabela, llamada la señora Tanso, tenida por la más descreta, desenvuelta y graciosa de todas, dijo a Ricaredo:

—¿Qué es esto, señor Ricaredo, qué armas son éstas?, ¿pensábades, por ventura, que veníades a pelear con vuestros enemigos? Pues en verdad que aquí todas somos vuestras amigas, si no es la señora Isabela, que como española, está obligada a no teneros buena voluntad.

—Acuérdese ella, señora Tansi, de tenerme alguna, que, como yo esté en su memoria —dijo Ricaredo—, yo sé que la voluntad será buena, pues no puede saber en su mucho valor y entendimiento, y rara hermosura, la fealdad de ser desagradecida.

A lo cual respondió Isabela:

—Señor Ricaredo, pues he de ser vuestra, a vos está tomar de mí toda la satisfacción que quisiéredes para recompensaros de las alabanzas que me habéis dado y de las mercedes que pensáis hacerme.

Estas y otras honestas razones pasó Ricaredo con Isabela, y con las damas, entre las cuales había una doncella de pequeña edad, la cual no hizo sino mirar a Ricaredo mientras allí estuvo; alzábale las escarcelas por ver qué traía debajo dellas; tentábale la espada, y, con simplicidad de niña, quería que las armas le sirviesen de espejo, llegándose a mirar de muy cerca en ellas; y cuando se hubo ido, volviéndose a las damas, dijo:

—Ahora, señora, yo imagino que debe de ser cosa hermosísima la guerra, pues aun entre mujeres parecen bien los hombres armados.

—¿Y cómo si parecen? —respondió la señora Tansi—; si no, mirad a Ricaredo, que no parece sino que el sol se ha bajado a la tierra y en aquel hábito va caminando por la calle.

Riyeron todas del dicho de la doncella y de la disparatada semejanza de Tansi, y no faltaron murmuradores que tuvieron por impertinencia el haber venido armado Ricaredo a palacio, puesto que halló disculpa en otros, que dijeron que como soldado lo pudo hacer, para demostrar su gallarda bizarría.

Fue Ricaredo de sus padres, amigos, parientes y conocidos, con muestras de entrañable amor recebido. Aquella noche se hicieron generales alegrías en Londres, por su buen suceso.

Ya los padres de Isabela estaban en casa de Clotaldo, a quien Ricaredo había dicho quién era, pero que no le diesen nueva ninguna de Isabela, hasta que él mismo se la diese. Este aviso tuvo la señora Catalina, su madre, y todos los criados y criadas de su casa. Aquella misma noche, con muchos bajeles, lanchas y barcos, y con no menos ojos que lo miraban, se comenzó a descargar la gran nave, que en ocho días no acabó de dar la mucha pimienta y otras riquísimas mercaderías que en su vientre encerradas tenía. El día que siguió a esta noche, fue Ricaredo a palacio, llevando consigo al padre y madre de Isabela, vestidos de nuevo a la inglesa, diciéndoles que la reina quería verlos. Llegando todos donde la reina estaba en medio de sus damas, esperando a Ricaredo, a quien quiso lisonjear y favorecer con tener junto a sí a Isabela, vestida con aquel mismo vestido que llevó la vez primera, mostrándose no menos hermosa ahora que entonces. Los padres de Isabela quedaron admirados y suspensos de ver tanta grandeza y bizarría juntas. Pusieron los ojos en Isabela, y no la conocieron, aunque el corazón, presagio del bien que tan cerca tenían, les comenzó a saltar en el pecho, no con sobresalto que los entristeciese, sino con un no sé qué de gusto, que ellos no acertaban a entendelle.

No consintió la reina que Ricaredo estuviese de rodillas ante ella; antes le hizo levantar y sentar en una silla rasa [38], que para sólo esto allí puesta tenían, inusitada merced para la altiva condición de la reina, y alguno dijo a otro:

—Ricaredo no se sienta hoy sobre la silla que le han dado, sino sobre la pimienta que él trujo.

Otro acudió, y dijo:

_____

[38] *silla rasa*, taburete.

—Ahora se verifica lo que comúnmente se dice, que *dádivas quebrantan peñas* [39], pues las que ha traído Ricaredo han ablandado el duro corazó de nuestra reina.

Otro acudió, y dijo:

—Ahora que está bien ensillado, más de dos se atreverán a correrle [40].

En efeto, de aquella nueva honra que la reina hizo a Ricaredo, tomó ocasión de envidia para nacer en muchos pechos de aquellos que mirándole estaban, porque no hay merced que el príncipe haga a su privado que no sea una lanza que atraviese el corazón del envidioso.

Quiso la reina saber de Ricaredo, menudamente, cómo había pasado la batalla con los bajeles de los corsarios; él la contó de nuevo, atribuyendo la vitoria a Dios, y a los brazos valerosos de sus soldados, encareciéndolos a todos juntos, y particularizando algunos hechos de algunos, que más que los otros se habían señalado, con que obligó a la reina a hacer a todos merced, y en particular a los particulares; y cuando llegó a decir la libertad que en nombre de su Majestad había dado a los turcos y cristianos, dijo:

—Aquella mujer, y aquel hombre que allí están —señalando a los padres de Isabela—, son los que dije ayer a vuestra Majestad que, con deseo de ver vuestra grandeza, encarecidamente me pidieron los trujese conmigo; ellos son de Cádiz, y de lo que ellos me han contado, y de lo que en ellos he visto y notado, sé que son gente principal y de valor.

Mandóles la reina que se llegasen cerca. Alzó los ojos Isabela a mirar los que decían ser españoles, y más de Cádiz, con deseo de saber, si por ventura conocían a sus padres. Ansí como Isabela alzó los ojos, los puso en ella su madre, y detuvo el paso para mirarla más atentamente, y en la memoria de Isabela se comenzaron a despertar unas confusas noticias que le querían dar a entender que en otro tiempo ella había visto aquella mujer que delante tenía.

---

[39]   primera parte del refrán que sigue «y hacen venir a las greñas».
[40]   *correrle*, acosarle, perseguirle.

Su padre estaba en la misma confusión, sin osar determinarse a dar crédito a la verdad que sus ojos le mostraban. Ricaredo estaba atentísimo a ver los efectos y
movimientos que hacían las tres dudosas y perplejas
almas, que tan confusas estaban entre el sí y el no de cono-
cerse. Conoció la reina la suspensión de entrambos y aun el
desasosiego de Isabela, porque la vio trasudar y levantar la
mano muchas veces a componerse el cabello. En esto
deseaba Isabela que hablase la que pensaba ser su madre;
quizá los oídos la sacarían de la duda en que sus ojos la
habían puesto.

La reina dijo a Isabela que en lengua española dijese a
aquella mujer, y a aquel hombre, le dijesen qué causa los
había movido a no querer gozar de la libertad que Ricaredo
les había dado, siendo la libertad la cosa más amada, no
sólo de la gente de razón, mas aun de los animales, que
carecen della.

Todo esto preguntó Isabela a su madre, la cual, sin res-
ponderle palabra, desatentadamente, y medio tropezando,
se llegó a Isabela, y sin mirar a respecto, temores, ni mira-
mientos cortesanos, alzó la mano a la oreja derecha de Isabela, y descubrió un lunar negro, que allí tenía, la cual
señal acabó de certificar su sospecha; y viendo claramente
ser Isabela su hija, abrazándose con ella dio una gran voz,
diciendo:

—¡Oh hija de mi corazón! ¡Oh prenda cara del alma mía
—y, sin poder pasar adelante, se cayó desmayada en los
brazos de Isabela.

Su padre, no menos tierno que prudente, dio muestras de
su sentimiento, no con otras palabras que con derramar
lágimas, que sesgamente su venerable rostro y barbas le
bañaron.

Juntó Isabela su rostro con el de su madre, y volviendo
los ojos a su padre, de tal manera le miró, que le dio a
entender el gusto y el contento que de verlos allí su alma
tenía.

La reina, admirada de tal suceso, dijo a Ricaredo:

—Yo pienso, Ricaredo, que con vuestra discreción se han

ordenado estas vistas, y no se os diga que han sido acertadas, pues sabemos que así suele matar una súbita alegría como mata una tristeza.

Y diciendo esto se volvió a Isabela y la apartó de su madre, la cual, habiéndole echado agua en el rostro, volvió en sí, y estando un poco más en su acuerdo, puesta de rodillas delante de la reina, le dijo:

—Perdone Vuestra Majestad mi atrevimiento, que no es mucho perder los sentidos con la alegría del hallazgo desta amada prenda.

Respondióle la reina que tenía razón, sirviéndole de intérprete para que lo entendiese Isabela, la cual de la manera que se ha contado conoció a sus padres, y sus padres a ella, a los cuales mandó la reina quedar en palacio para que de espacio pudiesen ver y hablar a su hija, y regocijarse con ella. De lo cual Ricaredo se holgó mucho, y de nuevo pidió a la reina le cumpliese la palabra que le había dado de dársela, si es que acaso la merecía, y de no merecerla, le suplicaba desde luego le mandase ocupar en cosas que le hiciesen digno de alcanzar lo que deseaba.

Bien entendió la reina que estaba Ricaredo satisfecho de sí mismo y de su mucho valor, que no había necesitado de nuevas pruebas para calificarle, y así le dijo que de allí a cuatro días le entregaría a Isabela, haciendo a los dos la honra que a ella fuese posible. Con esto se despidió Ricaredo, contentísimo con la esperanza propincua [41] que llevaba de tener en su poder a Isabela sin sobresalto de perderla, que es el último deseo de los amantes.

Corrió el tiempo, y no con la ligereza que él quisiera, que, los que viven con esperanzas de promesas venideras, siempre imaginan que no vuela el tiempo, sino que anda sobre los pies de la pereza misma. Pero, en fin, llegó el día, no donde pensó Ricaredo poner fin a sus deseos, sino de hallar en Isabela gracias nuevas que le moviesen a quererla más, si más pudiese. Mas en aquel breve tiempo donde él pensaba que la nave de su buena fortuna corría

---

[41]   *propincua*, próxima, allegada.

con próspero viento hacia el deseado puerto, la contraria suerte levantó en su mar tal tormenta, que mil veces temió anegarse.

Es, pues, el caso, que la camarera mayor de la reina, a cuyo cargo estaba Isabela, tenía un hijo de edad de veintidós años, llamado el conde Arnesto. Hacíanle la grandeza de su estado, la alteza de su sangre, el mucho favor que su madre con la reina tenía, hacíanle, digo, estas cosas, más de lo justo arrogante, altivo y confiado. Este Arnesto, pues, se enamoró de Isabela tan encendidamente, que en la luz de los ojos de Isabela tenía abrasada el alma, y aunque en el tiempo que Ricaredo había estado ausente, con algunas señales le había descubierto su deseo, nunca de Isabela fue admitido.

Y puesto que la repugnancia y los desdenes en los principios de los amores suelen hacer resistir de la empresa a los enamorados, en Arnesto obraron lo contrario los muchos y conocidos desdenes que le dio Isabela, porque con su celo ardía y con su honestidad se abrasaba. Y como vio que Ricaredo, según el parecer de la reina, tenía merecida a Isabela, y que en tan poco tiempo se le había de entregar por mujer, quiso desesperarse; pero antes que llegase a tan infame y tan cobarde remedio, habló a su madre, diciéndole pidiese a la reina le diese a Isabela por esposa, donde no, que pensase que la muerte estaba llamando a las puertas de su vida.

Quedó la camarera admirada de las razones de su hijo, y como conocía la aspereza de su arrojada condición, y la tenacidad con que se le pegaban los deseos en el alma, temió que sus amores habían de parar en algún infelice suceso. Con todo eso, como madre, a quien es natural desear y procurar el bien de sus hijos, prometió al suyo de hablar a la reina, no con esperanza de alcanzar della el imposible de romper su palabra, sino por no dejar de intentar, como en salir desahuciada, de los últimos remedios.

Y estando aquella mañana Isabela vestida por orden de la reina tan ricamente, que no se atreve la pluma a contarlo, y habiéndole echado la misma reina al cuello una sarta de perlas de las mejores que traía la nave, que les apreciaron en veinte mil ducados, y puéstole un anillo de un diamante, que se apreció en seis mil escudos, y estando alborozadas las damas por la fiesta que esperaban del cercano desposorio, entró la camarera mayor a la reina, y de rodillas le suplicó suspendiese el desposorio de Isabela por otros dos días, que con esta merced sola que Su Majestad le hiciese, se tendría por satisfecha y pagada de todas las mercedes que por sus servicios merecía y esperaba.

Quiso saber la reina primero por qué le pedía con tanto ahínco aquella suspensión que tan derechamente iba contra la palabra que tenía dada a Ricaredo; pero no se la quiso dar la camarera hasta que le hubo otorgado que haría lo que le pedía; tanto deseo tenía la reina de saber la causa de aquella demanda.

Y así, después que la camarera alcanzó lo que por entonces deseaba, contó a la reina los amores de su hijo, y cómo temía que, si no le daban por mujer a Isabela, o se había de desesperar, o hacer algún hecho escandaloso, y que si había pedido aquellos dos días, era por dar lugar a que Su Majestad pensase qué medio sería a propósito y conveniente para dar a su hijo remedio.

La reina respondió que si su real palabra no estuviera de por medio, que ella hallara salida a tan cerrado laberinto, pero que no la quebrantaría, ni defraudaría las esperanzas de Ricaredo por todo el interés del mundo.

Esta respuesta dio la camarera a su hijo, el cual, sin detenerse un punto, ardiendo en amor y en celos, se armó de todas armas, y sobre un fuerte y hermoso caballo se presentó ante la casa de Clotaldo, y a grandes voces pidió que se asomase Ricaredo a la ventana, el cual a aquella sazón estaba vestido de galas de desposado y a punto para ir a palacio con el acompañamiento que tal acto requería; mas habiendo oído las voces, y siéndole dicho quién las daba y del modo que venía, con algún sobresalto se asomó a una ventana, y como le vio Arnesto, dijo:

—Ricaredo, estáme atento a lo que decirte quiero. La

reina mi señora te mandó fueses a servirla y a hacer hazañas que te hiciesen merecedor de la sin par Isabela; tú fuiste, y volviste cargadas las naves de oro, con el cual piensas haber comprado y merecido a Isabela, y aunque la reina, mi señora, te la ha prometido, ha sido creyendo que no hay ninguno en su corte que mejor que tú la sirva, ni quien con mejor título merezca a Isabela; y en esto bien podrá ser se haya engañado; y así, llegándome a esta opinión, que yo tengo por verdad averiguada, digo, que ni tú has hecho cosas tales que te hagan merecedor a Isabela, ni ninguna podrás hacer que a tanto bien te levante; y en razón de que no la mereces, si quisieres contradecirme, te desafío a todo trance de muerte.

Calló el conde, y desta manera le respondió Ricaredo:

—En ninguna manera me toca salir a vuestro desafío, señor conde, porque yo confiese, no sólo que no merezco a Isabela, sino que no la merece ninguno de los que hoy viven en el mundo; así que, confesando yo lo que vos decís, otra vez digo que no me toca vuestro desafío; pero yo le acepto, por el atrevimiento que habéis tenido en desafiarme.

Con esto se quitó de la ventana, y pidió apriesa sus armas. Alborotáronse sus parientes y todos aquellos que para ir a palacio habían venido a acompañarle; de la mucha gente que había visto al conde Arnesto armado y le había oído las voces del desafío, no faltó quien lo fue a contar a la reina, la cual mandó al capitán de su guarda que fuese a prender al conde. El capitán se dio tanta priesa, que llegó a tiempo que ya Ricaredo salía de su casa armado con las armas con que se había desembarcado, puesto sobre un hermoso caballo.

Cuando el conde vio al capitán, luego imaginó a lo que venía, y determinó de no dejar prenderse, y alzando la voz contra Ricaredo, dijo:

—Ya ves, Ricaredo, el impedimento que nos viene; si tuvieres ganas de castigarme, tú me buscarás; y por la que yo tengo de castigarte, también te buscaré, y pues dos que se buscan, fácilmente se hallan, dejemos para entonces la ejecución de nuestros deseos.

—Soy contento —respondió Ricaredo.

En esto llegó el capitán con toda su guarda, y dijo al conde que fuese preso en nombre de Su Majestad.

Respondió el conde que sí daba; pero no para que lo llevasen a otra parte que a la presencia de la reina.

Contentóse con esto el capitán, y cogiéndole en medio de la guarda, le llevó a palacio ante la reina, la cual ya de su camarera estaba informada del amor grande que su hijo tenía a Isabela, y con lágrimas había suplicado a la reina personase al conde, que, como mozo y enamorado, a mayores yerros estaba sujeto. Llegó Arnesto ante la reina, la cual, sin entrar con él en razones, le mandó quitar la espada y llevasen preso a una torre. Todas estas cosas atormentaban el corazón de Isabela, y de sus padres, que tan presto veían turbado el mar de su sosiego. Aconsejó la camarera a la reina que, para sosegar el mal que podía suceder entre su parentela y la de Ricaredo, que se quitase la causa de por medio, que era Isabela, enviándola a España, y así cesarían los efetos que debían de temerse, añadiendo a estas razones, decir que Isabela era católica, y tan cristiana, que ninguna de sus persuasiones, que habían sido muchas, la habían podido torcer en nada de su católico intento.

A lo cual respondió la reina que por eso la estimaba en más, pues tan bien sabía guardar la ley que sus padres la habían enseñado, y que en lo de enviarla a España no tratase, porque su hermosa presencia y sus muchas gracias y virtudes le daban mucho gusto, y que sin duda, si no aquel día, otro se la había de dar por esposa a Ricaredo, como se lo tenía prometido.

Con esta resolución de la reina quedó la camarera tan desconsolada, que no la replicó palabra; y pareciéndolo lo que ya le había parecido, que, si no era quitando a Isabela de por medio, no había de haber medio alguno que la rigurosa condición de su hijo ablandase ni redujese a tenaz par con Ricaredo, determinó de hacer una de las mayores crueldades que pudo caber jamás en pensamiento de mujer principal, y tanto como ella lo era; y fue su determinación matar con tósigo [42] a Isabela; y como por la mayor parte sea la condición de las mujeres ser prestas y determinadas, aquella misma tarde atosigó a Isabela en una conserva que le dio, forzándola que la tomase, por ser buena contra las ansias de corazón que sentía.

Poco espacio pasó después de haberla tomado, cuando a Isabela se le comenzó a hinchar la lengua y la garganta, y a ponérsele denegridos los labios y a enronquecérsele la voz, turbársele los ojos y apretársele el pecho; todas conocidas señales de haberle dado veneno.

Acudieron las damas a la reina, contándole lo que pasaba y certificando que la camarera había hecho aquel mal recaudo. No fue menester mucho para que la reina lo creyese, y así fue a ver a Isabela, que ya casi estaba expirando.

Mandó llamar la reina con priesa a sus médicos, y en tanto que tardaban, la hizo dar cantidad de polvos de unicornio [43], con otros muchos antídotos que los grandes príncipes suelen tener prevenidos para semejantes necesidades. Vinieron los médicos y esforzaron los remedios, y pidieron a la reina hiciese decir a la camarera qué género de veneno la había dado, porque no se dudaba que otra persona alguna sino ella la hubiese envenenado. Ella lo descubrió, y con esta noticia los médicos aplicaron tantos remedios y tan eficaces, que con ellos y con el ayuda de Dios quedó Isabela con vida, o, a lo menos, con esperanza de tenerla.

Mandó la reina prender a su camarera y encerrarla en un aposento estrecho de palacio, con intención de castigarla como su delito merecía, puesto que ella se disculpaba diciendo que en matar a Isabela hacía sacrificio al cielo, quitando de la tierra a una católica, y con ella la ocasión de las pendencias de su hijo. Estas tristes nuevas, oídas de

---

[42] *tósigo*, veneno.
[43] *unicornio*, animal fabuloso con figura de caballo y un cuerno en la frente, asta a la que se le atribuían muchas virtudes, entre ellas curativas, contra el veneno, como en este caso.

Ricaredo, le pusieron en términos de perder el juicio; tales eran las cosas que hacía y las lastimeras razones con que se quejaba. Finalmente, Isabela no perdió la vida, que el quedar con ella, la naturaleza lo conmutó en dejarla sin cejas, pestañas y sin cabello; el rostro hinchacho, la tez perdida, los cueros levantados y los ojos lagrimosos. Finalmente, quedó tan fea que, como hasta allí parecido un milagro de hermosura, entonces parecía un monstruo de fealdad. Por mayor desgracia tenían los que la conocían haber quedado de aquella manera, que si la hubiera muerto el veneno.

Con todo esto, Ricaredo se la pidió a la reina, y le suplicó se la dejase llevar a su casa, porque el amor que la tenía pasaba del cuerpo al alma; y que si Isabela había perdido su belleza, no podía haber perdido sus infinitas virtudes.

—Así es —dijo la reina—; lleváosla, Ricaredo, y haced cuenta que lleváis una riquísima joya encerrada en una caja de madera tosca; Dios sabe si quisiera dárosla como me la entregaste; pero pues no es posible, perdonadme; quizá el castigo que diere a la cometedora de tal delito satisfará en algo el deseo de la venganza.

Muchas cosas dijo Ricaredo a la reina, disculpando a la camarera, y suplicándola la perdonase, pues las disculpas que daba eran bastantes para perdonar mayores insultos. Finalmente, le entregaron a Isabela y a sus padres, y Ricaredo los llevó a su casa, digo a la de sus padres; a las ricas perlas y al diamante añadió otras joyas la reina, y otros vestidos tales, que descubrieron el mucho amor que a Isabela tenía, la cual duró dos meses en su fealdad, sin dar indicio alguno de poder reducirse a su primera hermosura; pero al cabo deste tiempo comenzó a caérsele el cuero y a descubrírsele su hermosa tez.

En este tiempo, los padres de Ricaredo, pareciéndoles no ser posible que Isabela en sí volviese, determinaron enviar por la doncella de Escocia, con quien primero que con Isabela tenía concertado de casar a Ricaredo, y esto sin que él lo supiese, no dudando que la hermosura presente de la nueva esposa hiciese olvidar a su hijo la ya pasada de Isabela, a la cual pensaba enviar a España con sus padres, dándoles tanto haber y riquezas, que recompensasen sus pasadas pérdidas. No pasó mes y medio cuando, sin sabiduría de Ricaredo, la nueva esposa se le entró por las puertas, acompañada como quien ella era, y tan hermosa, que después de la Isabela que solía ser, no había otra tan bella en todo Londres.

Sobresaltóse Ricaredo con la improvista vista de la doncella, y temió que el sobresalto de su venida había de acabar la vida a Isabela, y así, para templar este temor, se fue al lecho donde Isabela estaba, y hallóla en compañía de sus padres, delante de los cuales dijo:

—Isabela de mi alma: mis padres, con el grande amor que me tienen, aún no bien enterados del mucho que yo tengo, han traído a casa una doncella escocesa, con quien ellos tenían concertado de casarme antes que yo conociese lo que vales; y esto, a lo que creo, con intención que la mucha belleza desta doncella borre de mi alma la tuya, que en ella estampada tengo. Yo, Isabela, desde el punto que te quise, fue con otro amor de aquel que tiene su fin y paradero en el cumplimiento del sensual apetito, que puesto que su corporal hermosura me cautivó los sentidos, tus infinitas virtudes me aprisionaron el alma, de manera que, si hermosa te quise, fea te adoro; y para confirmar esta verdad, dame esa mano.

Y dándole ella la derecha y asiéndola él con la suya, prosiguió diciendo:

—Por la fe católica que mis cristianos padres me enseñaron, la cual, si no está en la entereza que se requiere, por aquélla juro que guarda el Pontífice romano, que es la que yo en mi corazón confieso, creo y tengo, y por el verdadero Dios que nos está oyendo, te prometo, ¡oh Isabela, mitad de mi alma, de ser tu esposo, y lo soy desde luego si tú quieres levantarme a la alteza de ser tuyo.

Quedó suspensa Isabela con las razones de Ricaredo, y sus padres atónitos y pasmados. Ella no supo qué decir, ni hacer otra cosa que besar muchas veces la mano de Rica-

redo, y decirle con voz mezclada con lágrimas que ella le
aceptaba por suyo y se entregaba por su esclava. Besóla
Ricaredo en el rostro feo, no habiendo tenido jamás atrevimiento que llegase a él cuando hermoso. Los padres de Isabela solemnizaron con tiernas y muchas lágrimas las
fiestas del desposorio. Ricaredo les dijo que él dilataría el
casamiento de la escocesa, que ya estaba en casa, del modo
que después verían; y cuando su padre los quisiese enviar a
España a todos tres, no lo rehusasen, sino que se fuesen, y
le aguardasen en Cádiz, o en Sevilla, dos años, dentro de
los cuales daba su palabra de ser con ellos, si el cielo tanto
tiempo le concedía de vida; y que si deste término pasase,
tuviesen por cosa certísima, que algún grande impedimento, o la muerte, que era lo más cierto, se había opuesto
a su camino.

Isabela le respondió que no solos dos años le aguardaría,
sino todos aquellos de su vida, hasta estar enterada que él
no la tenía; porque en el punto que esto supiese, sería el
mismo de su muerte. Con estas tiernas palabras se renovaron las lágrimas en todos, y Ricaredo salió a decir a sus
padres cómo en ninguna manera no se casaría, ni daría la
mano a su esposa la escocesa, sin haber primero ido a
Roma a asegurar su conciencia. Tales razones supo decir a
ellos y a los parientes, que habían venido con Clisterna, que
así se llamaba la escocesa, que como todos eran católicos,
fácilmente las creyeron, y Clisterna se contentó de quedar
en casa de su suegro, hasta que Ricaredo volviese, el cual
pidió de término un año.

Esto ansí puesto y concertado, Clotaldo dijo a Ricaredo
cómo determinaba enviar a España a Isabela y a sus
padres, si la reina les daba licencia; quizá los aires de la
patria apresurarían y facilitarían la salud que ya comenzaba a tener.

Ricaredo, por no dar indicio de sus designios, respondió
tibiamente a su padre, que hiciese lo que mejor le pareciese; sólo le suplicó que no quitase a Isabela ninguna cosa
de las riquezas que la reina le había dado.

Prometióselo Clotaldo, y aquel mismo día fue a pedir

licencia a la reina, así para casar a su hijo con Clisterna
como para enviar a Isabela y a sus padres a España.

De todo se contentó la reina, y tuvo por acertada la
determinación de Clotaldo; y aquel mismo día, sin acuerdo
de letrados y sin poner a su camarera en tela de juicio, la
condenó en que no sirviese más su oficio, y en diez mil
escudos de oro para Isabela; y al conde Arnesto, por el
desafío, le desterró por seis años de Inglaterra.

No pasaron cuatro días, cuando ya Arnesto se puso a
punto de salir a cumplir su destierro, y los dineros estuvieron juntos. La reina llamó a un mercader rico, que habi-
taba en Londres, y era francés, el cual tenía correspondencia en Francia, Italia y España, el cual entregó los diez
mil escudos, y le pidió cédulas, para que se los entregasen
al padre de Isabela en Sevilla, o en otra plaza de España.

El mercader, descontados sus intereses y ganancias, dijo
a la reina que las daría cierta y seguras para Sevilla sobre
otro mercader francés, su correspondiente, en esta forma:
que él escribiría a París, para que allí se hiciesen las
cédulas, por otro correspondiente suyo, a causa que
rezasen las fechas de Francia y no de Inglaterra, por el
contrabando de la comunicación de los dos reinos, y que
bastaba llevar una letra de aviso suya sin fecha, con sus
contraseñas, para que luego diese el dinero el mercader de
Sevilla, que ya estaría avisado del de París.

En resolución, la reina tomó tales seguridades del mercader, que no dudó de ser cierta la partida. Y no contenta
con esto, mandó llamar a un patrón de una nave flamenca,
que estaba para partirse otro día a Francia, a sólo tomar en
algún puerto della testimonio, para poder entrar en
España, a título de partir de Francia, y no de Inglaterra, al
cual pidió encarecidamente llevase en su nave a Isabela y a
sus padres, y con toda seguridad y buen tratamiento los
pusiese en un puerto de España, al primero a do llegase.

El patrón, que deseaba contentar a la reina, dijo que sí
haría, y que los pondría en Lisboa, Cádiz o Sevilla.

Tomados, pues, los recaudos del mercader, envió la
reina a decir a Clotaldo no quitase todo lo que ella le había

dado, así de joyas, como de vestidos. Otro día vino Isabela
y sus padres a despedirse de la reina, que los recibió con
mucho amor. Dioles la reina la carta del mercader, y otras
muchas dádivas, así de dineros como de otras cosas de
regalo, para el viaje; con tales razones se lo agradeció Isabela, que de nuevo dejó obligada a la reina para hacerle
siempre mercedes.

Despidióse de las damas, las cuales, como ya estaba fea,
no quisieron que se partiera, viéndose libres de la envidia
que a su hermosura tenían, y contentas de gozar de sus
gracias y discreciones.

Abrazó la reina a los tres, y encomendándolos a la buena
ventura, y al patrón de la nave, y pidiendo a Isabela la avisase de su buena llegada a España, y siempre de su salud
por la vía del mercader francés, se despidió de Isabela y de
sus padres, los cuales aquella misma tarde se embarcaron,
no sin lágrimas de Clotaldo y de su mujer, y de todos los de
su casa, de quien era en todo extremo bien querida. No se
halló a esta despedida presente Ricaredo que por no dar
muestras de tiernos sentimientos, aquel día hizo que unos
amigos suyos le llevasen a caza. Los regalos que la señora
Catalina dio a Isabela para el viaje, fueron muchos, los
abrazos infinitos, las lágrimas en abundancia, las enco-
miendas de que la escribiese, sin número; y los agradecimientos de Isabela y de sus padres correspondieron a todo,
de suerte que, aunque llorando, los dejaron satisfechos.

Aquella noche se hizo el bajel a la vela, y habiendo con
próspero viento tocado en Francia, y tomado en ella los
recaudos necesarios para poder entrar en España, de allí a
treinta días entró por la barra de Cádiz, donde desembarcaron Isabela y sus padres: y siendo conocidos de todos los
de la ciudad, los recibieron con muestras de mucho contento. Recibieron mil parabienes del hallazgo de Isabela y
de la libertad que habían alcanzado, ansí de los moros, que
los habían cautivado —habiendo sabido todo su suceso de
los cautivos a que dio libertad la liberalidad de Ricaredo—,
como de la que habían alcanzado de los ingleses.

Ya Isabela en este tiempo comenzaba a dar grandes

esperanzas de volver a cobrar su primera hermosura. Poco
más de un mes estuvieron en Cádiz, restaurando los trabajos de la navegación, y luego se fueron a Sevilla, por ver
si salía cierta la paga de los diez mil escudos que librados
sobre el mercader francés traían. Dos días después de
llegar a Sevilla, le buscaron, y le hallaron, y le dieron la
carta del mercader francés de la ciudad de Londres. Él la
reconoció, y dijo que, hasta que de París le viniesen las
letras, y carta de aviso, no podía dar el dinero, pero que
por momentos aguardaba el aviso.

Los padres de Isabela alquilaron una casa principal,
frontera de Santa Paula [44], por ocasión que estaba monja
en aquel santo monasterio una sobrina suya, única y extremada en la voz, y así por tenerla cerca, como por haber
dicho Isabela a Ricaredo que, si viniese a buscarla, la
hallaría en Sevilla, y le diría su casa su prima la monja de
Santa Paula, y que para conocella no había menester más
de preguntar por la monja que tenía la mejor voz en el
monasterio, porque estas señas no se le podían olvidar.

Otros cuarenta días tardaron de venir los avisos de
París; y a dos que llegaron, el mercader francés entregó los
diez mil ducados a Isabela, y ella a sus padres, y con ellos,
y con algunos más hicieron vendiendo algunas de las
muchas joyas de Isabela, volvió su padre a ejercitar su
oficio de mercader, no sin admiración de los que sabían sus
grandes pérdidas. En fin, en pocos meses fue restaurado su
perdido crédito, y la belleza de Isabela volvió a su ser primero, de tal manera que en hablando de hermosas, todos
daban el lauro a la *Española inglesa*, que tanto por este
nombre, como por su hermosura, era de toda la ciudad
conocida. Por la orden del mercader francés de Sevilla,
escribieron Isabela y sus padres a la reina de Inglaterra su
llegada, con los agradecimientos y sumisiones que reque-
rían las muchas mercedes della recebidas; asimismo escri-

---

[44]   *Santa Paula,* convento de las jerónimas al norte de la ciudad. A
principios del siglo XVII, dos primas de Cervantes eran monjas en este convento.

bieron a Clotaldo y a su señora Catalina, llamándolos Isabela padres, y sus padres señores. De la reina no tuvieron respuesta; pero de Clotaldo y de su mujer sí, donde les daban el parabién de la llegada a salvo, y los avisaban cómo su hijo Ricaredo, otro día después que ellos se hicieron a la vela, se había partido a Francia, y de allí a otras partes, donde le convenía ir, para seguridad de su conciencia, añadiendo a éstas otras razones y cosas de mucho amor, y de muchos ofrecimientos. A la cual carta respondieron con otra no menos cortés y amorosa que agradecida.

Luego imaginó Isabela que el haber dejado Ricaredo a Inglaterra, sería para venirla a buscar a España; y alentada con esta esperanza, vivía la más contenta del mundo, y procuraba vivir de manera que, cuando Ricaredo llegase a Sevilla, antes le diese en los oídos la fama de sus virtudes que el conocimiento de su casa. Pocas o ninguna vez salía de su casa, sino para el monasterio; no ganaba otros jubileos que aquellos que en el monasterio se ganaban. Desde su casa, y desde su oratorio, andaba con el pensamiento, los viernes de Cuaresma, la santísima estación de la Cruz, y los siete venideros del Espíritu Santo.

Jamás visitó el río, ni pasó a Triana, ni vio el común regocijo en el campo de Tablada [45] y puerta de Jerez el día, si le hace claro, de San Sebastián [46], celebrado de tanta gente, que apenas se puede reducir a número. Finalmente, no vio regocijo público, ni otra fiesta en Sevilla: todo lo libraba en su recogimiento, y en sus oraciones y buenos deseos, esperando a Ricaredo.

Este su grande retraimiento tenía abrasados y encendidos los deseos, no sólo de los pisaverdes [47] del barrio, sino de todos aquellos que una vez la hubiesen visto; de aquí nacieron músicas de noche en su calle, y carreras de día.

---

[45]   *Tablada,* debió estar cerca del canal de Alfonso XIII junto a la isla ya desaparecida de su mismo nombre, al otro lado del Guadalquivir.

[46]   *San Sebastián,* el día 20 de enero.

[47]   *pisaverdes,* hombre presumido en su arreglo personal y en su comportamiento.

Deste no dejar verse, y desearlo muchos, crecieron las alhajas de las terceras, que prometieron mostrarse primas y únicas en solicitar a Isabela; y no faltó quien se quiso aprovechar de lo que llaman hechizos, que no son sino embustes y disparates; pero a todo esto estaba Isabela como roca en mitad de la mar, que la tocan, pero no la mueven las olas ni los vientos.

Año y medio era ya pasado, cuando la esperanza propincua de los dos años por Ricaredo prometidos, comenzó con más ahínco que hasta allí a fatigar el corazón de Isabela; y cuando ya le parecía que su esposo llegaba, y que le tenía ante los ojos, y le preguntaba qué impedimentos le habían detenido tanto; cuando ya llegaban a sus oídos las disculpas de su esposo, y cuando ya ella le perdonaba y le abrazaba y como a mitad de su alma le recebía, llegó a sus manos una carta de la señora Catalina, fechada en Londres cincuenta días había; venía en lengua inglesa; pero leyéndola en español, vio que así decía:

«Hija de mi alma, bien conociste a Guillarte, el paje de Ricaredo; éste se fue con él al viaje, que por otra te avisé, que Ricaredo a Francia y a otras partes había hecho el segundo día de su partida. Pues este Guillarte, a cabo de diez y seis meses que no habíamos sabido de mi hijo, entró ayer por nuestra puerta con nuevas que el conde Arnesto había muerto a traición en Francia a Ricaredo. Considera, hija, cuál quedaríamos su padre y yo y su esposa con tales nuevas; tales digo, que aún no nos dejaron poner en duda nuestra desventura. Lo que Clotaldo y yo te rogamos otra vez, hija de mi alma, es que encomiendes muy de veras a Dios la de Ricaredo, que bien merece este beneficio el que tanto te quiso, como tú sabes. También pedirás a Nuestro Señor nos dé a nosotros paciencia y buena muerte, a quien nosotros también pediremos y suplicaremos te dé a ti y a tus padres largos años de vida.»

Por la letra y por la firma no le quedó que dudar a Isabela para no creer la muerte de su esposo; conocía muy bien el paje Guillarte, y sabía que era verdadero, y que de suyo no habría querido ni tenía para qué fingir aquella muerte, ni menos su madre la señora Catalina la habría fingido, por no importarle nada enviarle nuevas de tanta tristeza. Finalmente, ningún discurso que hizo, ninguna cosa que imaginó le pudo quitar del pensamiento no ser verdadera la nueva de su desventura. Acababa de leer la carta, sin derramar lágrimas ni dar señales de doloroso sentimiento, con sesgo rostro, y al parecer con sosegado pecho, se levantó de un estrado donde estaba sentada, y se entró en un oratorio, y hincándose de rodillas ante la imagen de un devoto crucifijo, hizo voto de ser monja, pues lo podía ser teniéndose por vida.

Sus padres disimularon, y encubrieron con discreción la pena que les había dado de triste nueva, por poder consolar a Isabela en la amarga que sentía, la cual, casi como satisfecha de su dolor, templándole con la santa y cristiana resolución que había tomado, ella consolaba a sus padres, a los cuales descubrió su intento, y ellos le aconsejaron que no le pusiese en ejecución hasta que pasasen los dos años que Ricaredo había puesto por término a su venida, que con esto se confirmaría la verdad de la muerte de Ricaredo, y ella con más seguridad podía mudar de estado.

Ansí lo hizo Isabela, y los seis meses y medio que quedaban, para cumplirse los dos años, lo pasó en ejercicios de religiosa y en concertar la entrada del monasterio, habiendo elegido el de Santa Paula, donde estaba su prima.

Pasóse el término de los dos años, y llegóse el día de tomar el hábito, cuya nueva se extendió por la ciudad, y de los que conocían de vista a Isabela, y de aquellos que por sola su fama, se llenó el monasterio, y la poca distancia que dél a la casa de Isabela había, y convidando su padre a sus amigos, y aquéllos a otros, hicieron a Isabela uno de los más honrados acompañamientos que en semejantes actos se habían visto en Sevilla. Hallóse en él el asistente y el provisor de la Iglesia y vicario del arzobispo, con todas las señoras y señores de título que había en la ciudad; tal era el deseo, que en todos había, de ver el sol de la hermosura de Isabela, que tantos meses se les había eclipsado; y como es costumbre de las doncellas que van a tomar el hábito, ir lo posible galanas y bien compuestas, como quien en aquel punto echa el resto de la bizarría y se descarta della, quiso Isabela ponerse la más bizarra que le fue posible, y así se vistió con aquel vestido mismo que llevó cuando fue a ver a la reina de Inglaterra, que ya se ha dicho cuán rico y cuán vistoso era. Salieron a luz las perlas y el famoso diamante, con el collar y cintura, que asimismo era de mucho valor. Con este adorno y con su gallardía, dando ocasión para que todos alabasen a Dios en ella, salió Isabela de su casa a pie, que el estar tan cerca el monasterio excusó los coches y carrozas. El concurso de la gente fue tanto, que les pesó de no haber entrado en los coches, que no les daban lugar de llegar al monasterio; unos bendecían a sus padres, otros al cielo, que de tanta hermosura la había dotado; unos se empinaban por verla; otros, habiéndola visto una vez, corrían adelante por verla otra; y el que más solícito se mostró en esto, y tanto, que muchos echaron de ver en ello, fue un hombre vestido en hábito de los que vienen rescatados de cautivos, con una insignia de la Trinidad [48] en el pecho, en señal que han sido rescatados por la limosna de sus redemptores.

Este cautivo, pues, al tiempo que ya Isabela tenía un pie dentro de la portería del convento, donde habían salido a recebirla, como es uso, la priora y las monjas con la cruz, a grandes voces dijo:

—¡Detente, Isabela, detente, que, mientras yo fuere vivo, no puedes tú ser religiosa!

A estas voces, Isabela y sus padres volvieron los ojos, y vieron que, hendiendo por toda la gente hacia ellos, venía aquel cautivo, que habiéndosele caído un bonete azul redondo que en la cabeza traía, descubrió una confusa madeja de cabellos de oro ensortijados, y un rostro como el carmín y como la nieve, colorado y blanco, señales que luego le hicieron conocer y juzgar por extranjero de todos.

---

[48] de la Trinidad, de los frailes trinitarios que se dedicaban al rescate de esclavos.

En efeto, cayendo y levantando llegó donde Isabela estaba, y asiéndola de la mano le dijo:

—¿Conócesme, Isabela? Mira que yo soy Ricaredo, tu esposo.

—Sí conozco —dijo Isabela—, si ya no eres fantasma que viene a turbar mi reposo.

Sus padres le asieron, y atentamente le miraron, y en resolución conocieron ser Ricaredo el cautivo, el cual, con lágrimas en los ojos, hincando las rodillas delante de Isabela, le suplicó que no impidiese la extrañeza del traje en que estaba su buen conocimiento, ni estorbarse su baja fortuna que ella no correspondiese a la palabra que entre los dos se habían dado. Isabela, a pesar de la impresión que en su memoria había hecho la carta de la madre de Ricaredo, dándole nuevas de muerte, quiso dar más crédito a sus ojos, y a la verdad que presente tenía; y así, abrazándose con el cautivo, le dijo:

—Vos, sin duda, señor mío, sois aquel que sólo podrá impedir mi cristiana determinación; vos, señor, sois sin duda la mitad de mi alma, pues sois mi verdadero esposo; estampado os tengo en mi memoria, y guardado en mi alma; las nuevas que de vuestra muerte me escribió mi señora y vuestra madre, ya que no me quitaron la vida, me hicieron escoger la de la religión, que en este punto quería entrar a vivir en ella; mas pues Dios con tanto justo impedimento muestra querer otra cosa, ni podemos, ni conviene que por mi parte se impida; venid, señor, a la casa de mis padres, que es vuestra, y allí os entregaré mi posesión, por los términos que pide nuestra santa fe católica.

Todas estas razones oyeron los circunstantes y el asistente y vicario y provisor del arzobispo, y de oírlas se admiraron y suspendieron, y quisieron que luego se le dijese qué historia era aquélla, qué extranjero aquél, y de qué casamiento trataban.

A todo lo cual respondió el padre de Isabela, diciendo que aquella historia pedía otro lugar y algún término para decirse, y así suplicaba a todos aquellos que quisiesen saberla, diesen la vuelta a su casa, pues estaba tan cerca, que allí se la contarían de modo que con la verdad quedasen satisfechos, y con la grandeza y extrañeza de aquel suceso admirados.

En esto, uno de los presentes alzó la voz, diciendo:

—Señores, este mancebo es un gran cosario inglés, que yo le conozco, y es aquel que habrá poco más de dos años tomó a los cosarios de Argel la nave de Portugal que venía de las Indias; no hay duda sino que es él, que yo le conozco, porque él me dio libertad y dineros para venir a España; y no sólo a mí, sino a otros trescientos cautivos.

Con estas razones se alborotó la gente y se avivó el deseo que todos tenían de saber y ver la claridad de tan intrincadas cosas. Finalmente, la gente más principal, con el asistente y aquellos dos señores eclesiásticos, volvieron a acompañar a Isabela a su casa, dejando a las monjas tristes, confusas y llorando, por lo que perdían en no tener en su compañía a la hermosa Isabela, la cual, estando en su casa, en una gran sala della, hizo que aquellos señores se sentasen. Y aunque Ricaredo quiso tomar la mano en contar su historia, todavía le pareció que era mejor fiarlo de la lengua y discreción de Isabela, y no de la suya, que no muy expertamente hablaba la lengua castellana.

Callaron todos los presentes, y teniendo las almas pendientes de las razones de Isabela, ella así comenzó su cuento, el cual le reduzco yo a que dijo todo aquello que desde el día que Clotaldo la robó de Cádiz, hasta que entró y volvió a él, había sucedido, contando asimismo la batalla que Ricaredo había tenido con los turcos; la liberalidad que había usado con los cristianos; la palabra que entrambos a dos se habían dado de ser marido y mujer; la promesa de los dos años, las nuevas que había tenido de su muerte, tan ciertas a su parecer, que la pusieron en el término que habían visto de ser religiosa. Engrandeció la liberalidad de la reina; la cristiandad de Ricaredo y de sus padres, y acabó con decir que dijese Ricaredo lo que le había sucedido después que salió de Londres hasta el punto presente, donde le veían con hábito de cautivo y con una señal de haber sido rescatado por limosna.

—Así es —dijo Ricaredo—, y en breves razones sumaré los inmensos trabajos míos. Después que me partí de Londres por excusar el casamiento que no podía hacer con Clisterna, aquella doncella escocesa católica con quien ha dicho Isabela que mis padres me querían casar, llevando en mi compañía a Guillarte, aquel paje que mi madre escribe que llevó a Londres las nuevas de mi muerte, atravesando por Francia llegué a Roma, donde se alegró mi alma y se fortaleció mi fe; besé los pies al Sumo Pontífice; confesé mis pecados con el mayor penitenciero, absolvióme dellos, y diome los recaudos necesarios que diesen fe de mi confesión y penitencia, y de la reducción que había hecho a nuestra universal madre la Iglesia. Hecho esto, visité los lugares tan santos como innumerables que hay en aquella ciudad santa, y de dos mil escudos que tenía en oro, di los mil seiscientos a un cambio [49], que me los libró en esta ciudad sobre un tal Roqui, florentín. Con los cuatrocientos que me quedaron, con intención de venir a España, me partí para Génova, donde había tenido nuevas que estaban dos galeras de aquella Señoría de partida para España. Llegué con Guillarte, mi criado, a un lugar que se llama Aquapendente [50], que, viniendo de Roma a Florencia, es el último que tiene el Papa, y en una hostería o posada, donde me apeé, hallé al conde Arnesto, mi mortal enemigo, que, con cuatro criados disfrazado y encubierto, más por curioso que por ser católico, entendí que iba a Roma. Creí sin duda que no me había conocido; encerréme en un aposento con mi criado, y estuve con cuidado y con determinación de mudarme a otra posada en cerrando la noche. No lo hice ansí, porque el descuido grande que noté que tenía el conde y sus criados, me aseguró que no me había conocido; cené en mi aposento, cerré la puerta, apercibí mi espada, encomendéme a Dios, y no quise acostarme. Durmióse mi criado, y yo, sobre una silla, me quedé medio dormido; mas poco después de la medianoche me despertaron

---

[49]   *cambio*, cambista.
[50]   *Aquapendente*, ciudad italiana de la provincia de Roma.

para hacerme dormir el eterno sueño; cuatro pistoletes, como después supe, dispararon contra mí el conde y sus criados, y, dejándome por muerto, teniendo ya a punto los caballos, se fueron diciendo al huésped de la posada que me enterrase, porque era hombre principal; y con esto se fueron. Mi criado —según dijo después el huésped—, despertó al ruido, y con el miedo se arrojó por una ventana que caía a un patio, y diciendo: «¡Desventurado de mí, que han muerto a mi señor!», se salió del mesón, y debió de ser con tal miedo, que no debió de parar hasta Londres, pues él fue el que llevó las nuevas de mi muerte. Subieron los de la hostería y halláronme atravesado con cuatro balas y con muchos perdigones, pero todos por parte que de ninguna fue mortal la herida. Pedí confesión y todos los sacramentos, como católico cristiano; diéronmelos, curáronme y no estuve para ponerme en camino en dos meses, al cabo de los cuales vine a Génova, donde no hallé otro pasaje sino en dos falugas [51] que fletamos yo y otros dos principales españoles: la una para que fuese delante descubriendo, y la otra donde nosotros fuésemos.

Con esta seguridad nos embarcamos, navegando tierra a tierra, con intención de no engolfarnos; pero llegando a un paraje que llaman las Tres Marías [52], que es en la costa de Francia, yendo nuestra primera faluga descubriendo, a deshora salieron de una cala dos galeotas turquescas, y tomándonos la una la mar y la otra la tierra, cuando íbamos a embestir en ella nos cortaron el camino y nos cautivaron; en entrando en la galeota, nos desnudaron hasta dejarnos en carnes; despojaron las falugas de cuanto llevaban y dejáronlas embestir en tierra, sin echallas a fondo, diciendo que aquéllas les servirían otra vez de traer otra galima, que con este nombre llaman ellos a los despojos que de los cristianos toman. Bien se me podrá creer si digo que sentí en el alma mi cautiverio, y, sobre todo, la

---

[51] *faluga,* pequeña embarcación para el traslado de personas de calidad.
[52] *Tres Marías,* puertecillo cercano a Marsella.

pérdida de los recaudos de Roma, donde en una caja de
lata los traía, con la cédula de los mil y seiscientos
ducados; mas la buena suerte quiso que viniese a manos de
un cristiano cautivo español, que los guardó, que si viniera
a poder de los turcos, por lo menos había de dar por mi rescate lo que rezaba la cédula, que ellos averiguarían cúya
era.

Trujeronnos a Argel, donde hallé qué estaban resca-
tando los padres de la Santísima Trinidad; hablélos, díjeles
quién era, y movidos de caridad, aunque yo era extranjero,
me rescataron en esta forma: que dieron por mí trescientos
ducados, los ciento luego y los doscientos cuando volviese
el bajel de la limosna a rescatar al padre de la redempción,
que se quedaba en Argel empeñado en cuatro mil ducados,
que había gastado más de los que traía, porque a toda esta
misericordia y liberalidad se extiende la caridad destos
padres, que dan su libertad por la ajena y se quedan cautivos por rescatar los cautivos. Por añadidura del bien de
mi libertad, hallé la caja perdida con los recaudos y le
cédula; mostrésela al bendito padre que me había rescatado, y ofrecíle quinientos ducados más de los de mi rescate, para ayudar de su empeño.

Casi un año se tardó en volver la nave de la limosna, y lo
que en este año me pasó, a poderlo contar ahora, fuera otra
nueva historia; sólo diré que fui conocido de uno de los
veinte turcos que di libertad con los demás cristianos ya
referidos, y fue tan agradecido y tan hombre de bien, que
no quiso descubrirme, porque a conocerme los turcos por
aquel que había echado a fondo sus dos bajeles y quitá-
doles de las manos la gran nave de la India, o me presen-
taran al Gran Turco, o me quitaran la vida; y de presen-
tarme al Gran Señor, redundara no tener libertad en mi
vida.

Finalmente, el padre redemptor vino a España conmigo
y con otros cincuenta cristianos rescatados. En Valencia
hicimos la procesión general, y desde allí cada uno se
partió donde más le plugo con las insignias de su libertad
que son estos habiticos. Hoy llegué a esta ciudad, con tanto

deseo de ver a Isabela mi esposa, que, sin detenerme a otra cosa, pregunté por este monasterio, donde me habían de dar nuevas de mi esposa; lo que en él me ha sucedido, ya se ha visto; lo que queda por ver son estos recaudos, para que se pueda tener verdadera mi historia, que tiene tanto de milagrosa como de verdadera.

Y luego, en diciendo esto, sacó de una caja de lata los recaudos que decía, y se los puso en manos del provisor, que los vio junto con el señor asistente, y no halló en ellos cosa que le hiciese dudar de la verdad que Ricaredo había contado. Y para más confirmación della, ordenó el cielo que se hallase presente a todo esto el mercader florentín, sobre quien venía la cédula de dos mil y seiscientos ducados, el cual pidió que le mostrasen la cédula, y mostrándosela, la reconoció y la aceptó para luego, porque él muchos meses había que tenía aviso desta partida. Todo esto fue añadir admiración a admiración y espanto a espanto.

Ricaredo dijo que de nuevo ofrecía los quinientos ducados que había prometido. Abrazó el asistente a Ricaredo y a sus padres de Isabela y a ella, ofreciéndoselos a todos con corteses razones.

Lo mismo hicieron los dos señores eclesiásticos, y rogaron a Isabela que pusiese toda aquella historia por escrito, para que la leyese su señor el arzobispo, y ella lo prometió.

El gran silencio que todos los circunstantes habían tenido escuchando el extraño caso, se rompió en dar alabanzas a Dios por sus grandes maravillas, y dando desde el mayor hasta el más pequeño el parabién a Isabela, a Ricaredo y a sus padres, los dejaron; y ellos suplicaron al asistente honrase sus bodas, que de allí a ocho días pensaban hacerlas. Holgó de hacerlo así el asistente, y de allí a ocho días, acompañado de los más principales de la ciudad, se halló en ellas.

Por estos rodeos y por estas circunstancias los padres de Isabela cobraron su hija y restauraron su hacienda, y ella, favorecida del cielo y ayudada de sus muchas virtudes, a despecho de tantos inconvenientes, halló marido tan principal como Ricaredo, en cuya compañía se piensa que aun hoy vive en las casas que alquilaron frontero de Santa Paula, que después las compraron de los herederos de un hidalgo burgalés, que se llamaba Hernando de Cifuentes.

Esta novela nos podría enseñar cuánto puede la virtud y cuánto la hermosura, pues son bastante juntas y cada una de por sí a enamorar aun hasta los mismos enemigos, y de cómo sabe el cielo sacar, de las mayores adversidades nuestras, nuestros mayores provechos.

EL LICENCIADO VIDRIERA

Paseándose dos caballeros estudiantes por las riberas de Tormes, hallaron en ellas, debajo de un árbol, durmiendo, a un muchacho de hasta edad de once años, vestido como labrador; mandaron a un criado que le despertase; despertó, y preguntáronle de adónde era y qué hacía durmiendo en aquella soledad. A lo cual el muchacho respondió que el nombre de su tierra se le había olvidado, y que iba a la ciudad de Salamanca a buscar un amo a quien servir, por solo que le diese estudio. Preguntáronle si sabía leer; respondió que sí, y escribir también.

—Desa manera —dijo uno de los caballeros—, no es por falta de memoria habérsete olvidado el nombre de tu patria.

—Sea por lo que fuere —respondió el muchacho—; que ni el della ni el de mis padres sabrá ninguno hasta que yo pueda honrarlos a ellos y a ella.

—Pues ¿de qué suerte los piensas honrar? —preguntó el otro caballero.

—Con mis estudios —respondió el muchacho—, siendo famoso por ellos; porque yo he oído decir que de los hombres se hacen los obispos.

Esta respuesta movió a los dos caballeros a que recibiesen y llevasen consigo, como lo hicieron, dándole estudios de la manera que se usa dar en aquella Universidad a los criados que sirven. Dijo el muchacho que se llamaba Tomás Rodaja, de donde infirieron sus amos, por el nombre y por el vestido, que debía de ser hijo de algún labrador pobre. A pocos días le vistieron de negro, y a pocas semanas dio Tomás muestras de tener raro ingenio, sirviendo a sus amos con tanta fidelidad, puntualidad y diligencia, que, con no faltar un punto a sus estudios, parecía que sólo se ocupaba en servirlos; y como el buen servir del siervo mueve la voluntad del señor a tratarle bien, ya Tomás Rodaja no era criado de sus amos, sino su compañero. Finalmente, en ocho años que estuvo con ellos se hizo tan famoso en la Universidad por su buen ingenio y notable habilidad, que en todo género de gentes era estimado y querido. Su principal estudio fue de leyes; pero en lo que más se mostraba era en letras humanas; y tenía tan felice memoria que era cosa de espanto; e ilustrábala tanto con su buen entendimiento, que no era menos famoso por él que por ella.

Sucedió que se llegó el tiempo que sus amos acabaron sus estudios, y se fueron a su lugar, que era una de las mejores ciudades de la Andalucía. Lleváronse consigo a Tomás, y estuvo con ellos algunos días; pero como le fatigasen los deseos de volver a sus estudios y a Salamanca (que enhechiza la voluntad de volver a ella a todos los que de la apacibilidad de su vivienda han gustado), pidió a sus amos licencia para volverse. Ellos, corteses y liberales, se la dieron, acomodándole de suerte, que con lo que le dieron se pudiera sustentar tres años.

Despidióse dellos, mostrando en sus palabras su agradecimiento, y salió de Málaga (que ésta era la patria de sus señores), y al bajar de la cuesta de la Zambra, camino de Antequera, se topó con un gentilhombre a caballo, vestido bizarramente de camino, con dos criados también a caballo. Juntóse con él y supo como llevaba su mismo viaje; hicieron camaradas [1], departieron de diversas cosas, y a pocos lances dio Tomás muestras de su raro ingenio y el

---

[1] *hicieron camaradas*, se unieron para vivir juntos.

caballero las dio de su bizarría y cortesano trato, y dijo que
era capitán de infantería por Su Majestad, y que su alférez
estaba haciendo la compañía en tierra de Salamanca.
Alabó la vida de la soldadesca; pintóle muy al vivo la
belleza de la ciudad de Nápoles, los holguras de Palermo,
la abundancia de Milán, los festines de Lombardía, las
espléndidas comidas de las hostelerías; dibujóle dulce y
puntualmente el *aconcha, patrón; pasa acá manigoldo;
venga la macetela li polastri, e li macarroni* [2]. Puso las alabanzas en el cielo de la vida libre del soldado, y de la
libertad de Italia; pero no le dijo nada del frío de las centinelas, del peligro de los asaltos, del espanto de las batallas,
de la hambre de los cercos, de la ruina de las minas, con
otras cosas deste jaez, que algunos las toman y tienen por
añadidura del peso de la soldadesca; y son la carga principal della. En resolución, tantas cosas le dijo, y tan bien
dichas, que la discreción de nuestro Tomás Rodaja
comenzó a tibubear, y la voluntad a aficionarse a aquella
vida, que tan cerca tiene la muerte.

El capitán, que don Diego de Valdivia se llamaba, contentísimo de la buena presencia, ingenio y desenvoltura de
Tomás, le rogó que se fuese con él a Italia, si quería, por
curiosidad de verla; que él le ofrecía su mesa, y aun si
fuese necesario, su bandera, porque su alférez la había de
dejar presto. Poco fue menester para que Tomás tuviese
el envite [3], haciendo consigo en el instante un breve discurso de que sería bueno ver a Italia y Flandes, y otras
diversas tierras y países, pues las luengas peregrinaciones
hacen a los hombres discretos, y que en esto, a lo más
largo, podía gastar tres o cuatro años, que añadidos a los
pocos que él tenía, no serían tantos, que impidiesen volver
a sus estudios. Y como si todo hubiera de suceder a medida
de su gusto, dijo al capitán que era contento de irse con él a

---

[2]   *aconcha... macarroni*, «vamos patrón; ven aquí bribón; venga la mac
catella [tipo de comida hecha de carne picada], los pollos y los maca
rrones». (Deformaciones típicas de los soldados españoles.)

[3]   *tuviese el envite*, aceptase.

Italia; pero había de ser condición que no se había de sentar debajo de bandera [4], ni ponerse en lista de soldado, por no obligarse a seguir su bandera. Y aunque el capitán le dijo que no importaba ponerse en lista, que ansí gozaría de los socorros y pagas que a la compaña se diesen, porque él le daría licencia todas las veces que se la pidiese.

—Eso sería —dijo Tomás— ir contra mi conciencia y contra la del señor capitán; y así, más quiero ir suelto que obligado.

—Conciencia tan escrupulosa —dijo don Diego— más es de religioso que de soldado; pero como quiera que sea, ya somos camaradas.

Llegaron aquella noche a Antequera, y en pocos días y grandes jornadas se pusieron donde estaba la compañía, ya acabada de hacer, y que comenzaba a marchar la vuelta de Cartagena, alojándose ella y otras cuatro por los lugares que le venían a mano. Allí notó Tomás la autoridad de los comisarios, la incomodidad de algunos capitanes, la solicitud de los aposentadores, la industria y cuenta de los pagadores, las quejas de los pueblos, el rescatar de las boletas [5], las insolencias de los bisoños, las pendencias de los huéspedes, el pedir bagajes más de los necesarios, y, finalmente, la necesidad casi precisa de hacer todo aquello que notaba y mal le parecía.

Habíase vestido Tomás de papagayo [6], renunciando los hábitos de estudiante, y púsose a los de Dios es Cristo [7], como se suele decir. Los muchos libros que tenía los redujo a unas *Horas de Nuestra Señora* y un *Garcilaso* sin comento, que en las dos faldriqueras llevaba. Llegaron más presto de lo que quisieran a Cartagena, porque la vida de los alojamientos es ancha y varia, y cada día se topan cosas nuevas y gustosas. Allí se embarcaron en cuatro

---

[4] *bandera*, que no había de sentar plaza bajo ninguna bandera.

[5] *el rescatar de las boletas*, cédulas que se daban a los soldados cuando llegaban a un lugar, señalando a cada uno su alojamiento.

[6] *papagallo*, los soldados vestían con colores llamativos y coronaban su cabeza con plumas vistosas.

[7] *púsose a lo de Dios es Cristo*, a lo fanfarrón.

galeras de Nápoles, y allí notó también Tomás Rodaja la
extraña vida de aquellas marítimas casas, adonde lo más
del tiempo maltratan las chinches, roban los forzados,
enfadan los marineros, destruyen los ratones y fatigan las
maretas [8]. Pusiéronle temor las grandes borrascas y tor-
mentas, especialmente en el golfo de León, que tuvieron
dos, que la una los echó en Córcega, y la otra los volvió a
Tolón, en Francia. En fin, trasnochados, mojados y con
ojeras, llegaron a la hermosa y bellísima ciudad de Génova,
y desembarcáronse en su recogido mandrache [9]; después
de haber visitado una iglesia dio el capitán con todas sus
camaradas en una hostería, donde pusieron en olvido todas
las borrascas pasadas con el presente *gaudeamus*.

Allí conocieron la suavidad del Trebiano, el valor del
Montefrascón, la fuerza del Asperino, la generosidad de los
dos griegos Candia y Soma; la grandeza del de las Cinco
Viñas, la dulzura y apacibilidad de la señora Guarnacha, la
rusticidad de la Chéntola, sin que entre todos estos señores
osase parecer la bajeza del Romanesco. Y habiendo hecho
el huésped la reseña de tantos y tan diferentes vinos, se
ofreció de hacer parecer allí, sin usar de tropelía, ni como
pintados en mapa, sino real y verdaderamente, a Madrigal,
Coca, Alaejos, y a la Imperial más que Real Ciudad, recámara del Dios de la risa; ofreció a Esquivias, a Alanis, a
Cazalla, Guadalcanal y la Membrilla, sin que se le olvidase
de Ribadavia y de Descargamaría. Finalmente, más vinos
nombró el huésped, y más les dio, que pudo tener en sus
bodegas el mismo Baco.

Admiráronle también al buen Tomás los rubios cabellos
de las ginovesas y la gentileza y gallarda disposición de los
hombres, la admirable belleza de la ciudad, que en aquellas peñas parece que tiene las casas engastadas, como diamantes en oro. Otro día se desembarcaron toda las compañías que habían de ir al Piamonte; pero no quiso Tomás

----

[8]   *maretas*, movimientos de las olas del mar cuando se levantan con el
aire.
[9]   *mandrache*, puerto construido por la mano del hombre, no natural.

hacer este viaje, sino irse desde allí por tierra a Roma y a
Nápoles, como lo hizo, quedando de volver por la gran
Venecia y por Loreto a Milán y al Piamonte, donde dijo don
Diego de Valdivia que le hallaría, si ya no los hubiesen llevado a Flandes, según se decía. Despidióse Tomás del
capitán de allí a dos días, y en cinco llegó a Florencia,
habiendo visto primero a Luca, ciudad pequeña, pero muy
bien hecha, y en la que, mejor que en otras partes de Italia,
son bien vistos y agasajados los españoles. Contentóle Florencia en extremo, así por su agradable asiento como por
su limpieza, sumptuosos edificios, fresco río y apacibles
calles. Estuvo en ella cuatro días, y luego se partió a Roma,
reina de las ciudades y señora del mundo. Visitó sus templos, adoró sus reliquias y admiró su grandeza; y así como
por las uñas del león se viene en conocimiento de su grandeza y ferocidad, así él sacó la de Roma por sus despeda-
zados mármoles, medias y enteras estatuas, por sus rotos
arcos y derribadas termas, por sus magníficos pórticos y
anfiteatros grandes, por su famoso y santo río, que siempre
llena sus márgenes de agua y las beatifica con las infinitas
reliquias de cuerpos de mártires que en ellas tuvieron
sepultura; por sus puentes, que parece que se están
mirando unas a otras, y por sus calles, que con sólo el
nombre cobran autoridad sobre todas las de las otras ciudades del mundo: la vía Apia, la Flaminia, la Julia, con
otros deste jaez. Pues no le admiraba menos la división de
sus montes dentro de sí misma: el Celio, el Quirinal y el
Vaticano, con los otros cuatro, cuyos nombres manifiestan
la grandeza y majestad romana. Notó también la autoridad
del Colegio de los Cardenales, la majestad del Sumo Pontífice, el concurso y variedad de gentes y naciones. Todo lo
miró y notó y puso en su punto. Y habiendo andado la estación de las siete iglesias [10], y confesádose con un peniten-
ciario, y besado el pie de Su Santidad, lleno de *agnusdei* [11],

---

[10] *la estación de las siete iglesias,* San Pedro, San Pablo, San Juan de
Letrán, San Sebastián, Santa María la Mayor, San Lorenzo y Santa Cruz.
[11] *agnusdeis,* relicario con la imagen del Cordero.

y cuentas determinó irse a Nápoles, y por ser tiempo de mutación [12], malo y dañoso para todos los que en él entran o salen de Roma, como hayan caminado por tierra, se fue por mar a Nápoles, donde a la admiración que traía de haber visto a Roma, añadió la que le causó ver a Nápoles, ciudad, a su parecer y al de todos cuantos la han visto, la mejor de Europa y aun de todo el mundo.

Desde allí se fue a Sicilia, y vio a Palermo, y después a Micina [13], de Palermo le pareció bien el asiento y belleza, y de Micina, el puerto, y de toda la isla, la abundancia, por quien propiamente y con verdad es llamada granero de Italia. Volvióse a Nápoles y a Roma, y de allí fue a Nuestra Señora de Loreto, en cuyo santo templo no vio paredes ni murallas, porque todas estaban cubiertas de muletas, de mortajas, de cadenas, de grillos, de esposas, de cabelleras, de medios bultos de cera y de pinturas y retablos, que daban manifiesto indicio de las innumerables mercedes que muchos habían recibido de la mano de Dios por intercesión de su divina Madre, que aquella sacrosanta imagen suya quiso engrandecer y autorizar con muchedumbre de milagros, en recompensa de la devoción que le tienen aquellos que con semejantes doseles tienen adornados los muros de su casa. Vio el mismo aposento y estancia donde se relató la más alta embajada y de la más importancia que vieron, y no entendieron, todos los cielos, y todos los ángeles, y todos los moradores de las moradas sempiternas.

Desde allí, embarcándose en Ancona, fue a Venecia, ciudad que a no haber nacido Colón en el mundo, no tuviera en él semejante: merced al Cielo y al Gran Hernando Cortés, que conquistó la gran Méjico para que la gran Venecia tuviese en alguna manera quien se le opusiese. Estas dos famosas ciudades se parecen en las calles, que son todas de agua: la de Europa, admiración del mundo entero; la de América, espanto del mundo nuevo.

---

[12]   *mutación,* los días más rigurosos del estío.
[13]   *Micina,* Mesina.

Parecióle que su riqueza era infinita, su gobierno prudente, su sitio inexpugnable, su abundancia mucha, sus contornos alegres, y, finalmente, toda ella en sí y en sus partes digna de la fama que de su valor por todas las partes del orbe, se extiende, dando causa de acreditar más esta verdad la máquina [14] de su famoso arsenal, que es el lugar donde se fabrican las galeras, con otros bajeles que no tienen número.

Por poco fueran los de Calipso los regalos y pasatiempos que halló nuestro curioso en Venecia [15], pues casi le hacían olvidar de su primer intento. Pero habiendo estado un mes en ella, por Ferrara, Parma y Plasencia volvió a Milán, oficina de Vulcano, ojeriza del reino de Francia, ciudad, en fin, de quien se dice que puede decir y hacer; haciéndola magnífica la grandeza suya y de su templo, y su maravillosa abundancia de todas las cosas a la vida humana necesarias. Desde allí se fue a Aste, y llegó a tiempo que otro día marchaba el tercio a Flandes. Fue muy bien recibido de su amigo el capitán, y en su compañía y camarada pasó a Flandes, y llegó a Amberes, ciudad no menos para maravillar que las que había visto en Italia. Vio a Gante, y a Bruselas, y vio que todo el país se disponía a tomar las armas para salir en campaña el verano siguiente. Y habiendo cumplido con el deseo que le movió a ver lo que había visto, determinó volverse a España y a Salamanca a acabar sus estudios, y como lo pensó lo puso luego por obra, con pesar grandísimo de su camarada, que le rogó, al tiempo de despedirse, le avisase de su salud, llegada y suceso. Prometióselo ansí como lo pedía, y por Francia volvió a España, sin haber visto a París, por estar puesta en armas. En fin, llegó a Salamanca, donde fue bien recebido de sus amigos, y con la comodidad que ellos le hicieron prosiguió sus estudios hasta graduarse de licenciado en Leyes.

---

[14] *máquina*, «agregado de diversas partes ordenadas entre sí y dirigidas a la formación de un todo».

[15] *por poco... Venecia*, regalos que Ulises recibió de la ninfa de la isla Ogigia.

Sucedió que en este tiempo llegó a aquella ciudad una dama de todo rumbo y manejo. Acudieron luego a la añagaza y reclamo todos los pájaros del lugar, sin quedar *vademécum* [16] que no la visitase. Dijéronle a Tomás que aquella dama decía que había estado en Italia y en Flandes, y por ver si la conocía, fue a visitarla, de cuya visita y vista quedó ella enamorada de Tomás; y él, sin echar de ver en ello, si no era por fuerza y llevado de otros no quería entrar en su casa. Finalmente, ella le descubrió su voluntad y le ofreció su hacienda; pero como él atendía más a sus libros que a otros pasatiempos, en ninguna manera respondía al gusto de la señora, la cual, viéndose desdeñada y, a su parecer, aborrecida, y que por medios ordinarios y comunes no podía conquistar la roca de la voluntad de Tomás, acordó de buscar otros modos, a su parecer, más eficaces y bastantes para salir con el cumplimiento de sus deseos. Y así, aconsejada de una morisca, en un membrillo toledano dio a Tomás unos destos que llaman hechizos, creyendo que le daba cosa que le forzase la voluntad a quererla; como si hubiese en el mundo yerbas, encantos ni palabras suficientes a forzar el libre albedrío; y así, las que dan estas bebidas o comidas amatorias se llaman *veníficas;* porque no es otra cosa lo que hacen sino dar veneno a quien las toma, como lo tiene mostrado la experiencia en muchas y diversas ocasiones.

Comió en tan mal punto Tomás el membrillo, que al momento comenzó a herir de pie y de mano como si tuviera alferecía [17], y sin volver en sí estuvo muchas horas, al cabo de las cuales volvió atontado, y dijo con lengua turbada y tartamuda que un membrillo que había comido le había muerto, y declaró quién se le había dado. La justicia, que tuvo noticia del caso, fue a buscar la malhechora; pero ya ella, viendo el mal suceso, se había puesto en cobro, y no pareció jamás.

---

[16]   *vademécum,* estudiante.
[17]   *comenzó ... alferecía,* temblores o convulsiones que caracterizan a esta enfermedad infantil.

Seis meses estuvo en la cama Tomás, en los cuales se
secó y se puso, como suele decirse, en los huesos, y mostraba tener turbados todos los sentidos; y aunque le
hicieron los remedios posibles, sólo le sanaron la enfermedad del cuerpo, pero no lo del entendimiento; porque
quedó sano, y loco de la más extraña locura que entre las
locuras hasta entonces se había visto. Imaginóse el desdichado que era todo hecho de vidrio, y con esta imaginación, cuando algunos se llegaba a él, daba terribles voces,
pidiendo y suplicando con palabras y razones concertadas
que no se le acercasen, porque le quebrarían; que real y
verdaderamente él no era como los otros hombres: que
todo era de vidrio, de pies a cabeza.

Para sacarle desta extraña imaginación, muchos sin
atender a sus voces y rogativas, arremetieron a él y le
abrazaron, diciéndole que advirtiese y mirase como no se
quebraba. Pero lo que se granjeaba en esto era que el pobre
se echaba en el suelo dando mil gritos, y luego le tomaba
un desmayo del cual no volvía en sí en cuatro horas; y
cuando volvía, era renovando las plegarias y rogativas de
que otra vez no le llegasen. Decía que le hablasen desde
lejos, y le preguntasen lo que quisiesen, porque a todo les
respondería con más entendimiento, por ser hombre de
vidrio y no de carne; que el vidrio, por ser de materia sutil
y delicada, obraba por ella el alma con más promptitud y
eficacia que no por la del cuerpo, pesada y terrestre. Quisieron algunos experimentar si era verdad lo que decía, y
así, le preguntaron muchas y difíciles cosas, a las cuales
respondió espontáneamente con grandísima agudeza de
ingenio; cosa que causó admiración a los más letrados de
la Universidad y a los profesores de la Medicina y Filosofía,
viendo que en un sujeto donde se contenía tan extraordinaria locura como era el pensar que fuese de vidrio, se
encerrase tan grande entendimiento, que respondiese a
toda pregunta con propiedad y agudeza.

Pidió Tomás le diesen alguna funda donde pusiese aquel
vaso quebradizo de su cuerpo, porque al vestirse algún vestido estrecho no se quebrase; y así, le dieron una ropa

parda y una camisa muy ancha, que él se vistió con mucho
tiento y se ciñó con una cuerda de algodón. No quiso cal-
zarse zapatos en ninguna manera, y el orden que tuvo para
que le diesen de comer sin que a él llegasen fue poner en la
punta de una vara una vasera de orinal [18], en la cual le
ponían alguna cosa de fruta, de las que la sazón del tiempo
ofrecía. Carne ni pescado, no lo quería; no bebía sino en
fuente o en río, y esto con las manos; cuando andaba por
las calles, iba por la mitad dellas, mirando a los tejados
temeroso no le cayese alguna teja encima y le quebrase; los
veranos dormía en el campo al cielo abierto, y los inviernos
se metía en algún mesón, y en el pajar, se enterraba hasta
la garganta, diciendo que aquélla era la más propia y más
segura cama que podían tener los hombres de vidrio.
Cuando tronaba, temblaba como un azogado, y se salía al
campo, y no entraba en poblado hasta haber pasado la
tempestad. Tuviéronle encerrado sus amigos mucho
tiempo; pero viendo que su desgracia pasaba adelante,
determinaron de condescender con lo que él pedía, que era
le dejasen andar libre, y así, le dejaron, y él salió por la
ciudad, causando admiración y lástima a todos los que le
conocían.

Cercáronle luego los muchachos; pero él con la vara los
detenía, y les rogaba le hablasen apartados, por que no se
quebrase; que por ser hombre de vidrio, era muy tierno y
quebradizo. Los muchachos, que son la más traviesa gene-
ración del mundo, a despecho de sus ruegos y voces, le
comenzaron a tirar trapos, y aun piedras, por ver si era de
vidrio, como él decía; pero él daba tantas voces y hacía
tales extremos, que movía a los hombres a que riñesen y
castigasen a los muchachos por que no le tirasen. Mas un
día que le fatigaron mucho se volvió a ellos, diciendo:

—¿Qué me queréis, muchachos, porfiados como moscas,
sucios como chinches, atrevidos como pulgas? ¿Soy yo por
ventura el monte Testacho de Roma, para que me tiréis
tantos tiestos y tejas?

---

[18]   *vasera de orinal*, canastilla de paja.

Por oírle reñir y responder a todos, se seguían siempre muchos, y los muchachos tomaron y tuvieron por mejor partido antes oídle que tiralle. Pasando, pues, una vez por la ropería de Salamanca, le dijo una ropera:

—En mi ánima, señor Licenciado, que me pesa de su desgracia; pero ¿qué haré, que no puedo llorar?

Él se volvió a ella, y muy mesurado, le dijo:

—*Filioe Hierusalen, plorate super vos et super filios vestros* [19].

Entendió el marido de la ropera la malicia del dicho y díjole:

—Hermano Licenciado Vidriera —que así decía él que se llamaba—, más tenéis de bellaco que de loco.

—No se me da un ardite —respondió él—, como no tenga nada de necio.

Pasando un día por la casa llana y venta común, vio que estaban a la puerta della muchas de sus moradoras, y dijo que eran bagajes del ejército de Satanás, que estaban alojados en el mesón del Infierno.

Preguntóle uno qué consejo o consuelo daría a un amigo suyo, que estaba muy triste porque su mujer se le había ido con otro. A lo cual respondió:

—Dile que dé gracias a Dios por haber permitido le llevasen de casa a su enemigo.

—Luego ¿no irá a buscarla? —dijo el otro.

—Ni por pienso —replicó Vidriera—; porque sería el hallarla hallar un perpetuo y verdadero testigo de su deshonra.

—Ya que eso sea así —dijo el mismo—, ¿qué haré yo para tener paz con mi mujer?

Respondióle:

—Dale lo que hubiere menester; déjala que mande a todos los de tu casa; pero no sufras que ella te mande a ti.

Díjole un muchacho:

---

[19] *Filiae Hierusalem ... vestros*, «Hijas de Jerusalén, no lloréis por mí; llorad más bien por vosotras mismas y por vuestros hijos» (San Lucas, XXIII, 28, pero incompleto en el texto cervantino).

—Señor Licenciado Vidriera, yo me quiero desgarrar de mi padre porque me azota muchas veces.

Y respondióle:

—Advierte, niño que los azotes que los padres dan a los hijos honran; y los del verdugo, afrentan.

Estando a la puerta de una iglesia, vio que entraba en ella un labrador de los que siempre blasonan de cristianos viejos, y detrás dél venía uno que no estaba en tan buena opinión como el primero, y el Licenciado dio grandes voces al labrador, diciendo:

—Esperad, Domingo, a que pase el sábado [20].

De los maestros de escuela decía que eran dichosos, pues trataban siempre con ángeles, y que fueran dichosísimos si los angelitos no fueran mocosos. Otro le preguntó que qué le parecía de las alcahuetas. Respondió que no eran las apartadas, sino las vecinas.

Las nuevas de su locura y de sus respuestas y dichos se extendió por toda Castilla, y llegando a noticia de un príncipe o señor que estaba en la corte, quiso enviar por él, y encargóse a un caballero amigo suyo, que estaba en Salamanca que se lo enviase, y topándole el caballero un día, le dijo:

—Sepa el señor Licenciado Vidriera que un gran personaje de la corte lo quiere ver y envía por él.

A lo cual respondió:

—Vuesa merced me excuse con ese señor; que yo no soy bueno para palacio, porque tengo vergüenza y no sé lisonjear.

Con todo esto, el caballero le envió a la corte, y para traerle usaron con él desta invención: pusiéronle en unas árganas [21] de paja, como aquellas donde llevan el vidrio, igualando los tercios con piedras, y entre paja puestos algunos vidrios, por que se diese entender que como vaso de vidrio le llevaban. Llegó a Valladolid, entró de noche, y

---

[20]   sábado, judío.
[21]   árganas, cestones.

desembanastáronle en la casa del señor que había enviado
por él, de quien fue muy bien recibido, diciéndole:

—Sea muy bien venido el señor Licenciado Vidriera.
¿Cómo ha ido en el camino? ¿Cómo va de salud?

A lo cual respondió:

—Ningún camino hay malo como se acabe, si no es el que
va a la horca. De salud estoy neutral, porque están encon-
trados mis pulsos con mi cerebro.

Otro día, habiendo visto en muchas alcándaras muchos
neblíes y azores y otros pájaros de volatería, dijo que la
caza de altanería era digna de príncipes y de grandes
señores; pero que advirtiesen que con ella echaba el gusto
censo sobre el provecho a más de dos mil por uno. La caza
de liebres dijo que era muy gustosa, y más cuando se
cazaba con galgos prestados.

El caballero gustó de su locura, y dejóle salir por la
ciudad, debajo del amparo y guarda de un hombre que
tuviese cuenta que los muchachos no le hiciesen mal, de los
cuales y de toda la corte fue conocido en seis días, y a cada
paso, en cada calle y en cualquiera esquina, respondía a
todas las preguntas que le hacían; entre las cuales le preguntó un estudiante si era poeta, porque le parecía que
tenía ingenio para todo. A lo cual respondió:

—Hasta ahora no he sido tan necio ni tan venturoso.

—No entiendo eso de necio y venturoso —dijo el estudiante.

Y respondió Vidriera:

—No he sido tan necio que diese en poeta malo, ni tan
venturoso que haya merecido serlo bueno.

Preguntóle otro estudiante que en qué estimación tenía a
los poetas. Respondió que a la ciencia, en mucha; pero que
a los poetas, en ninguna. Replicáronle que por qué decía
aquello. Respondió que del infinito número de poetas que
había, eran tan pocos los buenos, que casi no hacían
número; y así, como si no hubiese poetas, no los estimaba;
pero que admiraba y reverenciaba la ciencia de la poesía,
porque encerraba en sí todas las demás ciencias: porque de
todas se sirve, de todas se adorna, y pule y saca a luz

maravillosas obras, con que llena el mundo de provecho, de deleite y de maravilla. Añadió más:

—Yo bien sé en lo que se debe estimar un buen poeta, porque se me acuerda de aquellos verso de Ovidio que dicen:

> Cura ducum fuerunt olim regunque poetae:
> Praemiaque antiqui magna tulere chori.
> Santaque majestad, et erat venerabile nomen
> Vatibus, et largael saepe dabantur opes [22].

Y menos se me olvida la alta calidad de los poetas, pues los llama Platón intérpretes de los dioses, y dellos dice Ovidio:

> Est Deus in nobis, agitante calescimus illo [23].

Y también dice:

> At sacri vates, et Divum cura vocamur [24].

Esto se dice de los buenos poetas: que de los malos, de los churruleros [25], ¿qué se ha de decir sino que son la idiotez y la arrogancia del mundo?

Y añadió más:

—¡Qué es ver a un poeta destos de la primera impresión, cuando quiere decir un soneto a otros que le rodean, las salvas que les hace diciendo: «¡Vuesas mercedes escuchen un sonetillo que anoche a cierta ocasión, hice, que, a mi parecer, aunque no vale nada, tiene un no sé qué de bonito!»

Y en esto, tuerce los labios, pone en arco las cejas, y se

---

[22] *Cura docum... dabantur opes,* «En otro tiempo los poetas disfrutaron de la estima de reyes y generales: / grandes recompensas les proporcionaron las danzas antiguas. / Tenían dignidad sagrada y su nombre era venerado / e incluso, muy a menudo se les concedían abundantes riquezas,» (Ovidio, *Arte de amar,* canto III.)

[23] *Est... illo,* «Dios está en nosotros, y nosotros nos enardecemos entre sus brazos.» (Ovidio, *Fastos,* Libro VI.)

[24] *At sacri... vocamur,* «Pero nosotros los poetas somos sagrados y amados de los dioses.» (Ovidio, *Amores,* Libro III, elegía IX.)

[25] *churrulleros,* los que saben o practican mal su oficio.

rasca la falquerían, pues estaba en su mano ser ricos, si se sabían aprovechar de la ocasión que por momentos traían entre las manos, que eran las de sus damas, que todas eran riquísimas en extremo, pues tenían los cabellos de oro, la frente de plata bruñida, los ojos de verdes esmeraldas, los dientes de marfil, los labios de coral y la garganta de cristal transparente, y que lo que lloraban era líquidas perlas; y más, que lo que sus plantas pisaban, por dura y estéril tierra que fuese, al momento producía jazmines y rosas; y que su aliento era de puro ámbar, almizcle y algalia [26], y que todas estas cosas eran señales y muestras de su mucha riqueza. Estas y otras cosas decía de los malos poetas; que de los buenos siempre dijo bien y los levantó sobre el cuerno de la luna.

Vio un día en la acera de San Francisco unas figuras pintadas de mala mano, y dijo que los buenos pintores imitaban la naturaleza; pero que los malos la vomitaban. Arrimóse un día con grandísimo tiento, por que no se quebrase, a la tienda de un librero, y díjole:

—Este oficio me contentara mucho si no fuera por una falta que tiene.

Preguntóle el librero se la dijese. Respondióle:

—Los melindres que hacen cuando compran un privilegio de un libro, y la burla que hacen a su autor si acaso le imprime a su costa, pues en lugar de mil quinientos, imprimen tres mil libros, y cuando el autor piensa que se venden los suyos, se despachan los ajenos.

Acaeció este mismo día que pasaron por la plaza seis azotados, y diciendo el pregón: «Al primero, por ladrón», dio grandes voces a los que estaban delante dél, diciéndoles:

—Apartaos, hermanos, no comiencen aquella cuenta por alguno de vosotros.

Y cuando el pregonero llegó a decir: «Al traseo...», dijo:

—Aquél debe de ser el fiador de los muchachos.

Un muchacho le dijo:

---

[26] *almizcle y algalia*, sustancias aromáticas.

—Hermano Vidriera, mañana sacan a azotar a una alcagüeta.

Respondióle:

—Si dijeras que sacaban a azotar a un alcagüete, entendiera que sacaban a azotar un coche.

Hallóse allí unos destos que llevan sillas de mano, y díjole:

—De vosotros, Licenciado, ¿no tenéis qué decir?

—No —respondió Vidriera—, sino que sabe cada uno de vosotros más pecados que un confesor; mas con esta diferencia: que el confesor los sabe para tenerlos secretos, y vosotros para publicarlos por las tabernas.

Oyó esto un mozo de mulas, porque de todo género de gente le estaba escuchando contino, y díjole:

—De nosotros, señor Redoma, poco o nada hay que decir, porque somos gentes de bien, y necesaria en la república.

A lo cual respondió Vidriera:

—La honra del amo descubre la del criado; según esto, mira a quién sirves, y verás cuán honrado eres: mozos sois vosotros de la más ruin canalla que sustenta la tierra. Una vez, cuando no era de vidrio, caminé una jornada en una mula de alquiler tal, que le conté ciento y veinte y una tachas, todas capitales y enemigas del género humano. Todos los mozos de mulas tienen su punta de rufianes, su punta de cacos, y su es no es de truhanes; si sus amos (que así llaman ellos a los que llevan en sus mulas), son boquimuelles [27], hacen más suertes en ellos que las que echaron en esta ciudad los años pasados; si son extranjeros, los roban; si estudiantes, los maldicen; si religiosos, los reniegan; y si soldados, los tiemblan. Éstos, y los marineros y carreteros y harrieros, tienen un modo de vivir extraordinario y sólo para ellos: el carretero pasa lo más de la vida en espacio de vara y media de lugar, que poco más debe de haber del yugo de las mulas a la boca del carro; canta la mitad del tiempo y la otra mitad reniega, y en decir «Hágame a zaga», se les pasa otra parte; y si acaso les

---

[27] boquimuelles, fáciles de engañar.

queda por sacar alguna rueda de algún atolladero, más se
ayudan de dos pésetes [28] que de tres mulas. Los marineros
son gente gentil, inurbana, que no sabe otro lenguaje que el
que se usa en los navíos; en la bonanza son diligentes, y en
la borrasca, perezosos; en la tormenta mandan muchos y
obedecen pocos; su Dios es su arca y su rancho; y su pasa-
tiempo, ver mareados a los pasajeros. Los harrieros son
gente que ha hecho divorcio con las sábanas y se han can-
ado con las enjalma [29]; son tan diligentes y presurosos,
que a trueco de no perder la jornada perderán el alma; su
música es la del mortero; su salsa, la hambre; sus maitines,
levantarse a dar sus piensos; y sus misas, no oír ninguna.

Cuando esto decía, estaba a la puerta de un boticario, y
volviéndose al dueño, le dijo:

—Vuesa merced tiene un saludable oficio, si no fuese tan
enemigo de sus candiles.

—¿En qué modo soy enemigo de mis candiles? —preguntó
el boticario.

Y respondió Vidriera:

—Esto digo porque en faltando cualquiera aceite la suple
el del candil que está más a mano; y aun tiene otra cosa
este oficio bastante a quitar el crédito al más acertado
médico del mundo.

Preguntándole por qué, respondió que había boticario
que, por no decir que faltaba en su botica lo que recetaba el
médico, por las cosas que le faltaban ponía otras que a su
parecer tenían la misma virtud y calidad, no siendo así; y
con esto, la medicina mal compuesta obraba al revés de lo
que había de obrar la bien ordenada. Preguntóle entonces
uno que qué sentía de los médicos, y respondió esto:

—*Honora medicum propter necessitatem, etenim creavit
eum Altissimus. A Deo enim est omnis medela, et a rege
accipiet donationem. Disciplina medici exaltabit caput
illius, et in conspectu magnatum collaudabitur. Alsissimus*

---

[28] *pésetes*, pestes.
[29] *enjalmas*, albardas, ligeras.

de terra creavit medicinam, et vir prudens non abhorrebi
illam [30]. Esto dice, dijo, el *Eclesiástico* de la Medicina y d
los buenos médicos, y de los malos se podría decir todo a
revés porque no hay gente más dañosa y la república qu
ellos. El juez nos puede torcer o dilatar la justicia; e
letrado, sustentar por su interés nuestra ijusta demanda; e
mercader, chuparnos la hacienda; finalmente, todas la
personas con quien de necesidad tratamos nos pueder
hacer algún daño; pero quitarnos la vida sin quedar sujeto
al temor de castigo, ninguno; sólo los médicos nos pueder
matar y nos matan sin temor y a pie quedo, sin desen
vainar otra espada que la de un *récipe* [31]; y no hay descu
brirse sus delictos, porque al momento los meten debajo d
la tierra. Acuérdaseme que cuando yo era hombre d
carne, y no de vidrio como agora soy, que a un médic
destos de segunda clase le despidió un enfermo por curars
con otro, y el primero, de allí a cuatro días, acertó a pasa
por la botica donce receptaba el segundo, y preguntó a
boticario que cómo le iba al enfermo que él había dejado, y
que si le había receptado alguna purga el otro médico. E
boticario le respondió que allí tenía una recepta de purga
que el día siguiente había de tomar el enfermo; dijo que s
la mostrase, y vio que al fin della estaba escrito: *Suma*
dilúculo [32], y dijo: «Todo lo que lleva esta purga me con
tenta, si no es este *dilúculo*, porque es húmido demasiada
mente.»

Por estas y otras cosas que decía de todos los oficios, s
andaban tras él, sin hacerle mal y sin dejarle sosegar; pero
con todo esto, no se pudiera defender de los muchachos s
su guardián no le defendiera. Preguntóle uno qué harí
para no tener envidia a nadie. Respondióle:

---

[30]   «Atiende al médico antes de que lo necesites, que también él es hij
del Señor. Pues el Altísimo tiene la ciencia de curar y el rey le hace mer
cedes. La ciencia del médico le hace andar erguido y es admirado de lo
príncipes. El Señor hace brotar de la tierra los remedios y el varón pru
dente no los desecha.» (*Eclesiástico*, XXXVIII, 1-4.)

[31]   *récipe*, recibe o toma.

[32]   *Sumat dilúculo*, «tómese al amanecer».

—Duerme: que todo el tiempo que durmieres serás igual al que envidias.

Otro preguntó qué remedio tendría para salir con una comisión, que había dos años que la pretendía. Y díjole:

—Parte a caballo y a la mira de quien la lleva, y acompáñale hasta salir de la ciudad, y así saldrás con ella.

Pasó acaso una vez por delante donde él estaba un juez de comisión, que iba de camino a una causa criminal, y llevaba mucha gente consigo y dos alguaciles; preguntó quién era, y como se lo dijeron, dijo:

—Yo apostaré que lleva aquel juez víboras en el seno, pistoletas en la cinta y rayos en las manos, para destruir todo lo que alcanzare su comisión. Yo recuerdo haber tenido un amigo que en una comisión criminal que tuvo dio una sentencia tan exorbitante, que excedía en muchos quilates a la culpa de los delincuentes. Preguntéle que por qué había dado aquella tan cruel sentencia y hecho tan manifiesta injusticia. Respondióme que pensaba otorgar la apelación, y que con esto dejaba campo abierto a los señores del Consejo para mostrar su misericordia, moderando y poniendo aquella su rigurosa sentencia en su punto y debida proporción. Yo le respondí que mejor fuera haberla dado de manera que les quitara de aquel trabajo, pues con esto le tuvieran a él por juez recto y acertado.

En la rueda de la mucha gente que, como se ha dicho, siempre le estaba oyendo, estaba un conocido suyo en hábito de letrado, al cual otro le llamó *señor licenciado;* y sabiendo Vidriera que el tal a quien llamaron licenciado no tenía ni un título de bachiller, le dijo:

—Guardaos, compadre, no encuentren con vuestro título los frailes de la redempción de cautivos; que os le llevarán por mostrenco.

A lo cual dijo el amigo:

—Tratémonos bien, señor Vidriera, pues ya sabéis que soy hombre de altas y profundas letras.

Respondióle Vidriera;

—Ya yo sé que sois un Tántalo [33] en ellas, porque se os van por altas, y no las alcanzáis, de profundas.

Estando una vez arrimado a la tienda de un sastre, viol que estaba mano sobre mano, y díjole:

—Sin duda, señor maeso, que estáis en camino de sal vación.

—¿En qué lo veis? —preguntó el sastre.

—¿En qué lo veo? —respondió Vidriera—. Véolo en qu pues no tenéis que hacer, no tenéis ocasión de mentir.

Y añadió:

—Desdichado del sastre que no miente y cose las fiestas cosa maravillosa es que casi en todos los deste ofici apenas se hallará uno que haga un vestido justo, habiend tantos que los hagan pecadores.

De los zapateros decía que jamás hacían, conforme a su parecer, zapato malo; porque si al que se le calzaban vení estrecho y apretado, le decían que así había de ser, por se de galanes calzar justo, y que en trayéndolos dos hora vendrían más anchos que alpargates; y si le venían anchos decían que así habían de venir, por amor de la gota.

Un muchacho agudo, que escribía en un oficio de pro vincia, le apretaba mucho con preguntas y demandas, y l traía nuevas de lo que en la ciudad pasaba, porque sobr todo discantaba y a todo respondía. Éste le dijo una vez

—Vidriera, esta noche se murió en la cárcel un banco [34] que estaba condenado a ahorcar.

A lo cual respondió:

—Él hibo mien a darse priesa a morir, antes que el ver dugo se sentara sobre él.

En la acera de San Francisco, estaba un corro de gino veses, y pasando por allí, uno dellos le llamó, diciéndole

—Lléguese acá el señor Vidriera y cuéntenos un cuento.

Él respondió:

—No quiero, por que no me le paséis a Génova.

---

[33] *Tántalo*, dios griego castigado a pasar hambre y sed eterna, a pesa de tener el agua y el alimento cerca, pero inalcanzable.

[34] *banco*, banquero o cambista.

Topó una vez a una tendera que llevaba delante de sí una hija suya muy fea, pero muy llena de dijes, de galas y perlas, y díjole a la madre:

—Muy bien habéis hecho en empedralla, porque pueda pasear.

De los pasteleros dijo que había muchos años que jugaban a la dobladilla sin que les llevasen la pena, porque habían hecho el pastel de a dos de a cuatro, el de a cuatro de a ocho, y el de a ocho de a medio real, por sólo su albedrío y beneplácito. De los titereros decía mil males: decía que era gente vagabunda y que trataba con indecencia de las cosas divinas, porque con las figuras que mostraban en sus retablos volvían la devoción en risa, y que les acontecía envasar en un costal todas o las más figuras del Testamento Viejo y Nuevo, y sentarse sobre él a comer y beber en los bodegones y tabernas; en resolución, decían que se maravillaba de cómo quien podía no les ponía perpetuo silencio a sus retablos, o los desterraba del reino.

Acertó a pasar una vez por donde él estaba un comediante vestido como un príncipe, y en viéndole, dijo;

—Yo me acuerdo haber visto a éste salir al teatro enharinado el rostro y vestido un zamarro del revés y, con todo esto, a cada paso, fuera del tablado, jura a fe de hijodalgo.

—Débelo de ser —respondió uno—, porque hay muchos comediantes que son muy bien nacidos y hijosdalgos.

—Así será verdad —replicó Vidriera—; pero lo que menos ha menester la farsa es personas bien nacidas: galanes sí, gentiles hombres y de expeditas lenguas. También sé decir dellos que en el sudor de su cara ganan su pan con inllevable trabajo, tomando contino de memoria, hechos perpetuos gitanos, de lugar en lugar y de mesón en venta, desvelándose en contentar a otros, porque en el gusto ajeno consiste su bien propio. Tienen más, que con su oficio no engañan a nadie, pues por momentos sacan su mercaduría a pública plaza, al juicio y a la vista de todos. El trabajo de los autores es increíbles y su cuidado extraordinario, y han de ganar mucho para que al cabo del año no salgan tan empeñados que les sea forzoso hacer pleito de acreedores;

y, con todo esto, son necesarios en la república, como lo
son las florestas, las alamedas y las vistas de recreación, y
como lo son las cosas que honestamente recrean.

Decía que había sido opinión de un amigo suyo que el
que servía a una comedianta, en sola una servía a muchas
damas juntas, como era a una reina, a una ninfa, a una
diosa, a una fregona, a una pastora, y muchas veces caía la
suerte en que sirviese en ella a un paje y a un lacayo; que
todas estas y más figuras suele hacer una farsanta.

Preguntóle uno que cuál había sido el más dichoso del
mundo.. Respondió que *Nemo*; porque *Nemo novit patrem;
Nemo sine crimine vivit; Nemo sua sorte contentus; Nemo
ascendit in caelum* [35]. De los diestros [36] dijo una vez que
eran maestros de una ciencia o arte, que cuando la habían
menester, no la sabían, y que tocaban algo en presump-
tuosos, pues querían reducir a demostraciones matemá-
ticas, que son infalibles, los movimientos y pensamientos
coléricos de sus contrarios. Con lo que se teñían las barbas
tenía particular enemistad; y riñendo una vez delante dél
dos hombres que el uno era portugués, éste dijo al castellano, asiéndole de las barbas, que tenía muy teñidas:

—Por istas barbas que teño no rostro...

A lo cual acudió Vidriera:

—Olhay, home, naon digáis *teño*, sino *tiño*.

Otro traía las barbas jaspeadas y de muchas colores,
culpa de la mala tinta; a quien dijo Vidriera que tenía las
barbas de muladar overo. A otro, que traía las barbas por
mitad blancas y negras por haberse descuidado, y los
cañones crecidos, le dijo que procurase de no porfiar ni
reñir con nadie, porque estaba aparejado a que le dijesen
que mentía por la mitad de la barba.

Una vez contó que una doncella discreta y bien enten-
dida, por acudir a la voluntad de sus padres, dio el sí de

---

[35] *Nemo... Coelum*, frase ingeniosa y ambigua de múltiples orígenes en
la literatura clásica y en los textos de Derecho: «*Nemo* conoce al padre,
vive sin pecado, está contento con su suerte y sube al cielo.» Nemo, perso-
nificado, nadie.

[36] *diestros*, maestros de esgrima o del uso de la espada

casarse con un viejo todo cano, el cual la noche antes del
día del desposorio se fue, no al río Jordán, como dicen las
viejas, sino a la redondilla del agua fuerte y plata, con que
renovó de manera su barba, que la acostó de nieve y la
levantó de pez. Llegóse la hora de darse las manos, y la
doncella conoció por la pinta y por la tinta, la figura, y dijo
a sus padres que le diesen el mismo esposo que ellos le
habían mostrado: que no quería otro. Ellos le dijeron que
aquel que tenía delante era el mismo que le habían mostrado y dado por esposo. Ella replicó que no era, y trujo testigos como el que sus padres le dieron era un hombre grave
y lleno de canas, y que pues el presente no las tenía, no era
él, y se llamaba a engaño. Atúvose a esto, corrióse el
tañido, y deshízose el casamiento.

Con las dueñas tenía la misma ojeriza que con los
escabechados [37]; decía maravillas de su *permafoy* [38], de las
mortajas de sus tocas, de sus muchos melindres, de sus
escrúpulos y de su extraordinaria miseria; amohinábanle
sus flaquezas de estómago, sus vaguidos de cabeza, su
modo de hablar, con más repulgos que sus tocas, y, finalmente, su inutilidad y sus vainillas.

Uno le dijo:

—¿Qué es esto, señor Licenciado, que os he oído decir
mal de muchos oficios, y jamás lo habéis dicho de los escribanos, habiendo tanto que decir?

A lo cual respondió:

—Aunque de vidrio, no soy tan frágil que me deje ir con
la corriente del vulgo, las más de las veces engañado. Paréceme a mí que la gramática de los murmuradores, y el *la,
la, la* de los que cantan, son los escribanos; porque así
como no se puede pasar a otras ciencias si no es por la
puerta de la Gramática, y como el músico primero mur-
mura que canta, así los maldicientes, por donde comienzan
a mostrar la malignidad de sus lenguas es por decir mal de
los escribanos y alguaciles y de los otros ministros de la

---

[37]   *escabechados*, los ancianos que se teñían el pelo canoso.
[38]   *Permafoy*, a fe mía.

NÚM. 29.—11

justicia, siendo un oficio el del escribano sin el cual andaría la verdad por el mundo a sombra de tejados, corrida y maltratada: y así dice el *Eclesiástico: In manu Dei potestas hominis est, et super faciem scribae imponet honorem* [39]. Es el escribano persona pública, y el oficio del juez no se puede ejercitar cómodamente sin el suyo. Los escribanos han de ser libres, y no esclavos, ni hijos de esclavos; legítimos, no bastardos, ni de ninguna mala raza nacidos. Juran de secreto fidelidad, y que no harán escritura usuraria, que ni amistad, ni enemistad, provecho o daño les moverá a no hacer su oficio con buena y cristiana conciencia. Pues si este oficio tantas buenas partes requiere, ¿por qué se ha de pensar que de más de veinte mil escribanos que hay en España se lleve el diablo la cosecha, como si fuesen cepas de su majuelo? no lo quiero creer, ni es bien que ninguno lo crea; porque, finalmente, digo que es la gente más necesaria que había en las repúblicas bien ordenadas, y que si llevaban demasiados derechos, también hacían demasiados tuertos, y que destos dos extremos podía resultar un medio que les hiciese mirar por el virote [40].

De los alguaciles dijo que no era mucho que tuviesen algunos enemigos, siendo su oficio, o prenderte, o sacarte la hacienda de casa, o tenerte en la suya en guarda y comer a tu costa. Tachaba la negligencia e ignorancia de los procuradores y solicitadores, comparándolos a los médicos, los cuales, que sane o no sane el enfermo, ellos llevan su propina, y los procuradores y solicitadores, lo mismo, salgan o no salgan con el pleito que ayudan.

Preguntóle uno cuál era la mejor tierra. Respondió que la temprana y agradecida. Replicó el otro:

—No pregunto eso, sino que cuál es mejor lugar: Valladolid o Madrid.

Y respondió:

---

[39]   *honorem*, «En la mano del señor está la fortuna del hombre; es él quien hace brillar el rostro del escriba». (*Eclesiástico*, X, 5.)

[40]   *virote*, saeta. Metáfora, por atender cada uno a lo suyo.

—De Madrid, los extremos; de Valladolid, los medios.

—No lo entiendo —repitió el que se lo preguntaba.

—Y dijo:

—De Madrid, cielo y suelo; de Valladolid, los entresuelos.

Oyó Vidriera que dijo un hombre a otro que así como había entrado en Valladolid, había caído su mujer muy enferma, porque la había probado la tierra.

A lo cual dijo Vidriera:

—Mejor fuera que se la hubiera comido, si acaso es celosa.

De los músicos y de los correos de a pie decía que tenían las esperanzas y las suertes limitadas, porque los unos la acababan con llegar a serlo de a caballo, y los otros con alcanzar a ser músicos del Rey. De las damas que llaman *cortesanas* decía que todas, o las más, tenían más de *corteses* que de sanas.

Estando un día en una iglesia vio que traían a enterrar a un viejo, a bautizar a un niño y a velar una mujer, todo a un mismo tiempo, y dijo que los templos eran campos de batalla, donde los viejos acaban, los niños vencen y las mujeres triunfan.

Picábale una vez una avispa en el cuello, y no se la osaba sacudir, por no quebrarse; pero, con todo eso, se quejaba. Preguntóle unos que cómo sentía aquella avispa, si era su cuerpo de vidrio. Y respondió que aquella avispa debía de ser murmuradora, y que las lenguas y picos de los murmuradores eran bastantes a desmoronar cuerpos de bronce, no que de vidrio.

Pasando acaso un religioso muy gordo por donde él estaba, dijo uno de sus oyentes:

—De ético no se puede mover el padre.

Enojóse Vidriera, y dijo:

—Nadie se olvide de lo que dice el Espíritu Santo: *Nolite tangere christos meos* [41]

Y subiéndose más en cólera, dijo que mirasen en ello, y verían que de muchos santos que de pocos años a esta

---

[41] *Nolite... meos,* «No toquéis a mis ungidos».

parte había canonizado la Iglesia y puesto en el número de
los bienaventurados, ninguno se llamaba el capitán don
Fulano, ni el secretario don Tal de don Tales, ni el Conde,
Marqués o Duque de tal parte, sino fray Diego, fray
Jacinto, fray Raimundo, todos frailes y religiosos; porque
las religiones son los Aranjueces del cielo, cuyos frutos, de
ordinario, se ponen en la mesa de Dios. Decía que las lenguas de los murmuradores eran como las plumas del
águila: que roen y menoscaban todas las de las otras aves
que a ellas se juntan.

De los gariteros y tahúres decía milagros: decía que los
gariteros eran públicos prevaricadores, porque en sacando
el barato del que iba haciendo suertes, deseaban que perdiese y pasase el naipe adelante, porque el contrario las
hiciese y él cobrase sus derechos. Alababa mucho la
paciencia de un tahúr, que estaba toda una noche jugando
y perdiendo, y con ser de condición colérico y endemo-
niado, a trueco de que su contrario no se alzase no descosía
la boca, y sufría lo que un mártir de Barrabás. Alababa
también las conciencias de algunos honrados gariteros que
ni por imaginación consentían que en su casa se jugase
otros juegos que polla y cientos [42]; y con esto, a fuego lento,
sin temor y nota de malsines, sacaban al cabo del mes más
barato que los que consentían los juegos de estocada, del
reparolo, siete y llevar, y pinta en la del punto [43].

En resolución, él decía tales cosas, que si no fuera por
los grandes gritos que daba cuando le tocaban, o a él se
arrimaban, por el hábito que traía, por la estrecheza de su
comida, por el modo con que bebía, por el no querer dormir
sino al cielo abierto en el verano, y el invierno en los
pajares, como queda dicho, con que daba tan claras
señales de locura, ninguno pudiera creer sino que era uno
de los más cuerdos del mundo.

---

[42] *polla y cientos*, tresillo actual o juego del hombre, y piquet, donde
gana el que antes llega a cien puntos.

[43] *punto*, juegos contrarios a los anteriores donde el dinero volaba en
mayores cantidades y más rápidamente.

Dos años o poco más duró en esta enfermedad, porque un religioso de la Orden de San Jerónimo, que tenía gracia y ciencia particular en hacer que los mudos entendiesen y en cierta manera hablasen, y en curar locos, tomó a su cargo de curar a Vidriera, movido de caridad, y le curó y sanó, y volvió a su primer juicio, entendimiento y discurso. Y así como le vio sano, le vistió como letrado y le hizo volver a la corte, adonde con dar tantas muestras de cuerdo como las había dado de loco, podía usar su oficio y hacerse famoso por él. Hízolo así, y llamándose el Licenciado Rueda, y no Rodaja, volvió a la corte, donde apenas hubo entrado, cuando fue conocido de los muchachos; mas como le vieron en tan diferente hábito del que solía, no le osaron dar grita ni hacer preguntas; pero seguíanle, y decían unos y otros:

—¿Éste no es el loco Vidriera? A fe que es él. Ya viene cuerdo. Pero también puede ser loco, bien vestido como mal vestido: preguntémosle algo, y salgamos desta confusión.

Todo esto oía el Licenciado, y callaba, y iba más confuso y más corrido que cuando estaba sin juicio.

Pasó el conocimiento de los muchachos a los hombres, y antes que el Licenciado llegase al patio de los Consejos, llevaba tras de sí más de doscientas personas de todas suertes. Con este acompañamiento, que era más que de un catedrático, llegó al patio, donde le acabaron de circundar cuantos en él estaban. Él, viéndose con tanta turba a la redonda, alzó la voz y dijo:

—Señores, yo soy el licenciado Vidriera, pero no el que solía: soy ahora el licenciado Rueda. Sucesos y desgracias que acontecen en el mundo por permisión del cielo me quitaron el juicio, y las misericordias de Dios me le han vuelto. Por las cosas que dicen que dije cuando loco podéis considerar las que diré y haré cuando cuerdo. Yo soy graduado en Leyes por Salamanca, adonde estudié con pobreza, y adonde llevé segundo en licencias; de do se puede inferir que más la virtud que el favor me dio el grado que tengo. Aquí he venido a este gran mar de la corte para abogar y ganar la vida; pero si no me dejáis, habré venido a bogar y granjear la muerte: por amor de Dios que no hagáis que el seguirme sea perseguirme, y que lo que alcancé por loco, que es el sustento, lo pierda por cuerdo. Lo que solíades preguntarme en las plazas, preguntádmelo ahora en mi casa, y veréis que el que os respondía bien, según dicen, de improviso, os responderá mejor de pensado.

Escucháronle todos y dejáronle algunos. Volvióse a su posada, con poco menos acompañamiento que había llevado.

Salió otro día, y fue lo mismo: hizo otro sermón, y no sirvió de nada. Perdía mucho y no ganaba cosa; y viéndose morir de hambre, determinó dejar la corte y volverse a Flandes, donde pensaba valerse de las fuerzas de su brazo, pues no se podía valer de las de su ingenio. Y poniéndolo en efeto, dijo al salir de la corte:

—¡Oh corte, que alargas las esperanzas de los atrevidos pretendientes, y acortas las de los virtuosos encogidos; sustentas abundantemente a los truhanes desvergonzados, y matas de hambre a los discretos vergonzosos!

Esto dijo, y se fue a Flandes, donde la vida que había comenzado a eternizar por las letras, la acabó de eternizar por las armas, en compañía de su buen amigo el capitán Valdivia, dejando fama en su muerte de prudente y valentísimo soldado.

LA FUERZA DE LA SANGRE

Una noche de las calurosas del verano volvían de recrearse del río en Toledo un anciano hidalgo [1] con su mujer, un niño pequeño, una hija de edad de diez y seis años, y una criada. La noche era clara, la hora las once, el camino solo, y el paso tardo, por no pagar con cansancio la pensión que traen consigo las holguras que en el río o en la vega se toman en Toledo. Con la seguridad que promete la mucha justicia y bien inclinada gente de aquella ciudad, venía el buen hidalgo con su honrada familia, lejos de pensar en desastre que sucederles pudiese. Pero como las más de las desdichas que vienen no se piensan, contra todo su pensamiento les sucedió una que les turbó la holgura y les dio que llorar muchos años. Hasta veinte y dos tendría un caballero de aquella ciudad, a quien la riqueza, la sangre ilustre, la inclinación torcida, la libertad demasiada y las compañías libres le hacían hacer cosas y tener atrevimientos que desdecían de su calidad y le daban renombre de atrevido.

Este caballero, pues —que por ahora, por buenos respetos, encubriendo su nombre, le llamaremos con el de Rodolfo—, con otros cuatro amigos suyos, todos mozos,

---

[1] *hidalgo*, persona noble y no servil ni por la sangre ni por el oficio en que trabaja.

todos alegres y todos insolentes, bajaba por la misma cuesta que el hidalgo subía. Encontráronse los dos escuadrones, el de las ovejas con el de los lobos; y, con deshonesta desenvoltura, Rodolfo y sus camaradas, cubiertos los rostros, miraron los de la madre y de la hija y de la criada.

Alborotóse el viejo, y reprochóles y afeóles su atrevimiento; ellos le respondieron con muecas y burla, y, sin desmandarse a más, pasaron adelante.

Pero la mucha hermosura del rostro que había visto Rodolfo, que era el de Leocadia, que así quieren que se llamase la hija del hidalgo, comenzó de tal manera a imprimírsele en la memoria, que le llevó tras sí la voluntad y despertó en él un deseo de gozarla, a pesar de todos los inconvenientes que sucederle pudiesen; y en un instante comunicó su pensamiento con sus camaradas, y en otro instante se resolvieron de volver y robarla, por dar gusto a Rodolfo; que siempre los ricos que dan en liberales hallan quien canonice sus desafueros y califique por buenos sus malos gustos. Y así, el nacer el mal propósito, el comunicarle, y el aprobarle y el determinarse de robar a Leocadia, y el robarla, casi todo fue en un punto.

Pusiéronse los pañizuelos en los rostros, y, desenvainadas las espadas, volvieron, y a pocos pasos alcanzaron a los que no habían acabado de dar gracias a Dios que de las manos de aquellos atrevidos les había librado.

Arremetió Rodolfo con Leocadia, y, cogiéndola en brazos, dio a huir con ella, la cual no tuvo fuerzas para defenderse, y el sobresalto le quitó la voz para quejarse, y aun la luz de los ojos, pues, desmayada y sin sentido, ni vio quién la llevaba ni adónde la llevaban.

Dio voces su padre, gritó su madre, lloró su hermanico, arañóse la criada; pero ni las voces fueron oídas, ni los gritos escuchados, ni movió a compasión el llanto, ni los araños fueron de provecho alguno, porque todo lo cubría la soledad del lugar, y el callado silencio de la noche, y las crueles entrañas de los malhechores. Finalmente, alegres se fueron los unos, y tristes se quedaron los otros.

Rodolfo llegó a su casa sin impedimento alguno, y los

padres de Leocadia llegaron a la suya lastimados, afligidos y desesperados, ciegos, sin los ojos de su hija, que eran la lumbre de los suyos; solos, porque Leocadia era su dulce y agradable compañía; confusos, sin saber si sería bien dar la noticia de su desgracia a la justicia, temerosos no fuesen ellos el principal instrumento de publicar su deshonra. Veíanse necesitados de favor, como hidalgos pobres; no sabían de quién quejarse, sino de su corta ventura. Rodolfo, en tanto, sagaz y astuto, tenía ya en su casa y en su aposento a Leocadia, a la cual, puesto que sintió que iba desmayada, cuando la llevaba, la había cubierto los ojos con un pañuelo, porque no viese las calles por donde la llevaba, ni la casa, ni el aposento donde estaba, en el cual, sin ser visto de nadie, a causa que él tenía un cuarto aparte en la casa de su padre, que aún vivía, y tenía de su estancia la llave y las de todo el cuarto (inadvertencia de padres que quieren tener sus hijos recogidos), antes que de su desmayo volviese Leocadia, había cumplido su deseo Rodolfo; que los ímpetus no castos de la mocedad, pocas veces, o ninguna, reparan en comodidades y requisitos que más los inciten y levanten. Ciego de la luz del entendimiento, a escuras robó la mejor prenda de Leocadia, y como los pecados de la sensualidad, por la mayor parte, no tiran más allá de la barra, del término del cumplimiento dellos, quisiera luego Rodolfo que de allí desapareciera Leocadia, y le vino a la imaginación de ponella en la calle, así desmayada como estaba; y yéndolo a poner en obra, sintió que volvía en sí, diciendo:

—¿Adónde estoy, desdichada? ¿Qué escuridad es ésta? ¿Qué tinieblas me rodean? ¿Estoy en el limbo de mi inocencia, o en el infierno de mis culpas? ¡Jesús!, ¿quién me toca? ¿Yo en cama, yo lastimada? ¿Escúchasme, madre y señora mía? ¿Óyesme, querido padre? ¡Ay, sin ventura de mí, que bien advierto que mis padres no me escuchan y que mis enemigos me tocan! Venturosa sería yo, si esta escuridad durase para siempre, sin que mis ojos volviesen a ver la luz del mundo, y que este lugar donde ahora estoy, cualquiera que él se fuese, sirviese de sepultura a mi honra, pues es mejor la deshonra que se ignora que la honra que está puesta en opinión de las gentes. Ya me acuerdo, ¡que yo nunca me acordara!, que ha poco que venía en la compañía de mis padres; ya me acuerdo que me saltearon; ya me imagino y veo que no es bien que me vean las gentes. ¡Oh tú, cualquiera que seas, que aquí estás conmigo —y en esto tenía asido de las manos a Rodolfo—, si es que tu alma admite género de ruego alguno, te ruego que ya que has triunfado de mi fama, triunfes también de mi vida; quítamela al momento, que no es bien que la tenga la que no tiene honra! ¡Mira que el rigor de la crueldad, que has usado conmigo en ofenderme, se templará con la piedad que usaras en matarme, y así, en un mismo punto, vendrías a ser cruel y piadoso!

Confuso dejaron las razones de Leocadia a Rodolfo, y, como mozo poco experimentado, ni sabía qué decir, ni qué hacer, cuyo silencio admiraba más a Leocadia, la cual con las manos procuraba desengañarse si era fantasma o sombra la que con ella estaba.

Pero como tocaba cuerpo, y se le acordaba de la fuerza que se le había hecho viniendo con sus padres, caía en la verdad del cuento de su desgracia.

Y, con este pensamiento, tornó a añudar las razones que los muchos sollozos y suspiros habían interrumpido, diciendo:

—Atrevido mancebo —que de poca edad hacen tus hechos que te juzgue—, yo te perdono la ofensa que me has hecho, con sólo que me prometas y jures que, como la has cubierto con esta escuridad, la cubrirás con perpetuo silencio sin decirla a nadie. Poca recompensa te pido de tan grande agravio; pero para mí será la mayor que yo sabré pedirte ni tú querrás darme. Advierte en que yo nunca he visto tu rostro, ni quiero vértele; porque ya que se me acuerde de mi ofensa, no quiero acordarme de mi ofensor, ni guardar en la memoria la imagen del autor de mi daño; entre mí y el cielo pasarán mis quejas, sin querer que las oiga el mundo, el cual no juzga por los sucesos las cosas, sino conforme a él se le asienta en la estimación. No sé cómo te digo estas verdades, que se suelen fundar en la experiencia de muchos casos y en el discurso de muchos años, no llegando los míos a diez y siete; por do me doy a entender que el dolor de una misma manera ata y desata la lengua del afligido: unas veces exagerando su mal, para que se le crean; otras veces no diciéndole, porque no se le remedien. De cualquier manera, que yo calle o hable, creo que he de moverte a que me creas o que me remedies, pues el no creerme será ignorancia, y el [no] remediarme, imposible de tener algún alivio; no quiero desesperarme, porque te costará poco el dármele, y es éste: mira, no aguardes ni confíes que el discurso del tiempo temple la justa saña que contra ti tengo, ni quieras amontonar los agravios; mientras menos me gozares, y habiéndome ya gozado, menos se encenderán tus malos deseos. Haz cuenta que me ofendiste por accidente, sin dar lugar a ningún buen discurso; yo la haré de que no nací en el mundo, o que si nací, fue para ser desdichada. Ponme luego en la calle, o a lo menos junto a la iglesia mayor, porque desde allí bien sabré volverme a mi casa. Pero también has de jurar de no seguirme, ni saberla, ni preguntarme el nombre de mis padres, ni el mío, ni el de mis parientes, que a ser tan ricos como nobles, no fueran en mí tan desdichados. Respóndeme a esto, y si temes que te pueda conocer con la habla, hágote saber que, fuera de mi padre y de mi confesor, no he hablado con hombre alguno en mi vida, y a pocos he oído hablar con tanta comunicación, que pueda distinguirlos por el sonido de la habla.

La respuesta que dio Rodolfo a las discretas razones de la lastimada Leocadia, no fue otra que abrazarla, dando muestras que quería volver a confirmar en él su gusto y en ella su deshonra.

Lo cual visto por Leocadia, con más fuerzas de las que su tierna edad prometía, se defendió con los pies, con las manos, con los dientes y con la lengua, diciéndole:

—Haz cuenta, traidor y desalmado hombre, quienquiera que seas, que los despojos que de mí has llevado son los que podiste tomar de un tronco o de una coluna sin sentido, cuyo vencimiento y triunfo ha de redundar en tu infamia y menosprecio. Pero el que ahora pretendes, no le has de alcanzar sino con mi muerte. Desmayada me pisaste y aniquilaste, mas ahora que tengo bríos, antes podrás matarme que vencerme, que si ahora, despierta, sin resistencia, concediese con tan abominable gusto, podrías imaginar que mi desmayo fue fingido cuando te atreviste a destruirme.

Finalmente, tan gallarda y porfiadamente se resistió Leocadia, que las fuerzas y los deseos de Rodolfo se enflaquecieron, y como la insolencia que con Leocadia había usado, no tuvo otro principio que de un ímpetu lascivo, del cual nunca nace el verdadero amor, que permanece, en lugar del ímpetu, que se pasa, queda, si no el arrepentimiento, a lo menos una tibia voluntad de segundalle.

Frío, pues, y cansado Rodolfo, sin hablar palabra alguna, dejó a Leocadia en su cama y en su casa, y, cerrando el aposento, se fue a buscar a sus camaradas, para aconsejarse con ellos de lo que hacer debía.

Sintió Leocadia que quedaba sola y encerrada, y, levantándose del lecho, anduvo todo el aposento, tentando las paredes con las manos, por ver si hallaba puerta por do irse o ventana por do arrojarse; halló la puerta, pero bien cerrada, y topó una ventana, que pudo abrir, por donde entró el resplandor de la luna, tan claro, que pudo distinguir Leocadia los colores de unos damascos [2] que el aposento adornaba. Vio que era dorada la cama, y tan ricamente compuesta, que más parecía lecho de príncipe que de algún particular caballero. Contó las sillas y los escritorios; notó la parte donde la puerta estaba, y, aunque vio pendientes de las paredes algunas tablas, no pudo alcanzar a ver la pinturas que contenían. La ventana era grande, guarnecida, y guardada de una gruesa reja; la vista caía a un jardín, que también se cerraba con paredes altas, dificultades que se opusieron a la intención que de arrojarse a la calle tenía. Todo lo que vio y notó de la capacidad y ricos adornos de aquella estancia, le dio a entender que el dueño

---

[2] *damascos*, tela fuerte de seda o lana con dibujos característicos.

della debía de ser hombre principal y rico, y no como quiera, sino aventajadamente. En un escritorio, que estaba junto a la ventana, vio un crucifijo pequeño, todo de plata, el cual tomó y se le puso en la manga de la ropa, no por devoción ni por hurto, sino llevada de un discreto designio suyo. Hecho esto, cerró la ventana como antes estaba y volvióse al lecho, esperando qué fin tendría el mal principio de su suceso.

No habría pasado, a su parecer, media hora, cuando sintió abrir la puerta del aposento y que a ella se llegó una persona, y, sin hablarle palabra, con un pañuelo le vendó los ojos y, tomándola del brazo, la sacó fuera de la estancia, y sintió que volvía a cerrar la puerta. Esta persona era Rodolfo, el cual, aunque había ido a buscar a sus camaradas, no quiso hallarlos, pareciéndole que no le estaba bien hacer testigos de lo que con aquella doncella había pasado; antes se resolvió en decirles que, arrepentido del mal hecho, y movido de sus lágrimas, la había dejado en la mitad del camino.

Con este acuerdo, volvió tan presto a poner a Leocadia junto a la iglesia mayor, como ella se lo había pedido, antes que amaneciese y el día le estorbase de echalla y le forzase a tenerla en su aposento hasta la noche venidera, en el cual espacio de tiempo, ni él quería volver a usar de sus fuerzas, ni dar ocasión a ser conocido. Llevóla, pues, hasta la plaza que llaman de Ayuntamiento [3], y allí, en voz trocada y en lengua medio portuguesa y castellana le dijo que seguramente podía irse a su casa, porque de nadie sería seguida; y antes que ella tuviese lugar de quitarse el pañuelo, ya él se había puesto en parte donde no pudiese ser visto.

Quedó sola Leocadia, quitóse la venda, reconoció el lugar donde la dejaron. Miró a todas partes, no vio a persona; pero, sospechosa que desde lejos la siguiesen, a cada paso se detenía, dándolos hacia su casa, que no muy lejos de allí estaba. Y por desmentir las espías, si acaso la

---

[3] *Ayuntamiento,* aún conserva este nombre la plaza situada frente a la puerta principal de la catedral.

seguían, se entró en una casa que halló abierta, y de allí a
poco se fue a la suya, donde halló a sus padres atónitos y
sin desnudarse, y aun sin tener pensamiento de tomar descanso alguno. Cuando la vieron, corrieron a ella con brazos
abiertos, y con lágrimas en los ojos la recebieron.

Leocadia, llena de sobresalto y alboroto, hizo a sus
padres que se retirasen con ella aparte, como lo hicieron, y
allí, en breves palabras, les dio cuenta de todo su desastrado suceso, con todas las circunstancias dél, y de la ninguna noticia que traía del salteador y robador de su honra.
Díjoles lo que había visto en el teatro donde se representó
la tragedia de su desventura: la ventana, el jardín, la reja,
los escritorios, la cama, los damascos, y, a lo último, les
mostró el crucifijo que había traído. Ante cuya imagen se
renovaron las lágrimas, se hicieron deprecaciones, se
pidieron venganzas, y desearon milagrosos castigos. Dijo
ansimismo que, aunque ella no deseaba venir en conocimiento de su ofensor, que si a sus padres les parecía ser
bien conocelle, que por medio de aquella imagen podrían,
haciendo que los sacristanes dijesen en los púlpitos de
todas las parroquias de la ciudad que, el que hubiese perdido tal imagen, la hallaría en poder del religioso que ellos
señalasen; y que ansí, sabiendo el dueño de la imagen, se
sabría la casa y aun la persona de su enemigo.

A esto replicó el padre:

—Bien habrías dicho, hija, si la malicia ordinaria no se
opusiera a tu discreto discurso, pues está claro que esta
imagen, hoy en este día se ha de echar menos en el aposento que dices, y el dueño della ha de tener por cierto que
la persona que con él estuvo se la llevó, y, de llegar a su
noticia que la tiene algún religioso, antes ha de servir de
conocer quién se la dio al tal que la tiene, que no de
declarar el dueño que la perdió, porque puede hacer que
venga por ella otro, a quien el dueño haya dado las señas. Y
siendo esto ansí, antes quedaremos confusos, que infor-
mados, puesto que podamos usar del mismo artificio que
sospechamos, dándola al religioso por tercera persona. Lo
que has de hacer, hija, es guardarla y encomendarte a ella,

que pues ella fue testigo de tu desgracia, permitirá que haya juez que vuelva por tu justicia. Y advierte, hija, que más lastima una onza de deshonra pública, que una arroba de infamia secreta; y pues puedes vivir honrada con Dios en público, no te pene de estar deshonrada contigo en secreto. La verdadera deshonra está en el pecado, y la verdadera honra en la virtud; con el dicho, con el deseo y con la obra de ofender a Dios, y pues tú, ni en dicho, ni en pensamiento, ni en hecho le has ofendido, tente por honrada, que yo por tal te tendré, sin que jamás te mire sino como verdadero padre tuyo.

Con estas prudentes razones consoló su padre a Leocadia, y, abrazándola de nuevo, su madre procuró también consolarla; ella gimió y lloró de nuevo, y se redujo a cubrir la cabeza, como dicen, y a vivir recogidamente debajo del amparo de sus padres, con vestido tan honesto como pobre.

Rodolfo, en tanto, vuelto a su casa, echando menos la imagen del crucifijo, imaginó quién podía haberla llevado, pero no se le dio nada, y, como rico, no hizo cuenta dello, ni sus padres se la pidieron, cuando de allí a tres días, que él se partió para Italia, entregó por cuenta a una camarera de su madre todo lo que en el aposento dejaba.

Muchos días había que tenía Rodolfo determinado de pasar a Italia, y su padre, que había estado en ella, se lo persuadía, diciéndole que no eran caballeros los que solamente lo eran en su patria, que era menester serlo también en las ajenas. Por estas y otras razones, se dispuso la voluntad de Rodolfo de cumplir la de su padre, el cual le dio crédito de muchos dineros para Barcelona, Génova, Roma y Nápoles, y él, con dos de sus camaradas, se partió luego, goloso de lo que había oído decir a algunos soldados de la abundancia de las hosterías de Italia y Francia: de la libertad que en los alojamientos tenían los españoles. Sonábale bien aquel *Eco li buoni polastri, picioni, presuto et salcicie* [4], con otros nombres deste jaez, de quien los sol-

---

[4]   *Eco... salcicie*, «Ahí van los sabrosos pollos, pichones, jamones y embutidos.»

dados se acuerdan cuando de aquellas partes vienen a éstas y pasan por la estrecheza e incomodidades de las ventas y mesones de España. Finalmente, él se fue con tan poca memoria de lo que con Leocadia le había sucedido, como si nunca hubiera pasado.

Ella, en este entretanto, pasaba la vida en casa de sus padres con el recogimiento posible, sin dejar verse de persona alguna, temerosa que su desgracia se la habían de leer en la frente. Pero, a pocos meses, vio serle forzoso hacer por fuerza lo que hasta allí de grado hacía; vio que le convenía vivir retirada y escondida, porque se sintió preñada, suceso por el cual las en algún tanto olvidadas lágrimas volvieron a sus ojos, y los suspiros y lamentos comenzaron de nuevo a herir los vientos, sin ser parte la discreción de su buena madre a consolalla.

Voló el tiempo, y llegóse el punto del parto, y con tanto secreto, que aun no se osó fiar de la partera. Usurpando este oficio la madre, dio a la luz del mundo un niño de los hermosos que pudieran imaginarse. Con el mismo recato y secreto que había nacido, le llevaron a una aldea, donde se crió cuatro años, al cabo de los cuales, con nombre de sobrino, le trujo su abuelo a su casa, donde se criaba, si no muy rica, a lo menos muy virtuosamente.

Era el niño —a quien pusieron nombre Luis, por llamarse así su abuelo—, de rostro hermoso, de condición mansa, de ingenio agudo, y en todas las acciones que en aquella edad tierna podía hacer, daba señales de ser de algún noble padre engendrado, y de tal manera su gracia, belleza y discreción enamoraron a sus abuelos, que vinieron a tener por dicha la desdicha de su hija, por haberles dado tal nieto. Cuando iba por la calle, llovían sobre él millares de bendiciones. Unos bendecían su hermosura, otros la madre que le había parido; éstos el padre que le engendró, aquéllos a quien tan bien criado le criaba. Con este aplauso de los que le conocían, y no conocían, llegó el niño a la edad de siete años, en la cual ya sabía leer latín y romance [5], y escribir

---

[5]   *romance*, castellano.

formada y muy buena letra, porque la intención de sus abuelos era hacerle virtuoso y sabio, ya que no le podían hacer rico, como si la sabiduría y la virtud no fuesen las riquezas sobre quien no tienen jurisdicción los ladrones, ni la que llaman fortuna.

Sucedió, pues, que un día que el niño fue con un recaudo de su abuela a una parienta suya, acertó a pasar por una calle donde había carrera de caballeros; púsose a mirar, y, por mejorarse de puesto, pasó de una parte a otra, a tiempo que no pudo huir de ser atropellado de un caballo, a cuyo dueño no fue posible detenerle en la furia de su carrera. Pasó por encima dél, y dejóle como muerto, tendido en el suelo, derramando mucha sangre de la cabeza. Apenas esto hubo sucedido, cuando un caballero anciano, que estaba mirando la carrera, con no vista ligereza se arrojó de su caballo y fue donde estaba el niño, y, quitándole de los brazos de uno, que ya le tenía, le puso en los suyos, y sin tener cuenta con sus canas, ni con su autoridad, que era mucha, a paso largo se fue a su casa, ordenando a sus criados que le dejasen y fuesen a buscar un cirujano que al niño curase. Muchos caballeros le siguieron, lastimados de la desgracia de tan hermoso niño, porque luego salió la voz que el atropellado era Luisico, el sobrino de tal caballero, nombrando a su abuelo. Esta voz corrió de boca en boca, hasta que llegó a los oídos de sus abuelos y de su encubierta madre, los cuales, certificados bien del caso, como desatinados y locos salieron a buscar a su querido, y por ser tan conocido y tan principal el caballero que le había llevado, muchos de los que encontraron les dijeron su casa, a la cual llegaron, a tiempo que ya estaba el niño en poder del cirujano. El caballero y su mujer, dueños de la casa, pidieron a los que pensaron ser sus padres que no llorasen, ni alzasen la voz a quejarse, porque no le sería al niño de ningún provecho. El cirujano, que era famoso, habiéndole curado con grandísimo tiento y maestría, dijo que no era tan mortal la herida como al principio había temido.

En la mitad de la cura volvió Luis en su acuerdo que

hasta allí había estado sin él, y alegróse en ver a sus tíos, los cuales le preguntaron llorando que cómo se sentía.

Respondió que bueno, sino que le dolía mucho el cuerpo y la cabeza. Mandó el médico que no hablasen con él, sino que le dejasen reposar. Hízose ansí, y su abuelo comenzó a agradecer al señor de la casa la gran caridad que con su sobrino había usado.

A lo cual respondió el caballero que no tenía qué agradecelle; porque le hacía saber que, cuando vio al niño caído y atropellado, le pareció que había visto el rostro de un hijo suyo a quien él quería tiernamente, y que esto le movió a tomarle en sus brazos y a traerle a su casa, donde estaría todo el tiempo que la cura durase, con el regalo que fuese posible y necesario.

Su mujer, que era una noble señora, dijo lo mismo, y hizo aún más encarecidas promesas.

Admirados quedaron de tanta cristiandad los abuelos; pero la madre quedó más admirada, porque habiendo con las nuevas del cirujano sosegádose algún tanto su alborotado espíritu, miró atentamente el aposento donde su hijo estaba, y claramente, por muchas señales, conoció que aquella era la estancia donde se había dado fin a su honra y principio a su desventura, y, aunque no estaba adornada de los damascos que entonces tenía, conoció la disposición della, vio la ventana de la reja que caía al jardín, y por estar cerrada, a causa del herido, preguntó si aquella ventana respondía a algún jardín, y fuele respondido que sí. Pero lo que más conoció fue que aquella era la misma cama, que tenía por tumba de su sepultura, y más, que el propio escritorio sobre el cual estaba la imagen que había traído, se estaba el mismo lugar. Finalmente, sacaron a luz la verdad de todas sus sospechas los escalones, que ella había contado cuando la sacaron del aposento tapados los ojos, digo lo escalones que había desde allí a la calle, que con advertencia discreta contó, y, cuando volvió a su casa, dejando a su hijo, los volvió a contar, y halló cabal el número; y confiriendo unas señales con otras, de todo punto certificó por verdadera su imaginación, de la cual dio por extenso cuenta a su madre, que, como discreta, se informó si el caballero donde su nieto estaba había tenido o tenía algún hijo; y halló que el que llamamos Rodolfo lo era, y estaba en Italia, y tanteando el tiempo que le dijeron que había faltado de España, vio que eran los mismos siete años que el nieto tenía. Dio aviso de todo esto a su marido, y entre los dos y su hija acordaron de esperar lo que Dios hacía del herido, el cual, dentro de quince días, estuvo fuera de peligro, y a los treinta se levantó, en todo el cual tiempo fue visitado de la madre y de la abuela, y regalado de los dueños de la casa como si fuera su mismo hijo; y algunas veces, hablando con Leocadia doña Estefanía, que así se llamaba la mujer del caballero, le decía que aquel niño parecía tanto a un hijo suyo que estaba en Italia, que ninguna vez le miraba, que no le pareciese ver a su hijo delante.

Destas razones tomó ocasión de decirle una vez que se halló sola con ella, las que con acuerdo de sus padres había determinado de decille, que fueron éstas, o otras semejantes:

—El día, señora, que mis padres oyeron decir que su sobrino estaba tan mal parado, creyeron y pensaron que se les había cerrado el cielo y caído todo el mundo a cuestas; imaginaron que ya les faltaba la lumbre de sus ojos y el báculo de su vejez faltándoles este sobrino, a quien ellos quieren con amor de tal manera, que con muchas ventajas excede al que suelen tener otros padre a sus hijos; mas, como decirse suele que, cuando Dios da la llaga, da la medicina, la halló el niño en esta casa, y yo en ella el acuerdo de unas memorias, que no las podré olvidar mientras la vida me durare. Yo, señora, soy noble, porque mis padres lo son y lo han sido todos mis antepasados, que con una medianía de los bienes de fortuna han sustentado su honra felizmente, dondequiera que han vivido.

Admirada y suspensa estaba doña Estefanía escuchando las razones de Leocadia, y no podía creer, aunque lo veía, que tanta discreción pudiese encerrarse en tan pocos años, puesto que, a su parecer, la juzgaba por de veinte, poco más o menos, y sin decirle ni replicarle palabra, esperó todas las que quiso decirle, que fueron aquellas que bastaron para contarle la travesura de su hijo, la deshonra suya, el robo, el cubrirle los ojos, el traerla a aquel aposento, las señales en que había conocido ser aquel mismo que sospechaba. Para cuya confirmación sacó del pecho la imagen del crucifijo que había llevado, a quien dijo:

—Tú, Señor, que fuiste testigo de la fuerza que se me hizo, sé juez de la enmienda que se me debe hacer; de encima de aquel escritorio te llevé, con propósito de acordarte siempre mi agravio, no para pedirte venganza dél, que no la pretendo, sino para rogarte me dieses algún consuelo con que llevar en paciencia mi desgracia. Este niño, señora, con quien habéis mostrado el extremo de vuestra caridad, es vuestro verdadero nieto; permisión fue del cielo el haberlo atropellado, para que, trayéndole a vuestra casa, hallase yo en ella, como espero que he de hallar, si no el remedio que mejor convenga (y cuando no), con mi desventura, a lo menos medio con que pueda sobrellevarla.

Diciendo esto, abrazada con el crucifijo, cayó desmayada en los brazos de Estefanía, la cual, en fin, como mujer y noble, en quien la compasión y misericordia suele ser tan natural como la crueldad en el hombre, apenas vio el desmayo de Leocadia, cuando juntó su rostro con el suyo, derramando sobre él tantas lágrimas, que no fue menester esparcirle otra agua encima para que Leocadia en sí volviese.

Estando las dos de esta manera, acertó a entrar el caballero, marido de Estefanía, que traía a Luisico de la mano, y viendo el llanto de Estefanía y el desmayo de Leocadia, preguntó a gran priesa le dijesen la causa de do procedía.

El niño abrazaba a su madre por su prima, y a su abuela por su bienhechora, y asimismo preguntaba por qué lloraban.

—Grandes cosas, señor, hay que deciros —respondió Estefanía a su marido—, cuyo remate se acabará con deciros que hagáis cuenta que esta desmayada es hija vuestra y este niño vuestro nieto. Esta verdad que os digo me ha dicho esta niña, y la ha confirmado y confirma el rostro deste niño, en el cual entrambos habemos visto el de nuestro hijo.

—Si más no os declaráis, señora, yo no os entiendo —replicó el caballero.

En esto volvió en sí Leocadia, y abrazada del crucifijo, parecía estar convertida en un mar de llanto. Todo lo cual tenía puesto en gran confusión al caballero, de la cual salió contándole su mujer todo aquello que Leocadia le había contado, y él lo creyó, por divina permisión del cielo, como si con muchos y verdaderos testigos se lo hubieran probado. Consoló y abrazó a Leocadia, besó a su nieto, y aquel mismo día despacharon un correo a Nápoles, avisando a su hijo se viniese luego, porque le tenían concertado casamiento con una mujer hermosa sobremanera y tal cual para él convenía.

No consintieron que Leocadia ni su hijo volviesen más a la casa de sus padres, los cuales, contentísimos del buen suceso de su hija, daban sin cesar infinitas gracias a Dios por ello.

Llegó el correo a Nápoles, y Rodolfo, con la golosina de gozar tan hermosa mujer como su padre le significaba, de allí a dos días que recibió la carta, ofreciéndosele ocasión de cuatro galeras que estaban a punto de venir a España, se embarcó en ellas con sus dos camaradas, que aún no le habían dejado, y, con próspero suceso, en doce días llegó a Barcelona, y de allí, por la posta [6], en otros siete se puso en Toledo, y entró en casa de su padre tan galán y tan bizarro, que los extremos de la gala y de la bizarría estaban en él todos juntos.

Alegráronse sus padres con la salud y bienvenida de su hijo. Suspendióse Leocadia, que de parte escondida le miraba, por no salir de la traza y orden que doña Estefanía le había dado. Los camaradas de Rodolfo quisieran irse a sus casas luego, pero no lo consintió Estefanía por haberlos menester para su designio.

Estaba cerca la noche cuando Rodolfo llegó, y, en tanto

---

[6]   *por la posta,* conjunto de caballerías situadas en diferentes puntos de un camino para hacer un viaje rápido.

que se aderezaba la cena, Estefanía llamó aparte las camaradas de su hijo, creyendo, sin duda alguna, que ellos debían de ser los dos de los tres que Leocadia había dicho que iban con Rodolfo la noche que la robaron, y con grandes ruegos les pidió le dijesen si se acordaban que su hijo había robado a una mujer tal noche, tantos años había; porque el saber la verdad desto importaba la honra y el sosiego de todos sus parientes; y con tales y tantos encarecimientos se lo supo rogar, y de tal manera les asegurar que de descubrir este robo no les podía suceder daño alguno, que ellos tuvieron por bien de confesar ser verdad que una noche de verano, yendo ellos dos y otro amigo con Rodolfo, robaron en la misma que ella señalaba a una muchacha, y que Rodolfo se había venido con ella mientras ellos detenían a la gente de su familia, que con voces la querían defender, y que otro día les había dicho Rodolfo que la había llevado a su casa; y sólo esto era lo que podían responder a lo que les preguntaban.

La confesión destos dos fue echar la llave a todas las dudas que en tal caso le podían ofrecer, y así determinó de llevar al cabo su buen pensamiento, que fue éste: poco antes que se sentasen a cenar, se entró en un aposento a solas su madre con Rodolfo y, poniéndole un retrato en las manos, le dijo:

—Yo quiero, Rodolfo, hijo, darte una gustosa cena con mostrarte a tu esposa; éste es su verdadero retrato; pero quiérote advertir que, lo que le falta de belleza, le sobra de virtud; es noble y discreta, y medianamente rica, y pues tu padre y yo te la hemos escogido, asegúrate que es la que te conviene.

Atentamente miró Rodolfo el retrato, y dijo:

—Si los pintores, que ordinariamente suelen ser pródigos de la hermosura con los rostros que retratan, lo han sido también con éste, sin duda creo que el original debe de ser la misma fealdad; a la fe, señora madre mía, justo es y bueno que los hijos obedezcan a sus padres en cuanto les mandaren; pero también es conveniente y mejor que los padres den a sus hijos el estado de que más gustaren, y pues el del matrimonio es nudo que no le desata sino la muerte, bien será que sus lazos sean iguales y de unos mismos hilos fabricados. La virtud, la nobleza, la discreción y los bienes de la fortuna, bien pueden alegrar el entendimiento de aquel a quien le cupieron en suerte con su esposa. Pero que la fealdad della alegre los ojos del esposo, paréceme imposible. Mozo soy, pero bien se me entiende que se compadece con el sacramento del matrimonio el justo y debido deleite que los casados gozan, y que si él falta, cojea el matrimonio y desdice de su segunda intención. Pues pensar que un rostro feo, que se ha de tener a todas horas delante de los ojos en la sala, en la mesa y en la cama, pueda deleitar, otra vez digo que lo tengo por casi imposible. Por vida de vuesa merced, madre mía, que me dé compañera que me entretenga, y no enfade, porque sin tocar a una o a otra parte, igualmente y por camino derecho llevemos ambos a dos el yugo donde el cielo nos pusiere. Si esta señora es noble, discreta y rica, como vuesa merced dice, no le faltará esposo, que sea de diferente humor que el mío. Unos hay que buscan nobleza, otros discreción, otros dineros y otros hermosura; y yo soy destos últimos. Porque la nobleza, gracias al cielo y a mis pasados, y a mis padres, que me la dejaron por herencia; discreción, como una mujer no sea necia, tonta o boba, bástale, que ni por aguda despunte, ni por boba no aproveche; de las riquezas, también las de mis padres me hacen no estar temeroso de venir a ser pobre. La hermosura busco, la belleza quiero, no con otra dote que con la de la honestidad y buenas costumbres; que si esto trae mi esposa, yo serviré a Dios con gusto, y daré buena vejez a mis padres.

Contentísima quedó su madre con las razones de Rodolfo, por haber conocido por ellas que iba saliendo bien con su designio.

Respondióle que ella procuraría casarle conforme su deseo; que no tuviese pena alguna, que era fácil deshacerse los conciertos que de casarle con aquella señora estaban hechos. Agradecióselo Rodolfo, y, por ser llegada la hora de cenar, se fueron a la mesa; y habiéndose ya sentado a ella

el padre y la madre, Rodolfo y sus dos camaradas, dijo
doña Estefanía al descuido:

—¡Pecadora de mí, y qué bien trato a mi huéspeda!
Andad vos —dijo a un criado— decid a la señora doña Leocadia, que, sin entrar en cuentas con su mucha honestidad,
nos venga a honrar esta mesa, que los que a ella están
todos son mis hijos y sus servidores.

Todo esto era traza suya, y de todo lo que había de hacer
estaba avisada y advertida Leocadia. Poco tardó en salir
Leocadia y dar de sí la improvisa y más hermosa muestra
que pudo dar jamás compuesta y natural hermosura.

Venía vestida, por ser invierno, de una saya entera de
terciopelo negro, llovida de botones de oro y perlas, cintura
y collar de diamantes; sus mismos cabellos, que eran
luengos y no demasiadamente rubios, le servían de adorno
y tocas, cuya invención de lazos y rizos, y vislumbres de
diamantes que con ellos se entretejían, turbaban la luz de
los ojos que los miraban.

Era Leocadia de gentil disposición y brío; traía de la
mano a su hijo, y delante della venían dos doncellas alum-
brándola con dos velas de cera en dos candeleros de plata.
Levantáronse todos a hacerle reverencia, como si fuera a
alguna cosa del cielo, que allí milagrosamente se había
aparecido. Ninguno de los que allí estaban embebecidos
mirándola, parece que de atónitos no acertaron a decir
palabra. Leocadia, con airosa gracia y discreta crianza, se
humilló a todos, y, tomándola de la mano Estefanía, la
sentó junto a sí, frontero de Rodolfo. Al niño sentaron junto
a su abuelo.

Rodolfo, que desde más cerca miraba la incomparable
belleza de Leocadia, decía entre sí: «Si la mitad de esta hermosura tuviera la que mi madre me tiene escogida por
esposa, tuviérame yo por el más dichoso hombre del
mundo. ¡Válame Dios! ¿Qué es esto que veo? ¿Es por ventura algún ángel humano el que estoy mirando?»

Y en esto se le iba entrando por los ojos a tomar posesión
de su alma la hermosa imagen de Leocadia, la cual, en
tanto que la cena venía, viendo también tan cerca de sí al

que ya quería más que a la luz de los ojos, con que alguna vez a hurto le miraba, comenzó a revolver en su imaginación lo que con Rodolfo había pasado. Comenzaron a enflaquecerse en su alma las esperanzas que de ser su esposo su madre le había dado, temiendo que a la cortedad de su ventura habían de corresponder las promesas de su madre. Consideraba cuán cerca estaba de ser dichosa, o sin dicha, para siempre.

Y fue la consideración tan intensa, y los pensamientos tan revueltos, que le apretaron el corazón de manera, que comenzó a sudar y a perderse de color en un punto, sobreviniéndole un desmayo, que la forzó a reclinar la cabeza en los brazos de doña Estefanía, que, como ansí la vio, con turbación la recebió de ellos. Sobresaltáronse todos, y dejando la mesa, acudieron a remediarla. Pero el que dio más muestras de sentirlo fue Rodolfo, pues por llegar presto a ella tropezó y cayó dos veces. Ni por desabrocharla, ni echarle agua en el rostro, volvía en sí: antes el levantado pecho y el pulso, que no se le hallaban, iban dando precisas señales de su muerte, y las criadas y criados de casa, con menos consideración, dieron voces y la publicaron por muerta.

Estas amargas nuevas llegaron a los oídos de los padres de Leocadia, que para más gustosa ocasión los tenía doña Estefanía escondidos. Los cuales, con el cura de la parroquia, que ansimismo con ellos estaba, rompiendo el orden de Estefanía, salieron a la sala. Llegó el cura presto, por ver si por algunas señales daba indicios de arrepentirse de sus pecados, para absolverla dellos; y donde pensó hallar un desmayo halló dos, porque ya estaba Rodolfo puesto el rostro sobre el pecho de Leocadia.

Diole su madre lugar que a ella llegase, como a cosa que había de ser suya; pero cuando vio que también estaba sin sentido, estuvo a pique de perder el suyo, y le perdiera, si no viera que Rodolfo tornaba en sí, como volvió, corrido de que le hubiesen visto hacer tan extremados extremos; pero su madre, casi como adivina de lo que su hijo sentía, le dijo:

—No te corras, hijo, de los extremos que has hecho, sino

córrete de los que no hicieres cuando sepas lo que no quiero tenerte más encubierto, puesto que pensaba dejarlo hasta más alegre coyuntura. Has de saber, hijo de mi alma, que esta desmayada que en los brazos tengo es tu verdadera esposa; llamo verdadera, porque yo y tu padre te la teníamos escogida, que la del retrato es falsa.

Cuando esto oyó Rodolfo, llevado de su amoroso y encendido deseo, y quitándole el nombre de esposo todos los estorbos que la honestidad y decencia del lugar le podían poner, se abalanzó al rostro de Leocadia, y, juntando su boca con la della, estaba como esperando que se le saliese el alma, para darle acogida en la suya. Pero cuando más las lágrimas de todos por lástima crecían, y por dolor las voces se aumentaban, y los cabellos y barbas de la madre y padre de Leocadia arrancados venían a menos, y los gritos de su hijo penetraban los cielos, volvió en sí Leocadia, y con su vuelta volvió la alegría y el contento que de los pechos de los circunstantes se había ausentado.

Hallóse Leocadia entre los brazos de Rodolfo, y quisiera con honesta fuerza desasirse dellos; pero él le dijo:

—No, señora, no ha de ser ansí: no es bien que pugnéis por apartaros de los brazos de aquel que os tiene en el alma.

A esta razón acabó de todo en todo de cobrar Leocadia sus sentidos, y acabó doña Estefanía de no llevar más adelante su determinación primera, diciendo al cura que luego desposase a su hijo con Leocadia; él lo hizo ansí, que, por haber sucedido este caso en tiempo cuando con sola la voluntad de los contrayentes, sin las diligencias y prevenciones justas y santas que ahora se usan, quedaba hecho el matrimonio, no hubo dificultad que impidiese el desposorio, el cual hecho, déjese a otra pluma y a otro ingenio más delicado que el mío el contar la alegría universal de todos los que en él se hallaron; los abrazos que los padres de Leocadia dieron a Rodolfo, las gracias que dieron al cielo y a sus padres, los ofrecimientos de las partes, la admiración de los camaradas de Rodolfo, que tan impensadamente vieron la misma noche de su llegada tan hermoso desposorio, y más cuando supieron, por contarlo delante de todos doña Estefanía, que Leocadia era la doncella, que en su compañía su hijo había robado, de que no menos suspenso quedó Rodolfo; y por certificarse más de aquella verdad, preguntó a Leocadia le dijese alguna señal por donde viniese en conocimiento entero de lo que no dudaba, por parecer que sus padres lo tendrían bien averiguado. Ella respondió:

—Cuando yo recordé y volví en mí de otro desmayo, me hallé, señor, en vuestros brazos sin honra; pero yo lo doy por bien empleado, pues al volver del que ahora he tenido, ansimismo me hallé en los brazos del de entonces, pero honrada. Y si esta señal no basta, baste la de una imagen de un crucifijo, que nadie os la pudo hurtar sino yo, si es que por la mañana le echastes menos; y si es el mismo que tiene mi señora...

—Vos lo sois de mi alma, y lo seréis los años que Dios ordenare, bien mío —y abrazándola de nuevo, de nuevo volvieron las bendiciones y parabienes que les dieron.

Vino la cena, y vinieron músicos, que para esto estaban prevenidos. Viose Rodolfo a sí mismo en el espejo del rostro de su hijo; lloraron sus cuatro abuelos de gusto; no quedó rincón en toda la casa que no fuese visitado del júbilo, del contento y de la alegría. Y aunque la noche volaba con sus ligeras y negras alas, le parecía a Rodolfo que iba y caminaba no con alas, sino con muletas: tan grande era el deseo de verse a solas con su querida esposa. Llegóse, en fin, la hora deseada, porque no hay fin que no le tenga. Fueronse a acostar todos, quedó toda la casa sepultada en silencio, en el cual no quedará la verdad deste cuento, pues no lo consentirán los muchos hijos y la ilustre descendencia que en Toledo dejaron, y agora viven estos dos venturosos desposados, que muchos y felices años gozaron de sí mismos, de sus hijos y de sus nietos, permitido todo por el cielo y por la *fuerza de la sangre* que vio derramada en el suelo el valeroso, ilustre y cristiano abuelo de Luisico.